U0097235

中國語言文字研究輯刊

十七編

許學仁 主編

第 4 冊

謝啓昆《小學考》研究

陳雲豪 著

花木蘭文化事業有限公司

國家圖書館出版品預行編目資料

謝啓昆《小學考》研究／陳雲豪 著 -- 初版 -- 新北市：花木
蘭文化事業有限公司，2019〔民 108〕

目 2+258 面；21×29.7 公分

（中國語言文字研究輯刊 十七編：第 4 冊）

ISBN 978-986-485-924-5（精裝）

1. 四庫全書 2. 研究考訂

802.08　　　　　　　　　　　　　　　　108011980

中國語言文字研究輯刊

十七編　　第 四 冊　　　　　ISBN：978-986-485-924-5

謝啓昆《小學考》研究

作　　者　陳雲豪

主　　編　許學仁

總 編 輯　杜潔祥

副總編輯　楊嘉樂

編　　輯　許郁翎、王　筑、張雅淋　美術編輯　陳逸婷

出　　版　花木蘭文化事業有限公司

發 行 人　高小娟

聯絡地址　235 新北市中和區中安街七二號十三樓

　　　　　電話：02-2923-1455 ／傳眞：02-2923-1452

網　　址　http://www.huamulan.tw 信箱 hml810518@gmail.com

印　　刷　普羅文化出版廣告事業

初　　版　2019 年 9 月

全書字數　212557 字

定　　價　十七編 18 冊（精裝）　台幣 56,000 元　　版權所有・請勿翻印

謝啓昆《小學考》研究

陳雲豪 著

作者簡介

陳雲豪（1983～），男，湖北鶴峰人，文學博士。主要研究方向爲傳統小學文獻、湖北地方文獻。2014年畢業於北京大學中國語言文學系中國古典文獻學專業，獲文學博士學位。2009年畢業於武漢大學文學院國學與漢學專業，獲文學碩士學位。2007年畢業於中南民族大學文學院漢語語言文學專業，獲文學學士學位。現爲湖北民族大學文學與傳媒學院教師。近五年主要從事中國古典文獻學、訓詁學、文字學等課程的教學工作。

提　要

　　《小學考》是清代乾嘉時期學者謝啓昆（1737～1802）主持，由陳鱣、胡虔、錢大昭協助編纂的一部備錄我國古代小學著作的輯錄體專科目錄。《小學考》的成書，直接原因是源於謝啓昆的老師翁方綱補《經義考》的設想，而其根本原因，應該說是乾嘉時代學術繁榮的產物。作爲清代學術中最放異彩的乾嘉考據學，其特徵之一就是小學的繁榮。謝啓昆身處段、王之間，目睹小學之盛，編成《小學考》一書，既能條古今之流別，集正變之大成，又以彰顯清朝儒術之盛足以超邁漢唐。因此，我們可以說，在這個時代背景下產生的《小學考》，既是對兩千年語言文字之學的第一次總結，又是乾嘉學術繁榮的直接體現。《謝啓昆〈小學考〉研究》一文從謝啓昆的生平與幕府、《小學考》的成書、體例特徵、材料來源分析及學術影響五個方面，論述了《小學考》這一部輯錄體小學專科目錄的成書原因，分析了其在目錄學史上的創新與成就，探討了其對史料的運用與處理方式，考查了其對後世在目錄學與小學方面的影響與後世對該書的評價。此外，針對《小學考》限於時代和條件而失收之小學著作，做成《補小學考》附於全文之末。遠不完備，聊備參考。另爲論述方便，附《謝啓昆大事年表》等材料以便參閱。

湖北民族大學博士科研啓動基金項目
「《小學考》校補」成果（項目編號：MY2014B042）

湖北省教育廳人文社會科學研究一般項目
「《新撰字鏡》疑難字考釋」成果（項目編號：16Y106）

目
次

緒　論

一、選題意義

《小學考》是一部備錄我國古代小學著作的輯錄體專科目錄，由清代乾嘉時期學者謝啓昆（1737～1802）主持，在陳鱣（1753～1817）、胡虔（1753～1804）、錢大昭（1744～1813）等人協助下，歷時約四年（1794～1798）初步編纂而成。小學，作爲經學分支，主要包含訓詁、文字、音韻三大塊，其發端於先秦，創立於兩漢，發展於六朝隋唐，演變於宋，衰落於元明，而盛極於清。作爲清代學術中最放異彩的乾嘉考據學，其特徵之一就是小學的繁榮，這種繁榮又體現在一流學者對小學的重視及小學成果的豐碩。由小學以入經學、史學及其他學問的治學方法，作乾嘉考據學之精髓，在這一時期得到了普遍認同。梁啓超曾總結云：「清儒以小學爲治經之途徑，嗜之甚篤，附庸遂蔚爲大國。」〔註1〕《小學考》作爲乾嘉學風的產物，有以下幾點值得我們關注。

首先，《小學考》具有重要的語言學史意義。《小學考》共收集 1180 種小學著作，其中敕撰類 8 種，訓詁類 153 種，文字類 419 種，聲韻類 332 種，音義類 268 種，基本上勾勒出了中國兩千年語言文字之學發展概況，特別是體現了清代小學繁榮的事實。對此，咸豐年間，蔣湘南《小學考跋語》有明確揭示：「至

〔註1〕梁啓超：《清代學術概論》，上海：上海古籍出版社，1998 年，第 50 頁。

我朝乾隆中，魁儒輩出，然後小學章徹，若戴東原、錢竹汀、王槐祖、段茂堂諸老先生，莫不由《說文》以辨形聲，由《爾雅》以通訓詁。六經之義，如日中天，天下後世始知通經之必由於小學。於此時而無一書，焉條古今之流別，集正變之大成，何以章聖朝儒述之盛，契先聖雅言之心哉？是故中丞公之作《小學考》，其功不可以億量計也。」〔註2〕《中國語文學家辭典》一書共收錄了從從子夏、李斯至黃侃、錢玄同共 1951 名語文學家，而其中清代共有 766 名語文學家，佔了近 40%，大約相當於宋明兩朝之和。雖然這只是一部辭典的不完全統計，但仍然足以證明，清代小學之繁榮遠超前代。這種繁榮具體體現在清人文字、音韻、訓詁三方面都取得超邁前人的成就。

清代文字學最重要的一部分，無疑是「《說文》學」。《說文》之學到清代已臻極盛，名家輩出。除了我們熟知的說文四大家（段玉裁有《說文解字注》30卷、《汲古閣說文訂》1 卷，桂馥有《說文解字義證》50 卷，王筠有《說文釋例》20 卷和《說文句讀》30 卷，朱駿聲有《說文通訓定聲》18 卷）之外，其他有關《說文》的論述極多，不勝枚舉。其他比較重要的有：錢大昭《說文統釋》60 卷，錢坫《說文解字斠詮》14 卷，陳鱣《說文解字正義》30 卷、《說文聲系》15 卷，苗夔《說文建首字讀》1 卷、《說文聲讀表》7 卷、《說文聲訂》2 卷。他們對《說文》的研究，主要有六個方面：①校訂《說文解字》之文字。如段氏《汲古閣說文訂》、嚴可均《段氏說文訂訂》和錢坫《說文解字斠詮》之類；②闡明《說文》的體例，如錢大昭《說文統釋》、孔廣居《說文疑疑》、江沅《說文釋例》之類；③疏證《說文解字》中之訓解。主要是以段玉裁《說文解字注》代表的四家；④《說文》「六書學」研究，主要有江聲《六書說》、姚文田《六書論》、鄭知同《六書淺說》之類；⑤利用《說文》諧聲字研究古音，主要有畢沅《說文解字舊音》、段玉裁《六書音均表》、江沅《說文解字音均表》等；⑥《說文》引經研究。如錢大昕《說文答問》、程際盛《說文解字引經考》、吳玉搢《說文解字引經考》、李惇《說文引書字異考》等。除了以上六個方面，尚有《說文》新附字研究（鈕樹玉、鄭珍等人），《說文》重文研究（莊述祖、嚴可均等人）和《說文段注》指瑕（鈕樹玉、徐承慶等人）等。張其昀《說文學源流考略》一書涉及「說文學」著作 412 種，其中清人著作就有 349 種，足見清

代「說文學」之盛。因此王鳴盛曾說：「《說文》爲天下第一種書，讀遍天下書，不讀《說文》，猶不讀也。但能通《說文》，餘書皆未讀，不可謂非通儒也。」〔註3〕語雖誇大，但的確能反映清人重視《說文》的事實。

　　除了《說文》這樣的篆字頭字書，清代學者還對隸書和金石學予以關注。產生了如萬經《分隸偶存》、顧藹吉《隸辨》、翟雲升《隸篇》之類的字書。清初顧炎武以《求古錄》、《金石文字記》、《石經考》等書開清代金石學之端緒，到乾嘉時期，錢大昕（《潛研堂金石文字目錄》、《潛研堂金石文跋尾》）、翁方綱（《粵西金石略》、《兩漢金石記》）、王昶（《金石萃編》）、孫星衍（《寰宇訪碑錄》、《京畿金石考》）等人使之達到極盛，特別是王昶《金石萃編》160 卷於 1805 年刊行，可視爲標誌性事件。金石學與小學本爲二途，但兩者能相互促進與補充。翁方綱在其《兩漢金石記》中對《隸釋》、《隸續》和《班馬字類》等書進行了考訂，可以算是以金石證小學。其後金石學著作多有文字考訂，如阮元《積古齋鐘鼎彝器款識》、吳式芬《攈古錄金文》、邢澍《金石文字辨異》、陸增祥《八瓊室金石補正》、陸心源《金石學錄補》、吳大澂《說文古籀補》、劉心源《古文審》、孫詒讓《古籀拾遺》等一大批金石文字考訂著作，無疑大大推進了文字學研究。

　　清代音韻學成就也是空前的，特別是古音學成就。王力先生《清代古音學》云：「清代古音學是中國學術史上一件大事。特別是在古韻方面，清代學者的成就是輝煌的。」〔註4〕這種輝煌的成就，王國維已經做過總結，「自漢以後，學術之盛，莫過於近三百年。此三百年中，經學、史學皆足以凌駕前代，然其尤卓絕者則曰小學。小學之中，如高郵王氏、棲霞郝氏之訓故，歙縣程氏之於名物，金壇段氏之於《說文》，皆足以上掩前哲。然其尤卓絕者則爲韻學。古韻之學，自崑山顧氏而婺源江氏，而休寧戴氏，而金壇段氏，而曲阜孔氏，而高郵王氏，而歙縣江氏，作者不過七人，然古音廿二部之目，遂令後世無可增損。故訓詁、名物、文字之學有待於將來者甚多，至古韻之學，謂前無古人，後無來者可也。」〔註5〕王力先生《中國語言學史》中分別總結了王氏所列諸人成就，

─────────────

〔註3〕王鳴盛：《說文解字正義序》，轉引自《小學考》卷十。

〔註4〕王力：《清代古音學》（中華書局，2013 年），第 255 頁。

〔註5〕王國維：《觀堂集林》（中華書局，2006 年），第 394 頁。

如顧炎武「離析《唐韻》」、「以入聲配陰聲」，江永「區別侈弇」、「入聲兼配陰陽」，戴震「把入聲獨立起來」、「把祭泰夬廢四個韻獨立起來」，段玉裁「支脂之分立，侯幽分立，眞文分立」、「把古韻的韻部按韻母的性質來排列，十七部分爲六類」、「同聲必同部」、「認爲古無去聲」，孔廣森「東冬分部」、「陰陽對轉」，王念孫「認爲至部、祭部、緝部、盍部都應該獨立」等等。〔註6〕以上諸家，因主要方法不同，又分爲考古派和審音派。如顧炎武、段玉裁、王念孫和江有誥皆屬考古派，而江永和戴震則屬審音派。孫欽善先生《中國文獻學史簡編》將清人古韻研究成就歸納爲三點：「第一，古韻分部逐漸精密，已經接近古韻系統的實際……與現在古韻三十部的結論已非常接近。第二，在分部的同時，建立了陰陽入三聲相配的系統和對轉的理論。第三，研究方法完備，考古、審音二法兼而有之。」〔註7〕古音學的另一項成就是古聲母研究，主要是錢大昕「古無輕唇音」、「古無舌上音」兩條。

清代古音學的成就大大促進了清代訓詁學研究。周祖謨先生認爲「清代訓詁學的發展跟古音學的成就是有密切的關係。自清初顧炎武作《音學五書》，根據《易經》《詩經》等書的韻字開始把古韻分之爲十部起，經過江永（1681～1762）、段玉裁（1735～1815）、王念孫（1744～1832）、孔廣森（1752～1786）、江有誥（？～1851）等人的研究，逐漸加詳，發展爲 22 部，同時戴震（1723～1777）又提出韻類通轉的學說。在聲母方面，錢大昕（1728～1804）又提出聲轉的說法（見《潛研堂答問》），而且發明輕唇音讀重唇音、舌頭音、正齒音古歸舌頭。這些都成爲研究先秦古籍和探討字義的根據。」〔註8〕孫欽善先生總結清人訓詁成就爲三點：第一，因音求義。因音義求義包括兩個方面內容：一是破假借，二是求語根。第二，通貫群書，隨文釋訓以確定字義，即戴震所說的「貫六經」，「以經考字」。第三，字義辨析更加細緻，分出本義、引申義、假借義。〔註9〕周祖謨先生總結爲：「清人訓詁學的根柢就在於以聲音通訓詁。應

〔註6〕 王力：《中國語言學史》（中華書局，2013 年），第 147 至 155 頁。

〔註7〕 孫欽善：《中國古文獻學史簡編》（高等教育出版社，2001 年），第 452～453 頁。

〔註8〕 周祖謨：「中國訓詁學發展的歷史」，見周士琦編：《周祖謨語言文字論集》（人民教育出版社，1999 年），第 239～240 頁。又見《中國大百科全書・語言文字卷》「漢語訓詁學」條。

〔註9〕 孫欽善：《中國古文獻學史簡編》（高等教育出版社，2001 年），第 453～454 頁。

用方法，一言以蔽之，就是比較法。比較的材料有縱的一面，就是古今，有橫的一面就是同時代的各類材料。」〔註10〕在上述這種小學高度發達的背景之下，《小學考》必然應運而生。

其次，《小學考》具有重要的目錄學意義。從目錄的類型來說，《小學考》與《經義考》一樣，是成熟的專科目錄的範例。從目錄的體式來說，《小學考》是繼《文獻通考・經籍考》、《經義考》以來，典型的輯錄體目錄。清代學術繁榮也體現在目錄學的全面發展，各種類型的目錄都有高質量的代表作產生。如《四庫總目》可視作官修目錄的典範，《天祿琳琅書目》可視為官修善本目錄的典範，《經義考》可視為專科目錄的典範，《鄭堂讀書記》可視為私人讀書目錄的典範。產生在一個目錄學繁榮的時代的《小學考》，凝聚了當時一批得力學者的參與，必然反映了當時目錄學最高水平。如果說，工業生產發展的程度越高級則分工越細，同理，學術發展越成熟，則研究越深入越趨於專門。學術研究的深入化與專門化，也就要求目錄編製深入化與專門化。經學研究的專門化，催生了匯兩千年經學著作於一編的經學目錄巨著——《經義考》。經學再進一步專門化，作為經學分枝的小學，發展壯大則產生了《小學考》。作為小學的分枝的「《說文》學」，「雅學」進一步細化發展，則產生了黎經誥《許學考》、胡元玉《雅學考》。《小學考》可視為經學研究專門化的一種過渡產物。其書體例得當，分類精確，是目錄學上的重要著作。具體來說，此書作為輯錄體專科目錄，其體例大體上，每個著錄項可以分為三部分，即條目部分（包括作者、書名、卷數、存佚、出處等項）、提要部分和按語部分。其中按語部分不是必備部分，全書 1180 則條目中只有約 170 則按語。這種體例的好處是既在條目部分著錄了書籍的基本信息，又在提要部分記載了作者生平、書籍內容等學術信息，間參己見，則以按語出之。《小學考》的體例，基本上是對朱氏《經義考》的繼承，但是也有改進。比如，提要部分的引文更加規範，一般以某人某書（某文）的格式引用。而不像《經義考》一般作「某氏曰」讓人難以查考其來源。在分類上，謝啓昆稱「卷首恭錄敕撰，次訓詁，則續《經義考》《爾雅》類而推廣於《方言》、《通俗文》之屬也。次文字，則《史篇》、《說文》之屬也。次聲韻，則《聲類》、《韻集》之屬也。次音義，則

〔註10〕周祖謨：「清代的訓詁學」，見周士琦編：《周祖謨語言文字論集》（人民教育出版社，1999 年），第 255 頁。

訓讀經史百家之書。訓詁、文字、聲韻者，體也。音義者，用也。體用具而後小學全焉。」〔註11〕明確將小學著作分爲體、用兩大類，具有創新性。

二、研究現狀

　　《小學考》一書刊行至今近兩百年，但研究成果並不太多，而且有些研究成果也並未刊行。管見所及，暫未發現國外相關研究論著，故此處只討論國內的研究成果。這些研究成果主要可分爲四類：一是專研《小學考》的著作；二是增補《小學考》的著作；三是對《小學考》的點校整理；四是較多涉及《小學考》的主要研究著作。

　　（一）專研《小學考》的著作主要有三家。一是虞萬里《影印〈小學考〉前言》〔註12〕，該文從謝啓昆的生平與著述、《小學考》的成書及其版本、體例及收書種數、價值評價、闕略疏漏和補訂之作等方面進行了介紹。此文正式發表時改名《謝啓昆與小學考》〔註13〕，署名爲「簡碩」。二是趙麗明《〈小學考〉的編撰及其學術史價值——第一部目錄式中國語言學史著作研究》，該文從四個大方面論述了《小學考》一書的學術史價值，即：《小學考》的撰寫與刊行、小學考的體例與內容、小學考的價值與局限、關於學術史方法的討論。該文第四部分，「關於學和術史方法的討論」，提出學術史的撰寫的四種方式：目錄式、專科式、學案式、史論式。並認爲「清代學術發展鼎盛的背景是《小學考》誕生的肥沃土壤。小學——傳統的語言文字學研究，無論人爲地如何將它附庸於經學，到了清代，它已經不可抗拒地獨立成爲專門之學，而且蔚爲大觀，展示著考據學的成果。」三是陳然《小學考研究》（湖北大學 2007 年碩士學位論文）。此文共分七個部分，即：小學考的編撰成書、研究狀況、體例和內容、提要的價值、《小學考》的按語、書目及提要的來源和《小學考》價值和不足。其中《小學考》的體例和內容、提要的價值、《小學考》的按語和書目及提要的來源，是全文的重點。該文，體例方面，分別闡述了《小學考》在體例上對《經義考》的繼承關係；在內容上，首先疏理了「小學」一詞的歷代看法，再分析了《小學考》內容上的三個特點；提要的方面，首先對提要類型——輯錄體進行了歷

〔註11〕謝啓昆《小學考序》，見《小學考》第 5 頁。

〔註12〕虞萬里：「影印《小學考》前言」，見《小學考》卷首。

〔註13〕簡碩：「謝啓昆與小學考」，《古漢語研究》，1997 年第 3 期，第 87 至 88 頁。

史回顧，然後對提要的內容分爲七個小方面進行了介紹；按語方面，首先介紹了按語的數量，131 條（實爲 170 條），其次從八個小方面介紹了按語的內容；文獻來源方面，該文將文獻來源分成了八大類型，某些類型下再分小類，如目錄類下面又分爲官修目錄、史志目錄、私修目錄、專科目錄四小類。

（二）增補《小學考》的著作主要集中在 20 世紀上半期。大體可分爲兩類工作：一類是增補校勘，如有王重民（1903～1975）《謝氏小學考校勘記》、《增輯小學考簡目》及《增修小學考》。二類是編製目錄，如羅福頤（1905～1981）《小學考目錄》、王振聲《小學考目錄》和郭昭文（女，1907～？）《小學考補目》三家。

據陳紅彥《王重民先生與文獻學》一文，「王重民先生接受黎錦熙、錢玄同等先生領導下成立的『大辭典編輯處』委託，擔任了重修《小學考》的工作，並開始了《續修小學考》100 卷的工作……此後他很快完成了《謝氏小學考校勘記》五卷、《增輯小學考簡目》十卷，《清人文集箚記中文字說總索引》十二卷，《清人字說選錄》第一輯五卷。」〔註 14〕趙愛學《新發現的王重民佚稿〈增修小學考〉初探》一文勾勒出了《增修小學考》工作過程：「1932 年 7 月至 1934 年 6 月，校勘《小學考》3000 餘則，別爲《謝氏小學考校勘記》；又因《續修小學考》卷帙浩繁，一時難成，故提前編成《增修小學考簡目》，正在審閱待印。」〔註 15〕其中，《謝氏小學考校勘記》和《增輯小學考簡目》今已不可見，只有《增修小學考》稿本近年被人在國家圖書館「黎錦熙藏書」中發現，據趙文，「從文稿的總體情況來看，《增修小學考》並沒有完全定稿，而是隨時加以增補，因此其中有抄錄出的爲數不少的待歸併的『單篇』。據我們粗略統計，所有稿件共收小學類書目 529 種，另有 497 篇『單篇』序跋。」〔註 16〕根據這些佚稿，趙愛學認爲，王重民先生對《小學考》一書做了以下五項工作：

〔註 14〕陳紅彥：「王重民先生與文獻學」，載國家圖書館善本特藏部敦煌吐魯番學資料研究中心編：《敦煌學國際研討會論文集》，北京：北京圖書館出版社，2005 年，第53 至 56 頁。

〔註 15〕趙愛學：「新發現的王重民佚稿《增修小學考》初探」，《文津學誌》第四輯，第 105 至 112 頁。

〔註 16〕趙愛學：「新發現的王重民佚稿《增修小學考》初探」，《文津學誌》第四輯，第 105 至 112 頁。

（1）對謝氏《小學考》作了大量增補。「就謝啓昆《小學考》原書，補其所未備，續其所未見。」〔註17〕也就是說，既補充謝氏當時當收而未收的內容，也增加謝氏身後新出的內容。這包括兩個方面，既增加序跋提要，又增加條目。新增條目既包括近代新出甲骨文著作《鐵雲藏龜》等，也包括近代從日本發現的日本古小學書《倭名類聚鈔》等。

（2）對《小學考》所輯錄的序跋篇目及所選原書序跋有所取捨。一是對《小學考》所輯錄各家提要，根據情況進行補全。如在楊氏《切韻類例》條下，孫覿《序》中補齊了「得公此書，可以窺是自然與聲俱生之妙，破流俗附意生文之僞……」等一百多字。二是刪作原書所附價值不高的序跋。如在潘耒《類音》條下，刪去了《大清一統志》中的潘氏小傳及李光地《榕村語錄》對此書的評價兩則材料，原因大概是因為前一條材料和沈彤撰《行狀》內容重複，後一條材料已被《四庫全書》所採用，也不必重複。

（3）對《小學考》等作了大量校勘。「謝氏書差誤舛駁所在多有，而所錄序跋往往脫去三四字、六七字，乃至兩行、三行」，〔註18〕因此為了更好利用此書，勢必對《小學考》進行校勘。王重民先生所做的校勘工作不僅是用各種版本進行比勘，而且一一核查徵引文獻。

（4）詳列版本，對《小學考》的體例有所改進。《小學考》一書不列版本，美中不足。王重民先生則補充了版本信息，並將多種版本按時間先後順序排列。

（5）間附按語、批註，補正《小學考》之失。

《小學考》現存有四種版本，嘉慶二十一年（1816）樹經堂原刊本無目錄。此後，咸豐二年（1852）謝質卿刊本、光緒十四年（1888）浙江書局刊本、光緒十五年（1889）上海鴻文書局石印本皆有簡單目錄。但這種目錄，只是以「卷一：敕撰一；卷二：敕撰二；卷三：文字一；……卷五十：音義六」的形式標明全書的基本卷數和內容，並不便於檢索。羅福頤《小學考目錄》一卷，收入《待時軒叢刊》第七冊〔註19〕。此書摘錄《小學考》著錄文獻之書名、出處、

〔註17〕中國大辭典編纂處編：《中國大辭典編纂處第五次總報告書》，中國大辭典編纂處，民國二十二年（1933），第 30 頁。轉引自：趙愛學《新發現的王重民佚稿〈增修小學考〉初探》。

〔註18〕同上。

〔註19〕羅福頤輯：《待時軒叢刊》，民國二十六年（1937）上虞羅氏石印本。

卷數、存佚、頁碼，如「卷三　訓詁一　爾雅（漢志三卷二十篇，今本十九篇。
存。）一」。這種目錄，已經精確到每一個條目的具體頁碼，十分便於使用。因
此，實際可視爲《小學考》之簡編本。王振聲《小學考目錄》二卷，抄本，現
藏南京大學圖書館，未見。郭昭文（女，1907～？）《小學考補目》二卷，未刊
稿。未見。〔註20〕後二種《小學考目錄》由於篇幅和羅氏《目錄》接近，羅氏
《目錄》爲一卷，王、郭二氏《目錄》爲二卷，因此推測應該是相同或相似的
工作。

　　（三）對《小學考》的點校整理工作目前所知有三種。一是浙江財經學院
譚耀炬的《小學考聲韻》〔註21〕和《小學考音義》。前者是是對《小學考》聲韻
類的點校和整理。此書首先鈔錄了八篇《小學考》序文，分別是：翁方綱《小
學考序》、錢大昕《序》（附錢詹事書）、姚鼐《序》、俞樾《序》、謝啓昆《自序》、
謝質卿《序》、蔣湘南《後序》。各序均見於浙江書局本，惟順序有所調整。書
中正文只錄《小學考》聲韻類，據各種文獻進行了校改，校勘記以尾注形式附
於各卷之末。後者，據其《小學考聲韻》前言稱「其中階段性成果《小學考‧
音義篇》的書稿，……一直未能付諸棗梨。」則應該也是點校整理成果，只是
一直未能出版。一是陝西師範大學的趙學清曾對《小學考》一書進行過點校，
目前尚未完成，未曾出版，故也未及寓目。一是四川大學的李文澤等人校點整
理的《小學考》。書前《校點前言》從「謝啓昆及其《小學考》」「《小學考》的
體例與學術特色」「《小學考》的考論之功」「《小學考》之疏失」「《小學考》的
繼作與刊本」等五個方面肯定了《小學考》的價值與特色，指出了《小學考》
一書的不足。此書是對《小學考》一書的全面校點，在每卷之末附有校勘記，
對《小學考》原書中的訛脫衍倒多所是正。最後爲附錄，收錄了翁方綱、錢大

〔註20〕　郭昭文，1907 年生。河北定興人。1933 年畢業於國立北京師範大學研究院歷史科，
　　　　同年任該校研究所編輯，後赴日本東京法政大學學習，次年任河南禹縣師範學校
　　　　歷史教員。擅長詩詞。著有《習靜齋詩詞抄》二卷、《古今喪儀之比較研究》以及
　　　　未刊稿《文字彙聲》36 卷、《唐韻考證》五卷、《小學考補目》二卷、《説文廣韻切
　　　　語上字比較表》、《説文解字切語校正》、《王筠説文韻譜校斟補》、《胡煦韻玉函書
　　　　稿本跋》、《讀漢書補注箚記》。（見薛維維主編：《中國婦女名人錄》（陝西人民出
　　　　版社，1988 年），第 409 面。）
〔註21〕　譚耀炬點校：《小學考聲韻》，北京：中國文史出版社，2002 年。

昕、姚鼐、謝啓昆、謝質卿、蔣湘南、俞樾諸人爲《小學考》所撰序跋和《清史列傳》中的《謝啓昆傳》的主體部分。當然此書也偶有漏校之處，如卷二十七「顧氏景星黃公字說《四庫全書目》一卷」一條，有二處訛誤。一是書名當爲《黃公說字》，二是顧氏《黃公說字》共分子丑寅等十二集四十五卷，皆宜據《四庫全書總目》及顧氏原書校正。又如卷三十「陳氏庭堅《韻英》」，宋錢易《南部新書》作「陳王友元庭堅撰《韻英》十卷」，謝啓昆襲《玉海》而誤作陳庭堅。當據《南部新書》校正。〔註22〕

（四）較多涉及《小學考》的研究成果主要有以下三類。一類是研究謝啓昆生平及其著述而涉及者，二類是研究清代學術而有較多涉及者，第三類是對陳鱣、胡虔、錢大昭等助編者的生平與學術進行研究的成果。前一類主要是以下著作：何明棟《謝啓昆及其著作》〔註23〕、何林夏《謝啓昆字號考辨》〔註24〕、吳中勝《謝啓昆生平、著述考略》〔註25〕、曾志東《謝啓昆〈樹經堂詠史詩〉校注》〔註26〕、夏侯軒《樹經堂文集校注》〔註27〕。何明棟《謝啓昆及其著作》一文從謝啓昆的生平與著述兩大方面進行介紹，屬於比較早的對謝啓昆進行綜合介紹的論文，其中著述部分，提要式地介紹了《西魏書》、《小學考》、《廣西通志》、《粵西金石略》、《樹經堂詠史詩》、《樹經堂集》六種專門著作。何林夏《謝啓昆字號考辨》一文首次明確地指出「謝啓昆，字良璧，號蘊山，又號蘇潭」，並分析了「蘇潭」之號的來由，同時推測，多數文獻中，誤「蘊山」爲字，是由於姚鼐以 73 高齡誤記並寫入謝氏墓誌銘，致眾人因之不察。吳中勝《謝啓昆生平、著述考略》一文依據《樹經堂詩集》、《樹經堂詩續集》和《樹經堂文集》考察了謝氏生平與著術情況，但由於其材料不廣，對一些細節問題，如謝氏出生和去世的準確日期仍無法考定。曾志東《謝啓昆〈樹經堂詠史詩〉校注》和夏侯軒《樹經堂文集校注》，都是廣西大學的碩士學位論文。曾文前半部分介

〔註22〕 李文澤，霞紹暉，劉芳池校點：《小學考》，成都：四川大學出版社，2015 年。

〔註23〕 何明棟：《謝啓昆及其著作》，《贛南通訊》，1987 年第 3 期，第 113 至 115 頁。

〔註24〕 何林夏：《文獻研習拾零錄》，南寧：廣西人民出版社，2008 年，第 181～183 頁。

〔註25〕 吳中勝：《謝啓昆生平、著述考略》，《贛南師範學院學報》，2004 年第 2 期，第 96 至 99 頁。

〔註26〕 曾志東：《謝啓昆〈樹經堂詠史詩〉校注》，廣西大學碩士學位論文，2005 年。

〔註27〕 夏侯軒：《樹經堂文集校注》，廣西大學碩士學位論文，2006 年。

紹了謝啟昆的生平、《詠史詩》的研究情況，以及謝的《小學考》等其他著作。夏文在校注《樹經堂文集》之前，介紹了謝氏的生平，但沒有提及謝的其他著作。

第二類比較多，主要有以下幾種。尚小明《學人遊幕與清代學術》〔註28〕、《清代士人遊幕表》〔註29〕、張宗友《經義考研究》〔註30〕、楊果霖《朱彝尊〈經義考〉研究》〔註31〕。《學人遊幕與清代學術》，在第二章「清代重要學人幕府」中介紹了「謝啟昆幕府」，將其視為嘉慶時期三個重要學人幕府之一。謝幕雖然人數規模上遠不及曾燠幕和阮元幕，謝氏在士人中的地位也不及阮和曾，但是謝幕卻對清代的學術文化有突出貢獻。謝啟昆十多個幕賓中，主要協助著述的只有三個人，即陳鱣、錢大昭和胡虔。另兩個重要幕賓吳克諧、沈德鴻是謝氏處理政務的得力助手。此書中有兩個重要觀點值得注意。一是認為，《小學考》的兩個主要編纂者陳鱣和胡虔，胡虔出力最多，胡虔才是《小學考》的主要纂輯者。二是認為「從學術發展的內在邏輯看，小學的發達是造成清代考據學興盛的最根本的原因。而謝氏此書可以說既是對小學發達史的一個總結，同時又反映了小學在清代由經學附庸一變而『蔚為大國』的重要學術地位。」〔註32〕《清代士人遊幕表》一書，依據碑傳、年譜、詩文等材料，對清代 268 年間的 1364 名士人的遊幕活動進行考察。用列表的形式，按姓名字號、籍貫、生卒年、家境、功名、遊幕前的活動、遊幕經歷、幕中活動、出幕後的活動和資料來源等方面，對遊幕士人進行了全面的研究。其中，先後入謝啟昆幕的士人有吳克諧、沈德鴻、章學誠、錢大昭、胡虔、陳鱣、凌廷堪、邵志純等人。《經義考研究》一書，在論及《經義考》對目錄編纂的影響時，對十多家補訂《經義考》的著作進行了考論。其中論及《小學考》，所依據的材料主要是《鄭堂讀書記》、《續修四庫全書總目提要（經部）》中的《小學考》提要及虞萬里《影印〈小學考〉前言》。

〔註28〕 尚小明：《學人遊幕與清代學術》，北京：社會科學出版社，1999 年。

〔註29〕 尚小明：《清代士人遊幕表》，北京：中華書局，2006 年。

〔註30〕 張宗友著：《經義考研究》，北京：中華書局，2009 年。

〔註31〕 楊果霖：《朱彝尊〈經義考〉研究》（上、下），《古典文獻研究輯刊》（初編）第十六冊、第十七冊，臺北：花木蘭文化工作坊，2005 年。

〔註32〕 尚小明《學人遊幕與清代學術》，第 119 頁。

第三類，對參編者的生平與學術進行研究的成果，有陳鴻森《清儒陳鱣年譜》〔註33〕、《陳鱣事蹟辯證》〔註34〕，丁煜《陳鱣藏書考》〔註35〕，張振廣《胡虔學術研究》〔註36〕，尚小明《胡虔生平繫年》〔註37〕，顧圍《錢大昭著作考》〔註38〕等。其中《清儒陳鱣年譜》一文，據陳鱣《字書拾存·自敘》認爲，《小學考》所著錄陳氏多種小學著作輯佚成果總名爲「《小學拾存》」。《陳鱣事蹟辯證》一文，據《小學考》等材料考證史傳中陳氏事蹟記述之誤五則，一一進行考辨。顧圍《錢大昭著作考》一文，據錢師璟《嘉定錢氏藝文志略》、張之洞、范希曾《書目答問補正》、趙之謙《漢學師承續記》、《中國叢書綜錄》、《清史稿·藝文志》、王紹曾《清史稿·藝文志拾遺》和《嘉定縣志》等書所載，及各地圖書館所藏，考證出錢氏著作爲 25 種之多。

三、概念綜述

（一）「小學」概念綜述

古代「小學」一詞，一般來說，存在兩個不同的概念：即漢人之小學，宋人之小學，前者指語言文字之學，後者偏指幼儀之學，二者皆源於周代之小學。謝啟昆云：「漢宋小學之書，塗殊徑異。或者互爲尊抑，不知各有本源。六書九數者，《周官·保氏》之教也；三德三行者，《周官·師氏》之職也。劉《錄》、班《志》極有分曉，錄《史籀》以下爲小學，而《弟子職》入於孝經，本末兼該，皆學者所當從事，庶於制行力學之道無缺。宋以來師氏之職大明，而小學掩晦，近儒乃講求之。」〔註39〕本文所說的「小學」與《小學考》之「小學」，都是指漢人之小學，即對傳統的語言文字之學的總稱，這一概念始於《七略》與《漢書·藝文志》。李零先生認爲「漢代的小學是從古代的小

〔註33〕 陳鴻森：《清儒陳鱣年譜》，《歷史語言研究所集刊》第 62 本第 1 分，1993 年。

〔註34〕 陳鴻森：《陳鱣事蹟辯證》，《傳統中國研究集刊》（第一輯），2005 年 3 月。

〔註35〕 丁煜：《陳鱣藏書考》，暨南大學碩士學位論文，2010 年。

〔註36〕 張振廣：《胡虔學術研究》，廣西師範大學碩士學位論文，2008 年。

〔註37〕 尚小明：「胡虔生平繫年」，《中國典籍與文化》，2005 年第 4 期。第 63 至 68 頁。

〔註38〕 顧圍：《錢大昭著作考》，《古文獻研究集刊》（第二輯），2008 年，第 379 至 391 頁。

〔註39〕 謝啟昆《與姚夢谷比部（戊午）》，見《樹經堂文集》卷三第二十五葉。《續修四庫全書》第 1458 冊第 317 頁。

學發展而來。……王莽以來，小學更以書法爲主，也叫『書館』或者『書舍』，這是後來以小學稱文字之學（包括音韻、訓詁之學，原來是一門學問）並以之爲經學基礎的制度背景。」〔註40〕《漢書・藝文志》云：「古者八歲入小學，故《周官》保氏掌養國子，教之六書，謂象形、象事、象意、象聲、轉注、假借，造字之本也。」這表明，漢代小學繼承的是《周禮・地官・保氏》的傳統。至於宋人之小學，以朱子《小學》爲代表，如《小學集注》朱子《序》云：「古者小學，教人以灑掃，應對，進退之節；愛親，敬長，隆師，親友之道。皆所以爲修身，齊家，治國，平天下之本，而必使其講而習之於幼稚之時。」宋人之小學則可以追溯到《周禮・地官・師氏》的理念。〔註41〕

而周代的「小學」，作爲當時的一種初等教育，內容要廣泛得多，和今天的作爲初等教育的「小學」有幾分相似之處。如《大戴禮・保傳》：「古者八歲出就外舍，學小藝焉，履小節焉。束髮而就大學，學大藝焉，履大節焉。」盧辨注：「小學，謂虎闈，師保之學也。大學，王宮之東者。束髮，謂成童。」〔註42〕《禮記・內則》：「十年出就外傅，居宿於外，學書記，朝夕學幼儀，請肄簡諒。」《周禮・地官》：「保氏掌諫王惡而養國子以道，乃教之六藝，一曰五禮，二曰六樂，三曰五射，四曰五馭，五曰六書，七曰九數。」《尙書大傳・周傳》：「古之帝王者，必立大學、小學。使王太子、王子、群后之子、以至公卿大夫元士之嫡子，十有三始入小學，見小節焉，踐小義焉。年二十入大學，見大節焉，踐大義焉。故入小學知父子之道，長幼之序。入大學知君臣之義，上下之位。」〔註43〕《白虎通・辟雍》：「古者以年十五入大學何？以爲八歲毀齒，始有識知，入學學書計。七八十五，陰陽備，故十五成童志明，入大學，學經籍。」〔註44〕可見在周代，

<hr>

〔註40〕李零著：《簡帛古書與學術源流》，北京：生活・讀書・新知三聯書店，2004 年，第 256 面。

〔註41〕《周禮・地官・師氏》云：「師氏，掌以媺詔王。以三德教國子：一曰至德，以爲道本；二曰敏德，以爲行本；三曰孝德，以知逆惡。教三行：一曰孝行，以親父母；二曰友行，以尊賢良；三曰順行，以事師長。」

〔註42〕（清）王聘珍撰，王文錦點校：《大戴禮記解詁》，北京：中華書局，1983 年，第 60 面。

〔註43〕（清）皮錫瑞撰：《尙書大傳疏證》（師伏堂叢書本），卷六第九葉。

〔註44〕（清）陳立撰，吳則虞點校：《白虎通疏證》，北京：中華書局，1994 年，第 253 面。

「小學」是指貴族子弟所接收的一種初等教育，和漢代的「小學」不同。正如余嘉錫先生《四庫提要辯證》所說：「要之幼童之入小學，其所學皆幼儀也，所謂學小藝而履小節也。此爲人生之始基，養正之功，有多少事在，故使之讀《論語》、《孝經》，以培養其根底，斷不止教之六書而已。」〔註45〕漢代的「小學」（以「六書」爲主要內容的）只是先秦兩漢時期的初等教育的「小學」（包括幼儀、六藝，與「大學」相對的概念）的教學內容之一。許愼《說文解字·序》云：「周禮，八歲入小學，保氏教國子，先以六書。」總之，漢人之小學偏於語言文字之學，宋人之小學偏於幼儀之學，二者皆源於周代的小學。黃侃先生曾將「小學」定義爲「小學者，即於中國語言文字中研究其正當明確之解釋，藉以推求其正當明確之由來，因而得其正當明確之用法者也。」〔註46〕也就是說，在今天「小學」一詞，一般認爲是研究文字準確的形音義和語源，以求準確運用的學問。

「小學」的內涵隨時代而變化，體現在歷代目錄中，就是小學內部分合各不相同。從《漢志》到《四庫全書總目》，這一千七百多年中，主要目錄著作中體現的「小學」的內涵是不斷變化的。這種變化，參考張舜徽先生的觀點〔註47〕，大體可以分爲三個階段：漢至唐，小學類不包含訓詁著作，爲第一階段，可稱爲「漢人之小學」；第二階段是宋元明，小學類比較蕪雜的時期，可稱爲「宋人之小學」；第三階段是清代以來，以《四庫全書總目》爲代表，明確規定小學類

〔註45〕余嘉錫著：《四庫提要辯證》，北京：中華書局，1980年，第82面。

〔註46〕黃侃著，黃延祖重輯：《黃侃國學講義錄》（北京：中華書局，2006年），第39面。

〔註47〕張舜徽《四庫提要敍講疏》：「小學一目，歷代沿用，而內容各有不同。蓋有漢世之所謂小學，有宋人之所謂小學，有清儒之所謂小學。自不可強而一之，學者不容不辨。劉《略》班《志》以《史籀》、《倉頡》、《凡將》、《急就》諸篇列爲小學，不與《爾雅》、《小雅》、《古今字》相雜。尋其遺文，則皆系聯一切常用之字，以四言、七言編爲韻語，便於幼童記誦，猶今日通行之《千字文》、《百家姓》之類，此漢世之所謂小學也。迨朱子輯古人嘉言懿行，啓誘童蒙，名曰《小學》，其後馬端臨《經籍考》列之經部小學類，此宋人之所謂小學也。《四庫總目》以《爾雅》之屬歸諸訓詁；《說文》之屬歸諸文字；《廣韻》之屬歸諸韻書；而總題曰小學。此清儒之所謂小學也。然考之晁公武《郡齋讀書志》，已謂文字之學有三：《說文》爲體制之書，《爾雅》、《方言》爲訓詁之書，沈約《四聲譜》及西域反切之學爲音韻之書。然則以彼三者當小學之目，實亦源於宋人，又不自清儒始矣。」（昆明：雲南人民出版社，2005年，第39～40面。）

的內含爲文字、音韻、訓詁，可稱爲「清儒之小學」。

　　班固《漢書‧藝文志》將小學類置於六藝略之末，次於孝經類之後。從此，以小學入經部，歷代目錄總體上都遵從之。《漢志》小學類所收十家四十五篇，除《急就篇》流傳下來之外，其餘皆亡佚，只有《史籀》《倉頡》《凡將》《訓纂》幾種有諸家輯本（《倉頡篇》有六七種出土文獻，其中以北京大學藏西漢竹書《蒼頡篇》四字本（存字約 1300 字）和 2008 年甘肅永昌水泉子出土的七言本（存字約 1000 字），屬於存字量比較多的兩種。〔註48〕），但十家皆字書是無疑的。而且都是用於「識字」的字書，和後來產生的《說文解字》一類的「解字」的字書是不同的。而《爾雅》《小爾雅》《古今字》和《弟子職》皆歸入孝經類，不入小學。兩漢六朝以來，小學之書激增。故《三蒼》《急就章》《千字文》之類的識字之字書和《說文》《字林》《玉篇》之類解字的字書，《聲類》《韻集》《韻略》《韻英》等魏晉南北朝新產生的韻書皆見於《隋書‧經籍志》小學類，而《爾雅》、《方言》《釋名》等訓詁書則歸入論語類，仍不入小學類。六朝時期大量產生的音義書，則各隨其類，如《禮記音義隱》入經部禮類，《楚辭音》入集部楚辭類。九世紀日本學者藤原佐世所作《本朝現在書目錄》分類上對《隋志》有很多繼承，如仍將訓詁書附於論語類，但已將《博雅》移入小學類。故《見在書目》似可以看作《隋志》與兩《唐志》的過渡，雖然中國學者很晚才知道其存在。《舊唐書‧經籍志》可視爲將訓詁書移入小學類的先導之作，但將訓詁類與其他小學類明顯分開，並列而稱，云：「右小學一百五部，《爾雅》《廣雅》十八家，偏旁音韻雜字八十六家，凡七百九十七卷」。歐陽修《新唐書‧藝文志》則完全將訓詁書歸入小學類。自此相承，訓詁、文字、音韻三者入小學已成後世共識。因此，或許可以把《新唐志》視爲漢人小學觀念之終結。

　　《崇文總目》對「小學」的定義，可視爲宋人小學觀念之代表。歐陽修《崇文總目敘釋》「小學類」云：「古者教學之法，八歲而入小學。以習六甲、四方、書數之藝，至於成童而後授經。儒者究極天地、人神、事物之理，無所不通，故其學有次第而後大成焉。《爾雅》出於漢世，正名命物，講說者資之，於是有

〔註48〕　參見駢宇騫、段書安編著：《二十世紀出土簡帛綜述》（中華書局，2006 年），第206 面。和朱鳳瀚：《北京大學藏西漢竹書分述：北大漢簡〈蒼頡篇〉概述》，《文物》2011 年第 6 期，第 57 至 63 面。

訓詁之學；文字之興，隨世轉易，務趨便省，久後乃或亡其本。《三蒼》之說始於字法，而許慎作《說文》，於是有偏旁之學；五聲異律，清濁相生，而孫炎始作字音，於是有音韻之學；篆隸古文，爲體各略。秦漢以業，學者務極其能，於是有字書之學。先儒之立學，其初爲法未始不詳而明，而後世猶或論失，故雖小學而不可闕焉。」〔註49〕《崇文總目》將小學分類訓詁之學、偏旁之學、音韻之學、字書之學。已初步打破文字、音韻、訓詁三分小學的格局。《郡齋讀書志》首次將《經典釋文》《群經音辨》和《唐藏經音義》等音義書收入小學類。但未形成成例，後世目錄，如《直齋書錄解題》和《四庫全書總目》小學類仍不收音義書，只有《通志‧藝文略》，在小學類下設「音釋」收錄了音義書。《宋史‧藝文志》在小學類中也混雜了很多音義類著作。《直齋書錄解題》首次明確將書法之屬從小學剔除，歸入雜藝類〔註50〕，但也未形成共識，《通志‧藝文略》《宋史‧藝文志》小學類仍收書法之書。其後目錄中，小學類多蕪雜。如《宋史‧藝文志》《文獻通考‧經籍考》《明史‧藝文志》皆以幼儀、蒙求入小學，《千頃堂書目》則幼儀、蒙求之書附於小學類。

　　這一階段，小學類的蕪雜特徵，在《通志‧藝文略》和《宋史‧藝文志》中體現得最爲明顯。前者是分類精細的典型。小學類再分爲「小學」、「文字」、「音韻」、「音釋」、「古文」、「法書」、「蕃書」和「神書」八個小類。「小學」中收入的主要是古小學書（《三蒼》、《急就章》之類）和《千字文》，這些都是「識字課本」，並不分析漢字的形音義；「文字」收入以《說文》和《玉篇》爲代表的文字學著作；「音韻」收錄以《切韻》和《廣韻》爲代表的韻學著作；「音釋」收入以《經典釋文》和《群經音辨》爲代表的音義書。「古文」收錄《汗簡》和《尚書古字》爲代表的古文字學著作；「法書」收錄《書品》和《法書》等書法理論著作；「蕃書」收錄《婆羅門書》和《外國書》等外國語言文字方面的著作；「神書」收錄《崆峒山石文》和《合山鬼篆》等書，或許是類似今天的不能識別的摩崖石刻之類的文字。後者，《宋史‧藝文志》是不分類的雜亂的典型。小

〔註49〕 見《歐陽修全集》（北京：中華書局，2001 年）卷一二四，第 1884 面。

〔註50〕 《直齋書錄解題》：「自劉歆以小學入《六藝略》，後世因之，以爲文字訓詁有關於經藝故也。至《唐志》所載《書品》《書斷》之類，亦廁其中，則龐矣。蓋其所論書法之工拙，正與射御同科，今並削之，而列於雜藝類，不入經錄。」（上海：上海古籍出版社，1987 年，第 85 面。）

學類下面根本沒有分類，不僅將《爾雅》類、《說文》類著作隨意分佈，而且將《書品》《書斷》等書法理論著作、《先秦古器圖》《考古圖》等金石學著作，及朱熹《小學之書》等幼儀之書和王應麟《小學紺珠》之類的類書，皆混雜於小學類，故被後世譏爲「紕漏顚倒，瑕隙百出，於諸史志中最爲叢脞」〔註51〕

　　至《四庫全書總目》「以論幼儀者別入儒家，以論筆法者別入雜藝，以蒙求之屬隸故事，以便記誦者別入類書，惟以《爾雅》以下編爲訓詁，《說文》以下編爲字書，《廣韻》以下編爲韻書。」〔註52〕小學類三大塊才正式確立。而《小學考》正是在《總目》將小學類三分法的基礎上，提出體用之說，將音義類正式納入了小學類，形成了訓詁、文字、聲韻與音義四分小學的分類格局。

　　古代目錄體裁不一，分類多樣，但四部分類法一直是主流。其中又以《四庫全書總目》最爲成熟，堪稱典範。因此，以《四庫全書總目》爲基準，可以發現目錄一般分爲三級：經、史、子、集四部爲第一級；部下再分類，如經部易類、經部小學類爲第二級；類下再分屬，如小學類訓詁之屬、政書類通制之屬，屬於第三級。雖然小學一直隸屬經部，但嚴格來說，它並不符合經部的定義，甚至並不能歸入經、史、子、集任何一部。

（二）「輯錄體」目錄綜述

　　目錄的類型，余嘉錫先生將目錄從體制上分爲三種，其《目錄學發微》曰：「目錄之書有三類：一曰部類之後有小序，書名之下有解題者；二曰有小序而無解題者；三曰小序解題並無，只著書名者。昔人論目錄之學，於此三類，各有主張，而於編目之宗旨，必求足以考見學術源流，則無異議。」〔註53〕即目錄可分爲提要目錄、類序目錄和簿錄式目錄三種，〔註54〕而三種都以考見學術源流爲宗旨。《小學考》則屬於提要目錄。

　　提要目錄，又稱解題目錄、敘錄體目錄，其用途在於考證著者之生平、揭示典籍之大旨、評價內容之得失、追溯學術之源流、記載版本之流傳、指導讀

〔註51〕《四庫全書總目》之《崇文總目》提要語，見《四庫全書總目》第 728 頁下。

〔註52〕《四庫全書總目》，（北京：中華書局，1965 年），第 338 頁下。

〔註53〕余嘉錫《目錄學發微　古書通例》（北京：中華書局，2007 年），第 8 頁。

〔註54〕周少川將這三種類型的目錄分別命名爲登記目錄、類序目錄和解題目錄。見氏著《古籍目錄學》第 27 至 32 頁。此處借鑒其命名方式。

者問學之津涯。提要目錄實爲中國目錄學中最優良的一種目錄體制。一般認爲，這種目錄體制創自西漢目錄學家劉向。《漢志》云：「至成帝時，……詔光祿大夫劉向校經傳、諸子、詩賦，步兵校尉任宏校兵書，太史令尹咸校數術，侍醫李柱國校方技。每一書已，向輒條其篇目，撮其指意，錄而奏之。」〔註55〕阮孝緒《七錄序》稱：「至孝成之世，……命光祿大夫劉向，及子俊（歆）等，讎校篇籍。每一篇已，輒錄而奏之。……昔劉向校書，輒爲一錄，論其指歸，辨其訛謬，隨竟奏上，皆載在本書。時又別集眾錄，謂之《別錄》，即今之《別錄》是也。」〔註56〕這兩則記錄表明，劉向每校理一部書籍，即撰寫一篇敘錄，敘述其校勘情形，介紹撰者生平、分析學術淵源、品評書籍得失之類。「《別錄》者，取眾書之錄集爲一編，於本書之外別行，如《四庫全書》先有提要，後乃編爲《總目》也。」〔註57〕《別錄》雖已失傳，但「保存下來的劉向當年撰寫的敘錄還有九篇，這九篇是：《戰國策敘錄》、《管子書錄》、《晏子書錄》、《列子書錄》、《鄧析子書錄》、《孫卿書書錄》、《韓非子書錄》、《說苑書錄》、《山海經書錄》。」〔註58〕……這九篇敘錄，清人姚振宗進行了系統輯佚〔註59〕。從這些現存佚文可以看出，《別錄》實爲我國第一部提要目錄。自此以後，《直齋書錄解題》《郡齋讀書志》《四庫總目提要》等皆祖述之。

　　齊梁之時產生的提要目錄有王儉《七志》和阮孝緒《七錄》，今俱亡佚。《隋志》稱《七志》「不述作者之意，但於書名之下，每立一傳」作爲提要，從而形成了傳錄體提要。傳錄體提要側重記載作者生平事蹟，而於學術源流缺少闡發，所以《隋志》謂其「文義淺近，未爲典則」、「割析辭義，淺薄不經」〔註60〕。而後世之史志目錄，偶作小注略明著者生平，或襲其意。提要目錄發展至宋元時期，有王應麟《玉海・藝文》、馬端臨《文獻通考・經籍考》兩種提要目錄，

〔註55〕見《漢書》（中華書局，1962年），第1701面。

〔註56〕見《廣弘明集》卷三，《四部叢刊》本。

〔註57〕余嘉錫《目錄學發微　古書通例》（北京：中華書局，2007年），第33頁。

〔註58〕見高路明：《古籍目錄與中國古代學術研究》（江蘇古籍出版社，1997年），第69面。

〔註59〕（漢）劉向、劉歆撰，（清）姚振宗輯錄：《七略別錄佚文　七略佚文》，上海古籍出版社，2008年。

〔註60〕《隋書》（中華書局，1973年），第907面。

其提要輯錄前人之說，按時代先後排列。抄錄諸家提要之後，偶作案語略陳己見。這種輯錄眾家材料的目錄體式可稱爲輯錄體提要。此後沿用此體者有：朱彝尊《經義考》、及本文要討論的謝啓昆《小學考》。謝氏之後有張金吾《愛日精廬藏書志》、孫詒讓《溫州經籍志》，及清中後期眾多補史藝文志，如姚振宗《隋書經籍志考證》等，亦爲輯錄體提要。

姚名達《中國目錄學史》，根據提要目錄不同側重點，又將其分爲版本目錄（《讀書敏求記》）、藏書志（《皕宋樓藏書志》）、讀書目錄（《鄭堂讀書記》）、傳錄體（《七志》）、輯錄體（《經義考》）等八種類型〔註61〕，稍顯蕪雜。王重民先生則將「提要目錄」分爲三類，更爲得當。其《中國目錄學史論叢》「第二章　古代中古前期我國圖書目錄事業的進一步發展」云：

> 我爲稱名的方便，擬把從劉向敘錄直到《四庫全書總目》的提要都稱
> 爲敘錄體的提要，把用傳記方式的都稱爲傳錄體的提要。……另外，
> 還有輯錄體的提要，就是不由自己編寫，而去鈔輯序跋、史傳、筆記
> 和有關的目錄資料以起提要作用。這一方法是在這一時期內由僧祐開
> 其端，而由馬端臨的《文獻通考·經籍考》、朱彝尊《經義考》得到
> 進一步發揮，和敘錄體、傳錄體並稱，我擬稱之爲輯錄體。〔註62〕

在此，王重民先生不僅明確將提要目錄分爲三種（敘錄體、傳錄體和輯錄體），而且認爲輯錄體源於梁僧祐（445～518）《出三藏記集》。〔註63〕

（三）專科目錄簡述

「專科目錄是指僅限於某一門學科的目錄。專科目錄是伴隨著學術的發展，適應人們深入瞭解或研究某一學科典籍的要求而產生的。」〔註64〕姚名達《中國目錄學史》云：「溯自漢初，韓信、張良即已次序兵法，刪一百八十二家

〔註61〕姚名達：《中國目錄學史》（上海古籍出版社，2002 年），第 140 面。

〔註62〕王重民《中國目錄學史論叢》（北京：中華書局，1984 年），第 80 頁。

〔註63〕「……僧祐的《出三藏記集》是採取了我國目錄學方法中以反映各種參考資料，
　　　　擴大解題或提要作用的一部富有創造性的專科目錄，後來馬端臨的《文獻通考·
　　　　經籍考》、朱彝尊的《經義考》，又變通了僧祐的做法，發展成爲輯錄體解題目錄。」
　　　　（王重民《中國目錄學史論叢》第 72 面）

〔註64〕高路明：《古籍目錄與中國古代學術研究》（江蘇古籍出版社，1997 年），第 292 面。

爲三十五家，專科目錄，莫之或先。《七略》不收散文，漢、魏漸有文集，故晉初荀勖、摯虞皆撰集《文章篇目》以補其闕。佛法傳來，經無所附，其徒乃自撰經錄以綱紀之。書畫漸興，宋齊遂有書畫之錄。他如史目起於李唐，金石原於趙宋，時代愈晚而專科目錄愈多。其始多就現存之書專門深入；明清以來則上窮往古，遍考存佚；及乎現代，更橫越東西，分支百學。數量之富，實質之精，迥非一般藏書目錄所能望其項背矣。」〔註65〕這表明，姚氏認爲專科目錄的形成與發展大體上可以分爲四個時期，即漢初爲萌芽期，魏晉南北朝至宋爲發展期，明清時期爲成熟期，近代以降爲繁榮期。具體來說，一般認爲漢代楊僕《兵錄》爲有文字可考的最早的專科目錄。「漢興，張良、韓信序次兵法，凡百八十二家，刪取要用，定著三十五家。諸呂用事而盜取之。武帝時，軍政楊僕捃摭遺逸，紀奏兵錄，猶未能備。至於孝成，命任宏論次兵書爲四種。」〔註66〕此後，魏晉有荀勖《新撰文章家集敘》、摯虞《文章志》、傅良《續文章志》等。南北朝時期有裴松之《史目》等。唐代有吳兢《樂府古題要解》和沈建《樂府廣題》等。宋代有殷仲茂《十三代史目》，高似孫《史略》、《子略》。到了清代，《經義考》的產生，標誌著專科目錄正式成熟。《小學考》和《史籍考》續出，則標誌著專科目錄的進一步繁榮。

四、研究思路

從前文綜述可知，《小學考》目前的研究，仍有深入的必要。諸如謝啓昆本人的生平及其幕府的詳細情況，有待進一步揭示；《小學考》成書的原因、成書的過程有必要進一步明確；《小學考》成書過程中，謝啓昆本人所起的作用及幕僚們的分工也有必要揭示；《小學考》的體例特徵與《經義考》有多少異同也值得關注；作爲一個輯錄體的目錄，《小學考》材料來源也是我們應該加以分析與研究的對象；作爲一部成熟的專科目錄，乾嘉小學著作之總結性，其價值與影響也應當給予定位。因此，本文結構上作如下安排：

《小學考》是謝啓昆及其幕府的集體編撰而成，所以本文第一章先論謝啓昆生平與其幕府；

〔註65〕姚名達：《中國目錄學史》（上海古籍出版社，2002年），第268～269面。

〔註66〕《漢書·藝文志·兵書略》序，見《漢書》第1762～1763面。

　　《小學考》是在清代目錄學與小學共同繁榮的背景下產生的，所以本文第二章次論其成書；

　　《小學考》是成熟的輯錄體專科目錄的代表作，所以本文第三章次論其體例；

　　《小學考》價值之一在於輯錄了大量材料，所以本文第四章次論其材料來源；

　　《小學考》產生兩百年來影響並未深廣，所以本文第五章末論其價值。

第一章　謝啓昆生平及其幕府

　　謝啓昆（1737～1802），字良璧，號蘊山，又號蘇潭。江西南康人。乾隆二十六年（1761）進士，歷官鎮江、揚州、寧國知府，江南河庫道，浙江按察使，山西、浙江布政使、廣西巡撫。終於位。謝啓昆生平著述有《樹經堂詩初集》15 卷，《樹經堂詩續集》8 卷，《樹經堂詠史詩》8 卷，《樹經堂文集》4 卷，《樹經堂遺文》1 卷。《西魏書》24 卷，《小學考》50 卷，《廣西通志》280 卷。

第一節　生平與宦遊

　　謝啓昆始祖名謝盛興，明嘉靖年間始遷南康〔註1〕，後世居南康。謝啓昆曾祖名茂偉，以「曾孫啓昆贈通奉大夫，晉資政大夫，廣西巡撫兼提督軍門。」〔註2〕祖父名希安（1650～1724？），字次仲。謝啓昆《拜四世遺像敬題十六韻》紀其祖父事蹟云：「大父生昌期（順治七年庚寅（1650）生），嘉行紀惇史。儒術用起家，文章追正始。廣文拜一官，東山病不起。」〔註3〕「康熙甲寅（1674）兵燹，空城出避，希安獨以父病困，不忍去。及父歿，猶成殯殮成服，不以干

〔註1〕　《謝質卿硃卷》：「始祖謝勝興，明嘉靖年始遷南康。」見顧廷龍主編：《清代硃卷集成》（臺北：成文出版社有限公司，1992 年），第 100 冊。

〔註2〕　（清）沈恩華等修：《（同治）南康縣志》，臺北：成文出版社影印同治十一年刊本。第 674 頁。

〔註3〕　謝啓昆《樹經堂詩初集》卷三第十一葉。見《續修四庫全書》第 1458 冊第 61 頁上。

戈廢禮。愛諸弟姪甚摯。邑令申毓來，留心風化，極重希安有大節，舉行鄉飲酒之禮，延爲賓首者再。殫心經學，五經皆手錄成帙。晚以歲貢選靖安訓導，未及任而卒。」〔註4〕「以孫啓昆貤贈奉政大夫，朝議大夫，通奉大夫，晉資政大夫兼振威將軍，廣西巡撫兼提督軍門。」〔註5〕其父名恩薦（1712～1779），字樸齋，又名元誠，字去浮，增貢生。〔註6〕謝啓昆《拜四世遺像敬題十六韻》紀其父事蹟云：「詩書念手澤，好音接泮水。秋闈戰不售，初服守內美。」〔註7〕「子啓昆守揚州日，戚族欲爲恩薦稱觴者，適黔中某令運銅舟覆，羈滯邗上。亟令啓昆罷醵會之費以拯之。生平尤篤孝友，先世遺產，皆積以贍家族云。」〔註8〕「以子啓昆贈儒林郎、翰林院編修，加奉直大夫，朝議大夫，通奉大夫，晉資政大夫兼振威將軍，廣西巡撫兼提督軍門，都察院都御史。」〔註9〕

謝啓昆於乾隆二年（1737）八月〔註10〕初十，生於南康。其出生日期史書不載，但其師翁方綱《復初齋集外詩》中有所記載。翁方綱《擬秋闈課試，適值仲通初度之辰，是日仲通恰得予篋中殘紙，乃謝蘊山所寄詩，「同是醉翁門下士」云云，是錢裴山手錄者。予門人惟謝蘊山、馮魚山二生皆八月初十生日，今日八月十一日也。賦此贈仲通》〔註11〕

> 千佛名經息壤同，侯芭奇字說揚雄。松蘿不比江兼嶺，梓里應追謝
> 與馮。迦葉笑拈承玉舜（明陸文裕八月十日生），瓣香蒂結認南豐。
> 藥珠榜悟三錢夢，合在東堂桂影中。（乾隆乙丑會試，闈中錢相人分
> 校，夢三大錢聯結，是科主司錢香樹先生，殿試第一人錢茶山也。

〔註4〕 （清）沈恩華等修：《（同治）南康縣志》，第 911 頁。

〔註5〕 （清）沈恩華等修：《（同治）南康縣志》，第 674 頁。

〔註6〕 翁方綱：《謝元誠墓誌》云：「君諱元誠，又諱恩薦，去浮其字也。」見翁方綱《復初齋外集》文卷第二，民國六年（1917）吳興劉氏嘉業堂刊本。

〔註7〕 謝啓昆《樹經堂詩初集》卷三，第十一葉。

〔註8〕 （清）沈恩華等修：《（同治）南康縣志》，第 915 頁。

〔註9〕 （清）沈恩華等修：《（同治）南康縣志》，第 674 頁。

〔註10〕 （清）程同文《廣西巡撫謝公神道碑》：「公生於乾隆二年八月，享年六十有六。」見（清）繆全孫編《續碑傳集補》，《北京大學圖書館館藏稿本叢書》第二十二冊，天津：天津古籍出版社，1991 年，第 85 至 92 頁。

〔註11〕 翁方綱：《復初齋集外詩》，民國六年（1917）吳興劉氏嘉業堂刊本，卷 24 第 15 頁。

一、少年求學至榮登科第（1737～1761）

　　謝啓昆，約十歲時就師讀書。其《哀慕詩五首》（其二）云：「十歲就外傳，誦讀寬課程。」〔註12〕十七八歲時，就學於瑞露軒，師從葛懷古。其《瑞露軒》云：「（在南康署。昔啓昆與伯兄穎園，同受知於縣尹秀水葛懷古先生。忽忽三十年，偶過軒頭懷人感舊，情見乎詞。）曾此傳經列坐隅，王喬跡已化飛鳧。當年名士推諸葛，少日文章愧二蘇。秋露空庭懷舊澤，春風帶草沒晴蕪。平生剩有西州淚，不待驅車過范湖（懷古先生所居）。」〔註13〕二十二歲時，肄業於南昌豫章書院。其《新建縣訓導程君墓誌銘（丁巳）》云：「戊寅己卯間，君與余同肄業豫章書院。及余卜居南昌，君已官於此。兩人過從尤密。」〔註14〕二十三歲，中舉〔註15〕，時工部右侍郎錢維城爲江西鄉試正考官、編修翁方綱爲副考官。〔註16〕同年冬，與其伯丈李鏡亭一同入都，準備參加來年的會試。〔註17〕

　　乾隆二十五，謝啓昆參加庚辰科會試，時其師翁方綱任同考官。中式，但未參加當年殿試。〔註18〕次年，適逢太后七十大壽，朝廷設辛巳恩科〔註19〕，謝啓昆得已參加殿試，以二甲第二十五名賜進士出身，同榜一甲爲王杰、胡高望、趙翼三人。五月十八日，以新科進士授庶吉士，習國書（滿語）。〔註20〕是

〔註12〕《樹經堂詩初集》卷三，第一葉。

〔註13〕《樹經堂詩初集》卷三，第五葉。

〔註14〕《樹經堂文集》卷三，第五葉。見《續修四庫全書》第1458冊第307頁下。

〔註15〕《謝質卿硃卷》：「謝啓昆，乾隆己卯科舉人」。

〔註16〕《高宗實錄》乾隆二十四年閏六月辛卯（十三）條：「工部右侍郎錢維城爲江西鄉試正考官，編修翁方綱爲副考官。」

〔註17〕《李大外姑王孺人遺像贊（壬寅）》：「己卯冬，余隨伯丈鏡亭先生計偕入都。」見《樹經堂文集》卷一，第二十一葉。

〔註18〕《翁氏家事略記》：「二十五年庚辰三月，充會試同考官，……，方綱分校詩。四房得謝啓昆等十一人。謝即前一年江西所得士。……是年本房十一人，除謝啓昆、莫元龍皆停一科未與殿試外，李松齡用庶吉士……。」

〔註19〕《高宗實錄》：「乾隆二十六年辛巳，四月乙酉。諭：本年恭逢聖母皇太后七旬萬壽，普天同慶，特開萬壽恩科。」

〔註20〕《高宗實錄》乾隆二十六年五月：「丙辰，內閣、翰林院帶領新科進士引見。得旨：新科進士一甲三名王杰、胡高望、趙翼已經授職。蔣雍植、……謝啓昆、……鄧大林，俱著改爲庶吉士。」

年謝啓昆二十五歲，接下來的十一年中，皆在翰林院任職。

二、任職翰林院（1761～1772）

在翰林院的十一年中，又可以分為兩個階段，前五年是以庶吉士的身份習國書，後面六年主要是任職國史館和充日講起居注官。

謝啓昆《樹經堂詩初集》卷一所收的詩歌，記錄了他在翰林院的生活情況。其《初習國書》云：「齒序分班左右居，鴻文一卷發蒙初（《清文啓蒙》一書為入門之始）。慚為上國無雙士（是科，朝考第一），來讀西清未見書。字母華嚴頒十二，官師館課赴三餘。婀娜自笑多蠻語，悟徹源流實啓予。」〔註21〕這時期的詩歌多述其見聞，如《奇石蜜食歌》記其吃無核綠葡萄之事。《雲麾碑》和《湛園石》，則記其賞鑒碑帖與奇石。《積水潭》《梳粧樓》《萬柳堂》《憫忠寺》《陶然亭》等詩記其遊賞京城名勝。或記其與老師翁方綱的交遊唱和，如《陪翁覃溪師、積粹齋、錢籜石兩先生遊二閘》、《覃溪師寓齋話別聯句》、《覃溪師甫入都，啓昆出守鎮江話別聯句三首》。這一時期最能體現謝啓昆的學識和才氣的詩當數《恭祝皇上六旬萬壽詩（九首。謹序，恭集《文選》句。）》，其序用230句《文選》中的句子連綴成文，用思之深，《文選》之精熟，歎為觀止。

乾隆二十八年（癸未，1763），散館。乾隆三十一年，謝啓昆以清書庶吉士，授編修。〔註22〕「既而充國史纂修官、日講起居注官」〔註23〕。其詩《初入國史館》云：「國家締造二百年，以聖繼聖洪基延。……。歲在旃蒙命重宣，載啓祕館龍池邊。特進八臣司校研（總裁官八），十有二人各分編（纂修八，協修四）。月俸時賜大官錢，上方更給瓊華牋。……」記載了乾隆三十年，乾隆重開國史館並設為常設為機構的史實〔註24〕。又《內院校書》云：「國書習罷鸚調語，史

〔註21〕《樹經堂詩初集》卷一，第二葉。

〔註22〕《高宗實錄》乾隆三十一年五月：「庚午，內閣翰林院帶領癸未科散館修撰、編修、庶吉士引見，得旨：……其清書庶吉士謝啓昆，祝德麟，董誥，孟生蕙，俱授為編修。……」

〔註23〕姚鼐《廣西巡撫謝公墓誌銘（並序）》云：「乾隆三十一年，授編修，既而充國史纂修官、日講起居注官。」見（清）姚鼐著：《惜抱軒全集》，北京：中國書店，1991年版，第259頁。

〔註24〕《高宗實錄》乾隆三十年六月丁卯：「從前國史編纂時，原係匯總進呈，未及詳加確核。其間秉筆之人，或不無徇一時意見之私，抑揚出入，難為定評。今已停辦

籍分編凰引朋。芸閣晨星披毳氅，蓬壼夜雨擁青綾。紫薇花發春初暖，金雀風微月欲升。上相掄才感知己（謂劉諸城相國〔註25〕），玉壺澄徹一條冰。」記載其得到了劉統勳的賞識。

乾隆三十三年（戊子，1768），乾隆於正大光明殿舉行翰詹考試，謝啓昆和紀昀等十八人，名列第二等。〔註26〕乾隆三十五年（庚寅，1770），謝啓昆以編修任河南鄉試正考官。〔註27〕次年，京察一等，升一等翰林院編修，爲會試同考官。〔註28〕同年是年十月十八日，爲日講起居注官。〔註29〕

三、出任知府和閒居南昌（1772～1790）

這十八年時間，可分爲兩個階段，前一部分是謝啓昆出任鎮江、揚州、寧國知府（1772～1781），後一部分是居家守制與閒居南昌時期（1781～1790）。

在京城整整十一年以後，乾隆三十七年（壬辰，1772）謝啓昆終於得到了外任的機會，即出任鎮江知府〔註30〕。這距離大鐘寺僧人的「當官外任」的建

年久，自應開館重事輯修。著將國初已來，滿漢大臣，已有列傳者，通行檢閱，核實增刪考正。」乾隆三十年七月：「癸卯。以大學士傅恒、尹繼善、劉統勳爲國史館正總裁官。協辦大學士吏部尚書陳宏謀、戶部尚書于敏中、兵部尚書托恩多、刑部尚書舒赫德爲副總裁官。」詩中所說「歲在旃蒙命重宣」即指乙酉年（1765）重開國史館之事。

〔註25〕 時劉統勳（1698～1773）任國史館總裁。

〔註26〕 《高宗實錄》乾隆三十三年四月：「壬申，……昨於正大光明殿，考試翰詹等官。朕親加詳閱，按其文字優劣，分別等次。一等吳省欽、褚廷璋、張曾敞三員。二等宋銳、……謝啓昆、紀昀、張燾、饒學曙十八員。……」

〔註27〕 《高宗實錄》乾隆三十五年七月：「（庚戌）以編修謝啓昆爲河南鄉試正考官，刑部員外郎曹錫寶爲副考官。……」

〔註28〕 《高宗實錄》乾隆三十六年四月：「（丁亥）吏部帶領京察保送一等之翰林院編修曹仁虎等五十一員……引見。得旨：曹仁虎、沈士駿、嵇承謙、謝啓昆、陸費墀、……瑞敏俱准其一等，加一級。」《清史列傳·大臣傳·謝啓昆》：「京察一等，充會試同考官。」

〔註29〕 《高宗實錄》乾隆三十六年十月：「（乙酉）以右庶子那穆齊禮，侍講吳省欽，俱充日講起居注官。侍講學士博通阿，侍講王大鶴，左中允鄒奕孝，右贊善王燕緒，編修沈士駿、謝啓昆，俱署日講起居注官。」（第1025頁下）程同文《神道碑》：「明年會試爲同考官，分教習庶吉士，充日講起居注官。」

〔註30〕 謝啓昆《重修鎮江府署記（癸巳）》云：「壬辰歲，予以翰林奉命來守鎮江。」（謝

議〔註31〕也已經過去了八年有餘。

　　謝啓昆在鎮江任知府的次年，重修了官署，並在離任之前寫下了《重修鎮江府署記（癸巳）》略云：「壬辰歲，予以翰林奉命來守鎮江。見其山川雄深、經途輻湊、闤闠人物之繁盛，未嘗不歡此邦形勝之美畢萃於府治，而署廨卑陋，甚不足以稱。……越期年，政平訟簡，乃請於大吏支廉奉若干，鳩工庀材，肇自廳事，次及儀門、外門，以逮子城麗譙之樓，旁達官廳吏舍曹廨。凡梁棟楹桷門壁級甋之類，皆易其敝壞而更新之。……是役也，用錢一百萬有奇，三閱月而訖工。……今量移揚州，將去而爲此記。……」（《樹經堂文集》卷一）

　　乾隆三十九年（甲午，1774），謝啓昆調任揚州知府。〔註32〕到任之初，即向當地人士諮詢政務重點。在任期間，曾將入清以來的四十一任揚州知府的名字勒碑紀念，並撰文。其《揚州知府題名碑記（甲午）》云：「……余以乾隆壬辰春，由翰林出守鎮江，又二年調揚州。至則揖都人士，而進之諮以政理，僉曰：政之大者：曰漕務、曰河工、曰鹽法、曰江防、曰海防。……余不敏，承乏茲土，頗不敢以俗吏之治爲治。幸三載以來，政簡民和，歲亦大熟。乃以其暇日，歷考本朝之官茲土者，自順治迄今，蓋四十有一人。其間名臣大儒可以指數，遺澤在民彰彰可考者，蓋不乏人。勒諸貞珉，用示來葉。……」次年，作《明閣部史公墓祠記（乙未）》，文中述及乾隆承認南明「弘光」年號，且嘉許史可法的史實，及史可法墓與祠修建之經過。其文略曰：「今上御極之三十年，啓昆以編修入史館。〔註33〕方續纂《綱目》，上以明福王之在江寧，尚與宋南渡相彷彿，特命存『弘

　　　啓昆《樹經堂文集》見《續修四庫全書》第 1458 冊第 277 頁上。）翁方綱《寶晉齋研山考》云：「壬辰歲，門人謝蘊山出守鎮江，託其訪此石。（翁方綱《復初齋文集》卷十五第六葉）。

〔註31〕翁方綱《柳泉旅舍，予己卯十月題壁云「此處佳處題難盡，留與珠江二使星」，謂同年秦序堂編修、景介之學士，時同典廣東鄉試也。今十四年，而予自廣東旋役宿此。復次前韻》詩後自注云：「癸未（1763）夏，與謝蘊山觀明學士沈度書《法華經》陽識大鐘於城北覺生寺，寺僧謂蘊山當官外任，且屬以「慈祥愷惠」。予有『晚涼新偈子，同聽一樓鐘』之句。」

〔註32〕《禪智倡和詩跋》：「乾隆甲午，余從京江移守揚州。」見《樹經堂文集》卷一第八葉。

〔註33〕按，謝啓昆以編修入史館，時在乾隆三十一年。這處可能是記憶偶誤。

光』年號，而於其臣史閣部可法復有嘉予之諭。……歲甲午余守揚州，拜墓下，見松柏鬱然，祠宇斬新，問之或曰『官構也』，又云『其子孫自爲之』。余喜公之果有後也。未幾其裔孫開繩，奉公文集來謁，即史所稱奉遺命爲後，副將史德威之曾孫也。……開繩言其家世爲山西人，德威既葬公袍笏，遂歸里，終焉。越數十年，開繩父某始來揚。土人侵公墓地，白於官，清還故址。……乾隆戊子，開繩請於前運使蔣公鄭公，得庫項銀二百八十五兩零。建祠三間。……」

　　乾隆四十三年（戊戌，1778）八月，徐述夔《一柱樓詩》案發。〔註34〕「以啓昆查辦遲延，論軍臺効力贖罪。尋復原官，經兩江總督薩載奏留江南。」〔註35〕次年，謝啓昆長子學增出生〔註36〕，同年，丁父憂，離開揚州任所。揚州士民爲其立生祠。〔註37〕乾隆四十五年（庚子，1780），正在丁憂期間的謝啓昆，奪情出任寧國知府。〔註38〕次年，又以丁母憂離任〔註39〕。除服，稱病久不出。大約在乾隆四十七年前後，遷居南昌。其間，曾協助陳蘭孫修《南昌府志》〔註40〕，其次

〔註34〕　《高宗實錄》乾隆四十三年八月：「（甲申）諭軍機大臣等，據劉墉奏『如皋縣民人童志璘投遞呈詞，繳出泰州徐述夔詩一本，沈德潛所撰《徐述夔傳》一本。其徐述夔詩內語多憤激。現移督撫搜查辦理。』等語。徐述夔身係舉人，而所作詩詞，語多憤激。使其人尚在，必應重治其罪。……並著查明原案，詳悉覆奏。」《高宗實錄》乾隆四十三年九月：「壬寅……又諭曰：薩載等參奏查辦徐述夔悖逆詩詞一案，……知府謝啓昆接奉司批，不即通詳審究，其罪亦無可逭。陶易、謝啓昆、涂躍龍，俱著革職。著該督等派委妥員，隔別押解來京，交大學士九卿、會同該部嚴審，定擬具奏。」

〔註35〕　王鍾翰點校：《清史列傳》，北京：中華書局，1987年，第2431頁。

〔註36〕　寫於1778年的《寶研圖自識（戊午）》稱「學增二十」。

〔註37〕　《清史列傳·大臣傳·謝啓昆傳》：「逾年，以憂去。其民思之，爲生祠以祀焉。」（P2431）《哀奠文（己亥）》云：「維大人之捐館舍，隔千里以阻長。逾三旬有六日，計始達於維揚。」（見《樹經堂文集》1/1A）（P281上）

〔註38〕　《南泉遊幕記（庚戌）》云：「四十五年，余奉命守寧國。」（《樹經堂文集》2/4A）（P290）

〔註39〕　《哀慕詩五首》云：「淒風西北來，庭樹撼鳴葉。上有夜烏啼，下有露蟲泣。前年喪我父，今年喪我母。麻衣淚未乾，繭足奔恐後。怙恃奪何速，百身已莫贖。」（《樹經堂詩初集》3/1B）（P56）《南泉遊幕記（庚戌）》云：「四十五年，余奉命守寧國。……明年，予以憂去。」（《樹經堂文集》2/4A）（P290）

〔註40〕　（清）陳蘭孫等修、（清）謝啓昆等纂：《南昌府志》（乾隆五十四年刊本），臺北：成文出版社有限公司影印，1989年。

子學崇，三子學坰先後出生。乾隆五十八年（1788），主講於江西白鹿洞書院。在書院期間的所作之詩結集爲《春風樓草》，見《樹經堂詩初集》卷六。這時期的詩歌，主要與翁方綱的唱和，以及關於家人的詩歌，如《寄家書》稱讚其妾姚雲卿云「米鹽凌雜必躬親，那得偷閒寫洛神（來書小楷頗佳）。」也有的描寫在書院的清苦生活。如《食廬山筍用山谷先生韻》云：「先生饌無魚，弟子色有菜。胸容萬卷蟠，囊剩一錢買。自我居廬山，匝月斷庖宰。」

四、出任江南河庫道，浙江按察使、布政使（1790～1799）

乾隆五十五年（庚戌，1790），謝啓昆升任江南河庫道。〔註41〕任期曾「於勾稽案牘之餘，歷考前人名姓，詳其始末，勒之於石。」〔註42〕名爲「江南河庫道題名碑」。

乾隆五十九年（甲寅，1794），出任浙江按察使。〔註43〕是年，始纂《小學考》，一度因去山西任職而中斷，返浙後，借助文瀾閣《四庫全書》，得已順利編完。《新作廣經義考齋既成賦詩紀事》略云：「經義補吾師（覃溪先生作補經義考齋），竹垞所未備。我今更廣之，未成卷帙匯。……裒輯始甲寅，我初來此地。嘉肺有餘清，筆研多同契。朱轓忽西行，一載疏編記。量移喜再臨，故人重把臂。……政學本相資，同文天下治。補史既有亭，廣經焉可廢。浙水盛人文，酉山培士氣。落成繫以詩，聊附張老義。」〔註44〕《小學考序》云：「乾隆乙卯，啓昆官浙江按察使，得觀文瀾閣中秘之書，經始採輯爲《小學考》，後復由山西布政使移任浙江，從政之暇，更理前業，成書五十卷。」〔註45〕

〔註41〕《清史稿》列一百四六十《謝啓昆傳》：「五十五年，特擢江南河庫道。」（趙爾巽等撰：《清史稿》，北京：中華書局，1977年，第11356頁。）

〔註42〕《江南河庫道題名碑記（辛亥）》云：「乾隆五十五年，啓昆奉命來莅斯任。……於勾稽案牘之餘，歷考前人名姓，詳其始末，勒之於石。」（《樹經堂文集》2/7A）（P292上）

〔註43〕《高宗實錄》乾隆五十九年五月：「（戊戌）以浙江按察使田鳳儀爲布政使。江南河庫道謝啓昆爲浙江按察使。」（《高宗實錄》（一九）（《清實錄》（第二七冊）），北京：中華書局，1986年，第360頁上。）

〔註44〕《樹經堂詩初集》14/4A-5A）（P167）

〔註45〕《小學考》序/7B（P5）

同年，又主持刊印《四庫全書總目提要》，次年刊成。阮元《四庫全書總目附記》：「……乾隆五十九年，浙江布政使司臣謝啓昆、署按察使司臣秦瀛、都轉鹽運使司臣阿林保等，請於巡撫兼署鹽政臣吉慶發文瀾閣藏本，校刊以惠士人。……六十年，工竣。」〔註46〕同時還刊印了《四庫全書簡明目錄》。

乾隆六十年（1795，乙卯）正月，謝啓昆的第一部史學著作《西魏書》刻板。胡虔《西魏書跋》云：「先生創稿於丁未（1787）秋，時虔主蘇潭。今來武林，復樂見其書之成也。輒敍顛末於後。虔侍先生久，故知之爲切近云。乾隆六十年正月，桐城胡虔雒君謹跋。〔註47〕」

十月，升山西布政使，因數月理清山西州縣倉庫積年虧空，次年（1796）十一月，授浙江布政使。〔註48〕《清史稿》謝啓昆本傳云：「六十年，遷山西布政使。州縣倉庫積虧八十餘萬，不一歲悉補完。高宗異其才，以浙江財賦地虧尤多，特調任。歷三歲，亦彌補十之五。」

在離開山西之前，《樹經堂詠史詩》八卷編成。《上翁覃溪師（丙辰）》：「昨者附呈啓昆所作《詠史詩》八卷，求訓誨而賜之序。」〔註49〕趙翼《樹經堂詠史詩序》云：「去歲赴山右時出此編見示，不過數十首，今自晉移浙僅閱一歲，已遍詠二千年史事，裒然成集，益歎先生經濟文學兼數十百人之長，眞不可及也。」〔註50〕

嘉慶二年二月，謝啓昆重回浙江，正式出任浙江布政使。其《嘉慶二年正月十日抵浙藩之任紀恩二首》：

> 三晉雲山觸手新，西來不染太行塵。地繁敢謝資輕駕，天語難忘要認眞。（嘉慶元年十一月，奉上諭：浙江爲財賦之區，藩司員缺緊要。

〔註46〕（清）永瑢等撰：《四庫全書總目》，北京：中華書局，1965年，第1837面上。

〔註47〕《西魏書》跋，見《續修四庫全書》第304冊第175頁。

〔註48〕《高宗實錄》乾隆六十年七月：「（戊寅）以浙江按察使謝啓昆爲山西布政使。」（《高宗實錄》（一九）（《清實錄》（第二七冊）），北京：中華書局，1986年，第826頁上。）《仁宗實錄》嘉慶元年十一月：「癸丑……。調山西布政使謝啓昆爲浙江布政使。」（《仁宗實錄》（一）（《清實錄》（第二八冊）），北京：中華書局，1986年，第170頁上。）

〔註49〕《樹經堂文集》2/15A-16A（P296）

〔註50〕《樹經堂詠史詩》序，見《四庫未收書輯刊》第四輯第20冊第493頁。

謝啓昆曾任浙江臬司署理藩篆，聞伊在山西辦事頗屬認眞，著調補浙江布政使，以資駕輕就熟。欽此。）膏雨黍苗今日願，春風楊柳去年津。曾蝌一勺泉難老（晉祠泉名），鬢未全斑識吏民。

東風吹夢到西泠，祕省重尋後樂亭。越燕依巢如有約，吳山爲我特開屏（署面吳山）。司南路熟兼司北（浙人呼藩爲南司，臬爲北司），補史人來更補經（余任臬司時輯《西魏書》作補史亭，復補朱竹垞《經義考》未就，今將續成之）。似客還家欣執手，同官相見眼尤青。

〔註51〕

前一首述其得嘉慶帝賞識，後一首述其在按察使任上輯成《西魏書》，今又在布政使上續輯《小學考》，「司南路熟兼司北，補史人來更補經。」一語頗有幾分躊躇滿志之意。

嘉慶三年，《小學考》初成，又續纂《史籍考》。《與錢竹汀少詹（戊午）》：「《小學考》已匆匆卒業，朱氏經義固不及小學。……近世著書，精審無過閣下，敢以拙撰敬求是正，更乞寵以序文。」〔註52〕《兌麗軒集（自序）》云：「竹垞《經義考》之闕，予既作《小學考》以補之，成五十卷矣。又擴史部之書爲《史籍考》以匹經義。因葺官廨西偏屋數十楹，聚書以居。……」〔註53〕

謝啓昆在浙江布政使上，頗有勤政之舉。不僅屬行節儉之風，三年使浙江免於虧空，而且還移風易俗，如其《禁止地棍阻葬檄（戊午）》記述其明令禁止地痞借喪葬勒索錢財的惡風。這一時期的詩作主要結集爲《浙東小草》，既有遊歷浙江名勝的詩作，也有在浙爲政的記實。前者如《遊雁蕩四首》、《龍湫瀑布歌仍用禁體》之類，後者如《台州勘災紀事》：「嘉慶二載秋七月，耿耿銀河出復沒。牛女之次台階旁，有風鼓自土囊穴。初從大塊發噫氣，旋翻圓嶠鬱蓬勃。舸艦如山浸黑洋，魚龍奮鬣驕白日。飛廉布陳鳴喧豗，天瓢覆雨灑倉猝。排山萬馬驅潮來，嘉禾盡偃木斯拔。保抱攜持遺老稚，鬼哭啾啾及枯骨。豈惟茅茨捲三重，但見屋瓦飄百室。牢盆失利空白波，竈戶無炊剩黔突。日臨日黃太與寧，沿海居民遭蕩析。怒聲幸逢孤嶼止，猛勢不向溫溪

〔註51〕《樹經堂詩初集》14/1A-1B（P166）

〔註52〕《樹經堂文集》3/26B（P318上）

〔註53〕《樹經堂詩續集》1/1A（P190上）

折。（是日大汛，而溫州潮不到，因上游泛溢勢阻也。）太守飛牒告大吏，敷
奏於帝語皆實。我職句宣廂命駕，星言不辭道路躓。……爰頒帑藏載後車，
分遣掾屬勤撫恤。……」〔註54〕

五、出任廣西巡撫（1799～1802）

嘉慶四年（1799）八月，謝啓昆升廣西巡撫。〔註55〕九月，嘉慶皇帝下旨
勉勵。〔註56〕次年，將其在各省彌補虧空的經驗總結成文，上奏皇上。〔註57〕
嘉慶六年（1801），修成《廣西通志》，後世稱爲「省志模楷」〔註58〕。次年二
月，《樹經堂文集》編成。其在廣西巡撫任上之政事，據《清史稿》本傳載，一
方面仍是補虧空，其上嘉慶疏云：「廣西庫項未完者三十九州縣，覈其廉數多寡，
分限三年，按月交庫，於交代時有不足者，即以虧空論劾。」同時，嚴禁漢族
地主重利盤剝當地不擅經營的土司、騙取田產的行爲。另一方面，興水利，重
文教，整營伍，撫孤貧。在水利方面，嘗築湘、漓二江之堤，被人稱爲「謝公
堤」。僅在嘉慶五年（1800），就下發《飭各屬廣收孤貧增給口糧檄》《通飭各省
辦案檄》《嚴禁增報陞科積弊檄》《清理積案檄》五篇公文，或增加撫育孤貧的
力度，或清除積弊。實爲一名勤於政事，留心民瘼的好官。

〔註54〕《樹經堂詩初集》13/13B-14B（P161～162）

〔註55〕《仁宗實錄》嘉慶四年八月：「（壬子）調廣西巡撫臺布爲陝西巡撫。以浙江布政
　　　　使謝啓昆爲廣西巡撫。」（《仁宗實錄》（一）（《清實錄》（第二八冊）），北京：中
　　　　華書局，1986年，第639頁下。）

〔註56〕《仁宗實錄》嘉慶四年九月：「（乙酉）新授廣西巡撫謝啓昆奏謝。得旨：勉爲好
　　　　官，以副委任。廣西地接外夷，民猺雜處，頗不易治。持以鎮靜，加以撫綏。無
　　　　事必應德化，有事必使畏威。切勿姑息養奸，亦勿輕挑邊釁。總宜持正潔己，爲
　　　　通省表率。勉之。」（《仁宗實錄》（一）（《清實錄》（第二八冊）），北京：中華書
　　　　局，1986年，第675頁下。）

〔註57〕《仁宗實錄》嘉慶五年三月：「（壬午）廣西巡撫謝啓昆奏彌補虧空之法，稱各省
　　　　倉庫，大局約有三變。……」（《仁宗實錄》（二）（《清實錄》（第二九冊）），北京：
　　　　中華書局，1986年，第306頁。）

〔註58〕梁啓超云：「謝蘊山之《廣西通志》，首著敘例二十三則，遍徵晉唐宋明諸舊志門
　　　　類體制，舍短取長，說明所以因革之由。認修志爲著述大業，自蘊山始也。故其
　　　　志爲省志模楷，雖以阮芸臺之博通，恪遵不敢稍出入，繼此更無論。」（見朱維錚
　　　　校注：《梁啓超論清學史二種》，上海：復旦大學出處社，1985年，第445頁）

嘉慶七年（1802）六月二十六日，謝啓昆因祈雨中暑，卒於任上〔註59〕。皇帝賜治喪銀三千兩，並派湖北布政使孫玉庭（1741～1824）繼任。〔註60〕

第二節　交遊考

謝啓昆一生爲宦南北，特別是在京任職十一年和在江南爲官二十餘年，使其交遊極廣。大體可分爲師長輩、友朋輩、幕賓三類，分述如下。

一、師長輩

（一）翁方綱

翁方綱（1733～1818），字正三，又字敘彝，號覃谿，亦號蘇齋，順天府（今北京）大興縣人。乾隆十七年進士，入翰林院爲庶吉士，授編修，歷日講起居注官，翰林院待詔，侍讀學士，出爲廣東、江西、山西學政，官至內閣學士兼禮部侍郎。精於經史，尤精金石書法。詩宗江西詩派，倡「肌理」之說。曾爲《續文獻通考》纂修官，又入四庫館爲校理官。著有《經義考補正》十二卷、《兩漢金石記》二十二卷、《粵東金石略》十二卷、《蘇齋題跋》二卷、《復初齋詩集》七十卷《集外詩》二十四卷、《文集》三十五卷等。《清史列傳》卷六十八、《清史稿》卷四百八十五有傳。〔註61〕乾隆二十四年，翁方綱以副考官的身份主持江西鄉試，與謝啓昆相識。從此，謝啓昆得入其門，終生師事之。師徒的交往情況大體上可以分爲兩大塊，即詩歌唱和與學術交往。

〔註59〕程同文《神道碑》：「直夏旱，公爲步禱於壇，中暍，數日卒。上聞軫悼，爲下詔褒美其政績。給其家治喪銀三千兩，諭祭葬。」（《續碑傳集補》P90）凌廷堪《祭廣西巡撫謝蘇潭先生文》：「嘉慶七年，六月乙丑。公薨於位，吏民奔走。天子震悼，褒功獨厚。賜金三千，俾返江右。嗚呼哀哉！……」（見（清）凌廷堪著，王文錦點校：《校禮堂文集》，北京：中華書局，1998 年，第 325 頁。）

〔註60〕《仁宗實錄》嘉慶七年七月：「己卯，以湖北布政使孫玉庭爲廣西巡撫，賞還二品頂帶。候補布政使同興署湖北布政使。予故廣西巡撫謝啓昆祭葬，並賞銀三千兩治喪。以其在藩司任內認眞辦事，擢任巡撫操守廉潔也。」（《仁宗實錄》（二）（《清實錄》（第二九冊）），北京：中華書局，1986 年，第 343 頁下。）

〔註61〕漆永祥著：《江藩與〈漢學師承記研究〉》，上海：上海古籍出版社，2006 年，第 46 頁。

　　詩歌唱和方面，翁方綱與謝啓昆相互唱和的詩歌，保存在翁方綱詩集中的有《春日懷謝蘊山》、《題蘊山郡齋唱和詩卷二首》和《送蘊山之揚州守任仍用前韻三首》等近百首，保存在謝啓昆詩集中的《覃溪師寓齋話別聯句》、《臘八粥聯句》和《懷人二十首（覃溪師）》等 50 多首。例如翁方綱《題蘊山郡齋唱和詩卷二首》：「我所期君千載事，政成喜及十年前。（曩別時有十年不爲詩之約）江山觸發皆奇麗，賓從雍容況俊賢。禪智蹟餘碑再續，阮亭去後句誰傳。玉堂連夜梅花夢，憶爾垂楊柳外船。　　身健事未定，娛親期好兒。送人帆放後，中酒夜深時。酬接非一緒，情懷獨我知。登臨偕宋玉，近歲轉多師。（謂宋瑞屏明經也。）」〔註 62〕這二首，一方面提到了翁方綱告誡謝啓昆離京後十年不要寫詩的事實，另一方面，就當時謝啓昆未有子嗣的事情表示安慰。關於謝啓昆的詩學評價，翁方綱曾在他的另一個學生馮敏昌的詩集作序時云：「予與及門諸子論詩，所知之最深者，無若謝、馮二生。謝蘊山自翰林出守，予誡以十年不爲詩，蘊山亦知予。其吏治果逾十年，乃與友唱酬，自監司以至節鉞，勤職之暇，無歲不以詩求定，予一序再序，期之勉之而已。」（《馮魚山詩集序》）〔註 63〕又翁方綱《齋中與友人論詩五首》（其五）自注云：「壬辰正月，蘊山、漁山於吾齋對榻論詩。二子止此一聚，最關賞析，不可復得。」〔註 64〕對馮敏昌、謝啓昆二人也是欣賞有加。

　　在謝啓昆和翁方綱的詩作多見感激與敬仰之情，尤以《覃溪師六十壽詩》爲典型。其詩云：「北平吾夫子，秘文紬石室。簪筆四十年，著書一千帙。雕鐫金石富，製詞手腕疾。集古歐趙遺，翰墨褚虞匹。精力貫百家，尚友若膠漆。嗜好從人殊，聞道我先怵。邇來盛浮華，風騷失正律。士不務樸學，論或鄙經術。溯河已斷港，揣籥烏知日。公獨秉醇意，爲文必己出。鄭賈義分剖，程朱理則一。直以心性言，而貫注疏質。考證入歌詠，前賢所未悉。漢廷尊老吏，矩範不可軼。（師嘗云：詩到蘇黃盡，唯虞伯生以道學入詩，能獨開生面，數百年以來無繼者，蓋未嘗不以斯道者自任也）以此荷主知，鸞臺晉高秩。三吹鹿鳴笙，屢持學使節。漢陰擷蘭芷，冀北空驪騋。珠江無

〔註 62〕見翁方綱：《復初齋詩集》卷十五，見《續修四庫全書》第 1454 冊，第 489 頁下。

〔註 63〕翁方綱：《復初齋文集》，見《續修四庫全書》第 1455 冊第 382 頁下。

〔註 64〕翁方綱：《復初齋詩集》，見《續修四庫全書》第 1455 冊第 251 頁下。

匿光，豫章有再實。近復臨齊魯，珊網收散逸。韻事續漁洋，著錄訪高密。雄才泰岱齊，清氣東海溢。公文壽萬世，賤子吟秋蟀。樗材傷老大，藥籠忝芝術。學業百無成，政事古難必。日與蒭茭親，邈焉函丈夫。回憶東湖時，坡仙薦芬苾。（師舊居京邸，地名東湖柳村，每歲祀東坡生日）更懷蓬鶴軒，山谷祀有餼。（己酉歲，山谷生日，於江西使院之蓬鶴軒薦脯筍，啓昆亦與焉）蘇黃今再見，視履定逢吉。甲子紀從頭，申生賴輔弼。翹瞻歷亭雲，敢炫孔門瑟。」〔註65〕

　　學術交往方面，主要體現在兩個方面，一是謝啓昆的主要學術著作《西魏書》《小學考》及其在金石學方面的興趣，都是受到翁方綱的影響而產生的；二是謝啓昆的持平漢宋的學術觀念也直接來源於翁方綱。翁方綱《小學考序》云：「《小學考》者，補秀水朱氏《經義考》而作也。……曩在館下，每以此事詒吾謝子，今三十餘年，而謝子從政之餘果克裒輯成書。」〔註66〕而且，翁方綱也曾明確希望謝啓昆在在學術方面有所建樹，而不是詩歌方面。其《馮魚山詩集序》云：「蓋蘊山在館下，日見予與擇石共燈燭，研聲律尺黍。而擇石酒醋以往，頗不耐考證之煩。予獨以屬望蘊山，故其久歷外任，尚時時殫尋樸學，補《小學考》、撰《西魏書》，以推本曩相證訂之意。其於詩也，亦以為孜孜，如是則已耳。……予雖序蘊山詩，然實知其夙夜殫心職務，雖常以李丹壑目之，而不欲急趣其以詩名也。」〔註67〕另一方面，翁謝二人的詩歌與書信中，多有討論金石的。如翁氏詩《續禪智唱和集跋》《蘊山拓寄粵西金石文賦此奉酬兼寄裴山》和謝氏詩《南昌學宮摹刻漢石經殘字歌應覃溪師命》《漢建昭銅鴈足鐙歌為王蘭泉方伯賦兼呈覃溪師》皆記錄了謝啓昆與其師在金石方面的交往，而且謝啓昆在修《廣西通志》之後，特意將其中的《金石略》單獨刊出，名為《粵西金石略》，以匹翁氏《粵東金石略》。

　　翁方綱曾在謝啓昆家作《書別次語留示西江諸生》闡述了漢宋兼採的主張，云「九月九日，諸生餞予於北蘭寺，歸飯於蘊山蘇潭之鴻雪軒，與習之論諸經漢學、宋學之不同。愚意專守宋學者固非矣，專騖漢學者亦未為得也，至於通

〔註65〕謝啓昆：《樹經堂詩初集》，見《續修四庫全書》第1458冊第101頁下。

〔註66〕謝啓昆：《小學考》第 2 頁。又見翁方綱：《復初齋文集》卷二（見《續修四庫全書》第1455冊第363頁上）。

〔註67〕翁方綱：《復初齋文集》卷四，見《續修四庫全書》第1455冊第382頁下。

漢宋之郵者，又須細商之。蓋漢宋之學有可通者，有不可通者，以名物器數爲案，而以義理斷之，此漢宋之可通者也，彼此各一是非。吾從而執其兩用其一，則慎之又慎矣，且一經之義，與某經相經緯者，此經之義與他經相出入者，執此以爲安之，彼而又不安也，則不能不強古人以從我者有矣。是日語未既，輒即席次蘊山韻爲詩。」〔註68〕謝啓昆亦有持平漢宋的觀點，「其《與姚惜抱書》，言漢宋小學之書，途殊徑異，或者互爲尊抑，不知可有本原。六書九數者，《周官》周氏之教也；三德三行者，《周官》師氏之職也。劉《錄》班《志》錄《史籀》以下爲小學，而《弟子職》入乎《孝經》，本末兼賅，皆學者所當從事。宋以來師氏之職大明，而周氏之教掩晦，近儒乃講求之云云數語，平允精當，足釋漢宋門戶之爭，與阮儀徵《國朝儒林傳稿序》（見《揅經室文集》）並爲千古名論。……如謝氏、阮氏之言，則學者各行其是，國史兩存其人，騎驛既通，冰炭可化矣。」〔註69〕

（二）袁　枚

　　袁枚（1716～1797），字子才，號簡齋，晚年隨園老人。乾隆四年（1739）進士。官溧水、江浦、沐陽、江寧等縣知縣。十三年，辭官歸，居隨園中，日以詩酒自娛，廣招門徒，女弟子甚眾。其詩標榜性靈，與趙翼、蔣士銓號稱「三大家」。著有《小倉山房詩集》三十七卷、文集三十五卷、外集八卷、《隨園尺牘》八卷、《隨園詩話》十卷、《子不語》二十四卷、《續》十卷等。事見姚鼐《惜抱軒文集》卷十三《墓誌銘》，《清史列傳》卷七十二、《清史稿》卷四百八十五有傳。〔註70〕謝啓昆與袁枚有詩歌唱和和詩作往來，如《樹經堂文集》卷二《隨園雅集圖跋（乙卯）》、《樹經堂詩初集》卷七《和袁簡齋先生除夕絕句七首》、《袁簡齋先生約自維揚來訪遲之不至詩以逆之二首》和卷八《袁簡齋先生八十壽》。在袁枚的《小倉山房集》卷三十《謝蘊山戴可亭兩太史招集程園》、卷三十二《到清江題河庫觀察謝蘊山先生種梅圖》，此外其《隨園詩話》、《隨園食單》甚至《子不語》《新齊諧》中皆有關於謝啓昆的記錄。

〔註68〕翁方綱：《復初齋文集》卷十五，見《續修四庫全書》第 1455 冊第 497 頁上。

〔註69〕（清）李慈銘著，由雲龍輯：《越縵堂讀書記》，上海：海書店出版社，2000 年，第 1051 頁。

〔註70〕漆永祥著：《江藩與〈漢學師承記研究〉》，上海：上海古籍出版社，2006 年，第 40 頁。

（三）王　昶

王昶（1724～1806），字德甫，號琴德，又號蘭泉，晚號述庵，清江蘇青浦（今屬上海）人。乾隆十九年（1754）進士。曾參與清廷征緬甸與四川等役，官至刑部侍郎。初以詩名，與王鳴盛、錢大昕、吳泰來、曹仁虎、趙文哲、黃文蓮同學詩於沈德潛之門，德潛稱爲「嘉定七子」。精於經學，尤擅金石。自著與編纂有《春融堂雜記》八卷、《春融堂集》六十八卷、《金石萃編》一百六十卷、《湖海文傳》七十五卷、《湖海詩傳》四十六卷、《國朝詞綜》四十八卷《二集》八卷等。事見阮元《揅經室二集》卷三《神道碑》，《清史列傳》卷二十六、《清史稿》卷三百一十一有傳。〔註71〕王昶與謝啓昆交往不多，謝啓昆詩文集中僅有漢建昭銅鴈足鐙歌爲王蘭泉方伯賦兼呈覃溪師》一首是寫給王昶的，但是王昶所編《湖海文傳》《湖海詩傳》《蒲褐山房詩話》皆收錄了謝啓昆的部分詩文，且以友視之〔註72〕。

（四）錢大昕

錢大昕（1728～1804），字曉徵，一字及之，號竹汀，又號辛楣，清江蘇嘉定（今屬上海）人。乾隆十九年進士。官至詹事府少詹事、廣東學政等職。中年歸里，歷主鍾山、婁東、紫陽諸書院，興賢育教，門生滿江南。錢氏早年以詩名，爲「嘉定七子」之一。精於經史，博通小學、目錄、版本、校勘、天算、金石、地理、避諱、蒙古文字諸學。有《廿二史考異》一百卷、《十駕齋養新錄》二十卷、《潛研堂文集》五十卷詩集二十卷詩續集十卷等，今人輯刻有《嘉定錢大昕全集》。事見王昶《春融堂文集》卷五十五《墓誌銘》，《清史列傳》卷六十八、《清史稿》卷四百八十一〔註73〕。錢大昕與謝啓昆的交往似乎不多，只是在《十駕齋養新錄》卷十五《南漢銅鐘題字》和《潛研堂詩

〔註71〕 漆永祥著：《江藩與〈漢學師承記研究〉》，上海：上海古籍出版社，2006 年，第42 頁。

〔註72〕 （清）王昶《金石萃編》卷二十七《始平公造像記》：「又碑立於太和年，其時未分東西魏，則非西魏時之始平公，或是另一人非即元均及孝矩也。吾友謝蘊山方伯作《西魏書》亦未加核證，俟再考之。」《歷代碑誌叢書》（江蘇古籍出版社，1998 年），第 4 冊第 476 頁上。

〔註73〕 漆永祥著：《江藩與〈漢學師承記研究〉》，上海：上海古籍出版社，2006 年，第44 頁。

續集》卷十有所提及。明確證明二人交往的只有《樹經堂文集》卷三《與錢竹汀少詹（戊午）》和錢大昕所作《小學考序》。

（五）姚　鼐

姚鼐（1731～1815），字姬傳，一字夢谷，人稱惜抱先生，安徽桐城人。乾隆二十八年（1763）進士，授庶吉士，補禮部主事，歷任山東、湖南鄉試副考官，乾隆辛卯（1771）恩科會試同考官。乾隆三十八年（1773）入《四庫全書》館充纂修官，次年冬辭官歸里。此後歷主揚州梅花書院、安慶敬敷書院、歙陽紫陽書院、南京鍾山書院。為學兼採漢宋，對考據學派多有批評，主張義理、考證和辭章三者不可偏。尤擅古文，為桐城派重要代表人物。生平著作主要有《惜抱軒全集》八十八卷。生平見鄭福照《姚惜抱先生年譜》，《清史稿》卷四百八十五有傳。姚鼐與謝啓昆的交情不淺，在謝氏晚年所作《懷人詩二十首》中首為翁方綱，次即姚鼐。在姚氏集中，不僅有《題謝蘊山方伯蘇潭圖》、《謝蘊山方伯得晉永平八磚以為研作寶研圖圖中三子侍》這樣的酬贈詩文，而且謝氏的詩集，《西魏書》和《小學考》皆請姚鼐作序，甚至死後，墓誌銘也是姚鼐所寫。

二、友朋輩

（一）陳奉茲

陳奉茲（1726～1799），字時若，號東浦。江西德化（今屬江西九江）人。乾隆二十五年（1760）進士。授四川知縣，凡知蓬山、閬中，擢知茂州，皆有善政。值大軍征金川，勞績甚著，乃授四川按察使。歷官河南、江蘇按察使，江寧、安徽、江蘇布政使。自壯入蜀至老受任不得歸，乃取鄉地自號「東浦」以寄思，士皆稱東浦先生。有《敦拙堂集》十三卷傳世。生平事略見姚鼐《惜抱軒文集》卷十三《江蘇布政使德化陳公墓誌銘並序》〔註74〕，《清史列傳》卷七十二有傳。陳與謝的交往大概，見於《樹經堂文集》卷三《與陳東浦方伯（戊午）》和《答東浦方伯（戊午）》、《樹經堂詩初集》卷八《題陳東浦方伯同年詩集後二首》等詩文中。

〔註74〕參見（清）姚鼐撰：《惜抱軒全集》，北京：中國書店，1991年，第156頁。

（二）趙　翼

趙翼（1727～1814），字雲崧，一字耘松，號甌北，江蘇陽湖（今江蘇武進）人。乾隆二十六（1761）年進士，授翰林院編修，與修《通鑒輯覽》。出為廣西鎮安知府，廣東廣州知府，貴西兵備道。在廣州任內因未盡斬所俘海盜，部議降職，遂以母病乞歸。乾隆五十二年（1787），曾赴閩入李侍堯幕，參與鎮壓臺灣林爽文起義。晚歲以著述自娛，主講於安定書院。一生勤學不倦，尤重箚記之功。主要著作有《廿二史箚記》三十六卷、《補遺》一卷，《陔餘叢考》四十三卷、《皇朝武功紀盛》四卷，另有《甌北詩鈔》二十卷、《甌北詩話》十二卷、《簷曝雜記》六卷、續一卷，與《甌北文集》五十三卷等，合編為《甌北全集》。《清史稿》卷四八五有傳。謝啓昆與趙翼為同年，故時有詩歌唱和與學術討論。謝氏《詩續集》卷一有《趙甌北自毘陵過訪邀同馮星實沈青齋吳蘭雪小飲湖上甌北有詩即席和韻二首》等，《甌北集》卷三十四有《題謝蘊山觀察種梅圖》、卷四十有《杭州晤同年謝蘊山藩伯》等。有關學術的，《樹經堂文集》卷三有《答趙雪松觀察》和《再答趙雪松察》書信兩通，皆論《西魏書》及其他史學問題，趙翼《廿二史箚記》卷十三《西魏書》條下有「附謝蘊山答書」，又有《答謝蘊山方伯書》條。（有關謝啓昆與其幕賓們的交往見本章第三節，此從略。）

第三節　謝啓昆幕府

關於謝啓昆的幕府，尚小明先生在《清代士人遊幕表》和《學人遊幕與清代學術》二書中對謝啓昆幕府已有比較深入的研究。據《清代士人遊幕表》一書統計，先後出入謝啓昆幕的士人有吳克諧、沈德鴻、章學誠、錢大昭、胡虔、陳鱣、凌廷堪、邵志純等人。謝啓昆從政的時間是 1774 年至 1802 年，而《清代士人遊幕表》中所反映的士人遊幕活躍期正是 1774 至 1804 年〔註75〕，所以，謝幕適逢其時，雖然謝氏自身的地位不及阮元和曾燠，其幕府規模也遠不及阮幕和曾幕，但是謝幕依然對清代的學術文化有突出貢獻。因此《學人遊幕與清代學術》一書中第二章「清代重要學人幕府」中專門介紹了「謝啓昆幕府」，將其視為嘉慶時期三個重要學人幕府之一。謝啓昆十多個幕賓中，長期和專門協

〔註75〕見尚小明：《清代士人遊幕表》（北京：中華書局，2006 年），第 5 頁圖 1。

助著述的只有三個人，即陳鱣、錢大昭和胡虔。另兩個重要幕賓吳克諧、沈德鴻是謝氏處理政務的得力助手。

一、幕府政務活動

謝啓昆幕府協助處理政務的幕僚主要有二人。吳克諧（1735～1812），字夔庵，號南泉。1772 年至 1778 年佐謝啓昆鎮江、揚州府幕。1780 年至 1787 年佐謝啓昆等三任寧國知府幕。1790 年秋復佐謝啓昆江南河庫道幕。〔註76〕1772 年，謝啓昆赴鎮江任之前，胡季堂（1729～1800）把他推薦給了謝啓昆，從此追隨多年，以擅於理財、熟習吏務著稱。〔註77〕沈德鴻（？～1802），字盤谷，號秋渚。1773 年，時任揚州知府謝啓昆聘爲書記，自此久客謝幕。1795 年客謝啓昆浙江按察使幕。後謝短暫調任山西布政使期間，秦瀛接替其浙江按察使的職務，沈德鴻遂轉就秦幕。1797 年，謝啓昆返回浙江，升任浙江布政使，沈德鴻再入謝幕，至 1799 年秋。1799 年冬至 1802 年謝啓昆任廣西巡撫幕，沈應邀隨謝前往廣西。謝卒於任，不久沈亦卒。沈是謝幕又一幹吏，秦瀛《沈君德鴻墓表》稱其「於刀筆筐篋之學，無所不通。」又云：「君居家孝友，工詩，尤好藏書，得三萬餘卷，購介石樓貯之。法書、名畫、佳硯充牣其中。」〔註78〕

二、幕府學術活動

在謝啓昆幕府協助撰述的有胡虔、陳鱣、錢大昭、邵志純、凌廷堪和章學誠。其中以胡虔在謝幕最久，貢獻也最多。

（1）胡虔助纂《西魏書》。胡虔（1753～1804），字雛君，號楓原。安徽桐城人。早孤，事母孝。師事姚鼐，學成，客幕爲養。先後遊於翁方綱、秦瀛、謝啓昆幕下。大約在乾隆四十七年（1782）前後，謝啓昆遷居南昌。胡虔居翁

〔註76〕尚小明：《清代士人遊幕表》，北京：中華書局，2006 年，第 108 頁。

〔註77〕謝啓昆《南泉遊幕記（庚戌）》云：「余適奉命來守鎮江，訪幕友於胡雲坡先生，先生曰,非吳夔庵不可。」又云：「與商古今利弊，時務緩急，片言居要，決策無遺」「寧國各屬縣，倉庫虧空至數萬，陳案有十餘年不結者。君不憚煩勞，佐余整理。未匝歲，倉廩實，百務興。」（見《樹經堂文集》2/1A-5A（P289～291））

〔註78〕（清）錢儀吉纂，靳斯標點：《碑傳集》，北京：中華書局，1993 年，第 4667 至4669 頁。

方綱江西學政幕，也在南昌。謝、胡二人訂交在乾隆五十二年（1787），〔註79〕並在同年，二人計劃修《西魏書》。〔註80〕《西魏書》是謝啓昆在其師翁方綱指導下撰寫的第一部學術著作。錢大昕《西魏書序》稱「觀察謝蘊山先生，曩在史局，編摹之暇，與閣學翁公議補是書。省宛陵奉諱家居，乃斟酌義例，排次成編，爲本紀一，表三，考四，列傳十二，載記一。」〔註81〕翁方綱曾指示謝啓昆注意參考北魏石刻史料。「愚意永熙（532～534）、大統（535～551）以後，直至唐初七八十年間，梁陳碑禁款弛，而北朝石刻最夥，即如《常醜奴誌》，愚嘗見石本，其孝明之稱，究未能以遽斷也。至若一碑中因其子孫，溯其祖父官閥時地，頗有足資考據者。若得二三楷書，且就王侍朗昶、錢詹事二家及愚齋中蓄拓本殘字，一一錄出，以供訂證，豈直如裴松之注《三國》，吳任臣注《十國》之附採而已。」〔註82〕

　　乾隆五十三年（1788），謝啓昆與胡虔等人，替南昌知府陳蘭孫修《南昌府志》〔註83〕。同年，謝啓昆主講於江西白鹿洞書院。在書院期間的所作之詩結集爲《春風樓草》，見《樹經堂詩初集》卷六。乾隆五十五年（1790），謝啓昆升任江南河庫道。〔註84〕任期曾「於勾稽案牘之餘，歷考前人名姓，詳其始末，勒之於石。」〔註85〕名爲「江南河庫道題名碑」。乾隆五十六年（1791）春，胡虔入

〔註79〕　方東樹《先友記》云：「乾隆丙午（1786）翁學士方綱視學江西，君在其幕。時南康謝公啓昆居憂在籍，因得與訂交。」（見方東樹《考盤集文錄》卷九十八葉，《續修四庫全書》第 1497 冊 408 頁上。）按，胡虔入翁方綱幕時在乾隆丁未，不在丙午。詳見尚小明《胡虔生平繫年》（《中國典籍與文化》，2005 年第 4 期，第 63 至 68 頁。）

〔註80〕　謝啓昆《贈胡雒君二首》云：「剩欲與君商鳳業，魏收穢史要重刪（自注：時與君有補《魏書》之約）。」（見謝啓昆《樹經堂詩初集》卷四第十五葉，《續修四庫全書》第 1458 冊第 71 頁上。）

〔註81〕　見《西魏書序》，《續修四庫全書》第 304 冊，第 1 頁。

〔註82〕　見《西魏書序》附錄《書二通》，《續修四庫全書》第 304 冊，第 2 頁。

〔註83〕　（清）陳蘭孫等修、（清）謝啓昆等纂：《南昌府志》（乾隆五十四年刊本），臺北：成文出版社有限公司影印，1989 年。

〔註84〕　《清史稿》列一百四六十《謝啓昆傳》：「五十五年，特擢江南河庫道。」（趙爾巽等撰：《清史稿》，北京：中華書局，1977 年，第 11356 頁。）

〔註85〕　《江南河庫道題名碑記（辛亥）》云:」乾隆五十五年，啓昆奉命來莅斯任。……於勾稽案牘之餘，歷考前人名姓，詳其始末，勒之於石。」（《樹經堂文集》2/7A）（P292 上）

畢沅湖廣總督之幕，以協助章學誠修《史籍考》和《湖北通志》。三月，胡虔在畢沅處見到了《欽定四庫全書總目提要》初稿本，以其「書凡二百卷，力不能繕寫，又正目已有知不足齋刻本，乃錄其存目，校而藏之」，〔註86〕成爲《欽定四庫全書附存目錄》十卷，此書是據《四庫全書提要》初稿本刊成，故浙本《提要》有而此本無者有九種，如胡淳《易觀》四卷、張鳳翔《禮記集注》十六卷之類。此本有而浙本《提要》無者三十二種，如龔鼎孳《龔瑞毅奏議》八卷、周亮工《字觸》六卷之類。〔註87〕另據《中國版本目錄學書籍解題》，此書有乾隆中桐城胡氏刊本和光緒十年廣州學海堂刊本。〔註88〕次年（1792），由姚鼐推薦，胡虔入謝啓昆江南河庫道幕，續撰當年在南昌未竟之《西魏書》。由於能夠比較方便利用揚州文匯閣、杭州文瀾閣《四庫全書》，所以編寫較爲順利。〔註89〕

乾隆六十年（1795），謝啓昆的第一部史學著作《西魏書》修成，三月正式刊刻成書。胡虔《西魏書跋》云：「先生創稿於丁未（1787）秋，時虔主蘇潭。今來武林，復樂見其書之成也。輒敘顛末於後。虔侍先生久，故知之爲切近云。乾隆六十年正月，桐城胡虔雛君謹跋。」〔註90〕周中孚《鄭堂讀書記》評價此書「卷帙不廣，條目悉具，自正史傳記、輿地金石之文，以及郡邑之志，瀏覽者殆數千卷，其搜剔補輯之功，最爲勤密。凡所增益改易處，皆有本原，雖所紀止四帝二十五年，然固已卓然一家史矣。」〔註91〕

（2）「好古三學士」助纂《小學考》。乾隆五十九年（1794）秋，謝啓昆升浙江按察使，胡虔隨其至杭州續纂《西魏書》，謝啓昆於官署內築「補史亭」，專供修《西魏書》之用。〔註92〕在《西魏書》將要完工時，謝啓昆開始編纂《小

〔註86〕胡虔：《欽定四庫全書總附存目錄》，光緒甲申（1884）學海堂刊本。

〔註87〕周中孚《鄭堂讀書記》卷三十二，第489頁。

〔註88〕（日）長澤規矩也編著，梅憲華、郭寶林譯：《中國版本目錄學書籍解題》，北京：書目文獻出版社，1990年，第50頁。

〔註89〕胡虔：《西魏書‧跋》：「昨官南河，復討論四庫書於揚州，其搜剔補綴之功最爲勤密。」見《續修四庫全書》第304冊，第175頁上。

〔註90〕《西魏書》跋，見《續修四庫全書》第304冊第175頁。

〔註91〕周中孚《鄭堂讀書記》卷三十二，第338頁。

〔註92〕謝啓昆《補史亭四首》其三云：「舊業未甘廢，高吟鶴來聽。敢效遺山叟，野史名吾亭。」其四云：「胡君（謂雛君）耽史籍，蘇潭共風雨。廢麓攜一編，青燈照江

學考》，胡虔又爲主要助手。十月，謝啓昆調任山西布政使，胡虔以道遠不獲同行，轉入秦瀛幕中。《小學考》編纂也因此中斷。年底，胡虔任紹興書院講席。嘉慶元年（1796）舉孝廉方正，未就徵，經安徽巡撫朱珪、浙江學政阮元與謝啓昆聯名舉薦，賜六品頂戴。謝啓昆因數月理清山西州縣倉庫積年虧空有勞績，次年（1796）十一月，授浙江布政使。〔註93〕《清史稿》謝啓昆本傳云：「六十年，遷山西布政使。州縣倉庫積虧八十餘萬，不一歲悉補完。高宗異其才，以浙江財賦地虧尤多，特調任。歷三歲，亦彌補十之五。」〔註94〕

因此謝啓昆於嘉慶二年（1797）正月十日返回浙江。胡虔亦於嘉慶二年（1797）再入謝啓昆幕，利用文瀾閣《四庫全書》續纂《小學考》。謝啓昆在署內築「廣經義考齋」專供修纂《小學考》之用。《新作廣經義考齋既成賦詩紀事》略云：「經義補吾師（覃溪先生作補經義考齋），竹垞所未備。我今更廣之，未成卷帙匯。……裒輯始甲寅，我初來此地。嘉肺有餘清，筆研多同契。朱輶忽西行，一載疏編記。量移喜再臨，故人重把臂。……政學本相資，同文天下治。補史既有亭，廣經焉可廢。浙水盛人文，酉山培士氣。落成繫以詩，聊附張老義。」〔註95〕《小學考序》云：「乾隆乙卯〔註96〕，啓昆官浙江按察使，得觀文瀾閣中秘之書，經始採輯爲《小學考》，後復由山西布政使移任浙江，從政之暇，更理前業，成書五十卷。」〔註97〕

或許是爲了更方便的利用《四庫全書總目》，謝啓昆在 1794 年，初任浙江布政使之時，又主持刊印了《四庫全書總目》，次年刊成。阮元《四庫全書總目

浦。君爲風月賓，我又湖山主。編年紀四帝，空齋匯萬古。涑水書法在，紫陽義竊取。山翠收小樓，此亭恰可補。勿學驚蛺蝶，移床坐清暑。」見《續修四庫全書》1458 冊第 121 頁上。

〔註93〕 《高宗實錄》乾隆六十年七月：「（戊寅）以浙江按察使謝啓昆爲山西布政使。」（《高宗實錄》（一九）（《清實錄》（第二七冊）），北京：中華書局，1986 年，第 826 頁上。）《仁宗實錄》嘉慶元年十一月：「癸丑……調山西布政使謝啓昆爲浙江布政使。」（《仁宗實錄》（一）（《清實錄》（第二八冊）），北京：中華書局，1986 年，第 170 頁上。）

〔註94〕 趙爾巽等撰：《清史稿》，北京：中華書局，1977 年，第 11357 頁。

〔註95〕 《樹經堂詩初集》14/4A-5A）（P167）

〔註96〕 「乙卯」當爲「甲寅」之誤。

〔註97〕 《小學考》序/7B（P5）

附記》：「……乾隆五十九年，浙江布政使司臣謝啓昆、署按察使司臣秦瀛、都轉鹽運使司臣阿林保等，請於巡撫兼署鹽政臣吉慶發文瀾閣藏本，校刊以惠士人。……六十年，工竣。」〔註98〕同時還刊印了《四庫全書簡明目錄》。

嘉慶三年（1798）春陳鱣入謝啓昆幕。陳鱣（1753～1817），字仲魚，號簡莊，一號河莊，浙江海寧人。嘉慶元年（1796）舉孝廉方正，嘉慶三（1798）年中式舉人。嘗從錢大昕、王念孫、段玉裁、翁方綱等遊處，質疑問難，所學日進。博學好古，強於記誦，尤專心訓詁之學。嘗以其父璘素治《說文》而著書未就，因繼父志，取《說文》九千言，以聲爲經，偏旁爲緯，竭數十年心力，成《說文正義》一書。惜不傳。又雅好藏書，遇宋元佳槧及罕見之本，不惜重值收之，與同邑吳騫、吳門黃丕烈等互相鈔傳。且博極群書，精深許鄭之學，復長史才，著述宏富，可稱乾嘉學術之羽翼。〔註99〕其藏書身後雲散，陳祖望編有《向山閣書目》，未見，不知是否即陳鱣藏書目。另有《經籍跋文》一卷，僅十九篇，然所著錄皆宋元精華，歷來爲學者所重。陳鱣在進入謝幕以前一年，曾在阮元幕府中協助編纂《經籍籑詁》，主要負責《蒼頡》、《字林》、《聲類》、《通俗文》等字書。〔註100〕謝啓昆《題陳仲魚歲寒耽讀圖》云：「三蒼業久墜，六藝寒如灰。生能篤漢學，叔重文兼該。四時讀書樂，獨於冬日諧。半子驗天心，後雕眞奇材。助我補經義，說詩匡鼎來。同舍六七客，歲晚岑與苔。（謂雜君諸公）寸陰我亦惜，八磚書舫開。還期汝腹上，夜夢雙松栽。」〔註101〕此詩作於嘉慶三年正月，當是陳鱣初入謝幕之時。「三蒼業久墜，六藝寒如灰。生能篤漢學，叔重文兼該。四時讀書樂，獨於冬日諧。」點名陳鱣師守漢學尤精小學的學術特點。「助我補經義，說詩匡鼎來。同舍六七客，歲晚岑與苔。」記載了陳鱣助謝纂《小學考》的事實，同時點名志同道合的人有六七位。最後兩句

〔註98〕 （清）永瑢等撰：《四庫全書總目》，北京：中華書局，1965 年，第 1837 面上。

〔註99〕 參見陳鴻森：《陳鱣事蹟辯證》，《傳統中國研究集刊》（第一輯），2005 年，第 1 至 9 頁。參見徐世昌等編纂；沈芝盈，梁運華點校：《清儒學案》，北京：中華書局，2008 年，第 3436 頁。

〔註100〕 《經籍籑詁·卷首·姓氏》：「海寧陳鱣：孫輯《蒼頡篇》、任輯《字林》、《聲類》、《通俗文》。」

〔註101〕 《樹經堂詩初集》卷十五《後樂園草》，見《續修四庫全書》1458 冊第 185 頁上。

「還期汝腹上，夜夢雙松栽。」用三國丁固夜夢生松而顯貴的典故，希望陳鱣能早日博取功名。此時的陳鱣雖已年過 45 歲，卻仍是一名秀才。

同年，錢大昭入謝啓昆幕府。錢大昭（1744～1813），字晦之，一字宏嗣，號可廬。國子生，博通經史。錢大昕之弟，亦著作等身，時有「兩蘇之比」〔註102〕，後世又有「九錢」之稱。〔註103〕生平所著，有《詩古訓》十二卷、《爾雅釋文補》三卷、《經說》十卷、《廣雅疏義》二十卷、《說文統釋》六十卷、《信古編》十卷、《說文徐氏新補新附考證》一卷、《說文分類権失》六卷、《兩漢書辨疑》四十二卷、《後漢書補表》八卷、《後漢郡國令長考》一卷、《補續漢書藝文志》二卷、《三國志辨疑》三卷、《練川紀聞》二卷、《嘉定金石文字記》四卷、《可廬著述十種敘例》一卷、《邇言》六卷、《車征鴻錄》二十四卷、《雜志》六卷。、《嘉定錢氏述三種》五卷、《得自怡齋詩集》四卷、《尊聞齋文集》六卷、《尊聞齋詩集》四卷、《集杜詩》三卷、《海岱紀遊》四卷。〔註104〕長於輯佚，有《五經異義》、《世本輯補》和《緯書輯存》（與其兄大昕合輯）等。1798 年至 1799 年客謝啓昆浙江布政使幕，與胡虔、袁鈞等纂《小學考》、《史籍考》。

胡虔、陳鱣和錢大昭是謝啓昆學術著作方面最得力的三位門客，謝曾有詩《三子說經圖》記述之。其詩云：「鏗鏗嘉定錢可廬，毛詩古訓窮爬梳，結跏趺坐撚其鬚。旁有抱膝清而腴，安定之望桐城胡，古文今文述尚書。髯也超群嫻且都，三家識墜思縈紆，是爲海寧陳仲魚。地之相去千里殊，二士

〔註102〕（清）錢慶曾《竹汀居士年譜續編》「嘉慶元年丙辰」條云：「是歲恭逢朝廷授寶歸政，有詔舉山林隱逸孝廉方正之士。江南諸大吏，以公弟可廬先生應徵。先生少於公者二十年，事兄如嚴師，得公指授，著作等身，時有兩蘇之比。」見（清）錢大昕撰，陳文和主編：《嘉定錢大昕全集》（南京：江蘇古籍出版社，1997 年），第一冊《錢辛楣先生年譜》第 40 頁。

〔註103〕張舜徽：《清儒學記》（武漢：華中師範大學出版社，2005 年），第 138 頁云：「江藩在《漢學師承記》敘述錢大昕學行時也說：『先生之弟大昭，從子塘、坫、東垣、繹、侗，子東壁、東塾。一門群從，皆治古學，能文章，可謂東南之望矣。』這裡所舉的八人，連錢大昕自己，都是有學問有著述的學者。在清代學術史上合稱爲『九錢』，看成一門講學有成的範例。」。

〔註104〕顧圖：《錢大昭著作考》，《古文獻研究集刊》（第二輯），2008 年，第 379 至 391頁。

門出陳與朱,（陳東浦方伯官安徽時舉雒君,移任蘇州舉可廬。雒君尋爲朱石君尙書疏薦。）其一乃廁蘇潭徒。學有專家異轍途,胡爲繪事同一圖。方今詔令徵醇儒,東南藪澤多璠璵。其尤著者越與吳,舉三君可概其餘。東浦先生今大蘇,搜羅奇士及菇蘆,鼎足之語非虛譽。（東浦方伯每語人曰:「有好古之學者,必有高世之行,如可廬、雒君、仲魚可稱鼎足三。君感其意,因繪此圖。）近者研北同操觚,兌麗軒開實佐余。小學考補如貫珠,史籍日夕供咿唔。閒來接席笑言俱,便便腹笥相嬉娛。漢之三賢充統符,又曰宏寬董仲舒。諸子經術古不渝,勿爲標榜顧及廚。倩君添畫一老夫,高談雄辯驚四隅。」詩中分別描述了錢大昭擅長考據之學,代表著作有《詩古訓》十二卷;胡虔爲胡瑗後裔,代表著作有《尙書述義》八卷;〔註105〕陳鱣爲段玉裁弟子,代表作有《三家詩拾遺》十卷。〔註106〕並且描述了三人在畫中的神情形態,錢作盤腿席地拈鬚狀,胡爲抱膝而坐,身形清秀不失豐腴,陳則是一個美髯公〔註107〕。而且這些經不同的人推薦,治學理念不同,又各自遠隔千里的三位學者,居然齊聚謝啓昆門下,並且同繪於一張圖上。正是由於這三位被陳奉茲（東浦）譽爲「可稱鼎足三」的學者的加入,才使得謝啓昆的著述之業取得了快速進展,「近者研北同操觚,兌麗軒開實佐余。小學考補如貫珠,史籍日夕供咿唔。」正是說編纂《小學考》如同貫珠一樣迅速,而且同時也展開了對《史籍考》的續編。

（3）眾門客助纂《史籍考》。1798年6月,《小學考》初稿編成,正式投入續編《史籍考》工作。〔註108〕《史籍考》本爲章學誠在畢沅幕中所編的史學專科目錄。章學誠（1778～1801）,字實齋,號少岩,原名文斅。浙江會稽（今浙江紹興）人。乾隆戊戌（1778）進士。章學誠一生著述甚多,計《文史通義》9卷,《校讎通義》4卷,《方志略例》2卷,《文集》8卷,《外集》2卷,《湖北

〔註105〕據尚小明:《胡虔生平繫年》。

〔註106〕據陳鴻森:《清儒陳鱣年譜》所附《著述考略》。

〔註107〕錢儀吉:《陳鱣傳》云:「仲魚美鬚鬒,喜交遊。」見閔爾昌:《碑傳集補》卷四十八。

〔註108〕謝啓昆《兌麗軒集（自序）》云:「竹垞《經義考》之闕,予既作《小學考》以補之,成五十卷矣。又擴史部之書爲《史籍考》以匹經義。因葺官廨西偏屋數十楹,聚書以居。……」（《樹經堂詩續集》卷一第一葉,第190頁上）

通志檢存稿》4 卷及《湖北通志未成稿》1 卷，又有《乙卯箚記》《丙辰箚記》《知非日箚》和《永清縣志》《和州志》等匯爲《章學誠遺書外編》18 卷，在章氏身後一百二十年由劉承幹編爲《章學誠遺書》五十卷得已傳世。又於南北奔波中堅持購書藏書，據其自述「三十年來，頗有增益。亦間有古槧秘本、繕鈔希觀之書。統計爲帙五千。爲卷二萬有盈。」〔註109〕1787 年，章學誠帶著周震榮的推薦信，進入河南巡撫畢沅之幕。畢令章任河南省歸德府文正書院講席。並於 1788 年初，正式啓動《史籍考》編纂工作。一共是三批學者分工協作，章學成在河南省歸德府文正書院，洪亮吉、凌廷堪和武億在開封畢沅幕府中，邵晉涵、孫星衍和章宗源在北京。這三批學者之間通過書信來往，協同工作。不久，1788 年秋，因爲湖北發大水，畢沅被調任湖廣總督，《史籍考》編纂也一度中止。不久章學誠也失去了文正書院講席的職務，只好投靠友人安徽亳州知州裴振，並將家人安置在亳州。章於 1789 年秋冬之際編有《亳州志》。1790 年 3 月，章學誠入畢沅湖廣總督幕府，再開《史籍考》之局。1791 年至 1792 年間，胡虔也在畢沅幕中，協助章學誠修《史籍考》與《湖北通志》。到 1794 年，正當《史籍考》已完成十之八九的時候，畢沅降調山東巡撫，《史籍考》編纂再度因失去資助人而中止。雖然 1795 年正月，畢官復原職，再回湖北，但忙於應對苗民和白蓮教起義，根本無暇顧及修書之事。因此，章學誠只好兩次向朱珪寫信求助。第一次是嘉慶元年（1796）九月十二日，託朱珪替他在河北或者河南謀一書院講席的職務，未果。第二次是嘉慶二年（1797）正月，章學誠上書朱珪，希望能借謝啓昆和阮元之力，和胡虔一起完成《史籍考》的編纂。亦未果。這一年三月，章學誠先是在安徽桐城校文，五月又前往揚州在兩淮鹽運使曾燠幕中任職。七月，畢沅去世，章學誠徹底失去了這個強有力的資助者。

　　嘉慶三年（1798），章學誠到達杭州，入謝啓昆浙江布政史之幕。得謝氏之助，繼續纂修《史籍考》。〔註110〕謝氏《兌麗軒集（自序）》云：「竹垞《經義

〔註109〕章學誠《溽雲山房乙卯藏書日記》，見《章學誠遺書》（文物出版社，1985 年），第 219 頁。

〔註110〕《章實齋先生年譜》：「此年，在杭州，借謝啓昆（蘊山，蘇潭）之力，補修《史籍考》。助手有袁鈞，胡虔等。」（胡適著，姚名達訂補：《清章實齋先生學誠年譜》，臺北：臺灣商務印書館，1980 年，第 132 頁。）

考》之闕，予既作《小學考》以補之，成五十卷矣。又擴史部之書爲《史籍考》以匹經義。因葺官廨西偏屋數十楹，聚書以居。……」〔註111〕對於謝、章得以合作的原因，林存陽《史籍考編纂始末辨析》一文認爲主要是基於兩個方面，「一方面與其補朱彝尊《經義考》之闕的努力有關，另一方面蓋緣於朱珪和胡虔的紹介。」〔註112〕前者爲內在原因，後者爲外在原因。謝啓昆於 1799 年至孫星衍的信中說：「畢宮保《史籍考》之稿將次零散，僕爲重加整理，更益以文瀾閣《四庫全書》，取材頗富，視舊稿不啻四倍之。臘底粗成五百餘卷，修飾討論猶有待焉。」〔註113〕可見，在謝啓昆的幫助之下，特別是利用了文瀾閣《四庫全書》，章學誠《史籍考》編纂工作有了大幅度的進展。對此，今人喬治忠認爲謝啓昆企圖貪畢、章之功，據《史籍考》爲己有，云：「《史籍考》開始編纂，乃先作長編，第一部工作是抄錄《四庫全書總目》經、史、子、集四部資料，前引章學誠《與洪稚存博士書》講得十分明確。〔註114〕而謝啓昆『更益以』《四庫全書》的說法，倒好像原稿根本沒有接觸《四庫全書》一樣。厚誣前人，莫此爲甚。」〔註115〕其實，喬氏此言欠妥。因爲《四庫全書總目》與《四庫全書》不是同一概念，而且在當時的條件下，章學誠在河南確實無法接觸到《四庫全書》，只能看到《四庫全書總目》的抄錄本，並且分工抄錄。至於五百卷之說，也只是謝啓昆當時的設想，事後因故沒有完成，並非刻意說謊。《史籍考》的規

〔註111〕謝啓昆《樹經堂詩續集》卷一第一葉。見《續修四庫全書》第 1458 冊第 190 頁上

〔註112〕林存陽：《〈史籍考〉編纂始末辨析》，《故宮博物院院刊》，2006 年第 1 期（總第 123 期），第 135 至 150 頁。

〔註113〕謝啓昆《復孫淵如觀察（己未）》，見《樹經堂文集》卷四第一葉，見《續修四庫全書》第 1458 冊第 321 頁上。

〔註114〕章學誠《與洪稚存博士書》：「……三月朔日爲始，排日編輯《史考》，檢閱《明史》及《四庫子部目錄》。中間頗有感會，增長新解，惜不得足下及盧谷仲子諸人，相與縱橫議論也。然蘊積久之，會當有所發洩。不知足下與仲子，此時檢閱何書。史部提要已鈔畢否。四庫集部目錄，便中檢出，俟此間子部閱畢送上，即可隨手取集部，發交來力也。……」（見《章學誠遺書》卷二十二，第 222 頁下。）此信表明，章學誠與洪亮吉（字稚存）、凌廷堪（字仲子）、武億（字盧谷）等人只是在鈔《四庫全書總目》，並沒有接觸到《四庫全書》。

〔註115〕喬治忠：《〈史籍考〉編纂問題的幾點考析》，《史學史研究》，2009 年第 2 期，第 38 至 45 頁。

模據《史籍考總目》所列爲 325 卷（實際相加爲 323 卷），〔註116〕較畢沅去世時的 100 卷，〔註117〕增幅是很大的。

在 1798 年，爲了編纂《史籍考》而進入謝啓昆杭州幕府中的人，還有邵志純、袁鈞和阮元幕中的張彥曾三人。加上之前參與編《小學考》的胡虔、陳鱣、錢大昭三人和章學誠本人，實際參與到《史籍考》編修工作的共有七人。邵志純（1756～1799），字懷粹，號右庵。仁和（今浙江仁和縣）人。諸生。嘉慶元年，舉孝廉方正。有《右庵詩文集》。〔註118〕袁均（1752～1806），字秉國，一字南軒，號西廬。鄞縣人，拔貢生。嘉慶元年，舉孝廉方正。既補諸生，爲學使阮元所激賞，招致幕中。生平於鄭玄之學研究最深，嘗搜集《鄭氏佚書》二十三種，重加編訂，世稱善本。工詩古文詞，著有《琉璃居稿》六卷，《瞻袞堂集》十一卷。〔註119〕

章學誠於同年多天，離開了謝啓昆幕，再次到揚州投奔兩淮鹽運使曾燠。從現有材料來看，章並沒有參與《小學考》的後期工作。他的目的是繼續編纂《史籍考》，但卻匆匆離開，據《章學生誠的生平與思想》一書分析，原因有二：一方面，是章學誠的個人原因，即他很難與人相處。他在進入謝幕之前，已與早期編《史籍考》的合作者洪亮吉、孫星衍二人關係惡化，而此二人卻是謝啓昆的好友。章學誠一直非常討厭袁枚，而袁枚不僅是當時聲望很重的名士，而且又和謝啓昆交情不一般。另一方面，有議論說章學誠將他幕主畢沅的《史籍考》書稿，賣給了他的新的幕主謝啓昆。〔註120〕這樣的傳言，必定會在一定程度上打消謝啓昆主持修纂《史籍考》的積極性，而且次年（1799）八月，謝啓昆又調任廣西巡撫，離開了富有藏書和學者的杭州。因此，謝啓昆對《史籍考》的續修就此中止。

〔註116〕《史籍考總目》，見《章學誠遺書》（文物出版社，1985 年），第 618 頁上。

〔註117〕（清）史善長：《弇山畢公年譜》卷末云：「今未刊者尚有《靈巖山人文集》八卷，《史籍考》一百卷，《河間書畫錄》四卷，《三楚金石記》三卷，《湖北通志》一百卷。」見《北京圖書館藏珍本年譜叢刊》第 106 冊第 256 頁。

〔註118〕據王昶《湖海詩人小傳》，見周駿富輯《清代傳記叢刊》第 24 冊，第 740 至 741 頁。

〔註119〕據徐世昌《清儒學案小傳》卷三，見周駿富輯《清代傳記叢刊》第 7 冊，第 608 頁。

〔註120〕（美）倪德衛著：《章學誠的生平及其思想》，南京：江蘇人民出版社，2007 年，第 190 頁。

　　（4）胡虔助纂《廣西通志》。謝啓昆在廣西巡撫任上，最重要的著述工作，就是修《廣西通志》。他於嘉慶四年（1799）年十二月抵達桂林任所，於第二年正月即開設志局於秀峰書院，足見其對修《廣西通志》的重視與急迫。他在寫給廣西學政錢楷（字裴山）的詩《正月十六日開志局於秀峰書院志事二首柬裴山》記錄了開志館的情況。其詩云：「臨川舊志已消磨（李穆堂先生），桂管圖經孰正訛。七十年來傷散佚，三千里外費搜羅。采風端賴輶軒使，紀事深求著述科。鈴幕畫閒邊務少，可容老子共編摩。　　落燈時節載書來，秀嶺春歸別館開。敢詡衙官偕屈宋（謂二張、任、王、關、周諸君），須知藪澤有鄒枚（謂胡雒君、朱小岑）。龍編盡入探驪手，象譯應資博物材。文簡事增師掌故，蠻陬典冊上蘭臺。」此詩先點明清初的李紱（號穆堂，臨川人）所修《廣西通志》已經消磨殆盡，關於廣西歷史地理的早期文獻《桂管圖經》也無從考證。距金鉷（1678～1740）於1733年修《廣西通志》，至當時已有七十年的文獻史實無人記載。為此謝啓昆特意從三千里的浙江搜羅來了一些資料，正好趁邊務閒少的時機，招人編修新的《廣西通志》。他從浙江具體帶來了哪些書籍和資料已無從考證，但是量是相當大的。他離任浙江時有詩云「囊無薏苡連浮謗，舫有詩書馴遠蠻（載書八船無他物）。」〔註121〕如果「載書八船」是寫實，那一定是相當可觀的一批圖書資料，這為日後修志奠定了基礎。他在抵任次年的正月十五（「落燈時節」）就把這批圖書運到秀峰書院，開設修志局。有了書，還得有人手。他將自己手下的門客們自信地比作屈、宋、鄒、枚。據《廣西通志》銜名可知，當時參與工作的人有胡虔、朱依眞（即詩中的「胡雒君、朱小岑」），還有任兆鯨、王尚珏、張坤、范來沛、周維堂、關瑛、張元輅、朱錦等人（即詩中的「二張、任、王、關、周諸君」）。其中胡虔為編纂，其餘人皆為分纂。老幕友沈德鴻任校對。同時，兩廣總督吉慶和謝啓昆任總裁，廣西學政錢楷、張綬任監修。此外，廣西各地知府擔任採輯，提供本地第一手材料。正是由於有了豐富的資料和一批得力的人手，所以，歷時一年零九個月，二百八十卷的《廣西通志》修成。嘉慶六年（1801）十月，謝啓昆上《恭進廣西通志表》，將《廣西通志》呈給嘉慶皇帝。

〔註121〕謝啓昆《己未九月奉命巡撫廣西留別浙中諸同好用吳穀人贈行原韻二首》，見《樹經堂詩續集》卷三《駿鷖草》。（見《續修四庫全書》1458冊第213頁。）

三、幕府學術理念

　　謝啓昆幕府是乾嘉時期重要的學術幕府之一，該幕府的治學理念和學術傾向也是值得關注的話題。就謝啓昆本人來說，他的學術理念和他的老師翁方綱是非常接近的，都是主張經世致用，漢宋兼採。翁方綱曾在《書別次語留示西江諸生》一文中明確表達了自己漢宋兼採的觀點，「（1789 年）九月九日諸生餞余於北蘭寺，歸飯於蘊山蘇潭之鴻學軒，與習之論諸經、漢學、宋學之不同。愚意專守宋學者固非矣，專騖漢學者亦未爲得也。至於通漢宋之郵者，又須細商之。蓋漢宋之學有可通者，有不可通者，以名物器數爲案而以義理斷之，此漢宋之可通者也。彼此各一是非，吾從而執其兩用其一，則慎之以慎矣。且一經之義與某經相經緯者，此經之義與他經相出入者，執此以爲安之，彼而又不安也，則不能不強古人以從我者有矣。」〔註122〕謝啓昆的學術理念大體可以從其著述與其交遊兩方面來看。而其著述又大體可以分爲四個方面：首先是經學與小學方面。謝啓昆對「小學」的重要看法有兩點。其一是區別漢宋小學之異同。謝啓昆在《與姚夢穀比部（戊午）》一文中就漢宋小學之異同發表了看法，認爲「漢宋小學之書，塗殊徑異，或者互爲尊抑，不知各有本源。六書、九數者，《周官·保氏》之教也；三德、三行者，《周官·師氏》之職也。劉《錄》、班《志》極有分曉，錄《史籀》以下爲小學，而《弟子職》入於《孝經》，本末兼該，皆學者所當從事，庶於制行力學之道無缺。宋以來師氏之職大明，而小學掩晦，近儒乃講求之。」〔註123〕其二是在小學內部分出體用二系。謝啓昆《小學考序》中說「訓詁、文字、聲韻者，體也。音義者，用也。體用具而後小學全焉。」這在當時，發現並指出訓詁、文字、聲韻和音義的本質區別是十分難能可貴的。在今天看來，前者屬於詞典義，是辨音求義的重要根據，是爲體；音義之書屬於語境義，是根據前代字韻書結合文本實際而作出的判斷，是爲用。體、用二者，既有區別又有聯繫，可以相互轉化。比如《爾雅》所釋爲詞典義，但是《爾雅》釋義的根據則是來自經典訓詁，即來自語境義。「五經無雙」的許慎也正是在熟讀五經訓詁的前提下才能寫出《說文解字》。反之，六朝音義家注釋群經，其重要依據則是前代訓詁成果，則屬於詞典義轉換爲語境義。這種發

〔註122〕（清）翁方綱：《復初齋文集》卷十五，見《續修四庫全書》第 1455 冊，第 497 頁。

〔註123〕見《樹經堂文集》卷三，《續修四庫全書》第 1458 冊，第 317 面。

現，在今天的歷史語言學研究中仍有指導意義。他在《新作廣經義考齋既成賦詩紀事》中也表達了不可偏廢漢宋的看法，「邇來遵漢學，專門各樹幟。厄言陋宋儒，高論吾所忌。說經要貫串，體用無二致。占畢求偏旁，買櫝珠反棄。匪不求甚解，忘言貴得意。」〔註124〕

其次是謝啓昆之史學理念。或許與謝氏早年充國史館纂修官一職有關，他一生都比較留心史學，從撰《西魏書》，作《樹經堂詠史詩》，續修《史籍考》到修《廣西通志》，一生大部分成就都在史學領域。他對史學的貢獻主要有以下幾點：（1）重修史書，以正名份。其《西魏書》正是爲了糾正魏收《魏書》「外孝武（西魏元修）而以天平（東魏年號）爲正」顛倒名份的缺失，即東魏（孝靜帝元善見）爲正統而忽略「孝靜固爲孝武之臣」做法，得到了翁方綱的指點和資料幫助，才修撰而成的。謝啓昆曾借《汪煥章（曾）〈廿四史同名錄〉（戊午）》明確提出：「史以名治者也，《春秋》以道名分」的名份觀。（2）重修文物，以敦風化。認爲地方文物與史書，特別是地方志，關係到一地之風物與教化。所以，謝啓昆在揚州任上，修葺史可法墓祠，並題聯「一代興亡歸氣數，千秋廟貌傍江山」，以表彰忠烈之士。又先後立《揚州府知府題名碑》，《江南河庫道題名碑》，以繼《周官》禮教之遺，明移風易俗之志。在廣西巡撫任上，修《廣西通志》和《粵西金石略》，備考一省之地理沿革、風俗人物、興衰得失。（3）通讀諸史，以史入詩。謝啓昆在山西布政使上，「徧閱二十一史」，完成《樹經堂詠史詩》八卷。邵志純《樹經堂詩初集序》認爲「誦詩而論世，公之論詩，即公之所以論史；公之論史，亦即公之所以爲政。」彭元瑞《樹經堂詠史詩·序》給予高度評價，認爲此書「明乎一代興衰之故，而備乎一人之始終。攝全域而不冗，舉偏端而靡遺。以溫柔敦厚之旨，而兼比事屬辭之長，其庶幾有得乎立言之體矣。」〔註125〕

第三，謝啓昆文學觀念。謝氏文學成就主要體現在詩歌方面，留下有《樹經堂詩初集》15 卷，《樹經堂詩續集》8 卷。前者由《初桄草》〔註126〕（作於北京、鎮江、揚州和寧國等地）、《蘇潭草》（作於南昌蘇潭閒居時期）、《春風樓

〔註124〕見《樹經堂詩初集》卷十四，《續修四庫全書》第 1458 冊，第 167 頁。

〔註125〕彭元瑞《恩餘堂輯稿》卷一，見《續修四庫全書》第 1447 冊，第 440 頁。

〔註126〕「初桄」，爲階梯第一級，喻初級、入門之意。

草》（主要寫於白鹿洞書院時期）、《補梅軒草》（作於江南河庫道任上）、《寄餘草》（爲《論唐詩絕句一百首》）、《補史亭草》（寫於浙江按察使任上）、《晉陽草》（寫於山西布政使任上）、《浙東草》（寫於浙江布政使任上）、《蓬巒軒草》（浙江布政使任上）、《後樂園草》（浙江布政使任上）共十個詩草構成，共計 1254 首詩。後者由《兌麗軒草》（浙江布政任上〔註127〕）、《就瞻草》（晉見剛親政的嘉慶皇帝後作）、《驂鸞草》（主要是前往桂林途中所作）、《銅鼓亭草》（作於廣西巡撫任上）、《清風堂草》（作於廣西巡撫任上）五個詩草構成，計 718 首詩。兩個詩集中共 1972 首，其中論唐詩絕句 100 首，論宋詩絕句 200 首，論元詩絕句 70 首，論明詩絕句 96 首。另《晉陽草》中有《讀〈中州集〉仿元遺山論詩絕句六十首》、《蓬巒軒草》中有《書〈五代詩話〉後三十首》、《書周松靄〈遼詩話〉後二十四首》所以，謝啓昆論詩之詩共有 580 首。此外，還有前面的《詠史詩》500 首。從以上可以看出，謝啓昆的詩歌主要是兩部分構成，一是生活與遊宦中的紀實與應酬，二是論詩詩和論史詩。而且後者佔了 60% 以上。

謝啓昆之詩學觀也直接來自翁方綱的「肌理說」。翁方綱在《志言集序》中曾經明確提出「爲學必以考證爲準，爲詩必以肌理爲準」，〔註128〕謝啓昆晚年給陳奉茲的信中曾總結自己作詩經驗時說：「詩之爲道，守法者曰謹嚴縝密，尚才者曰縱橫排奡。顧滯則罔，恃才則殆。蓋不能穩者，不能險，又惟能險者，乃能穩也。謹嚴縝密之中，寓縱橫排奡之妙，其殆庶乎。僕年來頗窺此旨，但執筆追之輒如風影之不可得耳。」〔註129〕這似乎是對試圖調和修正「神韻說」和「格調說」的「肌理說」的具體解釋。翁方綱在詩學方面最器重的兩個學生，一個是謝啓昆，另一個是馮敏昌（1747～1807，字伯求，號魚山）。他曾在《馮魚山詩集序》和《洪介亭詩序》中多次表達對這兩個學生詩學的滿意，「予與及門諸子論詩，所知之最深者無若謝、馮二生。」「吾門諸子可與言詩者，無若謝蘊山、馮魚山。二子之詩，予皆序之。」〔註130〕時人舒位（1765～1816）將其列爲當時第 52 位，《乾嘉詩壇點將錄》云：「轟天雷侯夷門（嘉璠，有《夷門詩

〔註127〕時正要在編《小學考》和《經義考》，取《易·兌》「麗澤，兌。君以朋友講習」之意修兌麗軒。

〔註128〕翁方綱《復初齋文集》卷四，見《續修四庫全書》第 1455 冊，第 396 頁。

〔註129〕《樹經堂文集》卷三，見《續修四庫全書》第 1458 冊，第 318 頁。

〔註130〕翁方綱《復初齋文集》卷四，見《續修四庫全書》第 1455 冊，第 382 頁，383 頁。

文集》）。一作謝蘊山（啓昆）。」〔註131〕其姬妾，姚氏，亦有詩名。施淑儀《清代閨閣詩人徵略》卷六：「姚雲卿，雲卿字秀英，吳縣人。巡撫謝啓昆側室，能詩，無子。中丞納爲簉室，盧氏生子，躬自撫之。所居室名雲香。中丞詩所云『屈指歸期槐夏過，雲香看擁桂輪新』是也。（《四泠閨詠》）」〔註132〕

　　第四，謝啓昆考據學觀念。謝啓昆本身並不喜歡和擅長考據，他在《上翁覃溪師（庚申）》中說，「經史載籍，浩無涯畔。非不欲從事考據，惟性所不近，抑且功無餘暇。」〔註133〕但是謝氏也時有頗見考據功力的詩文產生。例如，嘉慶二年（1797），謝啓昆曾與孫星衍多次交流探討湯陵故址的問題。先後寫信三通和《殷湯陵考》一篇進行論辨。而實際上孫星衍就伏羲陵、湯陵、太甲陵都進行過考辨。其中湯陵考辯是與謝啓昆進行的。當時胡天遊（1696～1758）、孫星衍和謝啓昆各作一篇《湯陵考》，胡力主湯陵在河南偃師、孫力辨湯陵在山東曹縣、謝啓昆則比較通達地認爲「議禮之儒，惟當遵用隋制，廟祀成湯於汾陰耳；其各處湯陵，存而不論可也。」〔註134〕。謝啓昆仔細梳理各類有關湯陵的文獻之後，主張湯陵故址從文獻上來看，各處皆有，偃師有之，榮河有之，曹縣有之，既然無法確證，不如從古，即從隋制。然而，謝啓昆這種持平之論，顯然不能被孫星衍接受，隨後，孫氏再作《諮覆山西布政司議湯陵稿》一書，指出謝啓昆十處錯誤，並希望謝啓昆能拿出更多的證據來。謝啓昆則堅持認爲，三家皆是一面之詞，皆無確證，各存其是可也。其《再答孫淵如觀察（丁巳）》云：「要之，湯陵皆傳自魏晉，主偃師者必以《皇覽》、《世紀》爲非；主曹縣者必以《世紀》及《孔傳》、《地記》爲非；主榮河者又必以《孔傳》、《地記》、《皇覽》爲非；各持一見，不患無詞。今欲主一廢百，勢既有所不能，理亦有所未可，故鄙意不若宗子政之言，一切存而不論可也。」〔註135〕雖然這是一場沒有結論的辯論，但是雙方的考據功力皆可見一斑。當然，謝啓昆更多的考據成就

〔註131〕（清）舒位著，葉德輝校注：《乾嘉詩壇點將錄》，見周駿富輯：《清代傳記叢刊》（臺北：明文書局，1986 年），第 19 冊，影印長沙葉氏刊本，P549。

〔註132〕施淑儀撰：《清代閨閣詩人徵略》，見周駿富輯《清代傳記叢刊》第 25 冊，P376。

〔註133〕《樹經堂文集》卷四。

〔註134〕三人觀點分別見胡天遊《石笥山房文集》卷五、孫星衍《岱南閣集》卷一和《樹經堂文集》卷二。

〔註135〕見《樹經堂文集》卷三。

展現在《西魏書》與《小學考》中。

　　幕府中成員，如陳鱣、胡虔和錢大昭的學術理念及學術成就，在前文「幕府的學術活動」中已多有介紹，此處不再重複。

　　總之，正是由於有這樣一個學術氛圍濃厚的幕府，才使得《小學考》比較順利的編成，並且質量和成就也十分高。

第二章 《小學考》成書研究

第一節 《小學考》的成書原因

　　《小學考》書共計 50 卷，收錄各類小學著作書 1180 種，僅四年時間就基本編成，而且井然有序，搜羅博奧。又得到了當時一流學者翁方綱、錢大昕和姚鼐等人的好評。究其原因，主要是目錄學的高度發展、考據學風的盛行兩方面的綜合影響。

一、目錄學的高度發展

　　明清時期，隨著雕版印刷的成熟，特別是商業印刷的盛行，圖書數量也大大增加。據葉昌熾《藏書紀事詩》不完全統計，明代著名藏書家有 427 人，清代 497 人，而五代十國，宋遼金，元各時期總數才 251 人，明清兩朝占總數 78%以上。另據《中國藏書家辭典》〔註1〕，初步統計，此書收錄與圖書事業相關的人物，從先秦的老子、孔子迄於近人姚名達、王重民等共計 1149 人，而明代則有 203 人，清代有 309 人，明清兩朝約占 45%。范鳳書《中國私家藏書史》認為「清代是封建時代私家藏書最鼎盛的時期，整個清一代確有文獻記載藏書事實者，……計二千零八十二人，超過了前此歷代藏書家的總和。」〔註2〕其中收

〔註1〕李玉安、陳傳藝：《中國藏書家辭典》，武漢：湖北教育出版社，1989 年。

〔註2〕范鳳書：《中國私家藏書史》（鄭州：大象出版社，2001 年），第 269 頁。

藏萬卷以上的藏書家有五百四十三人。又據《中國歷代典籍總目》統計，明朝產生了著作約 6.8 萬種，清代產生了約 9.7 萬種，而此前歷代總和約 6.6 萬種。〔註3〕雖然這些統計並不精確，但足以證明，隨著明清圖書數量的增加，爲了整理和管理這些海量的圖書，必然促進目錄學的發展。

目錄學的發展，一方面表現在目錄數量的增多，另一方面表現在目錄學理論的創新。這一時期，官修目錄最重要的有楊士奇等編《文淵閣書目》（著錄圖書 7279 部，以千字文排序），孫能傳、張萱等編《內閣藏書目錄》，和紀昀等編《四庫全書總目提要》。其中成就最大的無疑是《四庫全書總目提要》，該書於乾隆五十四年（1789）寫定，同年於武英殿刊刻，後於乾隆五十九年至六十年（1794～1795）由謝啓昆、秦瀛等在浙江據殿本翻刻，從此得到廣爲流傳和充分利用。《四庫總目》不僅著錄書籍多（四庫收書 3461 種，存目 6793 種，共計 10254 種，撰寫提要 10095 條），而且分類科學嚴謹（全書共分四大類、四十小類，類下再分屬。如小學類分爲訓詁之屬、字書之屬和音韻之屬），更重要的是該目錄彙集了當時一流的學者，代表了當時最高的學術水平（當時參與其中的重要學者主要有紀昀、邵晉涵、戴震、翁方綱、姚鼐、余集和任大椿等）。因此此書一出就受到了學者們的重視，《史籍考》和《小學考》的編纂都充分利用了《總目》的成果。史志目錄有焦竑《國史經志》和張廷玉主編《明史・藝文志》。同時，清代補史志目錄盛行〔註4〕，雖然大部分成果都產生在晚清時期，但是行

〔註 3〕 國家圖書館出版社、國家圖書館古籍館（善本特藏部）、北京大學數據分析研究中心聯合研製：《中國歷代典籍總目》（試用版），北京：國家圖書館出版社，2008 年。按，該數據庫並不完備，由於存在對同一種書的不同版本單獨立條目的問題，所以統計出來的歷代成書的數量（條目）遠遠大於實際的成書種類。但這種數據仍有直觀的參考價值。

〔註 4〕 僅收入《二十五史藝文經籍志考補萃編》的清人補史志目錄就有陳鱣《續唐書經籍志》，丁國均《補晉書藝文志》，龔顯曾《金藝文志補錄》，顧櫰三《補五代史藝文志》《補後漢書藝文志》，侯康《補後漢書藝文志》《補三國藝文志》，黃逢元《補晉書藝文志》、黃任恒《補遼史藝文志》、厲鶚《補遼史經籍志》、劉光蕡《前漢書藝文志注》，繆荃孫《遼藝文志》，錢大昭《補續漢書藝文志》，秦榮光《補晉書藝文志》，沈欽韓《漢書藝文志疏證》，宋祖駿《補五代史藝文志》，陶憲曾《侯康補三國藝文志補》《侯康補後漢書藝文志補》，汪之昌《補南唐藝文志》，王仁俊《補宋書藝文志》《補梁書藝文志》《西夏藝文志》《遼史藝文志補證》，文廷式《補晉書藝文志》、徐炯《五代史記補考藝文考》、楊復吉《補遼史經籍志》、姚振宗《漢書藝

爲可以追溯到黃虞稷《千頃堂書目》。而且其中《補續漢書藝文志》《續唐書經籍志》兩書的作者分別是錢大昭和陳鱣，皆是《小學考》的實際編者。而這一時期的私家目錄更是興盛，僅周少川、劉薔《清代私藏書目知見錄》一文就著錄了 430 家，628 種清代私家目錄。僅舉謝啓昆之前的比較知名的數種，如葉盛《菉竹堂書目》6 卷、朱睦㮮《萬卷堂書目》4 卷、范邦甸《天一閣書目》10 卷、黃虞稷《千頃堂書目》32 卷、祁承㸖《澹生堂藏書目》14 卷、高儒《百川書志》20 卷、錢謙益《絳雲樓書目》4 卷（補遺 1 卷）、季振宜《季滄葦藏書目》1 卷和徐乾學《傳是樓書目》4 卷等。善本書目方面，其實前面的錢、季、徐三家目錄同時也是善本書錄。此外還有毛扆《汲古閣珍藏秘本書目》1 卷、錢曾《讀書敏求記》4 卷和于敏中編《天祿琳琅書目》16 卷、彭元瑞等編《天祿琳琅書目續編》20 卷。專科目錄方面，則有朱彝尊《經義考》300 卷，可稱是目錄學史上濃墨重彩的一筆，也是《小學考》得以成書的直接原因和模仿的對象。《小學考》1180 條目，基本上都注明了所依據的出處文獻，引用得最多的三種出處文獻分別是《千頃堂書目》159 次、《隋志》146 次（不含《七錄》68 次），《四庫全書總目》104 次。這也可在數據上說明，明清兩代的重要目錄，是《小學考》得已成書的重要參考資源。

　　目錄學理論方面，這一時期也有很多創新與發揚。例如和謝啓昆同時代的章學誠提倡和推崇的目錄學上的互著與別裁之法，實際在明代祁承㸖已經提出了「因」、「益」、「通」、「互」四種理論，其中「通」與「互」相當於章氏的「互著」與「別裁」。祁氏《庚申整書例略四則》〔註5〕云：「一曰因。因者，因四部之定例也。部有類，類有目，若絲之引緒，若網之就綱，井然有條，雜而不紊。」祁氏認爲，整理圖書應當重視類例的系統性和明晰性。「一曰益。益者，非益四部之所本無也，而似經似子之間，亦史亦玄之語，類無可入，則不得設一目以匯收，而書有獨裁，又不可不列一端以備考。」這就是說類目應當完備，對於新產生的著作，無類可入時，要添加新的類目。「一曰通。通者，流通於四部之內也。事有繁於古而簡於今，書有備於前而略於後。」祁氏認爲，別集中曾單

文志拾補》《漢書藝文志條理》《後漢書藝文志》《三國藝文志》、曾樸《補後漢書藝文志並考》31 種。

〔註 5〕見祁承㸖《澹生堂書目》卷首，光緒二十（1894）年《紹興先正遺書》本。

行過的部分，叢書中各種圖書，都應該析出歸於相應的門類之下。這就是章氏所說的別裁。「四曰互。互者，互見於四部之中也。作者既非一途，立言亦多旁及。有以一時之著述，而倏爾談經，倏而論政；有以一人之成書，而或以摭古，或以徵今；將安所取衷乎？故同一書也，而於此則爲本類，於彼亦爲應收；同一類也，收其半於前，不得不歸其半於後。」祁氏認爲，同一本書，內容可能會涉及兩類及多類，應該使之互見於各類，以便即類求書。不僅提出了理論，而且他還把這種理論貫徹到了他的《澹生堂書目》中。例如，既在史部收《李林甫外傳》一卷、《袁天綱外傳》一卷，並在前面注明「以下六傳，俱見《古今說海》」，又在子部「叢書家」收入「《古今說海》一百四十二卷，二十冊」條目，其下再列《李林甫外傳》一卷、《袁天綱外傳》等細目。〔註6〕

目錄學理論的另一進步則是著錄方式自覺著錄存佚情況。這一理論的提出始自鄭樵《通志·校讎略》，其《編次必記亡書論》專論記載亡佚之書的重要性。如曰：「古人編書，皆記其亡闕。所以仲尼定《書》，逸篇具載。王儉作《七志》已，又條……所闕之書爲一志；阮孝緒作《七錄》已，亦條……四部所亡之書爲一錄。隋朝又記梁之亡書。自唐以前，書籍之富者，爲亡闕之書有所繫，故可以本所繫而求。所以書或亡於前而備於後，不出於彼而出於此。」〔註7〕這一時期，《經義考》嫻熟運用「存」、「佚」、「闕」和「未見」的四柱法著錄圖書，是一種理論上的重要進步〔註8〕。雖然，目錄著錄存佚很早就有這樣的實踐，如釋道宣《大唐內典錄》中有《歷代眾經有目闕本錄》，釋智升《開元釋教錄》中有《有譯無本錄》，專門集中著錄有目無書的佛經。《隋志》也有著錄存亡的先例，如「《周易》五卷，漢荊州牧劉表章句。梁有漢荊州五業從事宋忠注《周易》十卷，亡。」此處的「梁有」是指《七錄》曾著錄，而當時已不存者。無論是佛經目錄還是《隋志》這種著錄亡佚的做法都只能算是一種萌芽的狀態的行爲，都不像《經義考》那樣，每書必著，或存或亡，或闕或未見，一目了然。這種做法，直接影響到了後來產生的《小學考》和《史籍考》。

〔註6〕見祁承㸁《澹生堂書目》，光緒二十（1894）年《紹興先正遺書》本。

〔註7〕（宋）鄭樵撰，王樹民點校：《通志二十略》，北京：中華書局，1995年，第1806頁。

〔註8〕程千帆、徐有富《校讎廣義·目錄編》：「朱彝尊的《經義考》創造性地運用了四柱法，即於每書之下分存、佚、闕、未見四類加以注明。」（濟南：齊魯書社，1998年第2版，第97頁。）

這一時期，最重要的目錄學理論著作，當然要數章學誠的《校讎通義》。此書成於乾隆四十四年（1779），遠在章學誠進入謝啓昆幕府（1798）之前。雖然《小學考》的編者未必就參考了《校讎通義》的理論，但是，該書從著錄、分類、敘錄、互著、別裁、治書之法、校讎之法和校書等幾個方面提出了很多創造性的理論，特別是互著和別裁尤爲後世所稱道。

二、考據學風的盛行

《小學考》成書適逢乾嘉考據學興盛的時代。「到乾嘉時期，小學研究不僅受到了前所未有的重視，而且在考據學研究中起著導夫先路的作用，是其學興盛最關鍵、最重要的因素。」〔註9〕考據學與小學的關係是一種相互促進，良性互動的狀態，一方面是考據學的繁榮促進了小學的發展，反過來，小學研究的精密又促進了考據學。「……所謂的考據學，實指對中國幾千年的浩如煙海的古籍進行整理、辨別、求眞、求正的過程，這包括語言文字學的音韻、訓詁、文字和文獻學的注釋、箋證、校勘、辨僞、輯佚、目錄等，從歷代學者的學術成就看，上述這些方面的成果亦均爲中國傳統考據學的主要或者說是巨大的成就。從這個意義上講，考據學與中國傳統的一些其他學科門類，如訓詁學、音韻學、文字學、文獻學互相爲用，既互爲工具或方法，又互爲成果。」〔註10〕因此，考據學者基本上都在小學領域作出了重要成果，或者可以說，考據學家基本上同時也是小學大家。孫欽善先生在論述「宋、元、明、清考據學一脈相承」時曾說：「即以清代最有成就的小學而論，如果沒有宋代的吳棫、鄭樵、鄭庠，元代的戴侗，明代的楊愼、陳第、方以智等人的研究基礎，也是難以憑空出現的。」〔註11〕這些學者既是各自時代的代表性考據學者，同時又是重要的小學家，僅《小學考》就著錄了他們的小學著作多達幾十種。如吳棫有《毛詩補音》《楚辭釋音》和《韻補》三種，顧炎武在《韻補》基礎上作出了《韻補正》；鄭樵有《爾雅注》《象類書》和《字始連環》共三種；戴侗有《六書故》一種；楊愼有《六書練證》《六書索隱》《古文韻語》《古文韻語別錄》《古音複字》《古音駢字》《奇字韻》《經子難字》《分隸同構序》《石鼓文音釋》《轉注古音略》《古

〔註9〕漆永祥：《乾嘉考據學研究》，北京：中國社會科學出版社，1998年，第82頁。

〔註10〕汪啓明：《考據學論稿》（成都：巴蜀書社，2010年），第60面。

〔註11〕孫欽善：《中國古文獻學史簡編》（北京：高等教育出版社，2001年），第449面。

音叢目》《古音獵要》《古音餘》《古音附錄》《古音略例》《周官音詁》等十七種
著作。陳第有《毛詩古音考》《屈宋古音義》兩種小學著作；方以智有《通雅》
《切韻聲原》和《正叶韻》三種小學著作。

　　進入清代，考據學者兼擅小學的特徵更加明顯。這表現在兩個方面。一方
面，主流學者紛紛強調小學的重要性。顧炎武提出：「讀九經自考文始，考文自
知音始。以至諸子百家之書，亦莫不然。」〔註12〕王鳴盛認爲「小學宜附經，……
然小學卻爲經之根本，自唐衰下訖明季，經學廢墜。千餘年無人通經。總爲小
學壞亂，無小學自然無經學。」〔註13〕又說「經以明道，而求道者不必空執義
理以求之也，但當正文字，辨音讀，釋訓詁，通傳注，則義理自見，而道在其
中矣。」〔註14〕錢大昕在《小學考序》中主張「六經皆載於文字者也，非聲音
則經之義不正，非訓詁則經之義不明。」〔註15〕戴震在《與是仲明論學書》一
文中提出「經之至者道也，所以明道者其詞也，所以成詞者字也。由字以通其
詞，由詞以通其道，必有漸。」又云「一字之義，當貫群經，本六書，然後爲
定。」〔註16〕段玉裁在《廣雅疏證序》中提出「小學有形、有音、有義，三者
互相求，舉要可得其二；有古形、有今形、有古音、有今音、有古義、有今義，
六者互相求，舉一可得其五。……治經莫重乎得於得義，得義莫切於得音。」
〔註17〕阮元《經義述聞序》：「古書之最重者莫踰於經，經自漢、晉以及唐、宋，
全賴古儒解注之力，然其間未發明而沿舊誤者尚多，皆由於聲音、文字、假借、
轉注未能通徹之故。我朝小學訓詁遠邁前代，至乾隆間，惠氏定宇、戴氏東原
大明之。高郵王文肅公以清正立朝，以經義教子。故哲嗣懷祖先生家學特爲精
博，又過於惠、戴二先生，經義之外，兼核諸古子史。哲嗣伯申繼祖，又居鼎

〔註12〕　（清）顧炎武：《答李子德書》，見《顧亭林詩文集》（北京：中華書局，1983 年），
　　　　　第 69 面。

〔註13〕　（清）王鳴盛撰《蛾術編》（北京：商務印書館，1958 年），第 6 面。

〔註14〕　（清）王鳴盛撰《十七史商榷》（上海：上海書店，2005 年。）序言第 1 面。

〔註15〕　（清）錢大昕撰《潛研堂集》（上海：上海古籍出版社，2009 年），第 394 面。又
　　　　　見《小學考》卷首。

〔註16〕　（清）戴震撰《戴震集》（上海：上海古籍出版社，2009 年），第 183 面。

〔註17〕　（清）段玉裁撰《經韻樓集》（上海：上海古籍出版社，2008 年），第 187 面。又
　　　　　見《廣雅疏證》卷首。

甲，幼奉庭訓，引而申之，所解益多。著《經義述聞》一書，凡古儒所誤解者，無不旁徵曲除而得其本義之所在，使古聖賢見之，必解頤曰：『吾言固如是，數千年誤解之，今得明矣。』」〔註18〕另一方面清代主流學者所取得的重大成就中，小學成就占居了顯著位置。如顧炎武有《音學五書》三十八卷和《韻補正》一卷，徹底否定了叶韻說，奠定了古音學的基礎，開拓了音韻學研究的新領域，成爲古音學之「考古派」。又如江永著有《古音標準》四卷、《四聲切韻表》四卷和《音學辨微》一卷。江氏以顧炎武《音學五書》爲基礎，深究韻書規則，闡明辨韻分部法門，以等韻學原理考定《詩經》用韻，分古韻平、上、去各十三部，入聲八部，成爲用韻標準。從而創立清代古音學之審音派。再如戴震有《聲韻考》四卷、《聲類表》十卷、《方言疏證》十三卷、《續方言》二卷和《轉語》二十章，皆爲小學經典研究成果。錢大昕有《聲類》四卷、《恒言錄》六卷及《十駕齋養新錄》卷五，其中《十駕齋養新錄》卷五提出「古無輕唇音」與「古無舌上音」等古聲母方面的著名論斷。段玉裁主要有《說文解字注》三十卷和《六書音均表》五卷，王念孫著有《廣雅疏證》十卷、《毛詩群經楚辭古韻譜》二卷、《方言疏證》二卷、《釋大》一卷。段、王皆師事戴震，段在《六書音均表》中將古音分爲十七部，王在《毛詩群經楚辭古韻譜》中將古音分爲二十一部；段作《說文解字注》，王著《廣雅疏證》，皆不朽經典。此二人，無論是成就還是方法，都可以說是代表了乾嘉時期小學的最高就，雙峰並峙，被後人稱爲「段、王之學」。黃侃先生曾總結清代小學成就云，「清代小學之進步，一知求本音，二推求本字，三推求語根。」〔註19〕

第二節　《小學考》的成書過程

　　《小學考》的成書過程，從時間上大體可以分三個階段。第一階段是1794～1795年；第二階段是1796至1797年爲第二階段；1798年爲第三階段。

　　第一階段有且只有胡虔一個學術性幕僚助其編纂。《小學考序》云：「乾隆（乙卯）〔甲寅〕，啓昆官浙江按察使，得觀文瀾閣中秘之書，經始採輯爲《小學考》」1794年（甲寅），胡虔入謝啓昆幕，助纂《西魏書》。《西魏書》

〔註18〕　（清）阮元：《揅經室集》（北京：中華書局，1993年），第119面。

〔註19〕　黃侃著、黃延祖重輯：《黃侃國學講義錄》（北京：中華書局，2006年），第50面。

於是年成初稿，於是開始編纂《小學考》。《小學考》並無凡例，也無相關文獻記載其編纂方法。但是《小學考》是爲補《經義考》而作，在體例和編纂方法上是高度模仿《經義考》的，同時，《史籍考》後期編纂工作參與者正是《小學考》的編纂者，因此可以從《經義考》《史籍考》的編纂方式略作推測。

第一步，確定體例。編纂任何一本書，都得先明確體例。一般以凡例的形式置於卷首。而《小學考》一書沒有凡例，因爲它有現成的《經義考》作範本。惟一對《經義考》在體例上的修正就是徵引文獻注明準確出處，《經義考》只作「某氏曰」，《小學考》則作「某氏某書曰」或者「某書曰」。這是一種學術規範上的進步。《小學考》在體例上主要有以下兩大方面工作，一是在小學內部的分類上，《小學考》別出音義類，與傳統的文字、音韻、訓詁並列而四；二是每個著錄項的安排上，《小學考》將其分爲三大塊，即條目、提要和按語。第二步，搜集材料。編纂這種輯考體目錄，材料是決定性因素。《史籍考》前期成書緩慢，後期在謝啓昆手下進展迅速，一個重要原因就是謝啓昆幕府能方便的利用《四庫全書》。而早期，就連抄錄《四庫全書總目》都並不容易，更不要說利用《四庫全書》。當時三批學者分工協作，章學誠在河南省歸德府文正書院，洪亮吉、凌廷堪和武億在開封畢沅幕府中，邵晉涵、孫星衍和章宗源在北京。這三批學者之間通過書信來往，協同工作。分工抄錄的主要是《明史・藝文志》、《四庫全書總目》和《玉海》等資料。同理，《小學考》也有一個廣泛收集辛苦爬疏的過程。《小學考》所著錄 1180 種小學著作的文獻依據是 147 種文獻，我們稱這類文獻爲出處文獻。這 147 種出處文獻，計有目錄文獻 34 種，引用次數達 897 次，占總數 83%。其他文獻，共 113 種，引用次數 184 次。如別集 49 種、史傳文獻 40 種，序跋 7 種，總集 4 種，小學文獻 3 種，類書 2 種，筆記類文獻 4 種，佛教文獻 2 種，其他 3 種。具體到 34 種目錄文獻，作爲出處文獻被引用的次數最多的三種是，《千頃堂書目》159 次、《隋書經籍志》146 次、《四庫全書總目》104 次。也就是說，《小學考》的編者要從大量文獻中，特別是目錄文獻中翻查材料，以確定應當著錄的條目。有些文獻翻閱過後並無發現，最終顯現在我們眼前的雖然只是 147 種文獻，而前期查閱過多少文獻，我們則無從知曉了。但其艱辛則可想而知。相對於「出處文獻」，各條目下摘引的提要、敘跋所據的文獻，我們稱之爲「徵引文獻」。徵引文獻則多達近四百種，則用材料多達 2200 多則。其中僅

153 種訓詁類文獻就引用了《四庫全書總目》和《直齋書錄解題》等 282 條材料。僅拿《四庫全書總目》來說，《小學考》共引了 240 則材料。〔註20〕

第三步，考訂時代。《小學考》的特徵是全書分為四大類，各類之下按時代先後順序排列，兼顧類聚。要按時代排列首先就得考訂成書時代。存書易考，名著易考，名人易考，但是對於久已亡佚的不太知名的小學著作則不易考訂其成書時代。而且往往會有同名異人，同名異書，則非考訂時代不能區分。

第四步，刪重補漏。所有小學著作都從各家目錄書中抄出，難免會有重複和遺漏。所以，在正式排序之前，應該有一個工作是重者刪之，遺者補之。

第五步，排序類聚。在確定時代順序和刪重補遺之後，就應該按時代順序進行編排。同時要兼顧類聚，即《爾雅》學著作歸為一處，《說文》學著作放在一起，「《周易》音」，「《尚書》音」分別為類。這樣排列的好處是便於即類求書，且便於集中呈現「《爾雅》學源流」、「《說文》學源流」。

第六步，考訂存佚。《小學考》和《經義考》一樣，在每一種著作後面注明「存」、「佚」、「闕」和「未見」。但體現在書中只有一個字，但實際操作並非易事。首先「存」者得目驗其書，從書中抄輯序跋，或者據時代接近的可靠目錄所著錄曰「存」。「佚」則是查閱歷代目錄，久不見著錄。「闕」是經目驗，已非完帙。「未見」是指據目錄著作有其書，而《小學考》的編者無法得見。

第七步，增加按語。有時為了補充作者信息，成書過程，辨別偽託，稱引時賢成果，則以按語的形式出之。《小學考》全書共有 170 條長短不一的按語，皆是編者考據成果的體現。

第二階段，謝啓昆從山西布政使離任回到浙江之後，繼續和胡虔一起，利用《四庫全書》進行編纂《小學考》的工作。這一時期，由於前期離開浙江耽誤了近一年，回到浙江不久又遇到了風災，政務繁劇。所以進展並不是太大。（參見附錄二：《謝啓昆大事年表》嘉慶二年條）

第三階段，章學誠、錢大昭、陳鱣、邵志純先後入幕。章、邵二人是為了修《史籍考》，而錢大昭、陳鱣皆精小學，二人的加入，對《小學考》的成書進度有了大幅的提高。所以，不久《小學考》初稿修成。

〔註20〕《四庫全書總目》小學類實際著錄小學著作 220 種，而《小學考》因為收錄了一些藝術類文獻，同時存在拆分提要的現象，如將《爾雅注疏》的提要拆分成三條進行著錄，所以比實際要多一些。

第三節 《小學考》的版本情況

一、嘉慶樹經堂刊本、咸豐樹經堂重刊本

　　章學誠《史籍考》於 1856 年毀於戰火，令人扼腕，而《小學考》其實也曾差點失傳。據謝啓昆自序稱「助爲輯錄者，桐城胡徵君虔，海寧陳鱣。鱣，余所舉士也。時嘉慶戊午（1798）季夏。越五年壬戌（1802）重加釐定，乃付板削焉。」可知，粗稿成於 1798 年，再經過了四五年的修訂工作，到 1802 年才定稿。從「重加釐定，乃付板削焉。」可知當時謝啓昆是打算刻板的，但是同年六月，謝啓昆即卒於任上，故未及刻板。故其孫謝質卿（1809～？）序中稱「惟晚年譔《小學考》五十卷，未梓遽薨。」當時，謝啓昆長子學增（1779～1799）已不在人世；次子學崇（1783～？）年方十九歲，於一個月前剛中進士；三子學坰（1787～？）年幼；估計都沒有時間和能力刊刻《小學考》。

　　因此，直到謝啓昆去世 14 年以後，即嘉慶二十一年（1816），謝啓昆次子謝學崇才首次將《小學考》刻板，是爲樹經堂原刊本。謝質卿（謝學崇第四子）序中稱「先君觀察公守歸德時，始就剞劂。」則可知《小學考》初次刻印是在謝學崇歸德府（今河南商丘）知府任上。是本牌記題「嘉慶丙子（1816）校刊　小學考　樹經堂藏板」。首爲嘉慶四年（1799）翁方綱序。次爲嘉慶三年（1798）錢大昕序（附錢詹事書）。次爲嘉慶三年（1798）姚鼐序。次爲嘉慶壬戌（1802）謝啓昆自序。無目錄。各卷卷末署「男學崇、坰校字」。但是，此書「中多魚魯，尙待校讎」，「一時索此書者，雖出以應之，而究未肯廣爲流傳。」所以此版《小學考》流傳甚少。謝學崇辭官後僑居揚州寓所，「板藏於寓宅之東樓」。不久謝學崇去世，謝質卿服闋後去陝西任職（當爲陝西朝邑知縣）。不幸的是，道光二十八年（1848）夏，原謝學崇揚州寓所失火，書板盡毀。

　　此後，謝質卿想再找一部《小學考》重新刊刻，久不可得。加上謝質卿任職所在地爲陝西朝邑（今大荔縣朝邑鎮）、長安（今長安區）、乾州（今乾縣）等地，並不是通都大邑，求書不易。直到咸豐元年（1851）秋，「偶經長安市，見坊中書簿有此書名，詢之則已爲甘肅人購去。訪而商之，以重價贖回，喜不自勝，實時勘校，付之手民，凡五閱月而工竣。」是爲咸豐二年（1852）樹經堂重刊本。是本牌記題「咸豐壬子重鐫　小學考　樹經堂藏板」。首爲咸豐二年（1852）謝質卿序。次爲翁、錢、姚諸家序及謝氏自序。再次爲咸豐二年（1852）

蔣湘南後序。正文前有目錄。各卷卷末仍署「男學崇、峒校字」。樹經堂爲謝啓昆書齋號，而此時他已去世五十年，是本爲謝質卿重刊，按理不應當稱「樹經堂藏板」。又，此時謝學崇早已去世，也不當題「男學崇、峒校字」。謝質卿之所以這樣做，或許是爲了表示對先人的紀念。具體負責校勘重刻《小學考》的人是蔣湘南（1795～1854），其《重刊小學考序》記其始末云：「謝蔚青先生重刊其先祖中丞公《小學考》，而屬湘南以校讎之役，且令爲後序。……中丞公以生平精力著成此書，而未及付梓。觀察公繼之，雖付梓而未及廣行，板旋毀。蔚青先生宦遊秦中，時時以此書爲念，訪求有年，始於長安市上宛轉購得之。補正其闕，重復開雕。蓋人閱三代，時歷五十餘年，中間已廢而得成，卒得流行廣布。」道盡其中曲折與艱辛。

二、浙江書局刊本

光緒十四年（1888），浙江學政瞿鴻禨〔註21〕在離任浙江學政之前，命浙江書局刊刻《小學考》，並請俞樾作序，是爲浙江書局本。是本牌記題「小學考　光緒戊子秋九浙江書局刊成」。首爲光緒十四年（1888）俞樾序。次爲樹經堂原刊本各序（翁、錢、姚諸家序及謝氏自序）。末爲咸豐二年（1852）謝質卿序和蔣湘南後序。正文前有目錄。五十卷中，有三十五卷卷末有校字人署名，計有徐惟琨、黃家岱、張大昌等十六人〔註22〕。據《小學考》俞樾《序》稱，當時本來計劃先將朱氏《經義考》付印，再才刊刻《小學考》。或許是因爲《小學考》只有 50 卷，《經義考》近 300 卷，故《小學考》先刻成。對此，俞樾說，「欲通經學先從小學始，許、鄭兩先師其詔我矣。」

三、上海鴻文書局石印本

光緒十五年（1889），上海鴻文書局將以上三種刊本互爲校刊，再次刊行，是爲上海鴻文書局石印本。是本牌記題「光緒十五年歲在屠維作噩新春月　小學

〔註21〕瞿鴻禨（1850～1918），字子玖，號止盦，晚號西岩老人。湖南善化（今長沙市）人，同治十年進士。先後典河南、廣西鄉試。督河南、浙江、四川學政。

〔註22〕十六人爲戴穗孫、馮一梅、黃家岱、黃維瀚、倪鍾祥、沈琮寶、沈壽慈、汪康年、王崇鼎、吳寶堅、吳鳳啈、吳慶坻、徐惟琨、楊振鎬、章廷瀚、張大昌。其中徐惟琨爲清末書法家，黃家岱爲黃以周次子，張大昌爲清末詩人。

考　烏程蔣氏偶厂署檢」。首爲「願學廬主人」題識，次爲光緒十四年俞樾序。再次爲樹經堂原刊本各序（翁、錢、姚諸家序及謝氏自序）。又次爲咸豐二年（1852）謝質卿序。正文前有目錄。全書最後爲蔣湘南後序。「願學廬主人」未詳何人。其題識云：「……顧士貴通經必先以小學爲之郵。此南康謝蘊山先生所以有《小學考》之作也。……惜原版梓成即烜，厥後，其孫質卿重爲校刊，自經兵燹，亦復化爲烏有。故印本流傳稀如星鳳，今將家藏初印原本，並以質卿所重栞及近時局刻，互爲詳斠，凡有舛訛，悉爲訂正。特倩鴻文書局石印以公同好。」

以上四種版本，均有不同程度的訛誤，以樹經堂原刊本訛誤最多。雖然後面的三種雖均有校勘，但並沒有本質上的提高。如各本自卷十八至卷二十二，皆將「文字十」、「文字十一」、「文字十二」、「文字十三」、「文字十四」，誤作「文字二十」、「文字二十一」、「文字二十二」、「文字二十三」、「文字二十四」。雖然浙江書局本有初校、覆校、匯校等分工，仍然沒有校出這些明顯疏誤。再如，《小學考》卷三十三《四聲等子》條下，徵引了《序》、《讀書敏求記》、《四庫全書總目》三種文獻，共有錯誤五六處。除去「玄關」、「指玄」《小學考》作「元關」、「指元」當爲避諱有意爲之之外。有四處爲四本皆誤，如：「音和」誤作「和音」；「同韻」誤作「同音」；「令舉眸」誤作「今舉眸」；「蓋一經翻刻」誤作「曾一經翻刻」。有兩處錯誤，只有石印本不誤，即「指南」誤作「指揮」，「流攝此書作」與「內七，《指南》作內八」之間脫「內六，而《指南》作內七；深攝，此書作」十三字。

此外，《小學考》有以下幾種現代影印本。一是 1992 年文物出版社、2002 年上海古籍出版社《續修四庫全書》影印謝質卿刊本。二是 1969 年臺北廣文書局、1997 年漢語大詞典出版社、2011 年國家圖書館出版社影印浙江書局刊本。三是 1974 年臺北藝文印書館、1987 年江蘇廣陵古籍刻印社影印上海鴻文書局石印本，後者末附羅福頤編《小學考目錄》一卷。本文所引據的《小學考》若無特別說明，皆爲 1997 年漢語大詞典出版社影印本。除以上全本《小學考》之外，還有抽印本，即根據需要抽取《小學考》中的某一部分進行刊印。如《連筠簃叢書》刊印顧炎武《韻補正》時〔註23〕，附錄了《小學考》卷三十三聲韻

〔註23〕　（清）顧炎武撰：《韻補正》，《叢書集成初編》影印《連筠簃叢書》本，北京：中華書局，1985 年。

四中吳棫的幾種韻學著作。以上幾種刊印本與現代影印本的關係簡要示意如下：

《小學考》主要刊行版本示意圖

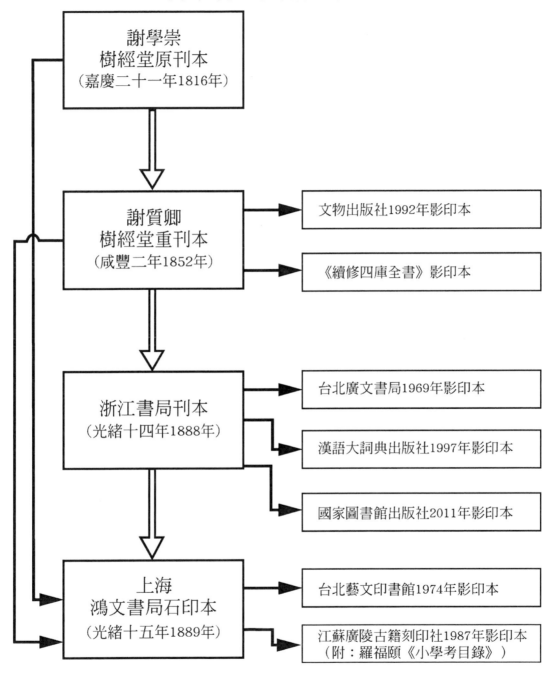

第三章 《小學考》體例研究

　　《小學考》一書的基本體例是全書分為四大類，即訓詁類、文字類、聲韻類和音義，共收 1180 種小學著作。首為敕撰類兩卷，收「敕撰」和「欽定」的語言文字著作，不入四類之中，以示尊崇。

　　具體來說，除去首列敕撰類 8 種之外，其餘共分訓詁類、文字類、聲韻類和音義類四大類，分別有 153 種、419 種、332 種和 268 種。這些文獻又分別標明存、佚、未見和闕，計存者 409 種，佚者 492 種，未見者 265 種，闕者 3 種，另有未標明存佚者 3 種。簡要示意如下：

類別	敕撰類	訓詁類	文字類	聲韻類	音義類	總計
存		52	166	147	44	409
佚		84	141	79	188	492
未見		17	109	106	33	265
闕		－	1	－	2	3
不明		－	2	－	1	3
	8	153	419	332	268	1180

　　1180 種小學著作，則有 1180 個著錄項。每個著錄項由條目、提要和按語三部分構成。

　　（1）條目又可分三個部分，即（a）作者書名項，頂格，如「鄭氏樵《爾雅注》」；（b）出處文獻和卷數項，低二字，如「《宋志》三卷」；（c）第三部為

存佚項，低三字著錄，如「存」。（2）提要部分，低一字，一般以「某氏某文獻」開頭，如「王應麟《玉海》曰」；或以文獻名開頭，如「《宋史‧儒林傳》曰」。（3）按語部分，低四字，一般以「按」字起頭。這是全書在形式上的基本體例，具體來說，《小學考》在分類、著錄、提要、按語等幾個方面各有其體例。

第一節　《小學考》分類特徵

分類可視爲目錄學的靈魂，目錄學家向來重視，並多有論述。鄭樵《通志‧校讎略‧編次必謹類例論》云：「學之不專者，爲書之不明也。書之不明者，爲類例之不分也。有專門之書則有專門之學，有專門之學則有世守之能。人守其學，學守其書，書守其類，人有存沒而學不息，世有變故而書不亡。」〔註24〕又云「類例既分，學術自明，以其先後本末具在。觀圖譜者可以知圖譜之所始，觀名數者可以知名數之相承。讖諱之學盛於東都，音韻之書傳於江左，傳注起於漢、魏，義疏成於隋、唐，睹其書可以知其學之源流。」〔註25〕章學誠《史考釋例》云「著錄貴明類例」〔註26〕又云「學問貴知類，知類而又能充之，無往而不得其義也。」〔註27〕余嘉錫《目錄學發微》云：「大凡事物之繁重者，必馭之以至簡，故網有綱，裘有領。書之類例，文字之部首，皆綱領也。……既欲分門類，固不可無義例，於是《說文》以形旁相同者歸於一部，《七略》以學出某官者歸於一家。使知其意者因以求其字，通其學者可以求其書，而檢查乃益便。」〔註28〕《小學考》一書除卷一卷二爲敕撰之外，其餘四十八卷依次爲訓詁、文字、音韻和音義四大類。各類之下，再分屬，但並不標明。關於這四類，謝啓昆在序言中作出了區分。「卷首恭錄敕撰，次訓詁，則續《經義考》《爾雅》類而推廣於《方言》、《通俗文》之屬也。次文字，則《史篇》、《說文》之屬也。次聲韻，則《聲類》、《韻集》之屬也。次音義，則訓讀經史百家之書。

〔註24〕《通志二十略》第 1804 頁。

〔註25〕《通志二十略》第 1806 頁。

〔註26〕（清）章學誠著，王重民通解：《校讎通義通解》，上海：上海古籍出版社，1987 年，第 166 頁。

〔註27〕《校讎通義通解》第 176 頁。

〔註28〕余嘉錫著：《目錄學發微：古書通例》，北京：中華書局，2007 年，第 143 頁。

訓詁、文字、聲韻者，體也。音義者，用也。體用具而後小學全焉。」（《小學考序》）〔註29〕此處將訓詁、文字、韻和音義四大類，分爲體用兩種，前三者爲小學之主體，而「音義者，小學之支流也」〔註30〕。

一、敕撰類

《小學考》卷一、卷二爲敕撰，共收錄了《康熙字典》、《欽定西域同文志》、《御定清文鑒》、《御定滿洲蒙古漢字三合切音清文鑒》、《欽定音韻闡微》、《欽定同文韻統》、《欽定叶韻彙輯》和《欽定音韻述微》八種或「敕撰」或「欽定」的文字音韻及少數民族語言文字著作，皆按時間先後排列，沒有再分小類。將「敕撰」置全於全書之首，遵從《經義考》成例，而不採用《四庫全書總目》之先例，反映了《小學考》對《經義考》的高度繼承。《四庫全書總目·凡例》：「其歷代帝王著作，從《隋書·經籍志》例，冠各代之首。〔註31〕至於列朝聖製、皇上御撰，揆以古例，當弁冕全書。而我皇上道秉大公，義求至當，以《四庫》所錄包括古今，義在衡鑒千秋，非徒取尊崇昭代。特命各從門目，弁於國朝著述之前。」〔註32〕《四庫全書簡明目錄》亦云：「唐徐堅《初學記》以太宗御製升歷代之前，蓋尊尊之大義宜然。焦竑《國史經籍志》、朱彝尊《經義考》並踵前規。臣等編摩《四庫》初亦恭錄《御定易經通注》、《御纂周易折中》、《御纂周易述義》，弁冕諸經。仰蒙指示，命冠於國朝著述之首，俾尊卑有序，而時代不淆。……並發凡於此，著《四庫》之通

〔註29〕謝啓昆《小學考序》，見《小學考》第 5 頁。

〔註30〕《小學考·音義一》，見《小學考》第 568 頁。

〔註31〕《隋書經籍志》將歷代帝王著作和宗室著作，分門別類，分別置於所處朝代之首，以示尊崇。例如，「《周易大義》二十一卷，梁武帝撰。」置於經部易類梁代易學著作之首。不僅如此，連宗室著作也緊次於帝王著作，置於首要位置。如「《周易幾義》一卷，梁南平王撰。」最典型的是集部別集類。如梁代的別集首先著錄「《梁武帝集》二十六卷。」等四種梁武帝著作，再著錄《梁簡文帝集》一種、《梁元帝集》二種，再著錄「《梁昭明太子集》二十卷」等七種梁宗室成員著作，之後才是《宗夬集》、《丘遲集》和《江淹集》。若按時代排序，昭明太子（501～531）和梁元帝（508～554）皆當在宗夬（456～504）、丘遲（464～508）和江淹（444 年～505 年）等人之後。

〔註32〕《四庫全書總目》第 16 頁下。

例焉。」〔註33〕這表明，以「御製升歷代之前」是一種普遍的成例，而《隋志》與《四庫總目》則冠每代之首。顯然《四庫總目》的這種處理方式是更爲合理的，而《小學考》雖然充分利用了《四庫總目》與《簡明目錄》的很多成果，卻對這一成例棄而不用，而是沿用了《經義考》的體例，將清代帝王著作冠於全書之首。這與《小學考》的性質，「廣《經義考》」有關。它有明確的彌補《經義考》的目的，因此努力在體例上與其保持一致。只是《小學考》一書並無凡例加以闡明，同樣是模仿和遵從《經義考》而成書的《史籍考》則有凡例，即《史考釋例》。《史考釋例》曰：「制書弁首，冠履之義也。朱氏《經考》蓋分御製、敕撰，今用其例。……不敢妄分類例，謹照書成年月，先後恭編……」〔註34〕此處，《小學考》用意當和《史籍考》同。

二、訓詁類

訓詁類比較特殊，因爲其核心是《爾雅》，而《爾雅》又不能視爲普通的小學書。六朝劉勰《文心雕龍》稱其爲「《詩》、《書》之襟帶」〔註35〕，宋人林光朝《艾軒詩說》稱其爲「六經之戶牖，學者之要津」〔註36〕，清人宋翔鳳《爾雅郭注疏序》稱其爲「訓故之淵海，《五經》之梯航」〔註37〕。《漢書·藝文志》孝經類云：「《爾雅》三卷，二十篇。」《隋書·經籍志》論語類：「《爾雅》三卷。」《日本國見在書目錄》論語類：「《爾雅》三卷。」《爾雅》在《漢志》中附《孝經》類，《隋志》附《論語》類，皆不入小學，所以到《舊唐書·經籍志》首次將訓詁著作歸入小學，但仍與文字音韻雜字之書明顯區分。《新唐書·藝文志》將訓詁類收入小學，不再與其他文字音韻之書相區分。因此，訓詁類入小學，

〔註33〕（清）永瑢等撰，《四庫全書簡明目錄》，上海：華東師範大學出版社，2012 年，第 1 頁。

〔註34〕（清）章學誠著，王重民通解：《校讎通義通解》，上海：上海古籍出版社，1987 年，第 169 頁。

〔註35〕見《文心雕龍·鍊字》，劉勰撰、范文瀾注：《文心雕龍注》，北京：人民文學出版社，1962 年，第 624 頁。

〔註36〕轉引自《小學考》第 30 頁下。

〔註37〕宋翔鳳《爾雅義疏序》，見郝懿行《爾雅義疏》卷首，《續修四庫全書》第 187 冊，第 355 頁下。

可以從《舊唐書・經籍志》算起。自此，《崇文總目》、《遂初堂書目》、《直齋書錄解題》、《宋史・藝文志》、《文獻通考・經籍考》、《國史經籍志》、《澹生堂書目》、《千頃堂書目》、《明史・藝文志》及《四庫總目》皆遵其例。《四庫全書總目》云：「《舊唐書・經籍志》以詁訓與小學分爲二家。然詁訓亦小學也，故今仍從《漢志》，列爲小學之子目。」〔註38〕

　　《爾雅》於《漢志》入孝經類、於《隋志》入《論語》類，宋明皆有討論，如《郡齋讀書志》曾議《漢志》、《隋志》之非，〔註39〕焦竑也曾作《漢志糾謬》試圖糾《漢志》之非。〔註40〕清代，以《四庫全書總目》爲代表，《爾雅》入小學類幾乎已成社會共識，不僅《小學考》《鄭堂讀書記》《藏園群書經眼錄》等目錄遵從之，而且章學誠先在《校讎通義》肯定焦氏《漢志糾謬》「《爾雅》、《小爾雅》入孝經非，改小學」之說，更一進認爲是《漢志》流傳錯誤。〔註41〕然

〔註38〕《四庫全書總目》（北京：中華書局，1965年），第344頁上。今按，而《漢志》之小學類，又與後世之小學類不同。《漢志》之小學類大體可分爲兩系：一爲識字，如《蒼頡》、《凡將》、《急就》、《元尚》、《蒼頡傳》、《揚雄蒼頡訓纂》、《杜林蒼頡訓纂》和《杜林蒼頡故》，以教人識字爲主，故多有合併去重。一爲辨形，如《史籀》、《八體六技》，主要用來辨識戰國秦漢以來的各類字體。而以《說文》爲代表的爲經學服務的，兼顧形音義三者的小學書則是在東漢以後才產生的。故以解釋經傳爲主的《爾雅》，顯然和西漢的識字辨形的字書不是一類，故其於《漢志》不當入於小學類，而應當如前人所述，附於孝經類。還有一點，在漢人看來，《孝經》乃「孔子爲曾子陳孝道也」，《爾雅》據張揖稱「或言仲尼所增，或言子夏所益」，則二者同爲聖賢之書，與教人識字的字書顯然不能歸爲一類。

〔註39〕晁公武《郡齋讀書志》云：「文字之學凡三：其一體制，謂點畫有縱橫曲直之殊；其二訓詁，謂稱謂有古今雅俗之異；其三音韻，謂呼吸清濁高下之不同。論體制之書，《說文》之類是也；論訓詁之書，《爾雅》、《方言》之類是也；論音韻之書，沈約《四聲譜》及西域反切之學是也。三者雖各一家，其實皆小學之類。而《藝文志》獨以《爾雅》附孝經類，《經籍志》又以附論語類，皆非是。今依《四庫書目》，置於小學之首。」

〔註40〕焦竑《漢書藝文志糾謬》云：「《五經雜議》入孝經非，改經解。《爾雅》、《小爾雅》入孝經非，改小學。」（見明焦竑《國史經籍志》之《附錄》（《叢書集成初編》本，中華書局，1985年）。）

〔註41〕章學誠《校讎通義》：「焦竑以《漢志》《五經雜議》入孝經非，因改入經解，其說良允。然《漢志》本無經解門類，入於諸子儒家，亦其倫也。」又云：「焦竑以《漢志》《爾雅》、《小爾雅》入孝經非，其說亦不可易。《漢志》於此一門，本無義理，

而仍有相當一部分學者認爲《爾雅》與《孝經》同爲六藝之傳，故當附於六藝略，不當入小學。最有代表性的是黃以周、王先謙、章棫和朱一新四家之說。

黃以周《讀漢藝文志》云：「後世目錄家，六藝類依經分門，總經屬後，此古法也。然古人多不立總經類，總經即附於六藝之末。唐長孫無忌等作《隋書》，以爲《漢志》附《爾雅》於《孝經》，即取是意，故《隋志》以《論語》殿六藝，而《爾雅》即附於《論語》。後宋以來，目錄家總經別爲一類，則《爾雅》入於總經，晁以道不溯其源委，別立解經類，不收《爾雅》。反斥《隋志》附《爾雅》於《論語》之非，並議及《漢志》。夫《漢志》爲劉向父子所定，義類甚密，非晁氏所得議，亦非長孫等所與知也。經之名，至春秋時甚尊，夫子述而不作，信而好古，與曾子言孝，何自尊其書名之曰『孝經』。《孝經》，解經之書也。曾子喜言孝，夫子以爲孝之道詳於經，詩書之經，即孝之經也。故每論孝一章，輒引《詩》、《書》之言，以廣其義。漢初經師說書，猶宗此意，如《韓詩外傳》其顯著者。《詩外傳》爲解經之書，《孝經》亦解經之書也。《漢書·翟方進傳》『成帝冊書，傳曰：高而不危，所以長守貴也。』直稱《孝經》爲傳。《藝文志》之孝經類，即晁氏《讀書志》之解經，故《孝經說》後，漢石渠之《五經雜議》次之，《爾雅》又次之。漢石渠論，五禮之淵藪；《爾雅》又六藝之鈐鍵也。自《孝經》之爲書不明，乃議《爾雅》之不類《孝經》。善夫，鄭君《六藝論》曰：『孔子以六藝題目不同，指意各殊，恐道離散，後世莫知根源。故作《孝經》以總會之。』〔註42〕知孝經爲總會群經之書，則《漢志》附《爾雅》於其類，又何議哉？凡解經之書，自古分二例，一宗故訓，一論大義。宗故訓者，其說必精，而拘者爲之，則疑滯章句，破碎大道。論大義者，其趣必博，而蕩者爲之，則離經空談，違失本眞。博其趣，如《孝經》，精其說，如《爾雅》，解經乃無流弊。《漢志》合而編之，乃所以示後世讀經之法。惜今之講漢學、講宋學者分道揚鑣，皆未喻斯意。」〔註43〕黃以周認爲古人多不立總經類，總經即附於六藝之末，《孝經》爲總會群經之書，《爾雅》又六藝之鈐鍵也，所以《爾雅》當附《孝經》。後世《孝經》之

殆後世流傳錯誤也。蓋孝經本與小學部次相連，或繕書者誤合之耳。《五經雜議》與《爾雅》之屬，皆緣經起義，類從互注，則益善矣」（見（清）章學誠著，王重民通解：《校讎通義通解》，上海古籍出版社，1987年，第65頁。）

〔註42〕語見邢昺《孝經疏》，另有皮錫瑞《六藝論疏證》（師伏堂叢書本）可參。

〔註43〕黃以周：《史說略》，《儆季雜著》本，清光緒二十年（1894）江蘇南菁講舍刻本。

爲書目的不明，於是後人反議《爾雅》之不類《孝經》。

王先謙《漢書補注》：於《五經雜議》補注云「此經總論也。《爾雅》、《小爾雅》，諸經通訓；《古今字》，經字異同，皆附焉。」又於《爾雅》補注云：「《孝經序疏》引鄭氏《六藝論》……又《大宗伯疏》引鄭氏《駁五經異義》云：『《爾雅》者，孔子門人所以釋六藝之文言』，蓋不誤也。然則《爾雅》與《孝經》同爲釋經總會之書，故列入《孝經》家，《隋志》析入《論語》，非也。」〔註44〕王先謙認爲，《爾雅》、《孝經》皆爲諸經總會之書，故應當列入《孝經》家，不僅不當入小學，即如《隋志》置於《論語》，亦爲不妥。

章棫《漢書藝文志爾雅入孝經說》：「《爾雅》三卷二十篇列孝經家，其例肇始於劉氏之《七略》。自《七略》變爲四部，始於魏秘書監荀勗，而李充、謝靈運、王儉（按：儉雖自別爲《七志》，而《元徽元年書錄》仍分四庫）、王亮、謝朓、任昉、殷鈞等咸因之，相延以迄于今。勗等之簿錄不可見，隋《經籍志》則改列論語類。《舊唐志》分詁訓、小學爲二類，《爾雅》則入於訓詁類。新修《唐志》則竟遷爲小學類，宋以史志及各家目錄皆遵之。議者莫不以《漢志》暨《隋志》、《舊唐志》爲非，而以入小學類爲允當。近且有謂《漢志》此門殆後世流傳錯誤，而班氏部居此經名義，自古及今遂無一人躓之矣。然亦思班氏作《志》皆本劉《略》，成帝時劉向與任宏等典校群籍，爲《七略》《別錄》二十卷，其所見書，博已極矣。況經傳、諸子、詩賦三家又向所親校，其所定部分，豈茫乎無主者？且向卒子歆繼之此事，已經兩代之手。班作《志》時蓋親見《略》、《錄》而爲之，其有出入，輒復自注，豈獨於孝經一家有故誤者耶？竊謂所以然者，《爾雅》爲『九流津梁、六藝鈐鍵』也，迥出《史籀》、《倉頡》、《凡將》諸小學書之上。漢初曾立於博士。自不得列小學之內。而其所以人孝經者，班時《略》、《錄》具在，本無所疑，故亦無待詳言。今《略》、《錄》不可考矣，部別群籍·累代無暇推求，唯按《孝經序疏》引康成《六藝論》云：『孔子既敘六經，題目不同，意指差別，恐斯道離散，故作《孝經》，以總會之。』此言未知所本。康成大師，自必有據。《隋志》孝經類亦稱之，并未言說本康成。已下有『明其枝流雖分，本萌於孝』二語。又按：《五經異義》，元之聞也。《爾雅》者，孔子門人所作，以釋六藝之言，蓋不誤也。以此推之，則《爾雅》列

〔註44〕王先謙：《漢書補注》，中華書局，1983 年，第 875，876 頁。

孝經，班《志》確無可議矣。《孝經》總會六經，《爾雅》以釋六藝，其義例本相貫屬，則部居又安可別廁？況孝經家有《雜議五經》十八篇，列《爾雅》前。班自注：『石渠論。』則明爲《孝經》總貫五經，故石渠會講諸博士相與辯論匯成一書，亦入此類。後世於《五經雜議》絕無所疑，而於《爾雅》則疑之，何明昧之歧出也。此實由於《略》、《錄》已亡，而人不知經之名義故也。知《孝經》爲六經總會，則班《志》此類確無可易。而《小爾雅》、《弟子職》亦以類相從，無容置喙矣。」〔註45〕章梫的觀點主要是三點：一、《爾雅》爲「九流津梁、六藝鈐鍵」，其重要性遠遠高於《史籀》、《倉頡》、《凡將》等識字辨形的小學書。二、《爾雅》漢初曾立於博士，也不應當與小學之書同列。三、《孝經》總會六經，《爾雅》以釋六藝，其義例本相貫屬，也應當歸爲一類，而不應當與小學書同類，同時批駁章學誠《爾雅》入《孝經》爲「後世流傳錯誤」的說法。

朱一新《無邪堂答問》認爲：「《漢志》小學家皆字書，《爾雅》乃訓詁之書，固自不侔。《五經總議》總釋群經，《爾雅》亦六藝之鈐鍵，故以類從。班意以《孝經》論至德要道，爲諸經總會。乃以是殿六藝，凡經解、訓詁、幼儀諸書皆附之，而小學之字書獨不廁於其中。知此，則知專以字書爲經訓者之非矣。」〔註46〕朱一新的理由有二：一是《漢志》小學家皆識字辨形的字書，而《爾雅》以釋義爲主，顯然不同於一般的字書；二是《爾雅》爲六藝之鈐鍵，和《五經總議》屬一類，不當和字書一類。

總之，以上四家的觀點雖然不是清代的主流觀點，但是也足以證明《爾雅》在小學類種是相當特殊的一類。特別是《爾雅》從隋唐時代就列爲經書，陸德明《經典釋文》收錄十四種經典，《爾雅》收入其末；唐代《開成石經》收入十二種經書，《爾雅》亦位列其末。南宋匯刻《十三經注疏》，《爾雅》居於《孟子》之前。正是《爾雅》既是經書又是小學書的特殊性質，所以，一般目錄在小學類中，都是將訓詁書置於首位。《小學考》遵從前例，也將訓詁類置於小學類之首。

〔註45〕章梫：《一山文存》，近代中國史料叢刊第三十三輯，臺北：文海出版社，2000 年，第 287 至 291 頁。

〔註46〕（清）朱一新著；呂鴻儒、張長法點校：《無邪堂答問》，北京：中華書局，2000年，第 142～143 面。

　　《小學考》卷三至卷八爲訓詁類。《小學考》訓詁類下面又大體可以區分爲「爾雅之屬」、「擬爾雅之屬」、「類爾雅之屬」、「少數民族語言之屬」四個部分。因此整個訓詁類可以視爲一部輯考體的「雅學史」。（1）其中卷三至卷卷五前半部分爲「《爾雅》之屬」，所收之書爲《爾雅》、《犍爲文學爾雅注》、劉歆《爾雅注》、郭璞《爾雅注》和邵晉涵《爾雅正義》（附錄阮元《經籍籑詁》）等從漢至清 48 種《爾雅》學著作。（2）卷五後半部分至卷六爲「擬爾雅之屬」。其中包括《小雅》、孔鮒《小爾雅》、張揖《廣雅》、陸佃《埤雅》、方以智《通雅》和吳玉搢《別雅》共 36 種模擬《爾雅》而作的訓詁學著作。這其中又可以分爲「《小爾雅》系列」、「《釋名》系列」和「雜雅系列」。（3）卷七卷八爲「類爾雅之屬」，包括《（楚晉事）名》、揚雄《方言》、劉熙《釋名》、服虔《通俗文》、王陸《漢官解詁》和顏之推《訓俗文字略》等 33 種類似《爾雅》的訓詁學著作。其中還可以細分爲「《方言》系列」、「《釋名》系列」和「雜訓詁系列」。（4）卷八後半部分爲「少數民族語言之屬」。「少數民族語言之屬」本不屬訓詁類，《隋志》將其置於文字音韻著作之後，而不附於雅學著作之後。蓋因《方言》入訓詁，《小學考》卷八後半部分 35 種著作，絕大部爲少數民族語言著作，例如《國語》、《鮮卑語》、《國語眞歌》、《釋梵語》和托克托《遼國語解》、《金國語解》之類。訓詁類總體規律都是「以時間爲序，以類別相從」。先《爾雅》，再《廣雅》，再《方言》，這是以時間爲序，邵晉涵《爾雅正義》置於張揖《廣雅》之前，王念孫《廣雅疏證》位於揚雄《方言》之前，這是便於以類相從。但其中也有例外，如顏師古《匡謬正俗》等四種著作雜廁於《鮮卑語》和《釋梵語》之中，毛奇齡《越語肯綮錄》和吳文英《吳下方言考》附於《華夷譯語》和《方國殊語》之後。

三、文字類

　　文字學可以視爲小學的核心，因爲從《漢志》小學類就有文字學著作，而且是有且只有文字學著作。〔註47〕《隋志》音韻學著作入小學類，《舊唐書・

〔註47〕《漢志》中有《別字》十三篇，有人認爲就是《方言》。但《小學考》將《別字》收入「文字類」，而不入「訓詁類」。所以，本文遵從《小學考》，認爲《別字》也是字書，而非《方言》。

經籍志》訓詁學著作入小學類，這才形成了訓詁、聲韻、文字三分小學的總體局面。但文字類也是小學中最為蕪雜的一類。《四庫全書總目》云：「《隋志》增以金石刻文，《唐志》增以書法、書品，已非初旨。自朱子作《小學》以配《大學》，趙希弁《讀書附志》遂以《弟子職》之類併入小學，又以蒙求之類相參並列，而小學益多岐矣。」今考《隋志》所增金石刻文如《一字石經周易》《一字石經尚書》之類、《舊唐志》《新唐志》所增之《書品》《筆墨法》之類皆輳於文字類之後（《日本國見在書目錄》時代在《隋志》和《兩唐志》之間，可以視為過渡。將《書斷》、《筆勢集》置文字類之中）。趙希弁《讀書附志》將《弟子職》置於《續千字文》之前，也相當於歸之於文字類。《通志・藝文略》將小學分為八類，其中一般意義上的文字類也被分為了三小類，「小學」收錄以識字為目的古字書，「文字」收錄分析漢字形音義的字書，「古文」收錄古文字著作。

《小學考》卷九至卷二十八所收之書為文字類。這 20 卷佔了全書 50 卷的 40%，由此也可以看出，文字類在數量上也是小學的大宗。其中，卷九為古小學書之屬，即《史籀》、《八體六技》和《龍飛篇》等共 37 種，又可以細分為「三蒼系列」、「急就章系列」等，可稱之為「古文字學」。卷十至卷十二全為《說文》之屬，即《說文解字》及後續相關研究著作共 27 種（又在卷末按語中收錄桂馥（1736～1805）《說文統系圖》一種），可稱為「《說文》學」。卷十三至卷十五，主要收錄三國魏晉南北朝時期產生的名目繁多的字書。此類字書系統性和學術性、影響力和生命力都不能和《說文》相比，大多亡佚。除了《字林》、《玉篇》是屬於精品之外，其他的都屬於偏於實用的字書，如蔡邕《勸學》、張揖《難字》、王義《小學篇》、周興嗣《千字文》、鄒誕生《要用字對誤》之類，可稱為「俗文字學」。卷十六至卷二十三前半部分，主要收錄唐宋元時期的字書，比如顏師古《字樣》、顏元孫《干祿字書》、張參《五經文字》、唐玄度《九經字樣》、張有《復古編》之類，大體可稱為「字樣學」。卷二十三後半部分至二十八，始於戴侗《六書故》，終於江聲（1721～1799）《六書說》，中間有楊桓《六書統》、吳正道《六書原》、周伯琦《六書正訛》、楊慎《六書練證》、朱謀埠《六書本原》、戴震《六書論》等約 40 種論「六書」的著作，姑且稱為「六書學」。唐蘭先生在《中國文字學》一書中曾這樣總結中國文字學，「由中國文字學的歷史來看，《說文》、《字林》以後，可以分成

五大派：一、俗文字學，二、字樣學，三、《說文》學；四、古文字學；五、六書學。前兩派屬於近代文字學，後三派屬於古文字學，在文字學裏都是不可少的。」〔註48〕而《小學考》文字類的收書情況也大體上，合符這種總結。整個文字類都大體按時間順序排列，同時兼顧類聚，例如將任大椿《字林考異》置於何承天《纂文》之前，將清代馮嗣京《增壽千字文》置於北魏人宋世良《字略》之前，這些都是根據《字林》和《千字文》產生的時代進行類聚，而不考慮成書時代。這樣做的好處就是便於即類求書。

四、聲韻類

聲韻類歷史相對簡單。大體可分為《切韻》前之韻書，《切韻》系韻書，古音學等幾大塊。《小學考》卷二十九至卷四十四為聲韻類。（1）卷二十九前半部分為「魏晉南北朝韻書」之屬，即《切韻》前的韻書，包括從李登《聲類》至潘徽《韻纂》共 29 種韻學著作。（2）卷二十九後半部分至卷三十一為「《切韻》系列韻書」之屬，包括陸法言《切韻》、長孫訥言《切韻箋注》、孫愐《唐韻》、陳彭年等《廣韻》、丁度等《集韻》、毛晃《增修互注禮部韻略》等重要韻書。這些韻書雖然時間跨度達五百年，但都是在《切韻》基礎上進行的韻部分合，字數增減，因此可以視為同一系列。（3）卷三十二前半部分為吳棫古音學著作，卷三十二後半部分至卷三十三前一部分為南宋中後期其他音韻學著作，包括鄭樵《字始連環》、歐陽德隆《增修校正押韻釋疑》和周京《史漢音辨》等。（4）卷三十三中間部至卷三十四前半部分為金元韻學著作，例如金人韓孝彥《四聲篇海》、韓道昭《五音集韻》、毛麾《平水韻》、王文郁《平水新刊韻略》和由宋入元的黃公紹《古今韻會》、元人熊忠《古今韻會舉要》及元明之際的孫吾與《韻會定正》、元周德清《中原音韻》等。（5）從卷三十四後半部分至卷三十七，皆為明代音韻學著作。包括樂紹鳳等《洪武正韻》、楊慎《轉注古音略》、陳第《屈宋古音義》、蘭廷秀《韻略易通》、呂維祺《音韻日月燈》等共計 137 種。（6）卷三十八至卷四十四皆為清代音韻學著作，特別是清代古音學著作。包括顧炎武《音論》、毛奇齡《古今通韻》、江永《四聲切韻表》、戴震《轉語》等共計 80 種。

〔註48〕唐蘭：《中國文字學》，上海古籍出版社，2001 年，第 24 頁。

五、音義類

　　《小學考》在分類上的一項重要特點就是將音義類獨立出來，與傳統的文字、音韻、訓詁並列。周祖謨先生曾將「音義書」定義爲「專指解釋字的讀音和意義的書。」認爲「古人爲通讀某一部書而摘舉其中的單字或單詞而注出其讀音和字義，這是中國古書中特有的一種體制。」〔註49〕孫玉文先生認爲，音義之學確立於東漢。「漢語音義學是發源於先秦的訓詁學和發源於東漢的音韻學相融合而產生的一門學問。漢末孫炎《爾雅音義》等著作的問世，標誌著漢語音義之學的確立；魏晉南北至隋唐，音義之學大放光彩，有《經典釋文》等比較全面搜集儒道經典著作注釋中音義材料的著作出現。」〔註50〕于亭先生《論「音義體」及其流變》一文認爲，「中國傳統小學中的『音義體』，產生於漢魏之世，極盛於六朝隋唐之間。音義的產生，既由於傳示一家之學訓詁之旨、讀書之音的需要，也有出於說示諸本異同、校正文字訛舛之需要者。而音義這種體裁的繁盛和發展，是漢魏以來經師學者精研音韻、訓詁中音義互求的結果。」〔註51〕音義書雖然與音韻、訓詁密切相關，但長期以來，目錄學家皆不將其列入小學類。這大概可以從音義書早期、中期和晚期的不同情況來推測原因。

　　音義書不入小學類，首先是由其早期的特殊體式所決定的，即早期音義書是與被釋文獻密不可分的。據《隋書·經籍志》，今天所知的最早的音義書爲東漢孫炎《爾雅音義》二卷、東漢應劭《漢書集解音義》二十四卷、東漢服虔《漢書音訓》一卷、三國韋昭《漢書音義》七卷等。但這些書均已亡佚，早期音義書的面貌已無從知曉。好在《隋志》中有一類名爲「音隱」、「隱」的文獻可以幫助我窺測早期音義書的形式。《隋志》有「《毛詩音隱》一卷；梁有《毛詩表隱》二卷，陳統撰，亡；梁有《毛詩背隱義》二卷，宋中散大夫徐廣撰；毛詩總集六卷，毛詩隱義十卷，並梁處士何胤撰·亡；梁有《喪服經傳隱義》一卷，亡；《禮記音義隱》一卷，謝氏撰；《禮記音義隱》七卷；《論語隱義注》三卷；《論語隱》一卷，郭象撰；《說文音隱》四卷。」《日本國見在書目錄》也有「《孝

〔註49〕見《中國大百科全書·語言文字卷》「音義書」條。

〔註50〕孫玉文：《略論漢語音變構詞》，《江蘇大學學報（社會科學版）》，2011 年第 5 期，第 54～63 頁。

〔註51〕于亭：《「音義體」及其流變》，《中國典籍與文化》，2009 年第 3 期，第 13 至 22 頁。

經援神契音隱》一卷。」這類著作中「隱」為何義？姚振宗《隋書經籍志考證》卷三「梁有《毛詩背隱義》二卷，宋中散大夫徐廣撰」條下按云：「按，齊梁時隱士何胤注書，於卷背書之，謂為隱義。背隱義之義，蓋如此。由是推尋，則凡稱『音隱』、『音義隱』之類大抵皆從卷背錄出。皆是前人隱而未發之義，當時別無書名，故即就本書加隱字以名之。又按此並以悟漢人經注各自為書之所以然。」〔註52〕這裡姚振宗據「何胤注書，於卷背書之，謂為隱義。」一則材料大膽推測，所謂「隱義」，就是將經文之釋義書於紙背，隱於紙背。同理，「音隱」，「音義隱」也是將注音內容，注音釋義內容都寫在紙背。這些抄在紙背的音義材料，自然而是隨書而行。再後來，注者本人或者弟子將這些紙背的音義材料摘錄出來單行，於是就形成某書《音隱》。姚振宗這種推測，後被敦煌文獻所證實。英藏敦煌文獻 S.10《毛詩傳箋（邶風・靜女）》和法藏敦煌文獻 P.2669《毛詩傳箋（大雅文王之什，齊風、魏風）》都屬於紙背有音義材料的卷子。王重民《敦煌古籍敘錄》「斯一〇」提要云：「卷背有音，適書於所音經字之後，此種寫書方式亦不多見。……今雖不能考定撰人為誰氏，其為六朝人舊音，則無疑也。」〔註53〕許建平《敦煌經籍敘錄》S.10 提要、P.2669 提要下皆云：「（寫卷）卷背有以極小之字所寫字音，注於正面的經、傳、箋之字的對應位置。」〔註54〕又云：「潘重規……認為……可能是《毛詩音隱》一類著作之遺跡。」這類「音隱」、「義隱」文獻的記載與實物，給我們傳達了這樣兩個信息：一是早期音義文獻往往是隨文注於經注文字之上下方，或者書於紙背被釋字對應的位置。這樣，音義是與經注相伴而行，不可分離的；二是當後人摘抄這些音義材料，匯為一編，名為「某經音」、「某經音隱」，雖然已從形式上與被釋文獻分離，但實際使用中，仍不能脫離被釋文獻。這種與被釋文獻不能分離的情況決定了音義文獻在目錄學上的歸屬，長期不能單獨成類，必須依被釋文獻而歸類。如《隋志》中，徐邈《毛詩音》入於經部詩類、徐廣《史記音義》入史部史記類，徐邈《莊子音》、《文選音》也分別在經部與集部。到了隋唐時期，產生了諸如《經典釋文》和玄應《一

〔註52〕姚振宗《隋書經籍志考證》（師石山房叢書本）

〔註53〕王重民：《敦煌古籍敘錄》（北京：商務印書館，1958年），第32頁。

〔註54〕許建平：《敦煌古籍敘錄》，北京：中華書局，2006年，第 161 頁、第 190 頁。

切經音義》這樣的彙集眾家音義而的音義書。這時就不再適合各隨其類,《舊唐書・經籍志》、《新唐書・藝文志》和《直齋書錄解題》中,《經典釋文》皆入「經解類」,《四庫全書總目》中入「五經總義類」。惟一個例外,《郡齋讀書志》中將《經典釋文》歸入「小學類」,這也是《小學考》獨立「音義類」的歷史依據之一。

音義書不入小學類,其次是由音義書的學術性質決定的。音義書發展到中期,也就是隋唐時期,基本上已經摘字出注,單獨成篇,不再寫在紙背。但是其學術性質沒變,即這些音義書都是爲解釋具體經典服務,有很強的針對性。因此,《周易音》、《尚書音》和《毛詩音》等,都只是在用小學的手段來解釋經學,本質上這些音書仍然分別屬於《易》學、《書》學與《詩》學的範疇。目錄學必須反映學術,因此《隋志》及兩唐志在著錄時,也必須尊重這些經學音義書的性質。同理,《史記音》《漢書音》《國語音》《莊子音》和《文選音》也都只能這樣處理。于亭先生認爲「雖然摘字出注,但音義之注音釋義,從來沒有脫離文本語境,沒有脫離隨文釋義的訓詁傳統,而且注音本身往往是顯示字義的手段,這跟字書、韻書性質上大不同。其主要的體現,一曰注音表現一家之學,一曰辨析音變以示詞義的動靜主從授受之別,一曰用訓詁之字注音。這是音義體突出的功能特徵。」〔註55〕也就是在中期,音義書雖然在形式上已經單獨成篇,但性質仍然是對具體經典的注釋,所注之音爲經師之音,所釋之義爲語境義,並不一定是這個字詞普遍的音義。因此也就只有回歸被釋文獻本身,這些音義才有意義。所以,這一時期的音義書仍不能獨立出來並歸入小學類。

音義書不能在目錄中獨立成類,第三個原因是因爲後期音義書數量銳減,不足以單獨成類。音義書興盛的時期主要是在漢魏六朝隋唐,入宋以後,就不再流行。一方面前人所作音義書大量亡佚,另一方面,後有也很少再作音義書。宋孫奭《孟子音義》和元胡三省《資治通鑑音注》算是後期音義書的代表作。單以《小學考》著錄之音義書而言,全書著錄 268 種音義書中,今存者 44 種。其中《經典釋文》又被拆成「某經音義」分別著錄,則多出 14 種。佛經音義,長期不在目錄學的著錄之列,再去掉玄應《一切經音義》等 6 種佛經音義。實際也就是

〔註55〕于亭:《「音義體」及其流變》,《中國典籍與文化》,2009 年第 3 期,第 13 至 22 頁。

248 種音義書，存世 25 種，頂多算十存其一。從這一數據可以看出，從宋到清的幾百年中，音義書的存世數量遠遠不能和文字、音韻、訓詁三類文獻的數量相比。因爲不流行，所以數量少。數量少自然無法單獨立一類。這就是爲什麼不僅《郡齋讀書志》將《經典釋文》納入小學沒有引起後世的傚仿，就算《小學考》將音義書單獨立類，與文字、音韻、訓詁並列，也沒有引起多少共鳴。〔註56〕

總之，音義書由於早期限於體式，中期限於性質，晚期限於數量，使其長期不能進入小學類。需要補充的是，這裡的早期和中期，其實只是一個概念上的先後，很難在時間上劃分。如果說，寫於紙背的音義書（音隱）爲早（如服虔《春秋隱義》），但是唐代的敦煌文獻中仍有發現；如果說摘出別行的音義書爲晚，但是漢魏時期的《漢書音訓》、《國語音》則未必不是摘出別行的。不過，音義書經歷了一個先書於紙背再摘抄出來別行這一樣過程，應該是成立的。

《小學考》卷四十五至卷五十爲音義類。這一類大體以四部分類法爲序，具體來說，卷四十五至卷四十八爲經書音義之屬共 151 種、卷四十九爲史書音義之屬共 49 種、卷五十爲子書音義之屬和文集音義之屬共 68 種。其中卷四十五收「《易》音」16 種、「《書》音」15 種、「《詩》音」21 種，卷四十六收「《周禮》音」13 種、「《儀禮》音」6 種、「《禮記》音」19 種、「三禮音」1 種、「《春秋左氏傳》音」17 種、「《公羊傳》音」5 種、「《穀梁傳》音」3 種、「《國語》音」4 種、「《論語》音」2 種、「《孝經》音」1 種，卷四十九收「群經音義」11種，卷四十八收群經及四書音義共 17 種。卷四十九收「《史記》音」8 種、「《漢書》音」19 種、「《後漢書》音」5 種、「《唐書》音」5 種和其他史書音義 9 種。卷五十收「《老子》音」6 種、「《列子》音」2 種、「《莊子》音」14 種、「《道藏》音」1 種、「佛典音義」6 種、「《本草》音」6 種、「《楚辭》音」7 種、「賦音」5種、「《文選》音」6 種和其他文集音 2 種。

以四部分類爲序，這是音義類與其他各類的不同之處。《小學考》如此處理，一方面因爲以前的目錄中，音義書都各隨被釋文獻的類別進行歸類，將這些音義文獻再按其原有類別集中著錄，也是順理成章的；另一方面，還是因爲音義

〔註56〕今人陽海清、褚佩瑜、蘭秀英編：《文字音韻訓詁知見書目》（武漢：湖北人民出版社，2002 年）一書，書名雖只列文字、音韻、訓詁三項，但全書卻分爲文字、音韻、訓詁和音義四大類，或許是對《小學考》的繼承。

書的隨文出注，摘字爲訓的性質，使其與被釋文獻不可能眞正分離。

《小學考》獨立音義類具有如下兩方面意義。第一，語言的本質是音義結合的符號，音義書解釋的是具體語境中的音與義，疏理音義文獻，有助於深入觀察語言演變的現象和規律。《爾雅》、《說文》、《方言》、《廣雅》和《釋名》都是成熟和典範著作，這些著作對古代漢語的解釋具有很高的權威性和可信度，但是，這些著作並不體現漢語本身的變化，更不會隨著漢語音義的變遷而發生變化。而音義書則不然，音義書最初並不以著作爲目的，盡可能消除經典閱讀中的障礙才是目的。因此，音義書的作者會把它從各種途徑得來的語文學知識用上，以達到理解經典文本的目的。於是這些音義材料或者來自《爾雅》、《說文》這樣的經典小學著作，或者來自漢人經注，或者來自師說，也可能只是自己的神思妙悟。這樣就不可避免地帶上音義作者的個人特色。周祖謨《問學集》中有《唐本毛詩音撰人考》、《騫公楚辭音之協韻說與楚音》和《論文選音殘卷之作者及其方言》三篇文章，是利用音義文獻進行漢語史微觀研究的代表作。第一篇以排除法考證出《毛詩音》的作者爲與陸德明同時之魯世達；第二篇據其聲類特點，論證其爲釋智騫以楚音讀《楚辭》之遺留；第三篇先是根據音義特點逐一否定其爲蕭該、曹憲、公孫羅三家之音的可能性，再逐條反切比較聲類韻類其他文獻之異同，得出此爲許淹《文選音》的結論，並且考證出此卷有當時的句容方音特徵。這三篇典範性的論文表明，音義文獻具有鮮明的時代特徵和作音之人的個人特點，可以爲漢語史研究提供很多豐富和寶貴的材料。

第二，音義書反映的是文字、音韻、訓詁三方面知識與具體的經學闡釋、史學研究等相結合的成果。謝啓昆《小學考序》稱「訓詁、文字、聲韻者，體也。音義者，用也。體用具而後小學全焉。」也就是說，一方面音義必須以訓詁、文字、音韻三種知識爲基礎，另一方面研究訓詁、文字、音韻又必須音義爲歸宿。謝氏認爲，小學應當是體用兼顧，而不是只對漢語的某一個方面進行專精的文字遊戲一樣的研究。這種根據語境隨文注音釋義的特性，使得音義具有如下一些特點：即音義不局限於詞語的普遍意義和通常讀音，而是根據自己的理解來標注音義；反之，音義書中的音義適用於此，未必適用於彼，不一定能用作常音常訓。

第二節　《小學考》條目體式

　　《小學考》一書並無凡例交待其編纂原則與方法，只知是模仿《經義考》而作。但《經義考》一書也並無凡例，因此對於《小學考》的著錄體式，只能從其書中觀察歸納。總體上來說，我們可以將每個著錄項分爲三大塊，即條目（包含書籍的最基本信息：作者，書名，出處文獻，卷數，存佚）、提要（匯錄各類序跋及史傳資料）和按語（編者的補充意見）三大部分。第一、條目部分的基本體例是，首列撰著人姓名列於書名之上，格式一般爲「姓＋氏＋名＋書名」，如「許氏愼《說文解字》」之類，其撰者不詳則僅列書名。次列文獻出處與卷數，格式一般爲「書名+卷數」，如「《隋志》十五卷」之類。卷數有異則注某書作幾卷，如「《隋志》三篇（《唐志》一卷）」之類。如果出處文獻不是書目，則格式變爲「卷數+見+某文獻」，如「二卷，見楊萬里《誠齋集》」之類。又次列存佚信息，用「存」、「佚」、「闕」、「未見」四種類型標識。第二，提要部分。主要是匯錄原書序跋、歷代目錄所收該書提要、書籍與著者之史傳資料。通常格式爲「作者+書名（篇名）」，如「凌迪知《萬姓統譜》」之類。第三，按語部分。主要是用於編者抒發己見，補充材料，訂正缺失。全書約 170 條，長短不一。短則十餘字，長則數千字。

　　條目部分是輯錄體目錄的核心。因其包含了一部書的最基本信息，即作者、書名、見著目錄、卷數、存佚情況。在條目體例方面，《小學考》基本繼承《經義考》的方式。具體可以分爲兩個方面。

　　（一）作者書名著錄體例。《小學考》著錄作者、書名信息時有這樣幾種情況。最普遍的情況，「某氏+名+某書」，這樣的結構佔了絕大部分。此外，變例有四：一不著作者姓名；二著爲「無名氏」；三帝王、釋氏、少數民族人物特殊；四僅著姓氏。具體來說，第一類，不著姓名的情況又可以分爲三種類型：一是清帝御纂之書，如《康熙字典》之類；二是作者不可考見者，如《爾雅》、《八體六技》之類；三是清人輯本，一律名爲「今本某書」，而不署輯錄者姓名，如《今本蒼頡篇》、《今本聲類》等。第二類，著爲「無名氏」的條目，一般是前代目錄即沒有著錄作者，後世也無從考查者，如《說文音隱》、《吳章篇》之類。第三類，爲特殊人物的處理。如漢靈帝《皇羲篇》、周武帝《鮮卑號令》、釋寶智《文字釋訓》、侯伏侯可悉陵《國語名物》、脫克脫

《遼國語解》、火原潔《華夷譯語》之類，皆不尊從「某氏＋名＋某書」的格式，因爲這些人要麼是帝王，文獻中一般不稱其姓名；要麼是僧人，也以法名行世；要麼爲少數民族，姓名不符合漢族人名的規律。第四類，是只著錄爲姓氏而無名者，如「豆盧氏《急就章》」、「薛氏《古篆千字文》」、「楊氏《切韻類例》」、「諸葛氏《楚詞音》」之類，總共 16 例。此類書皆或佚或未見，都基本上是時代久遠，無從考其作者名字者。

相對於作者，書名情況則簡單得多。因爲任何一個目錄，無論它多麼簡陋，都必須有書名信息。但也有以下幾種特殊情況，一是對於同書異名的情況，《小學考》的處理原則是，一般是依據最早的出處文獻。如「曹憲《廣雅音》」在下方用雙行小字注明「《唐志》作《博雅音義》。」表明，《隋志》作《廣雅音》，而《唐志》作「博雅音義」，《小學考》則從其舊。其他如「顏氏延之《詁幼》（《舊唐志》作《詁幼文》）」、「郭氏顯卿《古文奇字》（《唐志》作《郭訓古文奇字》）」、「張氏輯《古今字詁》（《唐志》作《古今字訓》）」之類，皆屬此類。二是對於後人輯本，書名前輮以「今本」二字，以示區別。如吳騫輯《今本孫氏炎爾雅正義》、陳鱣輯《今本字詁》、《今本埤倉》、《今本廣倉》、《今本字書》、《今本聲類》、《今本韻集》、孫星衍輯《今本倉頡篇》之類。

（二）出處文獻與卷數著錄體例。《小學考》出處文獻基本體例爲「書目＋卷數」，如「《隋志》十卷」之類。除此之外，有變例三種。（1）第一種有出處文獻無卷數，此類多見於比較久遠的文獻，卷數前書不著，後世無考，如施乾《爾雅音》見於《釋文敘錄》，卷數不明。（2）第二種有卷數無出處文獻，這類主要是距離編者時代很近的書，十分常見不必注出處文獻；或者析出文獻不必單獨注明出處；或者稀見文獻，無法注明出處。如《康熙字典》、邵晉涵《爾雅正義》、余蕭客《文選音義》都屬於時代很近或者十分常見之書。而陸德明《論語音義》《孝經音義》之類則屬於從《經典釋文》中析出的文獻，不另注明出處文獻。而「陸善經《新字林》五卷」則屬於稀見文獻，無法注明出處。「梅彪《石藥爾雅》二卷」「魯有開《國語音義》一卷」等條未注明出處，則當爲謝啓昆等編者之疏失。因爲《石藥爾雅》見於《經義考》卷二百八十，《國語音義》見於《宋史·藝文志》。（3）第三種「見某書」類，卷數或有或無。「見某書」是指出處文獻不是目錄學著作，而是其他文獻，如「任

基振《爾雅注疏箋補》，見《戴東原集》」、「無名氏《本草爾雅》，見蘇軾《東坡集》」、「劉芳《周官音》，見《北史》，一卷」、「周寅《四書音考》，見《嘉善縣志》」等，共有 169 種。此類著作大多因亡佚或稀見而無法著錄其卷數。如任基振《爾雅注疏箋補》爲上中下三卷抄本（北京大學圖書館有藏），見《戴東原集》，而戴序未言其卷數，《小學考》編者未能見到原書，只好不著錄其卷數。《小學考》標注出處文獻還有一原則，即多種文獻著錄了同一部小學著作，則取其最早的文獻。如《說文解字》自《隋志》以下，主要目錄皆有著錄，《小學考》只標「《隋志》十五卷」作爲出處文獻。

第三節　提要體例分析

作爲輯錄體目錄，所輯錄之提要必然是其最重要與最核心的部分。《小學考》之提要部分，其基本的體例是「人名＋文獻名」或「文獻名」。如「陳振孫《直齋書錄解題》曰」、「《隋書・經籍志》曰」之類。具體的材料的徵引又可以分爲以下四種類型：一是直錄材料，二是合併材料，三是拆分材料，四是約引材料。直錄前代文獻，不加改動，是輯錄體目錄的基本特徵。但《小學考》中仍有過半的文獻並非直錄而是加以改動。首先，所謂直錄材料，即指對徵引文獻不作任何改動，直接抄錄。如，劉歆《爾雅注》條下：

陸德明《釋文敘錄》曰：「與李巡注正同，疑非歆注。」

再如，裴瑜《爾雅注》條下：

《中興書目》〔註57〕曰：「《爾雅注》五卷。唐裴瑜撰。其序云：『依六書八體，撮諸家注未盡之義，勒成五卷。並音一卷。』今本無音。」

又如，李巡《爾雅注》條下：

朱彝尊《經義考》曰：「李氏《注》，《釋言》『虹』作『降』，『握』作『𢤱』，『犛』作『氂』。《釋器》『康瓠』作『㼵瓠』，『箶』作『篧』。《釋鳥》『鷓鷓』，注云：『鳥有一目一翅，相得乃飛，故曰兼兼也。』《釋獸》『麛父』作『澤父』，亦見《釋文》。」

〔註57〕按，《中興書目》即《中興館閣書目》，宋陳騤等撰，久已亡佚，今有趙士煒《中興館閣書目輯考》。《小學考》編者或許轉引自《經義考》，而《經義考》的編者朱彝尊則是轉引自《玉海・藝文》或《山堂考索》等書。

其次是合併材料，即將前代文獻中的多則材料合併爲一則材料加以引用。如《經義考》之《爾雅》條下：

> 揚雄曰：「孔子門徒，游、夏之儔所記，以解釋六藝者也」。

> 郭威曰：「《爾雅》周公所製，而文有『張仲孝友』，張仲，宣王時人。非周公之製明矣。」

> ……

> 葛洪曰：「史佚教其子以《爾雅》。《爾雅》，小學也。』又孔子教魯哀公學《爾雅》。爾雅之出遠矣。舊傳學者皆云周公所記也。『張仲孝友』之類。後人所作耳。」

而《小學考》於此三則材料則直接合爲一條，稱劉歆《西京雜記》〔註58〕曰：

> 「郭（偉）【威】，字文偉，茂陵人也。好讀書，以謂《爾雅》周公所製，而《爾雅》有『張仲孝友』。張仲，宣王時人。非周公之製明矣。余嘗以問揚子雲，子雲曰：『孔子門徒，游、夏之儔所記，以解釋六藝者也』。家君以爲：『《外戚傳》稱史佚教其子以《爾雅》。《爾雅》，小學也。』又《記》言孔子教魯哀公學《爾雅》。爾雅之出遠矣。舊傳學者皆云周公所記也。『張仲孝友』之類。後人所作耳。」

第三種引文方式則是拆分材料，即將前代文獻中的一則材料拆分爲兩三則分別引用。如《小學考》分別於卷三《爾雅》、郭璞《爾雅注》和邢昺《爾雅疏》三處引用《四庫全書總目》。而實際上，這三則提要在《四庫全書總目》中爲同一條。拆分材料是《小學考》中比較常見的引用文獻的形式，特別是對《四庫全書總目》的引用。因爲《四庫全書總目》一般是將附錄文獻作爲一條進行著錄。例如，毛先舒《聲韻叢說》和《韻問》，在《四庫總目》中只以一條提要進行著錄，而在《小學考》中，此類一律分別著錄。此外，對《經義考》的引用也多有拆分。如《經義考》著錄「程端蒙《大爾雅》」下引陳櫟曰：

〔註58〕《西京雜記》一般認爲是葛洪所作，而託漢劉歆之名。

「鄱陽程蒙齋撰《小學字說》，朱子目以大爾雅，然止三千字。蒙齋
同邑董介軒嘗爲注釋。沈毅齋以程訓未備而增廣之。吾邑程徽庵以
爲未備，合程、沈所訓又增廣焉。」〔註59〕

這一段話涉及到了程端蒙《大爾雅》（本名《小學字訓》）、董夢程《大爾雅
通釋》、沈貴瑤《增廣大爾雅》和程達原《增廣字訓》四種著作，故《小學考》
將上述陳櫟跋語拆爲四條分別引用。

第四種是約引材料，即對材料進行有意識的省略，只選取有用的部分進行
徵引。例如《爾雅》條下引王應麟《困學紀聞》曰：

陸璣爲《詩草木疏》，劉杳爲《離騷草木疏》，王方慶有《園庭草木
疏》，李文饒有《山居草木記》，君子所以貴乎多識也。然爾雅不釋
「蒛葐」，字書不見「柟橙」，學者恥一物之不知，其可忽諸！……
若終軍之對鼮鼠，盧若虛之辯鼫鼠（按，鉻當作鼦），江南進士之問
天雞，劉原父之識六駁，可謂善讀爾雅矣。……

這則材料，中間略去「檟，苦茶」及「牡蒙，一名黃昏」等具體引證，最
後略去「蔡謨不識彭蜞」等語。再如，鄭樵《爾雅注》下引《宋史・鄭樵傳》
有三處省略，前兩處是「趙鼎、張浚而下皆器之」和「以侍講王綸、賀允中」，
或許屬無意遺漏，但第三處，「金人之犯邊也，樵言歲星分在宋，金主將自斃，
後果然。」則疑爲謝啓昆有意識的省略。因爲謝氏自己曾是「一柱詩案」的受
害者，這使得他不可能不在編書過程中謹小愼微，不敢稍犯忌諱。

第四節 按語分類與考辨

一、按語分類

《小學考》之按語基本體例是於著錄項最末，低四格，施加按語。皆以「按」
字起頭，十分醒目。全書170則按語，大體可以分爲十大類型。

（一）轉引《經義考補正》

《小學考》有十一處引用翁方綱《經義考補正》，都是在與《爾雅》相關的

〔註59〕《經義考》引自陳櫟《字訓注釋》自跋。

條目之下。謝啓昆在引據之後再加以自己的按斷。如犍爲文學〔註60〕《爾雅注》
條下云：

> 按，《經義考補正》引丁傑曰：「《文選·羽獵賦注》引《爾雅》『犍
> 爲舍人注』，又引《釋詁》『郭舍人注』，則『舍人』姓郭，但《左傳
> 正義》中『舍人』、『文學』並見，則又似二人也，附識以俟考。」
> 啓昆謂：「《詩正義》『舍人』及『犍爲文學』並引異説，蓋二説本出
> 一人。《正義》中稱『舍人』，陸璣《詩疏》稱『犍爲文學』，下一條
> 乃《正義》復述《詩疏》原文，故仍其稱耳。《春秋正義》、《爾雅疏》
> 皆然，非有兩人也。《詩·大田釋文》引『郭云，皆煌類也』句，景
> 純注中所無。其即犍爲文學之説。《文選·羽獵賦注》前引『郭舍人』，
> 後引『犍爲舍人』，《注》亦偶異其稱耳。」

此處，《經義考補正》就「犍爲文學」、「犍爲舍人」、「郭舍人」等多種稱呼
是指一人還是二人的問題提出疑問。謝啓昆則在細讀《毛詩正義》、《春秋正義》
等相關文獻之後，得出結論，認爲各種異稱皆爲同一人，即「犍爲文學」。又如
陸德明《爾雅釋文》條下云：

> 按，《經義考補正》曰：「陸德明作《釋文》以釋經典音義，其《爾
> 雅》二卷，《通考》稱爲《爾雅釋文》，《宋志》稱爲《爾雅音義》，
> 實一書也。《經義考》於《釋文》之外，又列《音義》，且曰『未見』，
> 何也。啓昆按，通而言曰『經典釋文』，分而言之曰『某經音義』。《經
> 義考》因《玉海》所載專刻本，遂誤分爲二。

此處，《經義考補正》只是指出了《經義考》之誤。而謝啓昆則進一步根據
《經典釋文》通而言之與分而言之的習慣，指出《經義考》的致誤之由。

（二）揭示時賢成果

《小學考》的體例是不錄存人之書。該書卷三按語中曾云「著錄之例不入
見存人書，然研究小學者，近今賢喆獨優，故悉附載各類中以待後人論定。」
〔註61〕乾嘉學者的小學成果取得了超越了前人的成就，如果限於體例不予著錄

〔註60〕「犍爲」，《小學考》一律作「犍爲」，本文引用時不從《小學考》。

〔註61〕《小學考》第38頁上。

確實不免遺憾。因此爲了揭示時賢重要成果，謝啓昆以按語的形式共著錄了當時 13 位學者的 26 種小學著作。其中除盧文弨和邵晉涵二人皆卒於 1796 年，即《小學考》的編纂期間，故既在附錄中著錄，也在正式條目中予以著錄。還有王念孫卒於 1832 年，既在按語中著錄其《廣雅疏證》二十卷，又在正文條目中著錄，作十卷。〔註62〕屬於特殊情況外，其他十人，皆卒於 1802 年以後，即謝啓昆去世以後。列簡表示意如下：

作　者	書　名	卷　數
盧文弨（1717～1796）	經典釋文考證	三十卷
	廣雅注	三卷
周春（1729～1815）	悉曇奧論	三卷
	爾雅補注	四卷
	杜詩雙聲疊韻譜	八卷
段玉裁（1735～1815）	六書音均表	五卷
	詩經韻譜	一卷
	群經韻譜	一卷
	漢讀考	六卷
	說文解字讀	三十卷
	汲古閣說文訂	一卷
桂馥（1736～1805）	繆篆分韻	五卷
	說文統系圖	一卷
	續三十五舉	一卷
邵晉涵（1743～1796）	爾雅正義	二十卷
錢大昭（1744～1813）	爾雅釋文補	三卷
	廣雅疏義	二十卷
	說文統釋	六十卷
王念孫（1744～1832）	廣雅疏證	十卷
陳鱣（1753～1817）	說文解字正義	三十卷
	爾雅集解	三卷
	說文解字聲系	十五卷
孫星衍（1753～1818）	急就篇考異	一卷

〔註62〕《廣雅疏證》十卷，每卷分上下，實爲二十卷。《小學考》何以破例將《廣雅疏證》於正文條目中著錄，原因不可知。或許因爲高郵王氏代表著乾嘉小學的高峰，《廣雅疏證》則是王氏最重要的小學成果之一。因此謝氏不惜自亂其例以表彰之。

阮元（1764～1849）	經籍籑詁	一百六十卷
王引之（1766～1834）	周秦名字解詁	二卷
臧庸（1767～1811）	爾雅漢注	三卷
錢東垣（1769～1824）	小爾雅校證	二卷

　　對上表著作略作考察，可以看出：1.按語附錄的這些著作基本是與《小學考》編者有交往的學者之著作，並不是全面的著錄。當時與謝啓昆同時之學者的小學著作，顯然不止上列 26 種。僅錢大昭家族就有：錢大昕《恒言錄》六卷、錢大昭《說文徐氏新附考證》一卷、《說文分類権失》六卷和《邇言》六卷、錢塘《說文聲系》二十卷、錢坫《爾雅古義》二卷、《爾雅釋地四篇注》一卷、《說文解字斠詮》十四卷等，按其體例都可以按語的形式著錄。這裡所著錄的學者基本都是當時的一線學者，如段玉裁、錢大昭、陳鱣、王引之和阮元等人，基本上都是謝氏熟識的或者間接認識的人。如盧文弨、周春、孫星衍和阮元都與謝氏熟識。段玉裁謝啓昆雖並無交往，但與陳鱣卻相友善。此處著錄了《說文解字讀》等六種段玉裁小學著作，佔了相當大的比例。2.這些著作流存情況如下：確切可見的有：（1）盧文弨《經典釋文考證》，抱經堂叢書本，今收入《續修四庫全書》第 180 冊。（2）周春《悉曇奧論》，吳騫拜經樓抄校本，存上海圖書館。（3）周春《爾雅補注》，有光緒戊申葉德輝刊本，今收入《續修四庫全書》第 185 冊。（4）周春《杜詩雙聲疊韻譜》，藝海珠塵本（名爲《杜詩雙聲疊韻譜括略》），又收入《叢書集成初編》（5）段玉裁《六書音均表》，經韻樓刊本，一般與《說文解字注》並行。（6）段玉裁《說文解字讀》，存抄本，藏國家圖書館，有北京大學師範大學出版社 1995 年影印版。（7）段玉裁《汲古閣說文訂》，嘉慶二年吳縣袁氏五硯樓刊本。（8）桂馥《繆篆分韻》，光緒歸安姚氏咫進齋刊本。（9）桂馥《說文統系圖》，江都李祖望半畝園刊《小學類編》本，其中《說文統系圖》刊於同治十年（1871）。（10）桂馥《續三十五舉》，海山仙館叢書本。（11）邵晉涵《爾雅正義》，乾隆戊申（1788 年）邵氏家塾本。（12）阮元《經籍籑詁》，阮氏琅嬛仙館刊本，今有中華書局影印本。（13）錢大昭《廣雅疏義》，愛古堂抄本傳世，今收入《續修四庫全書》第 190 冊。（14）錢大昭《爾雅釋文補》，有清抄本，藏國家圖書館。（三）錢、陳二位編者的著作亡佚較多。錢大昭與陳鱣作爲《小學考》的編者，將自己的著作附於按語之中，甚至包括錢大昭之子，錢東垣的

一種著作。但是錢、陳二氏這些著作，今天已散失非常嚴重。如錢大昭《說文統釋》六十卷，今天確切可見的僅有國家圖書館藏清鈔本，僅鈔《說文解字》第一（一之一，一之二，一之三），第十五（十五之一，十五之三），距離六十卷顯然相差太遠。據《文字音韻訓詁知見書目》，遼寧圖書館藏有道光十三年鈔本，並有苗夔跋，不分卷。好在錢氏父子將其著作在正式刊行之前，先刊行了各書敘釋，使人可以窺其大略。如錢大昭《可廬著述十種敘錄》一卷（得自怡齋刊本）、錢東垣《既勤著述敘例》一卷（得自怡齋刊本），今《說文統釋自序》有錢氏得自怡齋刊本，已影印收入四庫未收書輯刊〔註63〕，陳氏書則亡佚更甚。如陳鱣《爾雅集解》三卷，查《中國古籍善本書目・經部》著錄有朱元呂抄本陳鱣《爾雅舊注》三卷，並許瀚校補並跋，藏復旦大學圖書館〔註64〕。疑即此書。陳鱣《說文聲系》十五卷，陳鴻森《清儒陳鱣年譜》云，國家圖書館藏有陳鱣稿本《聲系》三卷，未知是否即此書。至於陳鱣《說文正義》三十卷，自《小學考》之後罕見著錄。當早已亡佚。〔註65〕

此外，只要是價值重大的，《小學考》的編者往往不惜以大量的篇幅予以介紹。例如，阮元主編之《經籍籑詁》有重大的語言學意義，《小學考》卷五則原文照錄了其凡例與諸家序言，佔了十多個頁面。卷四十四戴震《轉語》條下按語云：「按，聲韻之學，今時為盛。東原門下有金壇段玉裁，著《六書音均表》五卷、《詩經韻譜》一卷、《群經韻譜》一卷、《漢讀考》六卷。皆不朽之作。……」然後全文抄錄《（東原）與玉裁書》、《玉裁寄東原書》、戴震《六書音均表序》等文獻，也佔了十個頁面。足見《小學考》為表彰當時學術不遺餘力。

（三）闡明全書體例

《小學考》一書並無凡例，故其體例偶用按語揭示。此類按語並不多，但對於瞭解《小學考》一書編撰思想有重要參考作用，故一一列舉之。（1）前文所引「著錄之例不入見存人書……」一條，是要說明何以將時賢著作收入按語

〔註63〕見《四庫未收書輯刊》（北京出版社，2000年），第8輯第3冊，第234面至281面。

〔註64〕《中國古籍善本書目（經部）》（上海：上海古籍出版社，1989年），第383面。

〔註65〕陳鴻森《清儒陳鱣年譜》云：管庭芬《海昌藝文志》十三引吳振棫云：「谿齋嘗欲為《說文解字》作疏，未竟。命其子仲魚續為之。稿本已得十九。仲魚沒，其子愚菅，斥賣藏書，即折所錄稿裏書以畀售者，此書遂飄散不可復聞。」

中。（2）又如「施氏乾《爾雅音》，見《釋文敘錄》」條下按語云：「按，凡書之不見載於前著錄者，則曰見某書。」即表示，出處文獻一般是目錄書，如《隋志》、《明志》之類。但有的小學著作不見於目錄文獻，只見於其他文獻，則以「見某書」的形示注明出處。如「杜延業《新定字樣》，見顏元孫《干祿字書序》」、「無名氏《本草爾雅》，見蘇軾《東坡集》之類。（3）再如「譚氏吉璁《爾雅綱目》，《浙江通志書目》一百二十卷」條下，按語云「按，《通志》中爲著錄之體者，有曰『藝文』，或曰『經籍』，今並稱『書目』概之。其載於人物志傳中者，則曰『見某通志』。」此凡例意指凡各省志或府志、縣志等地方文獻的「藝文志」、「經籍志」皆統稱爲「某志書目」，在地方文獻傳記中所見則稱爲「見某通志」。（4）又如「庾氏儼默《演說文》，《七錄》一卷」條下，按語云：「按，《隋志》：『《說文》十五卷』下云：『許愼撰，梁有《演說文》一卷，庾儼默注，亡。』凡謂『梁有某書』者，乃《七錄》有之也。焦竑《經籍志》云：『梁有《演說文》一卷。』誤以「梁有」爲姓名，黃虞稷書目及近人補宋元藝文志皆沿其誤。」《小學考》一書共引用《七錄》68 次，而《七錄》久佚，當時也並無輯本。則其所引《七錄》有何憑據，有必要予以交待。即《隋志》中凡云「梁有」者，皆指《七錄》所著錄。不過以《隋志》「梁有……」代《七錄》並不始於謝氏。王應麟《漢書藝文志考證》卷十云：「《黃帝內經》十八卷，……《隋志》載梁《七錄》云止存八卷。」〔註66〕朱彝尊《經義考》中出處文獻直接標爲《七錄》者多達 300 餘處。錢大昕《廿二史考異》卷三十四：「阮孝緒《七錄》撰於梁普通中，《志》所云『梁』者，阮氏書也。」〔註67〕《四庫全書總目》《爾雅注疏》提要「《七錄》載『犍爲文學《爾雅注》三卷』。」夾註云：「按，《七錄》久佚，此據《隋志》所稱『梁有某書亡』，知爲《七錄》所載。」〔註68〕可以說，至少從王應麟開始就有學者認識到「梁有」二字與《七錄》之關係。進入清代已成爲一種學術界的普遍認識，《小學考》只是遵從了錢大昕《廿二史考異》與《四庫總目提要》的這種觀點。現代目錄學家余嘉錫先生和姚名達先生也都明確肯定了這種看法。〔註69〕今人對

〔註66〕（宋）王應麟著：《漢制考　漢書藝文志考證》（北京：中華書局，2011 年），第298 面。

〔註67〕（清）錢大昕《廿二史考異》（上海：上海古籍出版社，2004 年）。第 553 面。

〔註68〕《四庫全書總目》（中華書局，1965 年），第 339 頁下。

〔註69〕余嘉錫《古書通例》云：「考《隋志》之例，凡阮孝緒《七錄》有，而隋目錄無者，

《七錄》進行全面輯佚，也是沿著這一線索在前進。〔註70〕（5）又如「王氏肅《周易音》」條下，按語云：「按，音義爲解釋群經及子史之書，故諸家著錄不收入小學。然其訓詁、反切，小學之精義俱在於是，實可與專門著述互訂得失。且《通俗文》、《聲類》之屬，世無傳本者，散見於各書音義中至多。則音義者，小學之支流也。昔賢通小學以作音義，後世即以音義以證小學。好古者必有取焉。今從晁氏《讀書志》載《經典釋文》之例，別錄音義一門，以附於末。」此處，《小學考》編者認爲，音義書因爲是隨文釋義，遍釋四部，因此一貫是依其所注之書歸類。如《禮音》入經部禮類，《史記音》入史部《史記》類，《文選音》入總集《文選》類，皆不入小學。但是「小學之精義俱在於是」，價值不在專門的小學著作之下，因此應該歸入小學，並單獨列出。實際，用現代觀念來看，《爾雅》《說文》《廣韻》所釋一般爲詞典義，而音義書是隨文出注，解釋的是語境義。音義最初寫在紙背面，與被釋字對應的位置，一般稱爲「音隱」。隱者，隱於紙背也。後人再摘抄彙集成書，必須摘取被釋字，否則不知道所釋之對象。於是成爲今天所見到的《經典釋文》與《玄應音義》〔註71〕的形態。詳見本章第一節之討論。詞典義與語境義顯然是不同的，因此有必要單獨成類，所以謝啓昆在按語中特別提出這一點。

（四）考辨作者信息

《小學考》每個條目基本都是以作者「姓氏+名」開頭，因此作者信息是這些條目的首要的也是非常重要的信息。《小學考》中大約有30多則按語是用來補充或者考辨作者的信息。例如，（1）無名氏《黃初篇》條下：「按，篇首有『黃初』句，作者當在魏時。」這屬於推測作者時代。（2）朱育《幼學篇》條下：「按，《隋志》云『《幼學》二卷，朱育撰。』《唐志》云『朱嗣卿《幼學篇》

輒注曰梁有某書，亡。」（見《目錄學發微；古書通例》（北京：中華書局，2007年），第225面。）姚名達《中國目錄學史》云：「《隋志》部類幾於全襲《七錄》，且其中稱『梁有、今亡』者皆《七錄》所有。」（見《中國目錄學史》（上海：上海古籍出版社，2002年），第65面。）

〔註70〕例如任莉莉：《七錄輯證》（上海：上海古籍出版社，2011年）。

〔註71〕今按，以《玄應音義》爲代表的佛經音義，雖爲音義書，但並不都是語境義。佛經音義一般不考慮上下文的意思，只是機械的照抄前代小學文獻和經典注釋中的各類音義材料。

一卷』，嗣卿，蓋育字也。」這屬於推測作者字號。（3）謝康樂《要字苑》條下：「按，《隋志》稱宋豫章太守謝康樂。考《宋書・謝靈運傳》不言其爲豫章太守，又靈運襲封康樂公，後降爲侯。此疑別是一人，名康樂，非即靈運也。」這屬於辨明同名而異人的情況。（4）江聲《六書說》條下：「按，聲字叔澐，一字艮庭，吳縣布衣。惠徵君棟再傳弟子，邃於經訓，著《尚書集注音疏》，尤精小學，生平未嘗作行楷書，故其篆法入古。嘉慶元年，以孝廉方正徵，被六品冠服。年八十卒。」這屬於以按語的形式補充作者生平。

（五）提示輯佚線索

《小學考》備錄兩千年之小學著作，不論存佚，故著錄的亡佚之書有 492 種。這些書謝氏偶用按語形式指明輯佚線索，爲後世輯佚提供方便。「清人輯小學類佚籍甚多，據王謨、馬國翰、黃奭、任大椿與顧震福諸人所輯之本初步統計，總數近百種，其中，任大椿輯《小學鈎沉》、顧震福輯《續小學鈎沉》成績最爲突出。」〔註72〕後人的輯佚小學書，是受到四庫館與任大椿影響是可以確定的，但是否受《小學考》影響，尚不可知。但《小學考》的編者陳鱣就曾大力輯佚古代小學書，曾輯有《埤倉拾存》二卷、《聲類拾存》一卷、《通俗文拾存》、《古小學書鈎沉》十一卷。而且他早年在阮元幕府參與《經籍籑詁》時也主要負責摘錄孫星衍輯《蒼頡篇》和任大椿輯《字林》、《聲類》、《通俗文》之類的古小學書。這一些工作，讓陳鱣有足夠的興趣和能力指出古小學書的輯佚線索。因此甚至可以推測，這些按語當出自陳鱣之手。如：（1）衛宏《古文官書》條下：「按，《古文官書》，《一切經音義》間有引之。」（2）李彤《字指》條下：「按，李善《文選注》引《字指》云：『倏煟，電光也。』『礚，大聲也。』『鰡，鯊屬。』《一切經音義》引《字指》云：『礚矷，雷大聲也。』……」這兩則按語表明，東漢衛宏《古文官書》、三國李彤《字指》雖久已亡佚，但《一切經音義》與《文選注》皆有徵引。此類按語尚多，如，（3）顧愷之《啓蒙記》條下：「按，《文選注》引《啓蒙》。」（4）何承天《纂文》條下：「按，《南史・劉杳傳》引《纂文》『張仲師』『長頸王』二事。又《文選注》引『書縑曰素』『霈雲若大波』。他若《初學記》《一切經音義》所引甚多。」（5）陽承慶《字統》條下：「按，《一切經・大集月藏分經音義》引《字統》云：「撑，作桹，

〔註72〕喻春龍著：《清代輯佚研究》，上海：上海古籍出版社，2010 年，第 253 面。

丈庚反。桹，觸也。」又《四分律音義》引承慶云『窳，懶人不能自起。瓜瓠在地不能自立，故字從瓜。又懶人恒在室中，故字從穴。』考《說文》無撐字，作桹是也。至窳字，《說文》從穴㼌聲，本形聲字。此說支離已甚，實開王安石《字說》之先聲矣。」（6）楊時《字說辨》條下：「按，《字說》已不存，惟見於是書所引。……」〔註73〕

（六）指出疑偽情況

《小學考》偶有辨偽的工作，也以按語出之。如（1）庾曼倩《文字體例》條下：「按，曼倩所著書，不見於《隋志》，良可異也。」（2）汪藻《古今雅俗字》「按，汪藻，《宋史》有傳，不載是書。」（3）諸葛亮《漢書音》條下：「按，諸葛《漢書音》，《七錄》、《隋志》俱無。」這幾種著作要麼不見於目錄著錄，要麼不見於作者本傳，故令人生疑，所以特意以按語揭示。

（七）揭示書籍內容

《小學考》雖然摘錄了大量和小學著作相關的題跋、作者傳記等材料，但有時仍不能讓人明白該書的內容大體如何，因此有必要用按語略作揭示。此類較多，略舉幾例如下：（1）戴侗《六書故》條：「按，此書分列四百七十九目，各以字母統字子，前有通釋一卷。」（2）蔡邕《女史篇》條：「按，《後漢書》邕本傳載邕著有《女訓》，《隋志》不載其目。此篇當以四字或三字爲句，便於女子初學成誦者。首有『女史』句，故以名篇。後世《女千字文》所以昉也。」（3）無名氏《月儀》條：「按，《月儀》，《隋志》已亡。今所傳法帖，晉索靖《月儀章》云：『正月具書君白大旗布氣景風微發』〔註74〕云云，『二月具書君白合俠鍾應氣融風扇物』云云，凡十二月，皆有『某月具書君白』句，似後人作禮通語，未知即《七錄》所載《月儀》否。此索靖書，用章草體。又唐無名書《月儀》『正月、孟春；二月，仲春』云云，並刻入金壇王氏鬱岡齋帖。後有周天球跋。」（4）無名氏《桂苑珠叢略要》條：「按，《唐書・藝文志》有《桂苑珠叢》

〔註73〕今按，《字說》雖佚，但徵引其說者不僅楊時《字說辨》一書。其他如王氏《三經新義》、陸佃《埤雅》、張有《復古編》、楊延齡《楊公筆錄》卷一、黃朝英《靖康緗素雜記》卷八「鴨鴞」條、陳善《捫虱新語》卷一、陸游《老學庵筆記》卷二、劉采伯《密齋筆記》卷一、劉摯《樂城遺言》等皆可以作輯佚之資。詳參張宗祥輯、曹錦炎點校：《王安石〈字說〉輯》（福州：福建人民出版社，2005年）。

〔註74〕「大旗」，當爲「大族」（太簇）之誤。

一百卷，而《曹憲傳》云『憲與諸儒』撰《桂苑珠叢》，疑即一書。《志》稱諸葛穎者，或穎居首也。要不知何人所輯，今見於釋藏慧苑《華嚴經音義》所引者，如『以器斟酌於水謂挹』……。未知其爲諸葛穎及曹憲之《珠叢》歟，抑《珠叢略要》歟，姑附於此。」此類按語或爲直接描述，或爲推測考證之詞，都以描述書籍內容爲目的。

（八）指出前人失誤

《小學考》按語有一項功能是指出前人失誤，是按語中比較有價值的部分。（1）揚雄《訓纂》條：「按，《史記正義》引《訓纂》『戶、扈、鄠，三字一也。』王伯厚指爲篇中正文，考之《通典》，乃姚察《漢書訓纂》耳。」〔註75〕此處指出王應麟《玉海》之誤；（2）李陽冰《刊定說文》條：「按，陽冰之書久已不傳，惟見於徐楚金《袪妄篇》，今摘錄之。……凡此皆遊衍無據之談，宜爲楚金所駁矣。」此處指出李陽冰《刊定說文》之誤；（3）葛洪《要用字苑》條：「按，《說文》無『影』字。郭忠恕《佩觿》敘云：『形景爲影，本乎稚川（《字苑》）』，亦本顏氏。考古影字作景，字隸書猶不誤，如《老子銘》『捨景匿形』。唐公房碑『轉景即至』皆不加彡，惟俗本《淮南子》高誘注：『景，古影字。』說者遂謂誤，非《字苑》。始不知《淮南子》注『景，古影字』乃後人校書妄增，決非高注。觀《一切經・拔陂經音義》引《字苑》云：『景，作影。』則始於稚川無疑。又《一切經音義》引云：容作凹，突作凸，㚞作腰，喋作眨之類甚多，可參考也。」此處，澄清「影」始見於葛洪《字苑》，而非《淮南子》高誘注。（4）夏侯詠《四聲韻略》條云：「李涪《刊誤》曰：『梁夏侯詠撰《四聲韻略》十二卷。』按語曰：「按，陸法言《切韻敘》稱：『夏侯該《韻略》』，『該』字疑即『詠』字之譌。」今敦煌俗字中，「該」字形近「詠」。（9）羅願《爾雅翼》條：「按，《宋史》，羅願附其父汝揖傳後。都穆序云：『史闕公傳』，失考。方回跋稱許謹即許愼，避孝宗諱也。」指出所引都穆序中失誤之處。

（九）考據性按語

《小學考》的編者都是博聞多識之學者，特別是錢大昭、陳鱣二人更是精於小學。因此有很多精到的考據性按語。例如：

〔註75〕按，《黃氏逸書考》仍輯此條入揚雄《訓纂》，沒有採用《小學考》的觀點。再按，孫星衍輯本《倉頡篇》序，與《小學考》此則按語，觀點相同。

（1）《史籀》條按語云：

> 按，《漢書・元帝紀》曰：「帝多材藝，善史書。」應劭注：「周宣王大史史籀所作大篆。」又《貢禹傳》：「郡國擇便巧史書者以爲右職。故俗皆（禹）【曰】：『何以禮儀爲？史書而仕宦』。」又《王尊傳》曰：「司隸遣假佐。」蘇林注曰：「取內郡善史書佐給諸府也。」又《嚴延年傳》曰：「善史書，史書，奏成於手，中……」《後漢書・安帝紀》曰：「年十歲，好學史書。」李賢注：「史書者，周宣王太史籀所作之書也。凡五十五篇，可以教童幼。」然則，漢時多重史書，但考《漢志》稱「《史籀》十五篇。」王莽時又亡其六，則漢時所習者，止建武中所獲之九篇。李賢注蓋有誤。按，今所傳石鼓文，相承以爲史籀作《史篇》亡而文匿有存者。許君《說文解字》，敘曰：「今敘篆文，合以古籀。如首文從篆則重文載古作某，籀作某。」若重文載古作某，篆作某，則首文即籀可知也。

今按，此則按語先是指正《後漢書》李賢注「五十五篇」當有誤，本只十五篇，又亡去六則，東漢時僅剩九篇。再指出，《史籀》除見於石鼓文外，《說文》中仍有少量遺存。

（2）《八體六技》條按語云：

> 按，八體六技當是漢興所試之八體，合以亡興所改定之六書。「技」字似誤，蓋以古古文奇字易大篆、刻符、署書、殳書，篆書即小篆，左書即隸書，繆篆即摹印，鳥蟲書即蟲書。漢興所試用秦八體不止六體。許氏《說文敘》甚明。故江式《論書表》、孔穎達《書正義》俱從之。班氏既用《七略》載八體六技之目，而敘論以八體爲六體，深所未論。《隋志》亦沿其失。

今按，此則按語，指出班固《漢志》中前言八體，後稱六體，兩相矛盾。「八體六技」當是秦之八體與新莽時期的《六體書》。後世姚振宗，張舜徽等人皆有近似看法。

（3）李斯《倉頡》條按語云：

> 按，李斯作《倉頡》，篇首「始有倉頡」句，遂以名篇，猶史游之《急就》也，《博學》、《爰歷》放此。鄭注《周禮》引《倉頡・範

戇篇》，又引《柯欘篇》。許氏《說文敘》稱俗儒見《倉頡篇》中「幼子承詔」，因曰古帝之所作也，其詞有神仙之術焉。此七章中之篇目可考也。郭璞注《爾雅》引《倉頡篇》曰：「考妣延年」。《顏氏家訓・書證篇》引《倉頡篇》曰：「漢兼天下，海内並廁，豨黥韓覆，叛討殘滅。」此七章中之語句可考也。至吾邱衍誤以《倉頡》爲十五篇，且謂即《說文》目錄五百四十字，此乃其師說之繆，不足信也。

今按，此則按語先指出早期字書得名之由。吾邱衍因《倉頡》爲十五篇，遂誤以爲《說文》五百四十部即《倉頡》。謝氏根據傳統文獻中吉光片羽的引文指出其誤。今天，《倉頡》已有包括北大竹書在内的三種出土文獻，進一步證明吾邱氏之非。

（4）趙高《爰歷》條按語云：

按，《漢書・張湯傳》曰：「傳爰書，訊鞫論報。」師古曰：「爰，換也。以文書代換其口辭也。」劉奉世曰：「趙高作《爰歷》，獄吏用之。」啓昆謂：「《爰歷篇》，《漢書》閭里師已合在《倉頡篇》中，當時獄吏必不專用《爰歷》。或秦法相沿，尚襲其名耳。」

此處，按語認爲劉奉世之語不確。漢人固然用《爰歷》，但不專用之，因爲其已併入《倉頡》，稱爲《爰歷》只是沿用舊名而已。

（5）司馬相如《凡將》條按語云：

按，《說文解字》口部引司馬相如說：「淮南宋蔡舞嗙喻」（俗本舞上有詞字。宋本無之。），當即《凡將篇》句。又《文選・蜀都賦》注引云：「黃潤鮮美宜制禪」。《藝文類聚・樂部》引云：「鍾磬竽笙築坎侯。」陸羽《茶經》引云：「烏喙桔梗芫華，款冬貝母木蘗蔞，芩草芍藥桂漏蘆，蜚廉雚菌荈詫，白斂白芷菖蒲，芒硝莞椒茱萸。」皆以六字或七字爲句，體同《急就》。惟所云「白斂白芷」與班志云「《凡將篇》無復字」不合。至《說文》禾部，䅇字引司馬相如曰：「䅇，一莖六穗。」乃其《封禪書》語也。

此則按語，係從文獻中輯出司馬相如《凡將篇》殘句，以窺其大體内容。並指出《說文》所引非《凡將》，乃《封禪書》語。

（十）其他按語

《小學考》中還有少量按語，很難歸入哪一類，但各有特色，試舉數例。

（1）高測《韻對》條：「按，《韻對》，《唐志》列於子部類書類，然據《玉海》云：『輯爲千韻，以便童習。』應歸之小學，後仿此。」（2）顏眞卿《韻源鏡原》條：「按，《韻源鏡原》，《崇文總目》厪存十六卷，知亡佚已多。《通志》作『鑒』原避翼祖諱也。是書爲後人韻府之濫觴，本無關小學，以自來著錄皆列小學中，姑仍其舊，後此《韻府群玉》之類皆不入焉。」此兩條都是說明將《韻對》、《韻源鏡原》歸入小學類的依據。（3）孔鮒《小爾雅》條：「按，漢、隋、唐志，《小爾雅》皆不著撰人，惟《通志》稱孔鮒撰，則今世所行本錄自《孔叢子》中者。」

（4）宋咸《小爾雅注》條：「按，《小爾雅》非《漢志》之《小雅》，戴氏震論之詳矣。錢君東垣頗信其書，爲校證之，爲所校乃宋咸注本，故即附其敘於宋注後，以備一家之說。猶之《古文尚書》有閻氏若璩《疏證》，復有毛氏奇齡《冤辭》也。錢君字既勤，嘉慶三年舉人，晦之孝廉之子，及之詹事之猶子也。」這兩則，一論通行的《小爾雅》是《孔叢子》之第十一篇，非《漢志》之《小雅》。一論，《小爾雅》雖僞，但錢東垣仍爲之校證。猶《古文尚書》雖僞，但仍有毛氏《古文尚書冤詞》一樣。不過，黃懷信先生《小爾雅匯校集釋》認爲，《孔叢子》固然是僞書，但《小爾雅》卻眞。不僅眞，而且就是《漢志》中的沒有標明作者的《小雅》。〔註76〕（5）李彤《字偶》條下：「按，《字偶》者，猶後人所謂雙字駢字也。」（6）無名氏《吳章篇》條下：「按，《吳章篇》與陸璣之《吳章》當是二書。《吳章篇》梁時已亡。《唐志》但列《吳章篇》一卷，而不列陸璣《吳章》，蓋誤爲一耳。」

（7）僧行均《龍龕手鑒》條下：「按，是書亦作《龍龕手鏡》，當是宋人翻刻時避廟諱嫌字，於是改鏡爲鑒，後人遂不復有作手鏡者矣。考沈存中《夢溪筆談》所稱猶作『龍龕手鏡』。」這三則按語屬於考論書名。（8）顧野王《玉篇》條下：「按野王父烜，爲梁臨賀王記字，以儒術知名，故《序》云『預纘過庭』，《啓》稱『殿下』，爲簡文帝也。」這則按語是對提要中的具體詞句進行解釋。（9）徐鍇《說文韻譜》條下：「按，是書流傳甚少。明巡撫李顯重校敘，亦不多見。今從鄞范氏天一閣藏本錄，乃安邑葛給事鳴陽，官京師，屬海寧陳君鱣重校一過，繕寫既就，牛已登版，會給事改官，歸，未竟其事，惜哉。」這則屬於記載書籍刊刻之事。

〔註76〕參見黃懷信著：《小爾雅匯校集釋》（西安：三秦出版社，2002年）。

二、按語考辨

《小學考》按語雖多精到之語，但也不乏可以商榷之處。略作條辨如下：

（1）顏師古《字樣》條下：「按，師古《字樣》，即元孫《干祿字書》之所本，自《干祿字書》盛行，世人遂不著錄。今據《中興書目》所引著之。但《干祿字書》序乃元孫所作，《中興書目》誤作眞卿。考《唐書·顏眞卿傳》云：『秘書監師古五世從孫。』《顏杲卿傳》云：『與眞卿同五世祖，父元孫，有名垂拱間。』是元孫乃師古四世從孫。故稱師古爲伯祖，此序當云『元孫伯祖，貞觀中……云云。』蓋誤脫也。

今按，《小學考》此處結論正確，即《干祿字書》序當爲「元孫伯祖」。但所據材料或許有誤。據顏眞卿《顏氏家廟碑記》，顏之推（531～595）生思魯與愍楚。顏思魯生師古（581～645）、相時、勤禮、育德兄弟四人。勤禮生顯甫（昭甫）。昭甫生眞定（女，654～737）、惟貞（669～712）、元孫（？～714）三人。惟貞生眞卿（709～783），元孫生杲卿（692～756）。簡要示意爲：師古→顯甫→元孫→眞卿，則顏眞卿爲師古四世從曾孫，而非五世。元孫爲師古（三世）從孫，非四世。《新唐書·顏眞卿傳》或許傳抄有誤。而顏眞卿親自撰《顏氏家廟碑記》不大可能自己述錯自家世系。

（2）牟楷《九書辨疑》條下：「按，『志書』疑『六書』之誤。楷蓋浙江天台人，惜未詳其始末。」

今按，「按，『志書』疑『六書』之誤。」當爲「按，『九書』疑『六書』之誤。」楷之生平見《（康熙）台州府志》、《宋元學案》、《元史類編》、《經義考》等書，著作見著於明王圻《續文獻通考》、《（雍正）浙江通志》等書。如《宋元學案》卷八十二《隱君牟靜正先生楷》云：「牟楷，字仲裴，黃岩人也。學者稱爲『靜正先生』。刻志正心誠意之學。以養母不仕。時天台方行王魯齋之學。先生不知師傳所出，要亦其私淑也。所著有《九書辯疑》、《河洛圖書說》、《春秋建正辯》、《深衣刊誤》、《定武成錯簡》、《管仲子糾辯》、《致中和議》、《桐葉封弟辯》、《四書疑義》。門人稱曰『牟氏理窟』。」《元史類編》大體相同。《經義考》卷九十五《尚書類》「牟氏楷《定〈武成〉錯簡》」條下云：「《台州府志》：牟楷，字仲裴，黃岩人。刻志誠正之學。以侍母疾不仕。教授生徒。學者稱之曰靜正先生。」《小學考》大量引據《經義考》而不查此條，是其失也。

（3）阮孝緒《文字集略》條下云：「唐釋元應《一切經・四分律音義》曰：醍，經史所無，未詳何出。近世梁時處士阮孝緒作《文字集略》有『醍醐』二字。此書甚淺俗，音體並無所據也。」按語云「按，《一切經音義》引《文字集略》「醍醐」外，又引云：「罣，作罫，同。胡卦反。網礙也。」「港，水分流也。」「惋，歎驚異也。」「瞼，眼外皮也。」「騗，躍上馬者也。」「弗，以鐵貫肉臠也。」「訣，絕也。」「摑，相對舉物也。」「橬挎，蒲菜名也。」「胡荽，香菜也。」「㹴，牛名也。」「洋，作煬，釋金名也。」「相，諗目也。」「鈿，金花也。」「邐，謂循行非違也。」「皺，皮細起也。」「物堅曰鞕。」「斷首曰刌。」又《文選》注引云「崿，崖也。」「靄，雲狀靄，亦靄也。一大切。」「幌以帛，明窗也。」「汀，水際也。」「㷅坌，眾香也。」誠如元應說云。」

今按，《小學考》卷十五有宋世良《字略》，按語云：「按，《字略》與阮孝緒《文字集略》不同。」可知，《小學考》已明確《字略》與《文字集略》絕非一書。但是，按語中所以玄應《一切經音義》中《文字集略》諸條，僅有「摑，相對舉物也。」與「橬挎，蒲菜名也。」兩則與「醍醐」條出自《文字集略》，其餘16處皆出自《字略》，或即宋世良《字略》。〔註77〕其引《文選》李善注四則，仍有遺漏，如「狼狽，猶狼跋也。」「砧，杵之質也，豬金切。」兩則《文選》李善注也明確標明出自《文字集略》，而《小學考》遺漏。此外，「㷅，坌眾香也。」條，今本《文選》李善注作「裛，坌衣香也。」此條字體疑為隸古文。㷅和眾，分別當為裛和衣之隸寫。

（4）揚雄《倉頡訓纂》條：「按，揚雄《倉頡訓纂》，《隋經籍志》已不列其目，蓋其亡久矣。《說文解字》肉部『膴』引揚雄說『鳥臘也』、『胏』引揚雄說『臠從朿』；舛部引揚雄『舛從足春』；晶部『曡』引揚雄說『以為古理官決罪，三日得其宜乃行之，從晶從宜』；系部『絳』引揚雄『以為漢律詞，宗廟丹書告』；手部『捧』重文『拜』引揚雄說『拜，從兩手下又』；龜部『鼁』引揚雄說『匽鼁，蟲名。』《廣韻》『鼁』引《倉頡篇》『蟲名』，知即《訓纂》也。又《說文解字》凵部『䶹』『杜林以為竹筥，揚雄以為蒲器。』斗部『斡』，『揚

〔註77〕再按，《文字集略》，玄應《一切經音義》二十五卷僅引三則，而慧琳《一切經音義》則引了一百多處。馬國翰、王仁俊、龍璋等人皆有輯本，其中以王仁俊所輯最為完備。

雄、杜林說：皆以爲輻車輪幹。』揚與杜並有《倉頡訓纂》，故許君亦兼引之也。
至氏部引『揚雄賦：響若氏隤』，稱賦者，以別於《訓纂》也。」

今按，「龜部」當作「黽部」；「屮部」當作「畱部」。

（5）杜林《倉頡故》條：「按，《說文解字》艸部『董』引杜林曰『藕根』；
『芎』引杜林說『芎從多』；『薴』引杜林說『艸薲薴皃』；『宋』引杜林說『亦
朱宋字』；巢部『罦』引杜林說『以爲貶損之貶』；而部『耏』云『耏字本從彡，
杜林改從寸。杜林以爲法度之字皆從寸。』水部『渭』引杜林說『《夏書》以爲
出鳥鼠山。』耳部『耿』引杜林說『耿，光也。從光聖省。』女部『媁』引杜
林說『媁，醜也。』『娶』引杜林說『加教於女也。』『婪』引杜林說『卜者黨
相詐驗爲婪。』畱部『䉛』引『杜林以爲竹莒』；黽部『黿』引『杜林以爲朝
旦』；斗部『斡』引杜林說『輻車輪幹。』《史記索隱》引杜林云『豻似貙，白
色』，皆《倉頡故》之文也。」

今按，「藕根」爲「藕根」之誤。「耏字本從彡，杜林改從寸。杜林以爲法
度之字皆從寸。」此語不出自《說文》，實出自玄應《一切經音義》引杜林《倉
頡故》，桂馥《說文解字義證》及後來問世的段氏《說文解字注》皆自《一切經
音義》轉引。

（6）劉芳《國語音》條：「按，劉芳見前。此書《經義考》失載。」

今按，《經義考》不必收國語類的書。

第四章 《小學考》材料來源分析

　　《小學考》作爲輯錄體目錄，我們主要關注其兩方面的材料來源。一是條目之來源，二是提要之來源。條目之來源主要是歷代目錄及其他文獻，而提要之來源則遍及四部。具體來說，《小學考》1180 則條目中，有 1081 個條目注明了出處。不計重複，這些條目，來自 147 種文獻，我們稱之爲「出處文獻」。這些出處文獻計有目錄文獻 34 種，引用次數達 897 次，占總數 83%。其他文獻，共 113 種，引用次數 184 次。如別集有吳澄《吳文正集》、孫覿《鴻慶居士集》和戴表元《剡源文集》等共 49 種，引用次數爲 69 次；史傳文獻有《宋史》、《魏書》和《南史》等 40 種，引用次數 86 次；序跋（如陸法言《切韻序》、張雋《七音準·敍》等）7 種，8 次；總集（如程敏政《新安文獻志》、《明文海》等）4 種，5 次；小學文獻（《釋名》、《玉篇》和《元音統韻》）3 種，3 次；類書（《冊府元龜》和《玉海》）2 種，4 次。筆記類文獻（如王士禎《池北偶談》、洪邁《容齋隨筆》）4 種，4 次；佛教文獻（如《藏經目錄》）2 種，2 次；其他（《夷門廣牘》屬叢書、《孔叢子》屬子部儒家類、張宣《疑耀》屬子部雜家類）3 種，3 次。可以看出，《小學考》作爲一個目錄著作，其主要依據顯然是歷代目錄。這些目錄文獻，官修目錄引用了 123 次，史志目錄引用了 365 次，私家目錄引用了 411 次。具體到單種文獻，最多的五種出處文獻是：《千頃堂書目》（159 次）、《隋書經籍志》（146 次）、《四庫全書總目》（104 次），《新唐藝文志》（70 次），

《七錄》（68 次）。如果把《七錄》併入《隋志》，則是《隋志》214 次，《千頃堂書目》159 次，《四庫全書總目》104 次。也就是說，官修目錄《四庫全書總目》、史志目錄《隋志》和私家目錄《千頃堂書目》是《小學考》最重要的三種出處文獻（詳見附錄三：《小學考》出處文獻簡表）。而提要文獻，僅訓詁類 153 種小學文獻就引用了《四庫全書總目》和《直齋書錄解題》等 282 條材料。全書共引用目錄文獻、史傳文獻、敘跋、碑傳、地方志等各類文獻約四百種。具體來說，僅摘引《四庫全書總目》就多達 240 則。《四庫全書總目》小學類著錄圖書 220 種（包含 128 種存目書），《小學考》徵引則不限於小學類，且有拆分提要的現象，故多出若干條。如陸德明《經典釋文》見《總目》經部五經總義類，方以智《通雅》見《總目》子部雜家類，吾邱衍《學古編》見《總目》子部藝術類，胡三省《資治通鑑音注》見《總目》史部編年類，諸如此類皆被《小學考》以小學文獻加以收錄。

第一節　對《經義考》的承襲與突破

　　《經義考》對《小學考》的影響是多方面的。首先，《經義考》是《小學考》得以成書的一個直接原因。當時學者，包括謝啓昆，認爲之所以要作《小學考》，是因爲《經義考》只收了《爾雅》類的文獻，其他的文字音韻類的文獻並沒有收錄，而傳統上，小學文獻從《漢志》開始就是隸屬於經部（或六藝略）的。於是翁方綱和謝啓昆想作《小學考》來彌補這一缺憾。如翁方綱在《小學考序》中明確說：「《小學考》者，補秀水朱氏《經義考》而作也。朱氏之考既類次《爾雅》二卷，而形聲、訓故之屬闕焉，是後學之責也。」謝啓昆在自序中也說「秀水朱氏撰《經義考》，有功經學甚巨，但止詳《爾雅》，餘並闕如。吾師翁學士覃溪先生作《補正》，又欲廣小學一門，時爲予言之。
……從政之暇，更理前業，成書五十卷。」其實，《經義考》不收《說文》、《廣韻》之類的小學書，是符合其本身的體例的，並不是缺憾。因爲小學，在朱彝尊時代或以前，一直只是附錄於經部，並不代表本身就是經學文獻，所以，《經義考》並沒有必要收入小學文獻。之所以收入了《爾雅》，是因爲其很早就收入了《十三經》。《爾雅》之所以能入經，只是因爲傳說《爾雅》或爲周公所作，或爲孔子所增，或爲子夏所增，總之都與聖人有關係。但是《史籀》《倉頡》和

《說文解字》都沒有這樣的傳說，所以肯定不能成為「經」，只能附於經部。但是，從另一個角度來說，既然是《經義考》，只要是經部的文獻，凡有關經義的都當收入，而小學作為「六經之階梯」自然也應該收入。這也是謝啓昆認爲朱氏之《考》有缺憾而補之的理由之一。

其次，《小學考》作爲《廣經義考》對《經義考》在體例上有嚴格的繼承。第一，從目錄類型來說，《經義考》爲輯錄體專科目錄，《小學考》亦然。第二，從分類上來說，二者本無可比性。因爲本質上來說，「小學」只是「經」的一個分枝。如果把「經」當作一級概念，那麼「小學」與「《詩》」、「《書》」、「《禮》」、「《樂》」同樣，都是二級概念。而「小學」下再分「訓詁」、「文字」、「聲韻」等三級概念，三級概念是不能與二級概念進行比較的。但是，《經義考》首列「敕撰」和「御纂」，《小學考》前兩卷也爲「敕撰類」。這一點，可以視爲後者對前者的繼承。第三，在著錄形式上兩書也很多共同點。《小學考》與《經義考》一樣，每一條著錄項由三部分構成，即：條目，提要和按語。（1）在條目著錄形式上，二者也幾乎完全一樣。如《經義考》有：

劉氏歆《爾雅注》

《七錄》：「三卷。」

佚。

《小學考》與此完全相同。也就是說，二《考》條目部分又可以分爲三個部分，一是著者書名項，二是出處文獻和卷數項，三是存佚情況。其中著者書名項，總體上二書都是採用的「著者姓氏+名+書名」的形式。但也有很多變例，比如《經義考》中的《日講四書解義》《日講書經解義》《爾雅》都只錄書名，不列著者名。同樣，在《小學考》中，像《康熙字典》屬於集成成果，《爾雅》和《史籒》年代久遠，不知作者爲何人，也只錄書名。至於「出處文獻和卷數項」，二者也是一樣。對於敕撰類，只標明卷數，而不著出處文獻。如《經義考》：「《日講易經解義》十八卷。」《小學考》：「《欽定叶韻彙輯》五十八卷。」還有，時人著作，也只標明卷數，不著出處文獻。如《經義考》易類曰：「陳氏廷敬《尊聞堂易說》。七卷。存。」「毛氏奇齡《仲氏易》。三十卷。存」《小學考》也如此，如戴震、江聲、畢沅等人的著作，就只著錄卷數，不著出處文獻。因爲，時賢的著作一般也還沒進入書目著錄，而且編者手頭可能就有。還有一種

情況是文獻本身卷數不明，則不著明卷數。二《考》皆如此，也不得不如此。（2）提要方面，《小學考》則是總體繼承，略有改動。比如，輯錄各家材料，按時代先後進行排比，這一點是完全相同的。但在細節處理方面，《小學考》對《經義考》有很多改進。《經義考》在引用各家說法時只是說，「陳傅良曰」、「錢文子曰」、「陳振孫曰」、「王應麟曰」，讓人無從知道其文獻的具體出處。但《小學考》則一一注明了出處，分別標爲，「陳傅良《跋》曰」，「錢文子《詩訓詁》曰」、「陳振孫《書錄解題》曰」、「王應麟《困學紀聞》曰」。這種處理方式是一種學術規範上的進步，也是乾嘉時期嚴謹學風的一種體現。對《經義考》提要的另一種改進就是，直接以夾註的形式，指出其錯訛之處。如《經義考》引王應麟曰：「若終軍之對鼮鼠，盧若虛之辯貔鼠」謝啓昆在「貔鼠」下夾註云：「按，貔當作鼮」。尤爲明顯的承襲證據是，王應麟《困學紀聞》本作「鼮鼠」不誤，《經義考》轉抄致誤。謝啓昆完全可以，或者說應該直接引用《困學紀聞》，但此處卻照般了《經義考》的內容，並且以夾註的形式指出其誤。（3）按語方面，只存在形式上的繼承，不存在內容上的承襲。

再次，《小學考》在內容上承襲了《經義考》。《小學考》對《經義考》內容上的繼承主要是指《爾雅》類文獻，很多提要，雖然注明了具體的文獻出處，但實際上，編者並沒有利用第一手文獻，而是直接般用了《經義考》的材料。例如，《爾雅》這一條目下，共輯錄了提要28則，除去最後一條爲《四庫提要》，時代在《經義考》之後，有兩則材料引自《毛詩正義》之外，其餘25則材料都見於《經義考》。所不同的是，如前所述，《經義考》作「某氏曰」，《小學考》皆一一查明了文獻出處，著爲「某氏某書曰」。或許，二《考》皆利用了相同的材料來源，二者並無因襲關係。但是，有幾處材料《經義考》誤引，而《小學考》也誤，則足以證明後者確實在內容上承襲了前者。例如：

《經義考》卷二百三十七《爾雅》類《爾雅》條目下，曰：

朱翼曰：《爾雅》非周公書也。郭璞《序》云「興於中古，隆於漢氏」，未嘗指爲周公。蓋是漢儒所作，亦非中古也。

《小學考》亦作：

朱翼曰：《爾雅》非周公書也。郭璞《序》云「興於中古，隆於漢氏」，未嘗指爲周公。蓋是漢儒所作，亦非中古也。

今按，朱翼，爲朱翌（1097～1167）之誤。這段文字，見於朱氏《猗覺寮雜記》卷上。《經義考》誤將其名誤爲「翼」，至使謝啓昆等人，無從查找其文獻出處，只好一字不動的照搬，並且很例外的用了「朱翼曰」，實際當作「朱翌《猗覺寮雜記》曰」。

再如，《經義考》卷二百三十七《爾雅》類邢昺《爾雅疏》條目下，云「程敏政曰：「《爾雅疏序》在舒館《直雅集》中，題曰『代邢昺作』。」而《小學考》與此這處有兩個問題。一是「程敏政曰」不符合《小學考》的體例，正常情況下，應該作「程敏政《新安文獻志》」，只云「某某曰」是《經義考》的慣例。二是「舒館《直雅集》」當爲「舒雅《直館集》之誤」。《小學考》承襲《經義考》時照抄了這段材料。於是《小學考》因《經義考》之誤而誤。

還有一種變相襲用。如《小學考》有：

> 劉歆《西京雜記》曰：「郭偉，字文偉，茂陵人也。好讀書，以謂《爾雅》周公所製。而《爾雅》有『張仲孝友』。張仲，宣王時人。非周公之製明矣。余嘗以問揚子雲，子雲曰：『孔子門徒，游、夏之儔所記，以解釋六藝者也』。家君以爲：『《外戚傳》稱史佚教其子以《爾雅》。《爾雅》，小學也。』又《記》言孔子教魯哀公學《爾雅》。爾雅之出遠矣。舊傳學者皆云周公所記也。『張仲孝友』之類。後人所作耳。

這則材料，《經義考》分爲三則，分別爲「揚雄曰」、「郭威曰」和「葛洪曰」。之所以有這樣的不同，與二人對《西京雜記》這部特殊的書的看法有關。朱氏認爲《西京雜記》爲葛洪所撰僞書。故將其中的內容一一拆解。不能拆的部分歸之葛洪名下。而謝啓昆或許受盧文弨影響，[註1] 居然相信此書爲劉歆撰，故將朱氏拆分的內容，又重新並爲一條，並著爲「劉歆《西京雜記》曰」。

又如《小學考》卷六「程氏端蒙《大爾雅》《經義考》五卷存」條，《經義考》作：

〔註1〕盧文弨於 1787 年作《新雕西京雜記緣起》云：「今此書之果出於劉歆，別無可考，即當以葛洪之言爲據。洪非不能自著書者，何必假名於歆。書中稱『成帝好蹴踘。群臣以爲非至尊所宜。家君作彈棋以獻。』此歆謂向家君也。洪柰何以一小書之故，至不憚父人之父，求以取信於世也邪？」（見盧文弨《抱經堂叢書》本《西京雜記》卷首。又見盧氏《抱經堂文集》卷七。）

程氏端蒙《大爾雅》

五卷

未見

陳櫟曰：「鄱陽程蒙齋撰《小學字說》，朱子目以《大爾雅》，然止三千字。蒙齋同邑董介軒嘗爲注釋，沉毅齋以程訓未備增廣之，吾邑程徵菴猶以爲未備，合程、沈所訓又增廣焉。」

除了提要的因襲，也有條目的因襲。如二《考》皆多次引用阮孝緒《七錄》，如：「犍爲文學《爾雅注》，《七錄》『三卷。』佚。」之類。但《七錄》久佚，《經義考》所引實際是《隋志》中著明「梁有」的條目。〔註2〕《經義考》對此沒有交待。而《小學考》也將《隋志》中著爲「梁有」的條目，直接著爲《七錄》，也不加說明。再如《小學考》卷六「沈氏《增廣大爾雅》《經義考》未見」，按其體例當作「沈氏毅齋《增廣大爾雅》」，顯然是照搬《經義考》而沒有改動。而且，《小學考》的原則是只收漢人之小學，即文字音韻訓詁之書，不收宋人之小學，如《朱子小學》之類的著作。所謂沈氏《增廣大爾雅》，實際上指沈貴瑤《增廣大爾雅》，此書以程端蒙《大爾雅》（本名《小學字訓》）、董夢程《大爾雅通釋》兩書爲基礎進行增廣，在其後又有程達原《增廣字訓》，最後以陳櫟《字訓注釋》集其大成。就學派來說，這五人皆屬朱子後學，就內容來說，開篇云「至理渾然，沖漠無定，造化樞紐，品匯根柢，是曰太極。一氣坱然，充塞太虛，動靜周流，造化發育，是曰元氣。」顯然也不屬於小學著作。而且《四庫總目》甚至認爲《大爾雅》（又名《小學字訓》、《性理字訓》）並非程端蒙所作，而是出自村塾之偽託。〔註3〕總之，《小學考》根本就不該收這五種著作，完全是因爲其受《經義考》之影響而收入。

最後，《小學考》對《經義考》總體上是繼承，但也幾項突破。大體來說有四點：一是不著存人。二是詳注出處。三是一人多書，分條而列。四是增加材料。第一條突破即《小學考》或許是採用了《四庫總目》的體例，不著錄存人

〔註2〕《四庫全書總目》於《爾雅》提要云：「《七錄》載犍爲文學《爾雅注》三卷。」自注曰：「案《七錄》久佚，此據《隋志》所稱梁有某書亡，知爲《七錄》所載。」

〔註3〕《四庫全書總目》之《性理字訓》提要云：「疑端蒙遊朱子之門，未必陋至於此，或村塾學究所託名也。」見《四庫總目提要》第805頁中。

的著作，只是將時賢的成果以按語的形式予以著錄。這一點周中孚在《鄭堂讀書記》中頗爲指謫，「所微憾者，蓋棺論定，不志見存，史傳之例則然，非所施於私家著錄也。故竹垞於同時師友如孫退谷、顧亭林、徐健庵、毛西河、李天生、閻潛丘、陸翼王、黃俞邰諸家，並載其書與其論說。蘇潭既本竹垞舊例著書，而於此忽生變例，概不載及見存，而僅於各書案語內詳載靡遺，如邵二雲《爾雅正義》後載阮芸臺師《經籍纂詁》並其凡例及錢竹汀、王伯申、臧在東三序，胡廣《漢官解詁》後載王伯申《周秦人名解詁》並其自序，《爾雅》暨舍人、李巡、孫炎、郭璞各家注後，俱載翁覃溪《經義考補正》引丁小山（疋）說。凡若此者，遽數之不能終也，而於本書之應作案語以疏通證明之者，反不置一辭，大有類於喧客奪主者矣。總由其不遵成例，以至於此，後學者所當引以爲戒也。」〔註4〕這裡，周中孚認爲《小學考》「既本竹垞舊例著書」，就應該遵從朱氏陳例，同時著錄當時還活著的學者。但這一不著見存人之書的體例，謝啓昆自己也並沒有不嚴格遵守。如破例於正文條目中著錄了王念孫（1744～1832）《廣雅疏證》。還有盧文弨（1717～1796）、邵晉涵（1743～1796）二人比較特殊，先在按語中著錄。到了《小學考》編纂後期，二人均去世。於是將二人著作納入正文條目。例如，「盧文弨《廣雅注》。三卷。存」「盧文弨《校正方言》。十三卷。存。」「邵晉涵《爾雅正義》。二十卷。存。」之類。江聲（1721～1799）《六書說》也得以在正文著錄，因爲他也是在《小學考》成書後期去世的。第二條突破是詳注出處。這主要是指《小學考》在輯錄文獻時，不再沿用朱彝尊《經義考》「某氏曰」一般具體到文獻篇目。如「顧氏柔謙《六書考定》，見《常熟縣志》。魏坤撰《顧耕石墓誌》曰：『先生諱柔謙，字剛中。常熟人。生員。後更名隱，字耕石。著《補韻略》、《六書考定》諸書。子祖禹。』」在輯錄文獻說明顧祖禹父親生平事蹟時，引用了《常熟縣志》中的《顧耕石墓誌》，而不是簡單地「《常熟縣志》曰」。《經義考》「晁公武曰」、「曹粹中曰」、「林光朝曰」等處，《小學考》則一律補注文獻出處爲「晁公武《讀書志》曰」、「曹粹中《放齋詩說》曰」、「林光朝《艾軒詩說》曰」。對於實在無法查出文獻出處的「某氏曰」則照抄《經義考》，如「張崇緒曰」，「鄭曉曰」之類。其中，鄭曉（1499

〔註4〕（清）周中孚著，黃曙輝、印曉峰標校：《鄭堂讀書記》，上海：上海書店，2009年，第496至497頁。

～1566），爲朱彝尊母親之先祖，因此《經義考》引爲「鄭公曉曰」，今人多不察，仍作「鄭公曉」，《小學考》改爲「鄭曉」，足見《小學考》編者考察之細。第三項改進是對《經義考》一人多書的著錄情況有所改進。《經義考》對於同一作者有多部著作連續著錄時，只在第一次出現時著爲「某氏某書」，接下來的幾種著作則只著書名，不標作者，以示承前省略。如《經義考》「郭氏璞《爾雅注》」、「《爾雅圖贊》」、「《爾雅音義》」，《小學考》則分別作「郭氏璞《爾雅注》」、「郭氏璞《爾雅圖贊》」、「郭氏璞《爾雅音義》」。這種改進，不僅眉目更加清楚，而且也使得體例上更加整齊劃一。第四，是在《經義考》的基礎上增加了大量材料。不僅增加了《經義考》之後產生的《四庫全書總目》，而且還增加了《經義考》之前而未採用的材料。例如，在鄭樵《爾雅注》、羅願《爾雅翼》下面分別增加了《宋史·儒林傳》和《宋史·羅汝楫傳》中的人物生平材料。又如於胡炳文《爾雅韻語》下，《經義考》沒有輯錄任何材料。而《小學考》從《元儒考略》中輯錄了一則胡炳文的生平材料。此外，《小學考》對「無名氏」的處理更加科學。《經義考》將佚名的著作皆置於每一類的卷末，而《小學考》則儘量根據可用的材料考訂其時代，將其按時代順序排列。

第二節　對《四庫全書總目》的利用

　　《四庫全書總目》作爲離《小學考》成書時間最近的最權威的官修目錄，無疑會成爲後者在學術觀念方面產生影響，在條目來源和材料徵引方面提供依據。作爲出處文獻，《小學考》引用《四庫全書總目》106 次，作爲徵引文獻，《小學考》引用《四庫全書總目》240 次。不僅將《四庫總目》中的小學類提要基本悉數上採入，〔註5〕而且將還從「經部五經總義類」、「史部編年類」、「子部藝術類」等其他類別中吸收與小學有關的文獻。（詳見附錄四：《小學考》所引《四庫全書總目》統計表）具體來說，《四庫全書總目》對《小學考》有以下三方面的影響。

　　首先，《小學考》在學術觀念上對《四庫全書總目》有兩點繼承。第一，在目錄學方面，二者皆「不志見存」。《四庫全書總目》在編纂時有一項原則，即不收錄當時尚在世的學者著作。所謂「蓋棺論定，不志見存，史傳之例。

〔註5〕黃生《字詁》，被《小學考》遺漏。

所以慎冒濫也。」〔註6〕《小學考》也繼承了這一原則。不過謝啓昆等人又根據他所處的時代小學成就空前發達的實際做出一些變通，即在不著錄存人的大原則下，以附錄的形式，收錄當時健在的學者一批重要小學著作。謝氏曾說，「著錄之例，不入見存人書，然研究小學者，近今賢喆獨優，故悉附載各類中以待後人論定。」〔註7〕所以，《小學考》附錄中收錄了段玉裁《說文解字讀》三十卷、《六書音均表》五卷，錢大昭《廣雅疏義》二十卷，陳鱣《說文解字正義》三十卷等重要的小學成果。此外還有一種特殊情況是，對於盧文弨（1717～1796）《廣雅注》三卷、《經典釋文考證》三十卷和邵晉涵（1743～1796）《爾雅正義》二十卷等書，最初都只是附錄，而不在正文條目中著錄。但由於編纂其間（1794～1798）二人皆離世，故《小學考》又將二人著作納入正文著錄。還有王念孫（1744～1832）《廣雅疏證》十卷，既在附錄中收錄，又在正文條目中著錄，有點自亂其例之嫌。或許是因爲《廣雅疏證》成就實在太高，《小學考》編者出於表彰實學的動機，破例收錄。第二，在「小學」觀念上，二者皆遙繼漢代小學觀念，不採用宋人之小學觀念。即《四庫全書總日》小學類和《小學考》皆不收幼儀、蒙求之類的著作。《四庫全書總目》明確表示「以論幼儀者別入儒家，以論筆法者別入雜藝，以蒙求之屬隸故事，以便記誦者別入類書，惟以《爾雅》以下編爲訓詁，《說文》以下編爲字書，《廣韻》以下編爲韻書。」〔註8〕《小學考》也對所收之著作有明確的規定，「卷首恭錄敕撰。次訓詁，則續《經義考》《爾雅》類而推廣於《方言》、《通俗文》之屬也。次文字，則《史篇》、《說文》之屬也。次聲韻，則《聲類》、《韻集》之屬也。次音義，則訓讀經史百家之書。訓詁、文字、聲韻者，體也。音義者，用也。體用具而後小學全焉。」（《小學考序》）〔註9〕《小學考》秉持《四庫全書總目》的小學觀，不收《朱子小學》、張伯行《小學集解》和葉鏒《續小學》之類的論先儒言行之書。不收《三字經》、《百家姓》和《幼學瓊林》之類的蒙學著作，但收《千字文》。之所以收《千字文》一來是因爲其影響深遠，二來是因爲其繼承了《倉頡篇》、《急就篇》以來

〔註6〕錢東垣《補經義考·凡例》語，見（清）蔣光煦《東湖叢記》卷二。

〔註7〕《小學考》第38頁上。

〔註8〕《四庫全書總目》，（北京：中華書局，1965年），第338頁下。

〔註9〕謝啓昆《小學考序》，見《小學考》第5頁。

的古字書的傳統。當然,《小學考》對《總目》是繼承中也有突破。其中一項重要的改變就是由原來的文字音韻訓詁三分小學的格局,變爲訓詁、文字、聲韻和音義四分小學的體系。並且把敏銳地指出訓詁、文字、聲韻和音義的本質區別,前者三項屬於詞典義,是辨音求義的重要根據,是爲體;音義之書屬於語境義,是根據前代字韻書結合文本實際而作出的判斷,是爲用。此外,《小學考》在對《四庫全書總目》的繼承中也有自亂體例之處。比如,訓詁類收錄了程端蒙《大爾雅》、董夢程《大爾雅通釋》、沈毅齋《增廣大爾雅》、程達原《增廣字訓》、陳櫟《字訓注釋》等五種著作,而這五種實際上和《爾雅》完全沒有關係,屬於《朱子小學》一類的幼儀著作,因此《四庫全書總目》將《大爾雅》(又名《性理字訓》)歸入子部儒家類。此處,《小學考》因爲受《經義考》影響,誤加收錄。

其次,《四庫全書總目》是《小學考》最重要的條目來源之一。按《小學考》的體例,其中絕大部分條目(91%以上)都會注明出處文獻,如「陸氏佃《爾雅音義》《宋志》二十卷」、「吳氏玉搢《別雅》《四庫全書目》五卷」之類,表示著錄這些條目的文獻依據。其中注明出自《四庫全書總目》者有 106 條。這其中訓詁類 8 種,聲韻類 55 種,文字類 42 種,音義類 1 種。這一些最早見於《四庫全書總目》著錄的小學文獻,基本上都是明清兩朝的小學著作,如顧炎武與毛奇齡的小學著作之類。偶有較早的著作,則是比較稀見,前代目錄不曾著錄,如元代吳均《增修復古編》。

再次,《四庫全書總目》是《小學考》最重要的提要來源之一。《小學考》所著錄之文獻,只要《四庫全書總目》著錄者,必抄錄其提要。不僅《四庫全書總目》小學類 220 種小學文獻,悉數抄錄提要,而且從經部五經總義類、史部正史類抄錄相關材料,總共多達 240 則。其中 8 種敕撰皆徵引了《四庫總目》,其餘訓詁類徵引 23 次,文字類徵引 102 次,聲韻類徵引 99 次,音義類徵引 7 次。《小學考》對《四庫總目提要》的引用方式有三種方式:全引,摘引和拆分引用。首先,全引很多時候並不是指一字不少的完全照搬,而是指略去開頭部分之後,餘下的內容一字不少加以引用。例如《小學考》中「鄭氏樵《爾雅注》」條下,略去了《四庫總目提要》之鄭樵《爾雅注》提要的前半部分,「宋鄭樵撰。樵字漁仲,莆田人。居夾漈山中,因以爲號。又自稱西溪逸民。紹興間以薦召

對，授右迪功郎，兵部架閣。尋改監潭州南嶽廟，給箚歸鈔所撰《通志》。書成，入爲樞密院編修。事蹟具《宋史·儒林傳》。」幾十字的內容。原因是這一段文字介紹的是鄭樵的生平，而《小學考》徵引的相關材料中，第一則就是《宋史》中的鄭樵本傳，這裡沒有必要再重複。然後接下來的 600 多字的提要，《小學考》一字不少的悉數抄錄。這種情況就是全引。這是《小學考》引用《四庫全書總目》的最主要的形式。當然也有連開頭部分都不用省略的全引的情況，例如「孔氏鮒《小爾雅》」條下就是這種情況。其次，所謂「摘引」主要是，從大段的《四庫全書總目》中摘取一小部分與條目相關的內容。比如「何超《晉書音義》」即將《四庫全書總目》史部《晉書》提要的最後部分摘出。最後，還有一種情況是拆分引用。即將《四庫全書總目》中的一則提要分成幾則，分別使用。例如《四庫全書總目》之《爾雅注疏》條下提要中，既介紹了《爾雅》本身，又介紹了郭璞《爾雅注》，也介紹了邢昺《爾雅疏》，因此《小學考》將其拆分爲三條，分別進行有針對性的引用。

第五章 《小學考》的影響與評價

第一節 《小學考》的學術影響

一、後世對《小學考》的增補

　　《小學考》的學術影響主要體現在兩個方面。一是後世對《小學考》的增補。二是後世目錄對《小學考》的徵引。其中增補《小學考》的著作又可分兩類。一類是模仿《小學考》的續作，主要有以下五種。首先，明確表示要增補《小學考》的是黎經誥《許學考》26 卷。黎氏《後序》中認為「自嘉道以來，小學大昌，作者輩出，書成於《謝考》之後者，尤不可殫述。」乃「用《謝考》首錄《爾雅》之例，先錄《謝考》中說文之屬，而推廣於後起之作」，共收錄和《說文解字》相關的著作 246 種。主要為清人著作，多為《小學考》不及著錄之清人說文成果，包括清末民國章太炎、王國維、羅振玉、葉德輝等人的成果。也包括日本人著作和新發現材料的研究成果，前者如「日本井上史庵《說文字母集解》」、後者如「莫氏友芝《仿唐寫本說文木部箋異》」。此書體例大體一仍《小學考》，皆在各書名之下，詳錄各家序跋提要，然較謝書更為科學的是，此書於見存之書，詳列其版本。其次是胡元玉《雅學考》一卷，全書分「注」、「序篇」、「圖贊」、「義疏」和「祛惑」五類，共收書 27 種。先列作者、書名，次列文獻、間下按語，並於各類之後注明存佚情況。其中「祛惑」一類，收集 10 種書，係對偽託之書、《小學考》誤收入《爾雅》類的書，一一加以辨析。但此

書只收錄宋以前的與《爾雅》有直接關係的著作，因此周祖謨先生又作《續雅學考擬目》，附於《雅學考》之後。《擬目》共分十類，計 71 種，備錄宋至民國的雅學著作。每卷之下，首列書名卷數、次列作者，存者列其版本，否則著曰「佚」、「未見」。再次爲許森《爾雅學考》，今北京大學圖書館存鈔本一卷。此書共分十四類，著錄《爾雅學》著作共計 254 種，最後爲附錄，著錄了 6 篇與《爾雅》相關的文章。其中「目錄類」是前面各種雅學目錄著作所沒有的，著錄了朱彝尊《爾雅考》、謝啓昆《爾雅考》、胡元玉《雅學考》共九種雅學目錄文獻。第四種爲崔驥《方言考》〔註1〕。該書共分 5 類：計揚雄《方言》之屬 8 種，《續方言》之屬 9 種，俗語考證之屬 13 種，《新方言》之屬 4 種，地方方言之屬 13 種。共收歷代 47 種方言書的相關序跋和提要等材料。第五種爲丁介民《方言考》〔註2〕。此書主要分爲兩大塊，即方言版本考（宋本、明本、清本）和方言書考。其中方言書考，性質和《小學考》非常相似，但不再是輯錄體，而是傳錄體。如其「方言注校本十三卷」條下，先注明「清戴震撰存」；次列戴震小傳一則，略述其生平與學術；次施按語，於按語中引據諸家資料，以明書籍之成書始末與價值評價，稱「東原雖誤明鈔爲宋刻，《大典》所收，又疑其未必盡錄，然扒梳董理，實有可觀，下啓盧（文弨）、錢（東塘）、劉（臺拱）諸氏，肇始培基，其功莫大，清儒治此學者，蓋自東原始也。」〔註3〕；最後附以戴書見存各種版本。此類下分八屬，即校勘之屬、輯佚之屬、注疏之屬、芟廣之屬、通考之屬、專考之屬、分地之屬和雜著之屬。全書最末附「民國以來重要方言論文目錄」。

　　除以上五種之外，還有民國以來多家小學類專科目錄，可視爲對《小學考》的持續增補。如龍璋、龍毓瑩《小學搜佚敘錄》、胡韞玉《古今字學書目舉要》、沈兼士《系統的文字學參考書目》（見《沈兼士學術論文集》）、丁山《中國語言文字學參考書要目》、尹彭壽、丁汝彪《國朝治說文家書目（附未刻書目）》、丁福保《說文目錄》、李克弘《說文書目輯略》、王時潤《鄦學考目》（見《經義述聞》附錄）、馬敘倫《清人所著說文之部書目初編》等語言文字學目錄。

〔註1〕崔驥：《方言考》，見《圖書館學季刊》第 6 卷第 2 期單行本，中華圖書館協會，1932年。

〔註2〕丁介民：《方言考》，臺北：臺灣中華書局，1969 年。

〔註3〕丁介民：《方言考》，第 25 頁。

　　第二類，對小學類某一種文獻進行目錄學研究的著作。此類和《小學考》已不是同一性質的著作，但其中有一部分悉列一代某一類文獻成果，又和《小學考》是相同的，因此，仍可視為《小學考》的衍變。這類主要有林明波的《清代許學考》、《清代雅學考》、《唐以前小學書之分類與考證》、盧國屏《清代爾雅學》、竇秀豔《中國雅學史》等。《清代許學考》一書分六篇六類，即校勘類、箋釋類、專考類、雜著類、六書類、辨聲類。另有附錄二種，為「許君事蹟考之屬」和「書目與叢刊之屬」。各類之下再分屬，如「校勘類」下分「大徐本校勘字句之屬」與「小徐本校勘字句之屬」。是書詳列有清一代之許學著作，對見存之書皆作提要，簡介作者生平與書中大旨，末列諸家著錄情況與版本。未見之書則注明文獻出處。盧國屏《清代爾雅學》一書，分為十章。第一章為敘論。第二章介紹清代以前之《爾雅》學，分漢代、魏晉南北朝、隋唐、宋代、元明五個部分，各部分又分三塊：《爾雅》的流傳情形、著述略目、平議。第三章至第十章為清代爾雅學。分別從《爾雅》學之背景、清代《爾雅》著述考、清代《爾雅》要籍析論、清儒對《爾雅》作者時代及篇卷之考證、清儒由《爾雅》發端之學。其中歷代「著述目略」和「清代《爾雅》著述考」可視為一部「雅學考」。《中國雅學史》附錄《歷代雅學著述考目》詳列兩千年以來的雅學著作，標明存佚，存者注明版本情況，佚者注明有無輯本。

二、後世對《小學考》的徵引

　　首先，周中孚《鄭堂讀書記》小學類基本都會參考《小學考》一書。《鄭堂讀書記》的體例是每書提要先列此前目錄的著錄情況，如「《四庫全書》著錄」等語，而小學類，則會參閱《小學考》。但不是每部小學著作都稱引之，一般只在有所考證時才會引及。一種情況是指出《小學考》的疏失。比如，「《切韻指掌圖》二卷附《檢例》一卷」條下云「謝氏《小學考》總作《切韻指掌圖》三卷，而於《檢例》不為分載，蓋其疏也。」〔註4〕由於《檢例》為元明之際邵光祖所補正，並非司馬光作所〔註5〕，不應該混為一書，籠統的著錄為

〔註4〕（清）周中孚著，黃曙輝、印曉峰標校：《鄭堂讀書記》，上海：上海書店，2009
　　　　年，第239頁。

〔註5〕按，《切韻指掌圖》，舊題北宋司馬光撰，實則為宋人偽託。

三卷，故周中孚指出其疏誤。又如「《經史正音切韻指南》一卷」條下云「末附《經史動靜字音》，本不分爲一卷，而倪、黃兩家俱於《切韻指南》一卷下別出《經史動靜字音》一卷，謝氏《小學考》亦從之注曰『未見』，胥失之矣。」又如「《題韻直音篇》七卷」條下云：「《明史・藝文志》、《千頃堂書目》、謝氏《小學考》所載俱無『題韻』二字，蓋據卷首侯方《序》也。謝氏注曰『未見』。」此處指出《小學考》的兩處失誤。一是書名應該有「題韻」二字，但因爲卷首侯方序只作《直音篇序》，所以包括《小學考》在內的三種目錄皆因侯序而誤作《直音篇》。實際上章黼天順庚辰年（1460）自序時正作「題韻直音篇」，所以當以「題韻直音篇」爲是。《小學考》和《明史・藝文志》皆因未見其書，承襲《千頃堂書目》而誤。而謝氏稱「未見」，實際周中孚所見有成化丁酉刊本。此書今存，收入《續修四庫全書》第 231 冊經部小學類。又如「《續古篆韻》六卷」周氏所見爲「寫本」，《小學考》則曰「未見」。其他還有多例是指出《小學考》失收的情況。如收楊愼《古音餘》而不收其《古音附錄》之類。再一種情況是，利用《小學考》來指出別家之失。再如「《平水新刊韻略》五卷」條下云「不著撰人名氏。謝氏《小學考》著錄，作金王文郁編。」則是據《小學考》以考《平水新刊韻略》之作者。又如「《韻學集成》十三卷」條下云：「又《小學考》，是書下當有桑（悅）、侯（方）二序，爲此本所失載也。」此處周中孚據《小學考》錄有桑悅、侯方爲《韻學集成》所寫的兩則序言，推測他所見到的「萬曆丙午重刊本」失載二序。

其次，晚清學者姚振宗（1842～1906）在其目錄學著作《後漢書藝文志》、《三國藝文志》和《隋書經籍志考證》等目錄學著作有 73 個條目引據《小學考》。例如，其《後漢書・藝文志》引《小學考》：

◎郭訓《雜字指》一卷

　　南康謝啓昆《小學考》曰：「《唐志》作『郭訓』，《隋志》俱作『郭顯卿』，疑訓字顯卿也。」

又如《三國藝文志》引《小學考》：

◎曹侯彥《字義訓音》六卷

　　南康謝啓昆《小學考》曰：「按，《字義訓音》，《七錄》稱曹侯彥，蓋以彥嘗爲列侯也。」

以上這些引用或借《小學考》以生證書名和人名問題，或者指出《小學考》的失誤。總之，都對《小學考》有了充分的利用，證明了該書的重要價值。

第二節　《小學考》的價值評價

一、前人的評價

首先是《小學考》四次刻印的序跋中的評價。第一次刻板是嘉慶二十一年（1816），即樹經堂原刊本。有序翁方綱、錢大昕、姚鼐序及謝氏自序，共四則。其中錢大昕嘉慶三年（1798）序，稱其「彬彬乎！鬱鬱乎！採摭極其博，而評論協於公，洵足贊聖世同文之治者乎！」次年，錢大昕又在書信中說：「大製《小學考》，捃羅博奧，而評論又公且當。較之竹垞書精博實有過之。蓋竹垞當日，異書猶多伏而未出，研精小學考亦至今日而極盛。閣以下以碩學通儒爲斯文領袖，是以擇之精而語之祥，尤爲藝林必不可少之業也。」第二次刻板是咸豐二年（1852）謝質卿刊本。增加了謝質卿序和蔣湘南跋。其中蔣跋稱「至我朝乾隆中，魁儒輩出，然後小學章徹，若戴東原、錢竹汀、王槐祖、段茂堂諸老先生，莫不由《說文》以辨形聲，由《爾雅》以通訓詁。六經之義，如日中天，天下後世始知通經之必由於小學。於此時而無一書，爲條古今之流別，集正變之大成，何以章聖朝儒術之盛，契先聖雅言之心哉？是故中丞公之作《小學考》，其功不可以億量計也。」第三次刻板是在光緒十四年（1888）浙江書局刻本，增加了俞樾序，稱「國朝經術昌明，承學之士始知由聲音文字以求義理，於是家有浞長之書，人習說文之學。而此書實自來言小學者之鈐鍵，欲治小學不可不讀此書。」第四次爲光緒十五年（1889）石印本，卷首有「願學廬主人識語」，稱《小學考》「小學之津梁」。

其次爲書目提要中的評價。周中孚《鄭堂讀書記》史部目錄類、胡玉縉《續修四庫全書總目提要》和長澤規矩也《中國版本目錄學書籍解題》等書之《小學考》提要皆對該書作出過精當評價。這其中《鄭堂讀書記》和《中國版本目錄學書籍解題》皆認爲《小學考》不著錄存人之書是一大缺憾，而胡玉縉則從專業的角度，對《小學考》的價值予以肯定。如《鄭堂讀書記》云：「《小學考》五十卷（嘉慶丙子樹經堂刊本），國朝謝啓昆撰。……所微憾者，蓋棺論定，不志見存，史傳之例則然，非所施於私家著錄也。故竹垞於同時師友如孫退谷、

顧亭林、徐健庵、毛西河、李天生、閻潛丘、陸翼王、黃俞邰諸家，並載其書與其論說。蘇潭既本竹垞舊例著書，而於此忽生變例，概不載及見存，而僅於各書案語內詳載靡遺，如邵二雲《爾雅正義》後載阮芸臺師《經籍纂詁》並其凡例及錢竹汀、王伯申、臧在東三序，胡廣《漢官解詁》後載王伯申《周秦人名解詁》並其自序，《爾雅》暨舍人、李巡、孫炎、郭璞各家注後，俱載翁覃溪《經義考補正》引丁小山〔註6〕說。凡若此者，遽數之不能終也，而於本書之應作案語以疏通證明之者，反不置一辭，大有類於喧客奪主者矣。總由其不遵成例，以至於此，後學者所當引以爲戒也。」〔註7〕此處，周中孚對《小學考》一書，不「不志見存」十分不滿。認爲這只是史傳成例，《經義考》和《小學考》同爲私家著作，沒有必要遵從。而且《經義考》也確實著錄了見存之人的著作，《小學考》既然聲稱一本《經義考》舊例，那就也應該著錄見存之人著作。但是謝氏忽生變例，只在附錄中對見存之人著著進行著錄，顯得不倫不類。胡玉縉《續修四庫全書總目提要》云：「自劉歆《七略》以後，凡歷代史志各家載記所著錄，屬於訓詁文字聲韻音義之書，不論存佚，悉錄其書於編。並採錄原書序文，各家論述，加以考訂。一書而刊本各異者，亦並行列入。其例不應入見存諸人之作，則依類比附，著於各書之下。凡古今小學之書，胥臚列於編中。不惟向有傳本者，據所考可知其體要，即久經亡佚者，據所考亦可識其概略，而刊本彼此不同者，並可據所考以別其異同。搜輯之詳，已靡以加。其所考訂，如於江灌之《爾雅圖贊》，辨《經義考》誤合晉陳兩江灌爲一人。於陸德明之《爾雅釋文》，辨《經義考》誤分《釋文》《音義》爲二書。於揚雄《訓纂》辨王伯厚誤指《史記正義》所以『戶扈鄠』三字爲篇中正文，則精確處，更不勝枚舉。至《平水韻略》，據元大德本改題爲王文郁，證明一百七部之並，不始自劉淵，以正各家向來傳述之誤，於古今韻部分併，所關尤巨。覈其於小學一門，薈萃群編，搜輯考訂，蓋集古今之大成。俞氏序此編，推爲治小學者，不可不讀之書，誠篤論也。」〔註8〕胡玉縉先略述其體例，稱其「搜輯之詳，已靡以加」，

〔註6〕 「小山」當爲「小疋」之誤。

〔註7〕 （清）周中孚著，黃曙輝、印曉峰標校：《鄭堂讀書記》，上海：上海書店，2009年，第496至497頁。

〔註8〕 中國科學院圖書館整理：《續修四庫全書總目提要（經部）》，北京：中華書局，1993年，第1277頁上。

次陳其「其所考訂，……則精確處，更不勝枚舉。」例如，轉引《經義考補正》指出《經義考》誤以陳之江灌爲晉之江灌、指出《經義考》誤將陸德明《爾雅釋文》與《爾雅音義》分爲兩書、指出王應麟誤將《史記正義》所引姚察《漢書訓纂》中的「戶扅鄠」三字爲揚雄《訓纂》等，都是《小學考》的精到之處。至於其指出《平水韻》並爲 107 部始於王文郁不始於劉淵，則並非《小學考》編者之獨見，而是直接採納了錢大昕的觀點。《小學考》卷三十三王文郁《平水新刊韻略》條下，徵引文獻中，有且只一條，即錢大昕《跋平水新刊韻略》。這則跋文，主要觀點有二：一是認爲 106 韻的《平水韻》始於王文郁，而不始於劉淵；二是認爲上聲拯韻併入迥韻（成爲 106 韻）不始於陰時夫，王文郁時已是如此。這發現確實非常重要，因此錢大昕除了在這則跋語中予以陳說之外，還將考證收進了《十駕齋養新錄》卷五〔註 9〕，又在給謝啓昆《小學考》寫序時另附專書進行論證。〔註 10〕王國維《書金王文郁新刊韻略張天錫草書韻會後》則據張天錫《草書韻會》認爲，平水韻或許在王文郁之前已經形成。〔註 11〕敦煌莫高窟出土的《排字韻》則證實了王國維的推論。〔註 12〕《中國版本目錄學書籍解題》認爲《小學考》「因朱彝尊之《經義考》僅錄《爾雅》而不涉及其他小學書，得胡虔、陳鱣之助，更編爲此考。……雖然朱氏以後新出新編之古書很多，遙過朱氏之書，卻不錄現存人之所作，而且，如于邵氏《爾雅正義》之末並錄《經籍籑詁》之《凡例》、序文，可謂體裁欠佳。又如舉畢沅之《釋名疏證》初刻本，而不錄江聲之《篆書定本》，可謂有所失載。王重民企圖增訂但未成。以原書缺細目，羅振玉新編之。」〔註 13〕

〔註 9〕《十駕齋養新錄》，（清）錢大昕著，楊勇軍整理，上海：上海書店出版社，2011年，第 86 頁。

〔註 10〕見《小學考》卷首，錢大昕《小學考序》附《錢詹事書》。

〔註 11〕見王國維《觀堂集林》卷八（北京：中華書局，1961 年），第 392 頁。

〔註 12〕參見張金泉：《莫高窟新出土的古韻書〈排字韻〉》，《敦煌研究》2001 年第 1 期，第 151～160 頁。又見高田時雄：莫高窟北區石窟發現〈排字韻〉箚記，《敦煌・民族・語言》（北京：中華書局，2005 年），第 459～468 頁。

〔註 13〕（日）長澤規矩也編著，梅憲華、郭寶林譯：《中國版本目錄學書籍解題》，北京：書目文獻出版社，1990 年，第 183 頁。

二、文獻學方面的價值

《小學考》一書作為一部成熟的輯錄體專科目錄，在文獻學方面有多方面的價值。(1) 目錄學方面的價值。首先，它對小學類的分類更為科學。不僅從大類上，在前人文字、音韻、訓詁三分小學的基礎上，提出體用之說，將音義類明確納入小學類，形成四分小學的格局。而且在訓詁類下面又分為「《爾雅》之屬」、「擬《爾雅》之屬」、「類《爾雅》之屬」、「少數民族語言之屬」四個部分，文字類下又分為「古小學書之屬」、「《說文》之屬」、「字樣學之屬」和「六書學之屬」等小類，聲韻類下又分為「《切韻》前之韻書」、「《切韻》系列韻書」、「等韻學」和「古音學」等，音義類則按經史子集分類，保留了音義書的從屬痕跡。這種精確分類，雖然不是《小學考》的有意為之，但其根據時代，以類聚書，客觀上就給我們呈現了這樣的面貌。其次，《小學考》樹立了專科目錄的編纂標準。一般來說，《經義考》才是最為成熟且影響最大的輯錄體專科目錄，但是《小學考》在條目著錄，文獻徵引方面都比《經義考》處理得更為科學，因此後世輯錄體專科目錄，在體式上更接近於《小學考》，而非《經義考》。不僅黎經誥《許學考》、胡元玉《爾雅考》如此，後世其他領域輯錄體目錄也是如此。如謝國楨先生《晚明史籍考》於《凡例》中云：「是書仿朱彝尊《經義考》、謝啟昆《小學考》、孫詒讓《溫州經籍志》之例。序跋、題跋、凡例，按時代排列於前，而編者按語，置於後，審量情況亦有變通之處。」〔註14〕其次，《小學考》開啟了專科目錄編撰的高潮。《小學考》以後，特別是晚清民國以降，專科目錄大量湧現。雖然客觀上是學術發展之必然，但直接上，《小學考》的影響也是不可忽略的因素之一。「到了近代，由於學術的研究日趨專精，專科目錄的需求也日益迫切，數量也大為增多，即以文史哲學等方面言，如王重民的《老子考》、《敦煌古籍敘錄》、嚴靈峰的《老列莊三子知見目》、《墨子知見書目》、馬森的《莊子書錄》、阮廷焯的《荀子書錄》、《大戴禮記書錄》、邱燮友的《選學考》、饒宗頤的《楚辭書錄》、《詞籍考》、姜亮夫的《楚辭書目五種》、王照元的《歷代詞話敘錄》、賀次君的《史記書錄》、林明波的《清代許學考》、《清代雅學考》、邵子風的《甲骨書錄解題》、胡厚宣的《五十年甲骨論著目》、丁介民的《方言考》、梁容若的《中國文學史書目》、余秉權的《中國史學論文引得》、鄺

〔註14〕謝國楨著：《晚明史籍考》，上海：上海古籍出版社，1981年，第18頁。

利安的《魏晉南北朝史研究論文書目引得》、羅聯添的《唐代文學論著集目》、
宋晞的《宋史研究論文索引》、陳璧如的《文學論文索引》等等，都是當前常見
的一些專科目錄」〔註15〕（2）版本學方面。《小學考》一大缺點是不著錄版本，
但其著錄之提要與敘跋對我們考察小學著作的版本流傳仍有重要參考價值。如
《鄭堂讀書記》「《韻學集成》十三卷」條下云：「又《小學考》，是書下當有桑
（悅）、侯（方）二序，爲此本所失載也。」此處周中孚據《小學考》錄有桑悅、
侯方爲《韻學集成》所寫的兩則序言，推測他所見到的「萬曆丙午重刊本」失
載二序。特別是對於已亡佚的小學著作，要考察其版本與流傳情況，《小學考》
所摘引的材料，必然成爲我們重要的參考資料。（3）辨僞與輯佚方面的價值。
一方面，《小學考》在其按語中有不少辨僞成果。如庾曼倩《文字體例》條下：
「按，曼倩所著書，不見於《隋志》，良可異也。」汪藻《古今雅俗字》條下「按，
汪藻，《宋史》有傳，不載是書。」諸葛亮《漢書音》條下：「按，諸葛《漢書
音》，《七錄》、《隋志》俱無。」這幾種著作要麼不見於目錄著錄，要麼不見於
作者本傳，故令人生疑，故揭示之。另一方面，《小學考》著錄的小學著作中，
亡佚之書多達 492 種，而這些書，有不少可以從他書中輯錄出一麟半爪。《小學
考》的編者陳鱣就曾大力輯佚古代小學書，曾輯有《埤倉拾存》二卷、《聲類拾
存》一卷、《通俗文拾存》、《古小學書鉤沉》十一卷。而且他早年在阮元幕府參
與《經籍籑詁》是也主要負責摘錄孫星衍輯《蒼頡篇》和任大椿輯《字林》、《聲
類》、《通俗文》之類的古小學書。這一些工作，讓陳鱣有足夠的興趣和能力指
出古小學書的輯佚線索。因此《小學考》一書中，保留了很多古小學書的輯佚
線索：如衛宏《古文官書》條下：「按，《古文官書》，《一切經音義》間有引之。」
李彤《字指》條下：「按，李善《文選注》引《字指》云：『倏爟，電光也。』
『礚，大聲也。』『鰡，鯊屬。』《一切經音義》引《字指》云：『礚砎，雷大
聲也。』……」陽承慶《字統》條下：「按，《一切經・大集月藏分經音義》引
《字統》云：「撐，作棖，丈庚反。棖，觸也。」又《四分律音義》引承慶云『窳，
懶人不能自起。瓜瓠在地不能自立，故字從瓜。又懶人恒在室中，故字從穴。』
考《說文》無撐字，作棖是也。至窳字，《說文》從穴㼌聲，本形聲字。此說

〔註15〕胡楚生：《專科目錄的利用與編纂》，見林慶彰主編：《專科目錄的編輯方法》（臺
　　　　北：臺灣學生書局，2001 年），第 1～13 頁。

支離已甚，實開王安石《字說》之先聲矣。」這三則材料表明，東漢衛宏《古文官書》、三國李彤《字指》、陽承慶《字統》雖久已亡佚，但《一切經音義》等書多有徵引。後世，馬國翰、黃奭、任大椿與顧震福諸學者在輯佚方面取得重大成果，其中小學輯佚成果也相當可觀，或許與《小學考》的指引不無關係。

三、小學方面的價值

　　《小學考》作爲第一部全面著錄小學著作的專科目錄，其在小學方面的價值自不待言。最顯著的價值就是《小學考》一書構勒了從秦漢到清中期約兩千年的小學發展史。整部小《小學考》合觀則是一部小學史，分開而言，則是訓詁學史，文字學史，音韻學史，和音義學史。具體到訓詁類下，則有「爾雅之屬」、「擬爾雅之屬」、「類爾雅之屬」、「少數民族語言之屬」各個訓詁學分枝，音韻學類下，則可分爲「《切韻》前韻書」、「《切韻》系韻書」、「等韻學」和「古音學」等多個分枝。諸如此類，即可以作爲綜合的小學史來看待，也可以作爲專門的「等韻學」、「古音學」等專門研究的材料。如《連筠簃叢書》刊印顧炎武《韻補正》時〔註16〕，附錄了《小學考》卷三十三「聲韻四」中吳棫的幾種韻學著作。如果顧炎武開創了清代古音學研究，那麼吳棫將古韻分爲九部，則是開啓了整個古音學研究的先聲。此外還有以下四點價值。第一，方便小學研究者搜集材料。文獻綜述是研究工作的第一步，小學研究第一步是要知道前人已有哪些成果。而《小學考》已替我們做好了這樣的工作，如我們想瞭解《切韻》前的韻書的形態，則《小學考》卷二十九著錄了29種古韻書及相關材料可供我們參考。《小學考》實際可以視爲一部小學史，一部以專科目錄的形式呈現的關於小學的學術史。第二，便於分析前人小學著作之流變。《小學考》的體例是將一種小學文獻的衍生著作類聚於原始著作之下，例如《爾雅》下面收錄了47種歷代《爾雅》的注本，《說文》下收錄了26種各種《說文》注本，數量相當可觀。通過這些著錄，可以初步看出這兩種著作的前代研究情況。第三，歷代小學之風尚。如南北朝時期好爲音義書。除陸德明《經典釋文》收錄14種音義書之外，還有徐邈、李軌和劉芳作爲音義大家，爲群書注音，《小學考》分別

〔註16〕（清）顧炎武撰：《韻補正》，《叢書集成初編》影印《連筠簃叢書》本，北京：中華書局，1985年。

著錄了三家音義書，計徐氏 11 種，李氏 10 種，劉芳 9 種。而明人則雅好著述，但多不精當。述如明代朱謀㙔，作為明宗室成員，雅好讀書，四部著述達百多種，其小學著作就多達 11 種。但或許因價值不高，故僅存世《古文奇字輯解》與《駢雅》兩種。第四，《小學考》成書於乾嘉小學最鼎盛的時期，必然要反映當時的小學成就。由於編纂《小學考》之人，陳鱣、錢大昭皆長於小學，因此他們悉知當時的小學成果。因此《小學考》以按語的形式共著錄了當時 13 位學者的 26 種小學著作。其中不乏代表乾嘉學術水準的高水平著作，如戴震《爾雅文字考》、王念孫《廣雅疏證》和邵晉涵《爾雅正義》之類。特別是戴氏《爾雅文字考》雖僅一卷，但發凡起例，具有重要的學術典範的意義，其自序云：「援《爾雅》以釋《詩》、《書》，據《詩》、《書》以證《爾雅》。由是旁及先秦以上，凡古籍之存者，綜覈條貫；而又本之六書音聲，確然於訓詁之原，庶幾可與於是學。」〔註 17〕這段話就像綱領一樣，確立了後來秦漢小學著作研究方式，即以小學釋經史，以經史證小學，貫通群書，深明音轉。段氏《說文解字注》、王氏《廣雅疏證》無不如此。

四、局限與疏誤舉例

　　《小學考》雖有諸多價值，但並非沒有局限與缺憾。大略有以下幾點：第一、不列凡例，使體例不明。像這樣成於眾人之手的輯錄體目錄，不列凡例是不合適的。或許是因為《小學考》承繼的是《經義考》，而後者是沒有凡例的。但是《經義考》成於一人之手，不列凡例也不至於自亂體例。而實際上，與《小學考》同時的幾種專科目錄，章學誠《史籍考》和錢東垣《補經義考》都是有凡例的。雖然兩種目錄均沒有流傳下來，但有《史考釋例》（見《文史通義》），錢東垣《補經義考・凡例》（見蔣光煦《東湖叢記》卷二）可以一窺其涯略，粗明其體例。《小學考》以後產生的專科目錄，特別是輯錄體專科目錄都是有凡例。第二、不具版本，難易詳考小學著作之流傳。《小學考》和《經義考》一樣，不著錄所收之版本情況。或許是因體例整飭的問題而不列。因為《小學考》不論存佚兼收，以「存」、「佚」、「缺」、「未見」四柱法交待圖書留存面貌，存書則

〔註 17〕戴震：《爾雅文字考序》，見《戴震集》（上海：上海古籍出版社，2009 年），第 51 頁。（又見《小學考》第 60 面。）

可方便標示版本，其他三類則無法標明。或標或不標則體例自亂，故而統一不列版本情況。還有一個原因，或許與《小學考》編者自身條件有關。編者中除陳鱣是大藏書家之外，其餘皆不以藏書知名。因此他們並沒有一一注明版本的條件。雖然守著文瀾閣《四庫全書》，但《四庫全書》所抄錄之小學著作僅有82種，其餘138種爲存目。第三、各類小失誤甚多。書名之誤，《小學考》卷七著錄爲《楚晉事名》，實爲斷句之誤。根本沒有一本書叫《楚晉事名》。《晉書‧束晳傳》原文是：「太康二年，汲郡人不準……得竹書，數十車，……《國語》三篇其言楚晉事，《名》三篇，似《禮記》又似《爾雅》。」卷二十七著錄顧氏景星《黃公字說》一卷，而無論是《四庫總目》還是顧氏原書皆作《黃公說字》，且卷數實爲四十五卷。人名之誤。如「庾氏儼默《演說文》」條，作者當爲庾儼，而非庾氏儼默。《隋志》《說文》十五卷下云：「許愼撰。梁有《演說文》一卷，庾儼默注，亡。」其中，「默注」是一種體例，類似的《隋志》有「《孝經默注》一卷，徐整注。」「《傅子》百二十卷。晉司隷校尉傅玄撰。《默記》三卷，吳大鴻臚張儼撰。」如同一書被重收。如《止菴韻略易通》和蘭廷秀（字止菴）《韻略易通》爲同一書，卷數不同而已，《小學考》兩收其書。羅日褧《雅餘》與《爾雅餘》當爲同一書，《小學考》也兩收其書。其他存佚諸項標注也有誤。標存者實不存，如婁機《廣干祿字書》之類；標未見者實存，《鄭堂讀書記》已指出數處，此不贅述。最後，《小學考》和其他目錄一樣，也存在大量當收而未書之後。詳見附錄一：《補小學考》。

結　語

　　《小學考》一書在五十卷的篇幅內廣錄兩千年來的 1180 種小學著作，具有重要的語言學史意義和目錄學意義。謝啓昆身處乾嘉時代，既見證了清代學術繁榮名家輩出的盛況，又是文字獄的受害者之一。他的為官為學的一生，正是乾嘉時期社會與思潮變化的縮影。他的幕府成為了清代以著述見長的典型幕府，《小學考》的成書也是清代幕府著書的典型事例。借助謝啓昆這一名普通的清代官員考見清代幕府著書的運作方式，借助《小學考》這一部乾嘉學術沃土上生長出來的果實，考見當時學術之盛，這是本文的出發點。

　　本文已經討論了《小學考》的成書背景和成書原因，交待了謝啓昆幕府的基本情況特別是學術活動。從分類特徵、條目體式、提要體例和按語諸方面，詳細分析了《小學考》一書的編纂體例。考察了這部輯錄體目錄的材料來源，重點考察了《小學考》對《經義考》與《四庫全書總目》的繼承與利用。分析了《小學考》的學術影響與學術價值。限於能力和時間，仍有很多值得關注的話題只能留待將來了。例如，我們考察了《小學考》失收之書，似乎也當考察一下哪些書是《小學考》所不當收錄的。比如程端蒙《性理字訓》一書及其衍生著作，《小學考》因襲《經義考》而誤收。清代考據學、經學、小學之互動與《小學考》成書之關係，也是應待進行探討的問題。《小學考》成書時的「時賢」成果遠不止 26 種，也應該進行一番梳理與考察。就謝啓昆幕府來說，陳鱣、胡

虔和錢大昭三人的學術成果因爲存世稀少，所以他們的學術價值仍有待於發掘，而《小學考》正好是一個不錯的話題點，以《小學考》爲中心，系統地揭示被陳奉茲稱爲「可稱鼎足而三」的三位學者的學術旨趣與學術成就也將會是一件有意義的事情。

附錄一　補《小學考》

　　《小學考》一書雖經謝啓昆與胡虔、陳鱣、錢大昭等人窮搜博討、反覆考訂歷時八年之久，堪稱搜羅博奧，考訂精確。但仍有少量小學著作，或因編者偶然失檢，或限於條件，當收而未收。故模仿《小學考》原書體例，補輯如下。補輯原則有三：（一）補輯範圍是指《小學考》定稿之前（下限爲1802年）產生的小學著作，且作者已去世者，但凡有著錄者，所見必錄。所摘提要則不限時代，凡有關者儘量採用。（二）體例依《小學考》，注名作者、書名、卷數、存佚，出處文獻和徵引文獻，間有按語。作者、卷數等信息不明者則付之闕如。對於存書，注明板本。佚書如有輯本，注明輯佚情況。（三）依《小學考》之例，《補小學考》只收 1802 年以前已去世的學者著作。其他去世在 1802 年之後的小學著作，他日另輯爲《續小學考》以備參考之用。例如清人翟灝（1712～1788）《通俗編》38 卷，《小學考》未收，當補輯。而其同鄉好友梁同書（1723～1815）《直語類錄》4 卷，則不予補輯，因其當時尚在世。只能待將來收入《續小學考》。此外，海外漢文文獻適當予以著錄。如釋空海《篆隸萬象名義》，釋昌住《新撰字鏡》和源順《倭名類聚抄》等書雖係日人著述，但與中國古小學書關係甚密，著錄於全文之末。限於能力和時間，目前僅補錄了九十餘種小學著作，遺漏尚多，只能有待於將來。

（一）訓詁類

◎（漢）鄭玄《爾雅注》

胡元玉《雅學考》

佚（有許森輯本）

孫志祖《讀書脞錄》：「《周禮・大宗伯》疏引緯《旼耀鉤》天皇大帝之號，又引《爾雅》『北極謂之北辰』，其下引鄭康成注云：『天皇，北辰耀魄寶』，此《文耀鉤》注，非《爾雅》注也。近余氏蕭客《古經解鉤沉》列之康成《爾雅注》，誤矣。」（轉引自胡元玉《雅學考》）

邵晉涵《爾雅正義》：「注《爾雅》者，其爲《敘錄》所未引及者，有鄭康成注，見《周禮疏》。然鄭康成傳不言其注《爾雅》。其即《鄭志》引《爾雅》而釋之，康成《爾雅》注歟」又云：「今考陸氏《經典敘錄》所載犍爲文學、劉歆、樊光、李巡之外，益以鄭康成爲六家，其餘未之詳也。」（轉引自胡元玉《雅學考》）

阮元《周禮注疏校勘記》云：「此鄭注《文耀鉤》也。上引《文耀鉤》可證。因文承《爾雅》之下，而或云鄭有《爾雅注》，誤讀此疏矣。」（轉引自胡元玉《雅學考》）

胡元玉《雅學考》：「案，《周禮正義》辨五帝大帝之號，首引春秋緯《運斗期》，次引《文耀鉤》，次引《元命包》，次又引《元命包》，次又引《文耀鉤》。次引《爾雅》，次引鄭注，次引《尚書・君奭》云：『則有若伊尹格於皇天』，次引鄭注云：『皇天北極大帝』，次引《掌次》，次引《月令・季夏》云：『以供皇天上帝』，鄭分之『皇天，北辰耀魄寶；上帝，太微五帝』，此引《月令》鄭注也。今《禮記》鄭注具存，與此疏《月令》下所引正合。《尚書》鄭注雖亡，然隋唐《志》等書，久已著錄，則此疏《尚書》下所引，確是《尚書注》矣。《爾雅》鄭注前籍雖未言，然此疏三引鄭注，皆先列經文，次列注文，極爲明瞭。如必以爲《文耀鉤》注，何以不於引《文耀鉤》下先列此注，而列於《爾雅》下耶。且斥爲非《爾雅》注者，不過因上引《文耀鉤》，下有『天皇大帝之號也』之文，遂以此注爲釋緯文『天皇大帝』之義耳。不知此句非緯文，乃賈《疏》總釋《周禮》鄭注之語，合觀前後，文義自見。爲此說者，乃眞誤讀此疏，余仲林實未誤也。但《文耀鉤》既無天皇之語，《爾雅》

亦僅有北辰之文，此注北辰二字，似當在天皇之上方合，豈涉下文《月令》注而誤倒耶？」「又案，釋慧琳《一切經音義》卷三十引《爾雅》鄭注云：『懋謂自勉也』。卷八十三引《爾雅》鄭注云：『郵，道路過也。』又引『駿，馬之美稱也。』〔註1〕釋慧苑《華嚴經音義》卷二引鄭注《爾雅》云：『芬，香氣調也。』考《爾雅》『懋懋、慔慔，勉也』，郭景純云：『皆自勉強。』『郵，過也』，郭景純云：『道路所經過。』均與慧琳所引鄭注大致相同。且郵字古作尤，郭注望文生訓，《日知錄》已辨其非。而鄭君箋《詩・四月》，注《洪範五行傳》皆用雅訓，云：『尤，過也。』足見慧琳所引本非鄭注，乃郭字之訛。惟『駿，馬之美稱也』不見景純《雅》注中，然又與《穆天子傳》『天子八駿』郭注適合，其為誤標《爾雅》又無可疑。至於芬字，本《爾雅》所無，其有訛誤更為明顯。（《華嚴經音義》卷四，又引此注，作郭注《爾雅》，亦誤。）據《方言》十三『芬，和也。』郭注正作：『芬，香氣調和也。』（《華嚴經音義》卷三引此注，但稱郭璞，極是。）則『駿』『芬』二注，皆是一誤『郭璞曰』為『郭注《爾雅》』，再誤為『鄭注《爾雅》』，明矣。」又《史記・五帝紀》『藝五種』，《集解》云：『《詩》云：蓺之荏菽』《索隱》云：『此注所引見《詩・大雅・生民》之篇。』《爾雅》『荏菽，戎菽也。』郭璞曰：『今之胡豆』，鄭氏曰：『豆之大者是也』。按此之鄭氏自指《詩箋》非《雅》注也。觀所引《雅》文，郭注有增損，足見此為增損《詩箋》『戎菽，大豆也』之文矣。雖文承《爾雅》郭注之下，而義自明顯。此等處不為剖別，反足貽惑後賢，故詳著之。明鄭君之有《雅》注，得《周禮》一疏已足，不必藉重釋慧琳、司馬貞諸人所引，轉滋無識者以口實耳。」

　　許森《鄭玄爾雅注稽存序》：「《爾雅鄭玄注》，《後漢書》本傳不載，隋唐史志亦無其目。賈公彥疏《周禮》始一引之，釋慧琳撰《一切經音義》又十數引之。外此，則臧琳作《經義雜記》，據《周禮注》列有鄭本《爾雅》一條，孫志祖《讀書脞錄續編》據《尚書》《毛詩》《禮記》諸注疏，又列有鄭本數條而已。唐代以後，引者絕然。宋元明公私目錄既不載其書，而諸家考訂之籍，亦未有論及之者，此固鄭注之不幸，抑鄭氏著述甚富，有《禮注》《詩箋》可傳，而《爾雅注》反為不顯，故重視之者鮮歟？逮於清世余蕭客輯《古經

〔註1〕　「馬之美稱也」，今本釋慧琳《一切經音義》作「郭注《爾雅》」，非鄭注。

解鉤沉》，乃據《周禮疏》列鄭玄《爾雅注》。戴震《東原集》謂《爾雅》舊注之散見者，有鄭康成注。而胡培翬《研六室文鈔》亦謂『康成生東京之季，集漢學之成，……范史作傳，殊多漏略，……《爾雅注》見《周官疏》，而本傳未載入』云。維時，慧琳《音義》海內尙少傳本，故未見其書，而謂《周禮疏》所此，單文孤證，不足爲據者。孫志祖《讀書脞錄》云：『《周禮·大宗伯》疏引緯書《文耀鉤》天皇大帝之號，又引《爾雅》北極謂之北辰，其下引鄭康成注云：天皇北辰耀魄寶，此《文耀鉤》注語，非《爾雅》注也。近余氏蕭客《古經解鉤沉》列之康成《爾雅注》，誤矣。』邵晉涵《爾雅正義》云：『注《爾雅》者，其爲《敘錄》所未引及者，有鄭康成注，見《周禮疏》。然鄭康成傳不言其注《爾雅》。其即《鄭志》引《爾雅》而釋之，後人遂以爲康成《爾雅》注歟？』阮元《周禮注疏校勘記》云：『此鄭注《文耀鉤》也。上引《文耀鉤》可證。因文承《爾雅》之下，而或云鄭有《爾雅注》，誤讀此疏矣。』邵、阮二氏並謂鄭無《爾雅注》。孫氏《讀書脞錄續編》既據《詩》《書》注疏列鄭本《爾雅》數條，而《讀書脞錄》又謂《周禮疏》所引非康成注，均與余、戴、胡三氏之論不同。近人胡元玉作《雅學考》辨之綦詳。其說云：『《周禮正義》辨五帝之號，首引春秋緯《運斗期》，次引《文耀鉤》，次引《元命包》，次又引《元命包》，次又引《文耀鉤》。次引《爾雅》，次引鄭注，次引《尙書·君奭》云：時則有若伊尹格於皇天，次引鄭注云：皇天北極大帝，次引《掌次》，次引《月令·季夏》云：『以供皇天上帝』，鄭分之『皇天，北辰耀魄寶；上帝，太微五帝』，此引《月令》鄭注也。今《禮記》鄭注具存，與此疏《月令》下所引正合。《尙書》鄭注雖亡，然隋唐《志》等書，久已著錄，則此疏《尙書》下所引，確是《尙書注》矣。《爾雅》鄭注前籍雖未言，然此疏三引鄭注，皆先列經文，次列注文，極爲明瞭。如必以爲《文耀鉤》注，何以不於引《文耀鉤》下先列此注，而列於《爾雅》下耶。且斥爲非《爾雅》注者，不過因上引《文耀鉤》，下有『天皇大帝之號也』之文，遂以此注爲釋緯文『天皇大帝』之義耳。不知此句非緯文，乃賈《疏》總釋《周禮》鄭注之語，合觀前後，文義自見。爲此說者，乃眞誤讀此疏，余仲林實未誤也。』胡氏從余氏之說，並據《周禮疏》引書次第以決鄭氏有《爾雅注》，可稱卓識。惟慧琳《音義》當時海內流傳已廣，胡氏得見其書，爲不詳繹，而乃據其所引鄭注之與郭注相同者二三條，以爲鄭乃郭字之誤，

曲為附會，其失在疏。又陳邦福《爾雅逸文箋》云：『鄭君《爾雅注》，其見於各書者，如《一切經音義》卷三十引《爾雅鄭注》云：「懋，謂自勉強也」。卷八十三引《爾雅鄭注》云：「郵，道路過也」。又引「駿，馬之美稱也」。觀慧琳所引，益信《周禮・宗伯》疏天皇北辰耀魄寶司為鄭君之《爾雅注》矣。孫貽谷（志祖字）未見慧琳之音，曲為之說，不足為據也。』陳氏據《一切經音義》所引，以證鄭氏有《爾雅注》。顧所引亦只三條，其失則略。案，慧琳《音義》卷六引《爾雅》曰：『父之從祖昆弟為族父』，鄭注云：『族，聚也。』《釋親》條下郭氏無注。卷十八引《爾雅》：『賈，市也。』鄭玄云：『坐賣也，賈物之貴賤。』《釋言》『賈，市也』下，郭亦無注。卷八十五引鄭注《爾雅》云：『百歲鷷入水化為蛤。』《釋魚》『蜃，大蛤』下（今本佚大蛤二字）郭亦無注。此鄭注非郭注字之誤，其證一也。又卷五十引鄭注《爾雅》：『箕，言盛米寫斛中者也』。《釋天》：『箕斗之間，漢津也。』郭注云：『箕，龍尾。』與鄭注異。卷八十三引鄭注《爾雅》云：『駿，馬之美稱也。』《釋詁》：『駿，速也。』郭注云：『駿猶速。』又與鄭注異。卷八十九引鄭注鄭注《爾雅》：『漠，謂靜察也。』《釋言》：『漠，清也。』郭注云：『清明』。又與鄭注異。此鄭注非『郭』注字之誤，其證二也。胡氏又云：『「郵，過也」，郭景純云：「道路所經過。」均與慧琳所引鄭注大致相同。且郵字古作尤，郭注望文生訓，《日知錄》已辨其非。而鄭君箋《詩・四月》，注《洪範五行傳》皆用雅訓，云：「尤，過也。」足見慧琳所引本非鄭注，乃郭字之訛。』是又不然。《說文》：『郵，竟上行書舍。』段玉裁注云：『經過與過失。古不分平去，故經過曰郵，過失亦曰郵，為尤、訧之假借字。』黃汝成《日知錄集釋》云：『郵傳是正義，以為過失之尤是通義也。』是郵字本訓為郵傳，《孟子》『速於置郵而傳命』，《列子》『魯之君子迷之郵者』是也。假借為尤，顧炎武《日知錄》所舉皆是也。顧氏忽郵本義，誤攻郭注於前，胡氏不察，沿訛於後，遂致郭注有望文生訓之譏，鄭氏《雅注》幾亦因之以晦矣。鄭箋《毛詩・小雅》『不知其郵』云：『郵，過也』。注《禮記・王制》『郵罰麗於事』亦云：『郵，過也』。孔穎達《詩》《禮》二疏均不云『《釋言》』文也。且慧琳《音義》卷八十三引鄭注《禮記》云：『郵，表也。』與《雅注》《詩箋》均異，可知鄭氏釋『郵』不僅用其假義『尤』也。然則以《雅注》與《詩箋》不同，而謂鄭無此注，可乎。此鄭注非『郭』注字之誤，其證三也。皮錫瑞《經學歷史》云：郭璞注

《爾雅》，多沒前人說解之名，余蕭客謂之攘善無恥。及今考之，其與前人之注相同者，誠不可一二數也。約舉數例，以明此說。《釋詁》：『即，尼也』。孫炎注云：『即，猶今也；尼者，近也。』孔穎達《尚書·高宗肜日》疏引。郭注同。又『昵，近也。』孫注云：『昵，親近也。』《尚書·泰誓》疏、李善《文選》陸士衡《歎逝賦》注，又顏延年《和謝靈運詩》注，又謝惠連《七月七日夜牛女詩》注並引。《釋言》：『馹，傳也。』孫注云：『傳車驛馬也。』陸德明《左傳音義》、孔穎達《昭二年左傳》疏並引。又『佻，偷也。』孫注云：『偷，苟且也。』《昭十年左傳》疏引。又，『班，賦也。』孫注云：『謂布與也。』《尚書·舜典》疏引。郭注均同。又『閱，恨也。』李巡注云：『相怨恨。』《僖二十四左傳》疏引。郭注亦同。《釋宮》：『檼謂之杗。』李注云：『杗謂欐也。』陸德明《毛詩音義》，孔穎達《毛詩·周南》《兔置》，《禮記·內則》二疏並引。《釋器》：『極袵謂之襱。』李注云：『極衣上袵於帶。』《毛詩·周南·芣苢》疏引。郭注亦均同。而郭氏於上舉各注並不其用李或孫之說，是郭注『多沒前人解說之名』，信有徵矣。則其用鄭義而沒其名，亦固其所然。則慧琳《音義》所引《爾雅鄭注》，其與郭注相同者，當即郭用『鄭』義，不能謂『鄭』爲『郭』注字之誤也。且斥『鄭』注爲『郭』注字誤者，必以『鄭』、『郭』二字形近易訛，而慧琳《音義》卷十八引《爾雅》鄭玄云云，明標『鄭玄』，『玄』、『璞』字形絕不相近，將何辭以解之耶。又胡氏謂慧苑《華嚴經音義》卷二引鄭注《爾雅》云：『芬，香氣調也。』芬字本《爾雅》所無，其訛誤，更爲明顯。董瑞椿《讀爾雅補記》辨之云：『慧琳《經音義》卷二十二慧苑音《華嚴經》引鄭注《爾雅》曰：「芬，香氣調也。」此注未見在今何釋。《周禮·春官·鬯人》敘官鄭注：「鬯，釀秬爲酒，芬香調暢於上下也」。知芬爲香氣調，碻是鄭義，今《爾雅》有奪文耳。《方言》十三：『芬，和也。』郭注：芬香和調。郭注《方言》，蓋即用鄭注《爾雅》義，故與鄭注頗合。臧氏鏞堂補訂北藏本《華嚴經音義》徑改鄭注爲郭注，然則郭注只見《方言》，不見《爾雅》，慧苑引爾雅二字，豈亦方言之誤耶。案慧苑《音義》通行本有武進臧氏補訂北藏本、金山錢氏守山閣本、日本白蓮社本及大正藏本。除臧本外，各本於『芬馥』下並引作『鄭注』，與慧琳所見本合，知鄭氏確有此注。惟今《爾雅》有逸文，致此注無所附屬，故易於滋疑耳。由上所舉，知慧琳《音義》所引鄭注實非『郭』注字之誤。爰參稽群籍，輯

錄爲《爾雅鄭玄注稽存》，以補諸家輯《爾雅》古義之未備云。民國二十一年夏五月蓬安許森敏修謹識。」

又曰：「予輯《爾雅鄭注》，得二十餘體，其中引慧琳《音義》凡十餘條。慧琳本姓裴氏，疏勒國人，唐大興善寺僧也。所撰《一切經音義》，徵引經史百家之說，兼採玄應、慧苑等音義，成一卷，凡六十萬言。開成中，處士顧齊之序而藏之，旋傳入內府。周顯德間，高麗國遣使入浙中購求此書，不得而返。後求之於契丹，則並獲希麟《續音義》十卷，因刊板於海印寺焉。第摹印不多，流傳絕少，故自元至清中葉五在餘年，海內未嘗見其書也。其流傳於日本者，日僧寶洲於元文二年（清乾隆二年）重刊於白蓮社。行字款式，雖盡異原刻，顧校勘精細，異同尚少。咸同以來，此書傳佈漸廣，但亦只白蓮社及大正藏二本耳。海印寺原板，庋藏既久，有謂已散佚者，即寶洲紀事，亦彰彰言之。實則其板今仍在也。去歲日本新印海印寺本出，繙閱一遍，雖間有缺蝕，大體尚完好，故慧琳《音義》以此爲祖本，亦此本爲最善。白蓮社本次之，大正藏本又次之。民國初，黎養正校印頻伽藏本，則『自檜以下』。近丁福保印本，謂據白蓮社本影印。略加校核，始知其與白蓮社本頗有岐異，而與頻伽藏本一一脗合，當本係影頻伽本，而以白蓮社本相號召也。本書所引慧琳《音義》，即據海印寺本，其與各本異同並注於下。竊以鄭注久佚，吉光片羽，彌足珍貴，故不憚煩勞，綴成此帙云。許森再識。」

今按，彭喜雙《許森〈爾雅鄭玄注輯存〉述評——兼〈爾雅詁林敘錄·鄭玄爾雅注（許森輯本）提要〉辨析》一文，對許氏《爾雅鄭玄注輯存》考辨甚多，並對其學術價值進行了重新評估，可參看。[註2]

又按，許森《鄭玄爾雅注稽存序》稱：「戴震《東原集》謂《爾雅》舊注之散見者，有鄭康成注。」查《小學考》卷五戴震《爾雅文字考》自序云：「余竊謂儒者治經宜自《爾雅》始，取而讀之，彈心於茲十年。是書舊注之散見者六家：犍爲文學、劉歆、樊光、李巡、鄭康成、（案，鄭氏無《爾雅注》，《周禮·大宗伯》疏誤引之耳。）孫炎皆闕逸，難以輯綴。」[註3] 戴震《爾雅文

〔註2〕 彭喜雙《許森〈爾雅鄭玄注輯存〉述評——兼〈爾雅詁林敘錄·鄭玄爾雅注（許森輯本）提要〉辨析》，《圖書館雜誌》，2009年第4期，第66至70頁。

〔註3〕 見《小學考》第60頁下。

字考》序文中承認有鄭康成注《爾雅》，而雙行小注又稱「鄭氏無《爾雅注》」，則戴震自序與夾註兩相矛盾。查《戴東原集》（經韻樓本），原有雙行小注，則不是謝啓昆所加。而《戴東原集》（《皇清經解》本），則無此序文。實際上，據周德美《戴震〈爾雅文字考序〉考僞》一文考證，所謂的戴震《爾雅文字考序》一文，並不是戴震的文章，而是任基振《爾雅注疏箋補自序》，被孔繼涵誤編入《戴氏遺書》中。隨後，段玉裁重編《戴東原集》時，段玉裁因家事抽不開身，由臧鏞等負責校勘。而臧鏞是堅決不承認《爾雅鄭玄注》存在的，於是夾了雙行小注。〔註4〕

◎（三國）劉邵《爾雅注》

姚振宗《三國藝文志》

佚

姚振宗《三國藝文志》：「《初學記・歲時部》引《爾雅》曰：『蟋蟀，蛬。』劉邵注云：『蜻蛚也。』孫炎云：『梁國謂之蛬。』按，《魏志》本傳稱邵所撰述凡百餘篇，不言有《爾雅注》。《釋文》及隋唐志亦俱不載。而《初學記》此條首引《爾雅》本文，次引劉邵注，又次引孫炎、郭璞注，甚是分明，無可疑者。考郭景純《序》言注者十有餘家，邢《疏》舉郭璞之前注家，有犍爲文學、劉歆、樊光、李巡、孫炎。又《五經正義》所援引某氏、謝氏、顧氏凡八家，余亦未知誰氏。（江師《韓文選注》引書目爾舊有孫林包氏。）然則劉邵之注當在郭氏所採十餘家中，《初學記》所引未必見其本書。」

◎（宋）無名氏《爾雅音圖》

周中孚《鄭堂讀書記》三卷

存（南城曾氏藝學軒刊影宋鈔本）

曾燠《爾雅圖重刊影宋本序》曰：「《爾雅圖》三卷，下卷分前後二卷，實四卷。元人寫本，題影宋鈔繪圖《爾雅》。案，郭氏《序》云，別爲《音圖》則

〔註4〕段玉裁《戴東原先生年譜》云：「《文集》十卷，爲《戴氏遺書》之二十三，孔氏微波榭所刻也。《戴東原集》十二卷，玉裁自蜀歸後，刻於經韻樓者也。始孔户部刻《戴氏遺書》凡十五種，……定爲十二卷。近日江東人頗得家弦户誦矣。惜牽於家事，未能親校。友人臧庸、顧明，編次失體，字畫訛誤，未稱善本，近日謀一新之，以垂久遠焉。」

郭本有《圖》與《音義》與《注》別行。《隋經籍志》稱，『梁有《爾雅圖》二卷，郭氏撰，亡。』故其《音》及《贊》或見於《釋文》、《正義》而不得其全帙。郭璞之後又有江灌《圖贊》一卷、《音》六卷，見《唐藝文志》。而曹憲及釋智騫亦皆爲音，杜鎬、孫奭又加詳定。至毋昭裔以釋智騫及陸元朗《釋文》，一字有兩音或三音，後生疑於呼讀，擇其文義最明者爲定，作《音略》三卷。見晁、陳二《志》及《玉海》。此本經文內有音，中下卷有圖，其音則較之《釋文》所載郭音、或音、或用反語多不合，而附經爲三卷，正是《音略》卷數，當爲毋昭裔音。其圖則宋元人所繪，甚精緻，疑必有所本，即非郭氏之舊，或亦江灌所爲也。考《晉書》，江灌字道群，陳留圉人，吳郡太守。而張彥遠《名畫記》以爲字德源，隋尚書令，至武德中爲隨州司馬，不知何以不合。毋昭裔去宋甚近，所爲蜀本書傳世亦多，宜其《音》尚存。宋人作《韻書》惟取沈約、孫愐定本，其有古音相戾者，即不收入，故楊伯嵒作《九經韻補》以證其缺略。郭《音》既不存，毋昭裔《音略》亦無傳者。後世圖、書又分爲二家之學，若《孫子兵法》、《山海經》諸書皆有書無圖，然則舊音及圖賴有宋本存其梗概，良足寶矣。此書贈自曹大農文埴，弆藏已久，適孫觀察星衍、張太守敦仁見而譽之，屬廣其傳。復得姚處士之麟摹繪付刊。特識顛末，以質來者。古人云『爾雅以觀於政，可以辨言。』又云『多識於鳥獸草木之名』，『一物不知，儒者之恥』，『遇物能名，可爲大夫』。則此書之成不獨好古者所宜服膺，爲政者盍流覽於斯。嘉慶六年太歲辛酉十月望日，兩淮都轉鹽運使南城曾燠撰。」

孫星衍《廉石居藏書記內外篇》：「《爾雅音圖》四卷，右《爾雅音圖》四卷本。三卷三版，十二行廿字，卷上自《釋詁》至《釋親》四篇，有音無圖，卷中自《釋宮》至《釋水》八篇，卷下前自《釋草》至《釋蟲》三篇，卷下後自《釋魚》至《釋畜》四篇，皆有《音圖》。按郭璞《圖》必於梁，後有江灌圖，毋昭裔《音略》。此本當即江灌圖、昭裔音也。圖亦宋元人手筆，朱綠如新，今於曾轉運署見此，因屬姚君之麟重摹刊板。」

周中孚《鄭堂讀書記》：「不著撰人名氏。按郭氏《爾雅注》序云：『別爲《音圖》，用祛未寤。』考《隋書‧經籍志》載《爾雅圖》十卷，注云：『郭璞撰。梁有《爾雅圖贊》二卷，郭璞撰，亡。』所謂《圖贊》者，當止有贊而無圖，故止二卷。陸氏《釋文》所載與《隋志》同，《新舊唐書志》作《爾雅圖》一卷，殆誤十爲一，《新唐書志》又別出江灌《圖贊》一卷，當亦有贊

而無圖，宋人書目俱不著錄，則其亡已久，《通志》及《玉海》有郭、江二家圖，蓋襲舊志，非眞見其書也。此本曾爲曾賓谷（燠）得自曹竹虛（文埴），謂是宋本，即非郭氏之舊，或亦江灌所爲，因令姚之麟摹繪付刊。其書全載經文及郭注，經文加之以音，分注於各字之下。前四篇無圖，《釋宮》以下俱列圖於前，然《宮》《器》《樂》《天》《地》《丘》《山》《水》八篇其圖甚略，《草》《木》《蟲》《魚》《鳥》《獸》《畜》七篇無句不圖，每俱似點綴，與楊甲《六經圖》所繪大異，疑爲前明畫史以意爲之，斷非宋人相傳舊本也。且郭氏序所謂《音》《圖》各自爲書，故《隋志》有《爾雅音》八卷，江灌撰，梁有《爾雅音》二卷，孫炎、郭璞撰，《釋文》有《爾雅音》一卷，《新舊唐志》《玉海》有《爾雅音義》一卷，《通志》有《爾雅音略》二卷、《音訓》二卷，俱郭璞撰，諸書分晰甚明，今此本並爲一書之稱，亦非古也。又《爾雅》當作圖者尙多，不止如此本之所繪足以盡《爾雅》事物。阮雲臺（元）嘗以此本爲未善，擬別撰一書，因以條例博詢兩浙經生，有趙寬夫（坦）所擬條例最善，刊入《詁經精舍文集》中，然郭、江二書既佚，阮書又未成，姑以是編補之可也。」

德林《重刊景宋本補記》：「此《爾雅圖》景宋重刊本也。余於白下藏書家購得此板。原其始，乃曾賓谷先生得宋刊本，寶其舊音、繪圖，獨賴以存，欲廣其傳，故景摹付梓。其板後歸張敦仁古餘觀察。道光二十二年刊上，聞此耗，踰年，至白下訪購之。余珍是板，因音義圖形足正考辯耳。今欲續賓谷、古餘兩先生之意，亦欲廣其傳，非私也。又恐久失其考，徵信無由，願後之藏是板者，當珍襲之，則此書幸甚，而余亦幸甚。道光二十九年歲在己卯陽月，燕山德林補記於二十四琴書屋。」

宋琪《重刊景宋本補跋》：「古人之書得以流傳不朽者，剞厥氏功居多也。但坊刻行世，魯魚亥豕，貽誤後學匪輕。間有善本，兵燹之餘，又往往散失。此家弦戶誦之書，良梓固難，而守藏亦不易也。是編字畫無訛，圖形維肖。曾賓谷都轉得宋印初本，景摹重刻，工極精良。厥後傳之張古余觀察，復傳之德研香觀察。研香觀察工篆隸，善丹青，珍惜是書如異寶，雖播遷靡定，行橐必隨，得完全璧。余嘗見而好之。無何，乙亥秋，觀察捐館姑蘇。其家恐其駁蝕，將是板歸之於宗。睹物興懷，不免人琴之感，余不敢不珍惜之，以承諸先生之志哉。抑豈敢置之高閣哉。爰集同好，醵金刷印，以廣其傳。僅贅數言，以誌

顛末。光緒三年，歲在丁丑暮春之初，古歙宋琪補跋。」

森立之《經籍訪古志》（初稿本）：「《爾雅音圖》三卷，首有嘉慶六年，兩淮都轉鹽運使南城曾燠序，此本元人所抄，而爲影宋抄繪圖《爾雅》，其中下二卷爲圖，上卷經文內有音。其音與釋文不合，附經爲三卷，則與《讀書志》《書錄解題》及《玉海》所載《音略》卷數相符，則蓋是毋昭裔音與？若其圖蓋亦宋元人所繪，其圖甚精微。雖非郭氏舊圖，或是江灌所作。此書曹文埴以贈孫星衍，星衍與張敦仁欲廣其傳，令姚士麟摹繪圖刊行。比讎監本有大益，邵晉涵所引宋本，與此本大同而少異。」〔註5〕

森立之《經籍訪古志》：「《爾雅音圖》三卷，嘉慶六年，南城曾燠依本元人影宋抄本摹雕。大板大字，經注異同。勘之邵氏正義所引宋本，大同小異。其音釋，散見經文各處下。中卷《釋宮》以下，每篇後附繪圖，極精微。〔註6〕

◎（西夏）李元昊《爾雅譯》
黃仁恒《補遼史藝文志》
佚

◎（清）余蕭客《爾雅古注》
見《古經解鉤沉》
存

◎（清）劉玉麐《爾雅古注》
見趙之謙《爾雅校議序》
未見

◎（清）劉玉麐《爾雅補注殘本》
（清）丁仁《八千卷樓書目》一卷
存（《廣雅書局叢書》本、《功順堂叢書》本、《叢書集成新編》本）

《淮海英靈續集》：「劉玉麐，字又徐，號甓齋，又號春浦。寶應貢生。官爵林、分州軍功，加按經，銜督辦，班師事。病瘴，沒於百色舟中。蔭子興，主簿。工詩，尤精考據。著《爾雅補注》《粵西金石錄》，惜未卒業。有《甓齋

〔註5〕森立之《經籍訪古志》，見《日本藏漢籍善本書志書目集成》第一冊，第734頁。
〔註6〕森立之《經籍訪古志》，見《日本藏漢籍善本書志書目集成》第一冊，第136頁。

遺集》。」〔註7〕

今按，劉玉麐（1738～1797），字又徐，號甓齋，又號春浦。江蘇寶應縣人。劉台拱族侄。乾隆四十二年（1777）拔貢。官廣西鬱林州判，廣西象州、龍門、北流等縣知縣。嘉慶二年卒於廣西百色，或云卒於苗變，或云卒於瘴疫。《淮海英靈續集》所云「官爵林、分州軍功」疑爲「鬱林（今玉林）、象州」之誤。

劉岳雲《劉玉麐爾雅補注殘本識語》：「吾鄉劉氏，有東西之分。東劉，明初自蘇州遷寶應。西劉，則土著也。又徐先生爲西劉裔，博通經籍，與族叔丹徒公爲問學交。金壇段若膺先生嘗貽丹徒公，言其著述有《爾雅補注》，世無傳本。道光辛丑（1841），族兄叔俛於家佩卿伯處得先生《爾雅邵疏》校本，僅存《釋詁》、《釋言》，擇其引證有所發明者錄之。岳雲少時從家大人讀書，叔俛兄所以此紙，因藏篋笥。甲申（1884）又於湯丈印卿處，得先生校《爾雅邵疏》下一本，朱墨甚多，亦有鈔自他書者，不可識別，擇有『玉案』二字者錄之，遂成比帙。蓋先生考據之精，大略可睹矣。視翟灝《爾雅補郭》、戴鋆《郭注補正》，有過之而無不及。先生後嗣稍微，原書不知存否，他日當訪之。丙戌（1886）正月邑後學劉岳雲識。」〔註8〕

楊鍾羲《爾雅補注殘本》提要：「清劉玉麐撰。段玉裁嘗稱玉麐《爾雅補注》世無傳本。道光辛丑，劉恭冕得其《爾雅邵疏》校本，僅《釋詁》一卷，《釋言》一卷，擇錄其引證有所發明者。光緒甲申，劉岳雲又得所校《邵疏》下一冊，擇其有『玉案』字者錄之。遂成此帙。《釋天》『繹，又祭也。』謂：『《祭義》曰：「明發不寐，有懷二人」文王之詩也。祭之明日，明發不寐，饗而致之，孝子之心，思慕無已，故於祭之明尋繹復祭，禮徵明發，識繹祭之義矣。明發當作繹之晨，《鄭注》以爲繹之夜，似覺未安。』語至精譪。有關經義。『出爲治兵，尙威武也』，引《周禮疏》云云。《釋草》『經履』一條，皆較《爾雅校議》本爲詳。岳雲《跋》稱其考據之精，視翟灝《補郭》、戴鋆《補正》，有過之，

〔註7〕（清）王豫、阮亨輯：《淮海英靈續集》（道光刻本）庚集卷二，見《續修四庫全書》第168冊第384頁。

〔註8〕（清）劉岳雲：《爾雅補注殘本》跋，載劉玉麐《爾雅補注殘本》卷末，《叢書集成新編》第38冊，第4頁。

惜其後嗣稍微，原書待訪也。」〔註9〕

◎（清）劉玉麐《爾雅校議》

一卷

存（《食舊堂叢書》本，收入《續修四庫全書》第 0185 冊）

劉玉麐《自序》：「乾隆庚戌（1790）五月，范生承英自富川寄來《爾雅注疏》，乞爲讎校。余曩集孫李舊注之暇，並搜輯宏（弘）農逸注，有所考證，輒援筆錄於監本上方。積歲已三易本矣。近邵編修《爾雅正義》出，與余頗多符合處，今擇其所未及者，爲生書之。生仍當取邵氏《正義》反覆潛玩，以擴見聞，則獲益良多矣。卷內惟《釋鳥》未校，緣汪君已施丹鉛，無從置筆也。寶應劉玉麐記。七月十五日。」

趙之謙《爾雅校議序》：「《爾雅疏》汲古閣本，凡四冊，得於敝旬書攤上。寶應劉又徐州倅手校本，中《釋鳥》一篇爲汪銳齋儀部校本。又徐諱玉麐，號春圃。端臨先生族子。乾隆丁酉拔貢，官廣西州判。峒苗變，殞於軍。所著《甓齋遺稿》刻入《皇清經解》。《爾雅古注》未見刻本，其大旨具此本日記中，所加案語，雖非盡碻，亦有邵、郝二家未及者，可寶也。同治戊辰十二月，撝赤記。銳齋，諱德鉞，字崇義，懷寧人。嘉慶丙辰進士。著有《周易義例》、《雜卦反對互問》、《七經餘記》、《銳齋偶筆》。臧西成爲之作行狀，亦學人也。」

馮汝玠《爾雅校議》提要：「清劉玉麐撰。玉麐字又徐，號春圃。寶應人。臺拱族子。乾隆丁酉拔貢。官廣西州判。嘗輯《爾雅》孫、李舊注，並弘農逸注，有所考證。邵氏《正義》出，多與符合。范承英以《爾雅》乞讎校。擇邵所未及者，爲書之汲古閣注疏本。碻當多出邵、郝二家之外。《釋詁》『猷，已也』，謂：『《微子之命》多士多方，皆曰猷；《唐誥》《梓材》《洛誥》皆曰已；《大誥》首節曰猷，次節曰已，是猷與已同也。又猷與猶通。《穀梁》曰：『猶者，可以已之辭也。』文三年《公羊傳》、宣三年《穀梁傳》文同，此猷即爲已之證。』功順堂所刻著《補注殘本》謂：『猶已二字同屬喻母，爲雙聲，因聲爲義，故猶亦爲已。猷已同爲告人之辭，而尊卑親疏之間，則固有辨。』此本無之。《釋言》『遻，寤也。』謂：『班孟豎《幽通賦》上聖寤而拔。曹大

〔註9〕中國科學院圖館整理《續修四庫全書總目提要　經部》（北京：中華書局，1993 年），第 1013 頁。

家以寣爲迀。鄭康成注禮噫沸寣之聲。寣亦迀也。《集韻》迀亦作寣。《釋文》遷又作迀。《說文》語又作窨。《荀子》迀又爲午。《釋名》寣又訓忏。』然則，寣並與違忏同訓。若引證『莊公寣生』之寣最合。所著《嫛齋遺稿》有《爾雅》『既伯既禱』一篇，辨禡伯之分，著禡伯之同，引證精確，補禮家所未備。其謂《爾雅》蝃蝀謂之霓，蝃蝀，虹也，蜺爲挈二。虹之與蜺非無別。《漢書‧天文志》注，如淳曰：『雄曰虹，雌曰霓。』孔穎達《禮記疏》引郭氏《音義》曰：『虹雙生鮮盛者爲雄，雄曰虹；闇者爲雌，雌曰蜺。』許慎曰：『霓，屈虹。』即《遠遊》之謂『便娟』，王叔師之謂『似龍』者也。又曰白色陰氣，即天問之謂蜺，王叔師之謂有色者也。蜺爲雌屬，能柔故屈，毗於純陰，其氣上隮。有似雲物繚繞而呈白色者，雨之徵也。故《孟子》曰：『若大旱之望雲霓。』雲霓昭見，雨施滂沱，故大旱望之。趙注曰：『霓，虹也，雨則虹見。』不辨虹霓。抑思旱既大甚，惟求得可以徵雨者，何暇計及雨止而虹見乎？其言較本書爲詳。《釋鳥》一篇，則汪德鉞所校。德鉞字崇義。懷寧人。嘉慶丙辰進士。」〔註10〕

今按，今有彭喜雙《爾雅文獻研究》〔註11〕對劉玉麐《爾雅補注殘本》與《爾雅校議》兩種著作進行了比較深入的研究，可以參看。又有王其和《論劉玉麐的〈爾雅校議〉和〈爾雅補注殘本〉》一文亦認爲「劉玉麐的《爾雅校議》和《爾雅補注殘本》是清代補正《爾雅》注疏的兩部重要『雅學』著作，在中國雅學史上具有較高的研究和參考價值。」〔註12〕

◎（清）莫拭《小爾雅廣注》

四卷（《續修四庫全書》影印國家圖書館藏清高氏辨蟬居抄本）

◎（清）畢沅《篆書釋名疏證》

周中孚《鄭堂讀書記》八卷（《補遺》一卷，《續釋名》一卷）

存（經訓堂叢書本）

〔註10〕中國科學院圖館整理《續修四庫全書總目提要　經部》（北京：中華書局，1993 年），第 1013 頁。

〔註11〕彭喜雙：《爾雅文獻研究》，復旦大學博士學位論文，2009 年。

〔註12〕王其和《論劉玉麐的〈爾雅校議〉和〈爾雅補注殘本〉》，《南京師範大學文學院學報》，2013 年第 1 期，第 173 至 175 頁。

　　周中孚《鄭堂讀書記》：「亦畢沅重定。前有乾隆五十五年自序稱：『《釋名疏證》刊印寄歸，屬江君聲審正其字，江君謂必用篆文，字乃克正，請手錄之，別刊一本。余時依違未許，既而覆視所刻，輒復刪改。適江君又以書請，遂以刪定本屬之鈔寫，並述前序未盡之意，復爲序以詒之』云云。然則是編乃其定本也。謝氏《小學考》不別爲著錄，蓋誤以隸書、篆書本爲一，不復細審，而不知與前書有不同者。後有叔澐識語，而秋帆初序不存，然初序亦宜並載於卷首，此則叔澐之疏也。至每卷之首止題『漢劉熙著』四字，則以《疏證》亦屬之成國矣，此又叔澐之誤也。且必欲篆書，謂字乃克正，然則隸寫之書皆不克正乎？是又叔澐之固矣。」

◎（明）岳元聲《方言據》

存（學海類編本，叢書集成初編本）

◎（東漢）劉蒼《別字》

姚振宗《後漢藝文志》

佚

◎（三國）韋昭《官職訓》

佚

見畢沅《釋名疏證》

◎（晉）王延《翻真語》

《隋志》一卷

佚

《隋書·經籍志》：「《文字音》七卷，晉蕩昌長王延撰。……《翻眞語》一卷，王延撰。」

◎汲冢書《名》

三篇，見《晉書》

佚

《晉書·束晳傳》曰：「太康二年，汲郡人不準盜發魏襄王墓，或言安釐王冢，得竹書，數十車，其言楚晉事，……《名》三篇，似《禮記》又似《爾雅》。」

按，《小學考》卷七著錄爲《楚晉事名》，實爲斷句之誤。

◎（北魏）劉昺《方言》

李正奮《補魏書藝文志》三卷

佚

◎（北魏）李公緒《趙語》

李正奮《補魏書藝文志》

佚

◎（金）王琢《次韻蒙求》

孫德謙《金史藝文略》

佚

◎（清）翟灝《通俗編》

《鄭堂讀書記》三十八卷

存（無不宜齋刊本）

周天度序：「語有見於經傳，學士大夫所不習，而輿儓灶妾口常及之。若中古以還，載籍極博，抑又繁不勝舉矣。蓋方言流注，或每變而移其初，而人情尤忽於所近也。余友晴江翟氏、山舟梁氏，咸博學而精心。山舟在南中，常出所著《直語類錄》〔註13〕示余，余歎以爲善。比來都門，復見晴江手輯《通俗編》，則勾稽證釋，視山舟詳數倍焉。二君種業樹文，兼綜細大，故未易伯仲。然山舟鍵戶端居，讀書之外，罕與人事接，其所錄在約舉義例，而不求其多。晴江則往來南北十許年，五方風土，靡所不涉，車塵間未嘗一日廢書，墜文軼事，殫見洽聞，溢其餘能，以及乎此，宜其積累宏富，考據精詳，而條貫罔不備也。世人務爲誇毗，遇所不知，輒曰吾何爲而屑此。以視二君之稽古多獲，而猶不怠棄庸近，用知善學者，誠有恥於一物，必無使輿儓灶妾之得拄其頰而後可，在學士大夫披覽及之，亦可以省其宿讀而恍然矣。晴江善於余，而近與山舟爲密，余故序其書，並爲兩家置騎者如此。乾隆十有六年，歲在辛未仲秋，西陳弟周天度。」〔註14〕

〔註13〕即梁同書（1723～1815）《直語補證》。

〔註14〕《通俗編》（中華書局，2013年）卷首。

　　李調元《通俗編總序》：「楊子雲曰：『觀書者，譬如觀山及水，升東嶽而知眾山之峛崺也，況介丘乎？浮滄海而知江河之惡沱也，況枯澤乎？棄常珍而嗜乎異饌者，惡覩其識味也？委大聖而好乎諸子者，惡覩其識道也？』信哉斯也。然獨不言『多聞則守之以約，多見則守之以卓』乎？『寡聞則無約也，寡見則無卓也』，故曰：『君子之道有四易：簡而易用也，要而易守也，約而易見也，法而易言也。』夫所謂『易用、易守、易見、易言』者，人生日用常行之道也。事不越目前，言常在唇間，而白首窮經，或有不能舉其名、求其本者矣。不嘗異饌，安知常珍之美也？不採諸子，安知大聖之道也？夫古人之書，皆古人之方言也。而十三經、二十四史、諸子百家之書，則又各隨一國一鄉一隅之言。唾涕無盡，一器盛焉；萬卷無盡，一理包焉。理非他，道也。道也者，不可須臾離也。欲知道所在，不外格物。物格，而天下之道在矣。此翟子《通俗》所由編也。事不越目前，言常在唇間。而搜列眾書，有如獺祭。每啓一緘，必嘗其味。日事咀嚼，而後知常珍之多在散寄也；日事校讎，而後知大道多大眉睫也。約分門類，而不列其目。以其通於方言，故曰俗。夫奇山僻水，馬遷或有未遊矣；河源星海，張騫或有未到矣。譬如指山一簣，指井一泉，而曰天下之道在是，豈理也哉？余故校入《函海》，以比『錫我百朋』，而並公諸天下也。」〔註15〕

　　周中孚《鄭堂讀書記》：「國朝翟灝撰。履貫見經部四書類。是編採諸俗語，援引群書，明其所出。自天文以至識餘，凡分三十八類，類各一卷。前有乾隆辛未周西陳天度序稱：『語有見於經傳，學士大夫所不習，而蕘僮灶婢口常及之。若中古以還，載籍極博，抑又不繁不勝舉矣。山舟梁氏常出所著《直語類錄》示余，余歎以為善。此復見晴江手輯《通俗編》，則勾稽證釋，視山舟詳數倍焉。』蓋晴江之為是書，頗盡一生精力，故能搜羅宏富，考證精祥，而自成為一家之書，非他家所能及也。《函海》所收者僅十六卷，又不分類，則其初構未成之本云。」〔註16〕

　　李慈銘《越縵堂讀書記》：「夜既倦甚，又苦煩燥，因閱翟晴江《通俗編》以自遣，翟氏書共三十八卷，分三十八門，採取極博，下至稗官小說，無所

不搜，而經史所有，轉爲遺落者。如俗以雞之種大者爲大健頭雞，本於《爾雅》『未成雞，健』。俗以附和人爲吃屁，本於《列子》『承公孫之餘竅』。此類甚多，不可枚舉，然異聞瑣事，足以資談助，正俗謬，其俳優故故事兩門，尤可觀也。此事始於王伯厚《困學紀聞》『俗語多有所本』一條，所載皆經史語。自後陶宗儀《輟耕錄》、楊慎《丹鉛總錄》、胡應麟《莊嶽委談》、郎瑛《七修類稿》等書，多喜證據俗事，漸近小說。近儒錢竹汀《恒言錄》專取經史諸子，不及猥談。趙雲松《陔餘叢考》間載閭里謏辭，加以證佐。翟氏書在錢、趙之間，雖各不相謀，要爲繁富獨出者矣。」〔註17〕

◎（明）李實《蜀語》

《千頃堂書目》一卷。

存（函海本）

李實《自序》：「《方言》採於輶軒，《離騷》多用楚語。學士家競避俗摭雅，故賤今而貴古，人越而話燕；遂至混掇名品，倒易方代。以僕觀之，字無俗雅，一也。「夥頤沉沉」，爲殊典誥；「笑言啞啞」，何異里談乎？實生長蜀田間，習聞蜀諺，眩於點畫不暇考；留滯長洲，間得一考之。雖僮僨臧甬，驟疑方音囁哻，而皆有典據如此，君子其可忽諸？然將知而毳及，千百曾不得一，俊博聞者補焉。傳曰：『樂操土音，不忘本也。』西蜀進士李實識。」

按，李實（1598～1676？），字如石，號鏡庵。四川遂寧人。崇禎十六年（癸未）進士。甲申選長洲令，是年清兵入關。乙酉夏去官，卜鄉之上清江居焉。淡泊守素，著述自娛。著《春秋解》、《禮記疏解》、《六書偏旁》、《蜀語》、《吳語》、《四書晚解》、《北使錄》、《溝壑瘝》、《佛老家乘》。唯《蜀語》與《北使錄》〔註18〕傳世，其他諸書皆不可見。《蜀語》今有《蜀語校注》（巴蜀書社，1990 年）可參看。

◎（遼）李德明《番書》

楊復吉《補遼史經籍志》十二卷

佚

〔註17〕《越縵堂讀書記》第 149 頁。

〔註18〕有《紀錄彙編》本，收入《叢書集成初編》。

◎（西夏）李元昊《蕃書》

王仁俊《西夏藝文志》十二卷

佚

◎（遼）耶律庶成《太祖契丹大字》

王仁俊《遼史藝文志補證》

佚

◎（遼）耶律迭剌《契丹小字》

黃任恒《補遼史藝文志》

佚

◎（元）盧以緯撰（日本）毛利貞齋編輯《重訂冠解助語辭》

二卷

存（《續修四庫全書》影印復旦大學圖書館藏日本亨保二年神雒書林梅村玉池堂刻本）

◎（清）戴震《續方言》

二卷

存（《續修四庫全書》影印上海辭書出版社圖書館藏民國二十五年安徽叢書編印處刊本）

◎（清）程際盛《駢字分箋》

二卷

存（《續修四庫全書》影印上海辭書出版社圖書館藏清嘉慶吳氏聽彝堂刻藝海珠塵本）

（二）文字類

◎（東漢）甄豐《校定六書》

姚振宗《漢書藝文志拾補》

佚

《漢書·藝文志》：「八體六技。」顏師古注：「韋昭曰：八體，一曰大篆，二曰小篆，三曰刻符，四曰蟲書，五曰摹印，六曰署書，七曰殳書，八曰隸書。」

《漢志》小學類敘又云：「漢興，蕭何草律，亦著其法，曰：『太史試學童，能諷書九千字以上，乃得為史。又以六體試之，課最者以為尚書御史史書令史。吏民上書，字或不正，輒舉劾。』六體者，古文、奇字、篆書、隸書、繆篆、蟲書，皆所以通知古今文字，摹印章，書幡信也。」《漢志》一言八體，一言六體，於是後世疑竇由此而生。

王應麟《漢志考證》：「《說文敘》：『秦書有八體，大篆、小篆、刻符、蟲書、殳書、隸書。漢興有草書。尉律：學僮十七已上始試，諷籀書九千字，乃得為吏。又以八體試之，郡移太史，並課最者以為尚書史。書或不正，輒舉劾之。及亡新居攝，使大司空甄豐等校文書之部，自以為應制作，頗改定古文，時有六書：古文、奇字、篆書、佐書、繆篆、鳥蟲書。佐書，即隸也。』《尚書正義》亦云：『秦有八體，亡新六書，去大篆、符刻、殳書、署書，加古文、奇字。』《志》謂漢興，蕭何草律，亦著其法，曰：『太史試學童，能諷書九千字以上，乃得為史。又以六體試之。六體者，古文、奇字、篆書、隸書、繆篆、蟲書。』律即尉律，廷尉治獄之律也。六體乃新莽之制，漢興尉律，所試者八體也，當從《說文敘》。所謂六技者，疑即亡新六書。

謝啓昆《小學考》云：「按，八體六技，當是漢興所試之八體，合以亡新改定之六書。技字似誤。蓋以古文奇字易大篆、刻符、署書、殳書。篆書即小篆，左書即隸書，繆篆即摹印，鳥蟲即蟲書。漢興所試，用秦八體，不止六體，許氏《說文敘》甚明，故江式《論書表》、孔穎達《書正義》俱從之。班氏《藝文志》既用《七略》載《八體六技》之目，而敘論以八體為六體，深所未論，《隋志》亦沿其失。」

姚振宗《漢書藝文志拾補》：「《范書·彭寵傳》：『豐，字長伯。中山無極人。』亦見《魏志·后妃傳》。《漢書·王莽傳》：『哀帝崩，莽為大司馬。甄豐、劉歆、王舜為莽腹心，倡導在位，褒揚功德。平帝即位，豐以左將軍光祿勳為少傅，授四輔之職，封廣陽侯。居攝元年，為太阿右拂，大司空衛將軍。始建國元年，加更始將軍，封廣新公，為四將。二年十二月，豐子尋，初以有材能，幸於莽。時為侍中京兆大尹茂德侯，即作符命，言新室當分陝立二伯，如周召故事。莽從之。即拜豐為右伯。當西出，未行，尋復作符命，言故漢平帝后、黃皇室主、即莽女也，為尋之妻。莽以詐立，心疑大臣怨謗，

欲震威以懼下。因是發怒曰：黃皇室主，天下母，此何謂也？收捕尋。尋亡，豐自殺。』又《揚雄傳》，『王莽時，劉歆、甄豐皆爲上公，莽既以符命自立，即位之後欲絕其原以神前事，而豐子尋、歆子棻復獻之。莽誅豐父子，投棻四裔。』《莽傳》云：『驛車載其屍傳致幽州。』許君《說文序》曰：『及亡新居攝，使大司空甄豐等校文書之部，自以爲應制作，頗改定古文。時有六書：一曰古文，孔子壁中書也；二曰奇字，即古文而異者也；三曰篆書，即小篆，秦始皇使下杜人程邈所作也；四曰左書，即秦隸書；五曰繆篆，所以摹印也；六曰鳥蟲書，所以書幡信也。』段玉裁曰：『頗者，閒見之詞。於古文間有改定。如疊字下，亡新以爲，疊從三日大盛，改爲三田是其一也。按劉歆子疊封伊休侯，奉堯後。見《王莽傳》。莽改此字，殆亦因其名而發歟。」

姚振宗《漢書藝文志拾補》又曰：「按，《漢志》有《八體六技》不著撰人篇數，或以爲《六技》即亡新所定《六體書》。今考本志注云『入揚雄、杜林二家，三篇。』則《七略》之外，班氏所新入者，唯此二家。《六技》爲《七略》中所有可知，非亡新居攝時所定，亦從可知。《藝文志》云：『元始中，徵天下通小學者以百數，各令記字於庭中。』《王莽傳》云：將令正乖繆，壹異說，於是甄豐等乃有是作。其時其事，在《七略》奏進後數年，各不相及也。又按《藝文志》曰：『漢興，蕭何草律，亦著其法，曰：太史試學童，又以六體試之。』許氏《說文·序》云「以八體試之」當是漢初試以八體，其後重定尉律，乃以六體。許言其始，班要其終，各存其是，不必牽合。或謂《六體書》亡新時所立，竊謂莽之前已有《六體書》，故《七略》有《六技》之目，班氏有『六體試之』之言。甄豐等所校定者，特因六體中舊文而有所改易耳。《許序》言「時有六書」者不必定在居攝之時也。其後衛宏詔定古文官書，未必不因莽而斸除其繆。如光武詔尹敏校讖書，使斸去崔發爲王莽著錄之文也。

姚振宗《漢書藝文志條理》：「竊謂莽之前已有《六體書》，故劉光祿父子得以著以《錄》、《略》；若在新莽之時，則《錄》、《略》不及著錄，是尤顯而易見者。至《文心雕龍》、《隋書經籍志》之所紀載並與《漢志》同，證驗確鑿，又其已事矣。」

顧實云：「韋注八體原本許慎《說文敘》。王先謙曰：『六技，王莽改六書，有古文、奇字、篆書、隸書、繆篆、蟲書六種，下文亦曰六體是也。』蓋八體

六書，本無大殊，秦焚古文，故以史籀爲大篆，而不名古文。王新定六書，則以古文包大篆，奇字不過古文之特異者，餘蟲書即鳥蟲書，摹印變爲繆篆，刻符併入篆書，殳書併入隸書，獨闕署書而已。」

張舜徽《漢書藝文志通釋》：「按：新之六書，與秦之八體，大同小異。徒以王莽意在復古，應制作，不欲襲秦故，遂別立名目耳。其書亦稱六體，而未有稱六技者。班《志》既著錄《八體》於《史籀》之次，自必有其卷數。李氏所言[註19]，是也。況以本《志》敘次觀之，自《史籀》十五篇後，繼之以秦之八體，然後及《蒼頡》、《凡將》、《急就》、《元尙》、《訓纂》、《別字》之屬。不合於秦書八體之下，誤連亡新之六書，必爲後人竄入無疑。」

今按，《漢書藝文志》所著錄之《八體六技》，王應麟、謝啓昆皆認爲王莽時期的《六書》，李賡芸、姚振宗、張舜徽則不同意此看法。其中，李賡芸認爲「六技」爲八篇之訛，姚振宗認爲《六技》與《六體（書）》各自爲書，且《六技》成書於《七略》前，《六書》成於《七略》後，王莽居攝之前。張舜徽，從《漢志》次第考證，認爲《六技》也不當爲《六書》。按，王莽《六書》，是指《說文敘》所云：「及亡新居攝，使大司空甄豐[註20]等校文書之部，自以爲應制作，頗改定古文。時有六書：一曰古文，孔子壁中書也；二曰奇字，即古文而異者也；三曰篆書，即小篆，秦始皇使下杜人程邈所作也；四曰左書，即秦隸書；五曰繆篆，所以摹印也；六曰鳥蟲書，所以書幡信也。」所以，後人所稱「亡新六書」，「王莽六書」即甄豐所校定《六書》。《八體六技》之《六技》與王莽時期，甄豐校定《六書》不是同一書。《漢志》不著錄

[註19]《通釋》：「李賡芸曰：『六技當是八篇之訛。小學四十五篇，並此八篇，正合四十五篇之數。』」按李氏爲錢大昕弟子，此語出自錢大昭《漢書辨疑》。

[註20] 甄豐（？～？？10），字長伯，中山無極人。《後漢書・彭寵傳》：「浮因曰：『王莽爲宰衡時，甄豐旦夕入謀議，時人語曰：『夜半客，甄長伯。』』注：「長伯，豐字也。豐，平帝時爲少府，王莽篡位時爲更始將軍。」《三國志・魏志・后妃傳》：「文昭甄皇后，中山無極人，漢太保甄邯之後，世吏二千石。」按甄邯，甄豐爲兄弟，《漢書・辛慶忌傳》：「是時莽方立威柄，用甄豐、甄邯以自助，豐、邯新貴，威震朝廷。水衡都尉茂自見名臣子孫，兄弟並列，不甚諂事兩甄。」據《漢書・外戚恩澤表》，甄豐、甄邯兄弟分別於元始元年被封爲廣陽侯，承陽侯。莽新時期分別封爲廣新公，承新公。始建國二年（公元 10 年），甄豐之子尋，僞作符命，觸怒王莽獲罪，甄豐自殺。

甄豐《六書》，當如前文姚振宗所言，疑爲因王莽而刪除其書。

◎（東漢）王育《史籀篇解說》

姚振宗《後漢書藝文志》九篇

佚

姚振宗《後漢書藝文志》：「朱長文《墨池篇》：唐元度《論十體書》曰：周宣王太史史籀始變古文，著大篆十五篇。秦焚《詩》、《書》，惟《易》與此篇得全。逮王莽之亂，此篇亡失。建武時，曾獲九篇，章帝時王育爲作解，說所不通者十有二三。按，王育始末無考，《說文》『爲』、『禿』、『女』、『無』、『醫』字下凡五引『王育說，即是書。」

◎（東漢）酈炎《酈篇》

姚振宗《後漢書藝文志》

佚

◎（東漢）酈炎《州篇》

姚振宗《後漢書藝文志》

佚

◎（東漢）馬日磾《集群書古文》

侯康《補後漢書藝文志》

佚

◎（東漢）無名氏《急就章續》

顧懷三《補後漢書藝文志》

佚

◎（三國）張揖《集古文》

姚振宗《三國藝文志》

佚

◎（西晉）慕容皝《太上章》

文廷式《補晉書藝文志》

佚

◎（晉）徐邈《集古文》

佚

◎（晉）無名氏《字書》

佚

◎（晉）續咸《汲冢古文釋》

佚

◎（梁）焦子明《文字通略》

《七錄》一卷

佚

◎梁元帝《奇字》

王仁俊《補梁書藝文志》二十卷

佚

◎（梁）蕭愷《刪改玉篇》

王仁俊《補梁書藝文志》

佚

◎（梁）蕭子政《古今篆隸雜字體》

王仁俊《補梁書藝文志》一卷

佚

◎（北魏）崔浩《急就章注》

李正奮《補魏書藝文志》二卷

佚

◎（北魏）袁式《字釋》

佚

◎（明）無名氏《玉篇直音》

存（《鹽邑志林》本）

《四庫全書總目》之《鹽邑志林》提要云：「明樊維城編。維城，黃岡人。萬曆丙辰進士，崇禎中以福建按察使副使家居。張獻忠陷黃州，抗節死。事蹟

附見《明史・樊玉衡傳》。是編乃維城官海鹽縣知縣時輯海鹽歷朝著作，共爲一集，凡三國三種，晉二種，陳一種，唐一種，五代一種，宋二種，元一種，明二十九種。其中如陸績《易解》之類，多出抄合，明人所著，又頗刪節，大抵近《說郛》之例。其最舛誤者，莫如顧野王之《玉篇廣韻直音》。《玉篇》自唐上元中經孫強增加，宋人又有大廣益會之本，久非原帙。舉今本歸諸野王，已爲失考。又《玉篇》自《玉篇》，《廣韻》自《廣韻》，乃並爲一書，尤爲舛謬。且《玉篇》音用翻切，並無直音之說，忽以直音加之野王，更不知其何說。考首卷訂閱姓名，列姚士粦、鄭端允、劉祖鍾三人。士粦固當時勝流，號爲博洽者也，何其誤乃至於是哉！」

◎（南齊）蕭子良《古今篆隸文體》
陳述《補南齊藝文志》一卷
佚

◎（南唐）孫晟《續古闕文》
汪之昌《補南唐藝文志》一卷
佚

◎（南唐）吳淑《說文五義》
汪之昌《補南唐藝文志》三卷
佚

◎（金）党懷英《鍾鼎集韻》
孫德謙《金史藝文略》
佚

◎（宋）杜從古《集篆古文韻海》
見毛扆《汲古閣珍藏秘本書目》五卷
存（宛委別藏影摹舊鈔本）

杜從古《序》：「臣聞書契之作以代結繩，自蒼頡重範立制，紀綱萬事，歷堯舜三代，彌數千百歲。祖述規模，訓迪意義，融光散氣，炳異丹青。禮樂典章備存於損益，形名度數昭示於維持。去古既邈，波流失源，學士大夫趨便就俗，是非無正，人用其私。至有謂馬頭人爲長，人持十爲斗之說，莫

可勝舉。蒼頡之文不得而見矣。至周宣王時又有《史籀》，其學最精，精所見者，獨遺石鼓。秦相李斯輒損其繁而爲爲小篆。渾厚端莊，世亦鮮儷。在漢則崔子玉以是而名家。於唐則李陽冰因之而致譽。美則美矣，求於斯籀之門，曾未造至藩籬。篆之爲學，而是易哉。世之學者，研精銳意，或至窮年皓首不能得其彷彿，志何耶？良以見聞不博，奇奧莫臻，是使後進雖欲超然遠覽，比肩古人，蓋不可得。恭惟皇帝陛下，天縱睿智，觀象奎躔，六體之妙，超軼前古。猶且屢下明詔，訪求散佚，於是深山大澤之藏，秘靈千百之守，鼎彝尊卣款識，悉輸御府。古文奇字繆篆蟲書，靡不研覽。茲所以輯熙聖學，群臣莫望於清光歟？爰自慶曆中，文莊夏竦搜求斷碑蠹簡銘記文頌所得之字殆及百家。上以備顧問之不通，下以便後學這討閱。功隆甚勤，殊多舛謬。臣嘗懼朝廷有大典冊，垂之萬世，而百氏濡毫，體法不備，豈不累太平之盛舉。臣性識闇昧，固不足以商榷其精搉，是正其異同。誠以博求三代之字，僅四十年。雖未云衍，每閱於目，粲然炫耀，如在其世而親炙焉。今輒以所集鍾鼎之文，周秦之刻，下及崔瑗、李陽冰筆意近古之字。句中正、郭忠怒、《碑記》《集古》之文，有可取者，摭之不遺。猶以爲未也。又爬羅《篇》《韻》所載古文，詳考其當，收之略近。於今《韻略》字有不足，則又取許愼《說文》，參以鼎篆偏旁補之，庶足於用，而無闕焉。比《集韻》則不足，挍《韻略》則有餘。視竦所集，則增廣數十倍矣。其所標出處之目，則不盡收。其書且以《汗簡》諸書爲證，復以四聲編之，分爲五卷，名之曰《集篆古文韻海》，雖未足以遠輩前昔，亦可爲聖朝文物中一事爾。臣集篆以來，屢易寒暑，文字浩渺，是非混淆，以一己之力，纂百家之學，常慮終身不能成書，以負犬馬之志。今則陶染聖澤，得畢所學，實千載一時，生死這至幸。若夫所載或訛，所集或未博，更竢將來廣其源委。臣之涓勺亦容有助於波瀾。宣和元年九月二十八日，朝請郎尙書職方員外郎臣杜從古謹序。」

高翿《古老子跋》：「壬子冬十二月，予改同刺泰安。到官未踰月，有會眞宮提點張壽符過予，求書《五千言》。因循於今，僅三年矣。昨因病暇，靜中始得書之。《老子》舊有古本，歷歲滋久，加之兵亂，散失不復可得。偶於《古文韻海》中，檢討綴輯，閱月乃成。體制之妍醜，筆力之工拙，具眼者自識之。時歲舍乙卯冬十月，松岩貞隱高翿書於泵齋之正心軒。」

毛扆《汲古閣珍藏秘本書目》:「《集篆古文韻海》,五本一套,宋人杜從古,字唐稽。世不知有此書,十兩。」〔註21〕

趙崡《元篆書道經》云:「高翿者,李道謙稱其善於古篆,此書雖雜出頡、籀、款識、古文、大小二篆,沾沾自喜,尚不堪郭忠恕一嗤者。暇日與與諸篆碑同觀題於後,不知於法當否。」〔註22〕

吳玉搢《金石存》云:「郭忠恕輯《汗簡》,《古老子》尚在七十二家篆書之列,不知後世何以遂無傳本,今並《古文韻海》亦不可見矣。翿此碑……筆法未善,視郭忠恕、僧夢英已當三舍避之。……」

畢沅《關中金石記》之《古文道德經》條云:「《古文道德經》,至元辛卯立,高翿書,古文。末有記,篆文。李道謙跋,隸書。在鼇屭說經臺。經爲翿所書,云出《古文韻海》,《宋史・藝文志》無此書。字體奇詭失實,非古人之遺也。」

《四庫全書總目》之《古老子》提要云:「……然則高翿所書,李道謙摹刻於石,而是冊又從石刻摹出耳。字體怪異,不合六書。趙崡謂其雜出頡、籀、款識、古文、大小二篆,沾沾自喜,尚不堪郭忠恕一嗤,非過論也。考翿自識有云,『《老子》舊有古本,歷歲滋久,不可復見。於《古文韻海》中檢討綴緝,越月乃成。』據此,則翿所書篆體,徒本之《古文韻海》耳。其文視今本《老子》惟增減數虛字,亦不足以資考校也。」

《藝風堂文續集》之《集篆古文韻海跋》云:「《集篆古文韻海》五卷,杜從古撰。白綿紙舊鈔本。卷末有『時嘉靖癸未仲秋吉旦,假鈔本訂正重錄,武陵伯子龔萬鍾識。』一行題簽。亦舊有『王致堂三世寶藏』朱文長印。按,杜從古,字唐稽,《書史會要》云:『杜從古官至禮部郎。宣和中,與米友仁、徐兢同爲書學博士。高宗云:先皇帝喜書,致立學養士,獨得杜唐稽一人。餘皆體仿,了無神氣。』此書《四庫全書》未收,他書目亦未見箸錄。惟《平津館鑒藏書籍記》有之,云:『有從古自序,此本已脫。今夏晤趙君學南亦藏是書,有序,後承鈔寄。』序末云:宣和元年九月二十八日,朝請郎尚書職方員外郎臣杜從古謹序。結銜與《書史會要》合。並鈔得桂未谷跋,知序載

〔註21〕毛扆《汲古閣珍藏秘本書目》,《續修四庫全書》920 冊第 553 頁。

〔註22〕趙崡《石墨鐫華》(《知不足齋叢書》本)卷六。

《永樂大典》一萬五千九百七十八卷九震韻。從古以郭忠恕《汗簡》，夏竦《古文四聲韻》二書闕佚未備，更廣收博採，以成之。序云：『比《集韻》則不足，較《韻略》則有餘。視竦所集則增數十倍矣。』周林汲先生言原書十五卷，後人損爲五卷，而削其目錄音義，使前人條貫不復可尋，深爲惋惜。世間或有原本存，此可以讎校也。阮文達公進呈即影鈔平津館本。」

孫星衍《平津館鑒藏書籍記》：「《集篆古文韻海》五卷，前有宣和元年，杜從古自序。此書諸家皆不著錄。其所載，古今皆不記出處，亦無可考證。陶九成《書史會要》：『杜從古，字唐稽。官至禮部郎。宣和中與米友仁徐兢同爲書學博士。』」

阮元《集篆古文韻海五卷提要》：「宋杜從古撰。從古字唐稽，里居未詳。陶宗儀云：『從古官至禮部郎。自序稱朝請郎尙書職方員外郎，蓋指其作書時而言。是編藏書家未見著錄。此依舊鈔影摹。從古以郭忠恕《汗簡》、夏竦《古文四聲韻》二書闕佚未備，更廣搜博採，以成之。序云：『比《集韻》則不足，較《韻略》則有餘。視竦所集則增數十倍矣。』案，《書史會要》云：『宣和中，從古與米友仁、徐兢同爲書學博士。高宗稱先皇帝喜書，設學養士，獨得杜唐稽一人。今觀其書，所譽良不虛也。」〔註23〕

陸心源《皕宋樓藏書志》之《六書統》提要云：……繼觀前宋杜從古《集篆古文韻海》，但博聞多識而已，亦不聞有所謂六書之原者。又幾十年始見許愼《說文》全帙。」

今按，現今存世的惟一全本《集篆古文韻海》爲《宛委別藏》所收清抄本，但此本實際爲刪節本。丁治民《宛委別藏本〈集篆古文韻海〉爲刪節本考》一文將《永樂大典》所引《集篆古文韻海》316 字及相應篆體，與《宛委別藏》本進行對比，發現「《宛委》本」主要有四方面的刪節：一是保留字頭，刪除對應的部分篆體；二是保留字頭，刪除相應的全部篆體；三是刪除篆體字形的文獻出處；四是字頭與篆體皆刪除。〔註24〕

〔註23〕阮元《四庫未收書提要》，見《四庫總目提要》（中華書局，1965）附錄，第 1855
頁下。

〔註24〕丁治民：《宛委別藏本〈集篆古文韻海〉爲刪節本考》，見《民俗典籍文字研究》
第十輯（北京：商務印書館，2012 年），第 46 至 65 頁。

◎（元）曹本《續復古編》

見《宛委別藏》

存（影元鈔本、姚氏咫進齋刻本）

曹本自序：「敘曰：昔吳興張隱君謙中，篤志古學，據《說文》作《復古編》。攬摭群書，博而能約，聲分韻類，上下卷一十二類，二千七百六十一字。古今文字之異，粲然有別，學者不可以其約而少其功也。夫自保氏之教息，尉律之課不修，篆籀浸微，隸楷繼作，轉相訛亂，既多且久。《倉頡》《博學》以下諸篇咸亡矣，微《說文》孰從質之哉。世之尚異好奇者，忘許氏之功，力抑排抵，以為不若是，不足以名家。噫！私學已見，心不師古，適滋謬亂，則何有於復古。予方弱冠，竊留意於周鼓秦石，而宗叔重氏之說，頗欲明古文之通用，正今書之訛謬。及《說文》注敘所載，而諸部不見者；經典所有，而《說文不錄》者，審知漏落，悉從補錄，而附益之。顧未能也，及得隱君是編，一見殊快。公餘稍暇，因其遺而未錄者，間取而筆之，題曰《續復古編》。非取增多以為功，亦以發隱君之志，備拾遺耳。姑存篋笥，尚俟博雅君子是正之。是稿也四卷一十三類，六千四十九字。起於至順三年（1332）秋八月，成於至正十二年（1352）閏三月。魏郡曹本書於京城齊化門寓館。」〔註25〕

蔣景武序：「自人文既著，風氣日開，科斗鳥跡之茫昧，凡幾變而至於籀斯。斯時已弗古矣。蓋邃古之初，書始萌芽，民俗醇樸，以之代結繩足矣。降及三代，典、謨、訓、誥、誓、命之文作，而法書由是滋焉，亦勢使然也。今其遺文可見者，不過鼎彝之間。石鼓嶧山亦漫滅，而僅存籀、斯之文，散落於人間者無幾。然繼周者，秦最為近古，意三代之文，大率類此，籀斯特其名世者耳。宋吳興張謙中，志於古道，病俗書之亂古，作《復古編》上下卷。心思無窮而目力有限，蓋詳而未備者也。洹陽曹君子學惜謙中之編尚有缺遺，政成之暇，旁搜博探，作《復古編續》，所以備謙中之未備。噫！用心亦勤矣。間嘗觀曹君之書，而見其體制骨法遠追古作，得心應手，本乎天成。曹君何以得此於古人哉？聞之濠梁董灝曰：『君天資穎悟絕人，年十七八時輒喜作石鼓、嶧山，篆法籀、斯而主《說文》。徐李而下不數也。靜坐一室，置圖書於左右，仰而觀焉，

〔註25〕見《續復古編》卷首，《續修四庫全書》第 0237 冊第 600 頁下。

久之，若有得也，徐起而書之，蓋已得其彷彿矣。又久之，則心領神會，目無全牛，筆意之妙，亦不自知其然矣。予因爲之說曰：字書，形而下者也，而形而上者之道存焉。世人習書其用心非不勤且勞也。而屑屑求之於形似之間，譬之木偶人焉。其形貌則甚肖也，至於精神風采則無有。』吾知曹君之書蓋有進乎道，茲特其緒餘耳。君既有志乎復古，必將愈讀古書行古道，以古人自期。是編一出，當與字書並傳世。有知君者，安知君之不猶古人哉？而君亦何愧於古之人哉？至正十年冬十有二月望日，四明蔣景武敍。」〔註26〕

楊翮序：「篆體變而爲隸楷，去古日遠，往往多繆於六書。秦漢以來千有餘年，學士大夫習染深痼，徒事於斯、冰之學，而襲隸楷之訛者，莫或取正。宋元豐中，吳興張有謙中，篤志斯文，嗟徇俗之非是，悉爲刊定，粹成一編，題以《復古》。學者誦其功，然其間闕略未備者十二三。元興，崇尚文學，而得洹陽曹子學氏補其闕遺，然後六書之義始正。蓋子學氏之於篆，幼而習之，二十餘年，其厲如一日。故謙中之書，未嘗去左右，間益考求，凡有得者附之於編。久之，合若干字，輯而傳諸學者，名曰《續復古編》。君子謂，子學氏之於斯文，其功當不在謙中之下，爲其紃俗而反之正，是亦猶謙中之志爾。夫謙中之志，卒待於子學而成之，信乎，復古之難哉！自古道之既微，豪傑之士莫不有意於復古之度，其勢有非一時一人之所能致於此，蓋可睹矣。予因子學氏之所輯足以裨張氏之未備，遂論次之，以告於世之學古君子。子學名本，方仕於時，將有光顯云。至正十一年歲在辛卯正月十又二日，上元楊翮序。」

危素序：「古者保氏之職，其教國子以六藝，六書其一也。後世之設教，異乎成周之時。學者安於淺陋之習，往往馳騖於空言，而不究於實用。其於六書之義。一切棄而不講。於是上下數千百年之間，以此名世者不數人而已。古學之泯絕可知矣。夫制作禮樂，天子之事。而射御已亡，其法獨書與數，窮而在下者，皆可習之。至於書有許氏、戴氏數家之說，然猶稀闊寂寥若此。其人可勝歎哉？宋之中世，吳興隱士張謙中氏，考證俗書之訛謬若干字，甚有功於書學。終宋世三百餘年，工篆籀見稱絕藝者，莫或過之大名曹君子學。篆書深穩圓勁，素嘗得之，屢言於當路有氣力者。以爲書學將墜一旦，國家須才非可冒焉，以充其選，若曹君宜置諸館閣，以備任使。然莫有聽者。久

〔註26〕見《續復古編》卷首，《續修四庫全書》第 0237 冊第第 599 頁下。

之，君絲都昌丞，調官京師，始相見。問，出其所爲《續復古編》，將補張氏之未備者。君於是書，雖馳驅王事，寢食爲廢，莊周氏所謂『用志不分，乃凝於神』，有不信夫。推君之志豈沒溺於流俗者邪？素備官詞林，嘗代撰三皇享祀樂章，君爲書之藏諸秘閣。已而，力求補外，乃出佐信州幕府。其行也，序其書而歸之。至正十二年三月丙辰，臨川危素書。」

曹本跋：「至順元統間，本隨侍先君子寓豫章，後至京師。頗喜工篆籀，往往爲人書及自書，日不下數幅，祁寒盛暑，未嘗辭憚，亦未嘗自信自欺。蓋古者字少而用多，故有正文假借通用爾。後方言名物傳見滋繁，甚有無從下筆者，一幅之間常數字或十數字多至數十字，大抵疑異訛誤悉空之。時於筆倦意懶之際，取《說文》旁搜徧討，此即此字，某當作某，見諸注說者如此，散在他部者如此，載於經史子集者如此，質之先達，訪於通人，於義有歸，考之有據。即於向之所空者補足之，然後敢以歸於人。人惟見遲延不快寫，豈知疑而未得者，詎敢苟且哉？考既有得，則筆之於帙，日積時久，彌以益多。他日裒帙而指計焉，得四千餘字，好事者見之，咸謂宜類集如張氏之編，使學者知字有而《說文》無者，則未始無有也。予曰：張隱君篤信《說文》，故能推徐氏正俗之意，而成《復古編》。予始窘於俗誤，今考輯若此，其未考者尙不少，緩以歲月加之考索弗倦，當復有是編之多，孰謂是編能盡張氏之遺哉。後編之出，亦猶我之續張，則又我之續我也。於是乎書於《續編》後。至正十五年歲在乙未四月廿五日，曹本子學甫識。」〔註27〕

楊桓序：「桓兒時侍祖父之旁，故治書侍御史東平李公交最厚，相見必講篆籀之學。本之《說文》而凡字書之可取者皆參究其說。數稱張氏《復古編》之善，聞之既熟，竊取而觀之。時猶未能盡曉，獨怪其文約，疑有所未備，而不敢問。其後稍長，日惟記誦詞章之爲務，於斯學也廢不複習。迄於今數十年，昔之所疑莫能自釋爲恨。洹陽曹子學，好古篆，工其筆法，又明於六書之義。他日出《續編》示予。則因其舊文裒輯匯次，增多四千□百四十七字。然後知張氏之編特舉其概，果有所遺而未錄，將以待於來者續而補之，使爲完書。不特有功於張氏，所以爲後學之助固多矣。然非志專而力勤，考核精審，援據該洽，如吾子學，其孰能？予雖衰惰有愧於此，而佩服先訓未之敢忘，願

〔註27〕　《續復古編》卷尾，見《續修四庫全書》第 0237 冊第 724 頁下。

學之心終不能已。書識其端,尚於曹子學而卒業。至正十五年（1355）歲在乙未秋八月廿有四日丁丑,中山李桓再拜謹書。」〔註28〕

宇文公諒序:「道出於天,而字作於聖人,字之所形即道之所形也。故河圖出,而天一地十之數彰;易卦畫,而陽奇陰偶之象著。字之本原其肇於此乎。軒頡有作,人文日孳,六書之教,愈精愈詳。逮夫籀斯迭興,二篆呈巧,曲盡天地萬物之狀,而無所遺變。而至於隸楷,日趨於易,而益生生無窮矣。此亦理勢之自然。蓋有不容已者,然而轉相變易,雜以俗書,漸失古意。獨許叔重氏《說文》之作,條理嚴密,脈絡貫通,古人字學賴是以傳。其有功於世多矣。自是而降,好奇尚異,承誤踵訛,或偏旁點畫之殊,或魯魚亥豕之舛,其錯亂有不可勝言者。此吳興張隱君謙中《復古編》之所繇作也。聲分而韻類,考古以證今,據許氏之書,而推本徐氏正俗之意。其有功於字學亦豈少哉。然上下卷止三千餘字,惜其猶有所未盡也。洹陽曹君子學氏,博極群書,其於字畫古今之異,尤所研究然。有志續張氏之遺,而補其缺,求字之原,正俗之繆。從而筆之積四千餘字。將俾後人識古今文字之變,而不墮於訛謬之域。苟非子學考古不懈,其於六書八體,安能盡古人之精意,而得其大全。其所著定當與許氏、張氏之書並行於世,豈小補哉。至正十八年龍集戊戌九月既望京兆宇文公諒序於會稽白雲寓隱。」〔註29〕

克新仲銘序:「宋大觀中,吳興隱士張有作《復古編》以正俗書之訛,僅三千餘字。竊嘗病其太約,疑有闕遺,欲集而補之,未皇也。大名曹君子學,以工篆籀,乃博採六經子史,暨先代銘刻、器物款識、古文奇字,擴而集之,名曰《續復古編》。張氏之書其類有六:曰《聯綿》;曰《形聲相類》;曰《聲相類》;曰《形相類》;曰《筆跡小異》;曰《上正下訛》。曹君如其類而加二焉,曰《音同字異》;曰《字同音異》。凡千餘字,積二十年始克成書。嗟夫,古文湮久矣。惟許慎《說文》十五篇僅存,為世遵信。然其中間有遺脫,如『劉』、『免』之類,學者不知許氏偶失載,遂以為無是字而不敢書,至以它字代之者,皆是也。吾嘗考諸經而辯之曰:《詩》有『篤公劉』,又曰『勝殷遏劉』。《書》曰『無盡劉』。《語》曰『幸而免』,又曰:『吾知免夫』。夫知字者,宜莫如孔子,《詩》《書》孔子所刪定,《語》

〔註28〕《續復古編》卷首,見《續修四庫全書》第 0237 冊第 596 頁下。

〔註29〕《續復古編》卷首,見《續修四庫全書》第 0237 冊第 595 頁下。

又孔子嘉言也，豈有六經字而非古者乎？蓋許氏偶失載，明矣。學者宜守經自信，不當泥乎許氏之爲是也。世聞予說而膠其久，習反訾予以不知予，徐而自解曰，由許慎迄今，千歲矣，有一克新者倡爲是說，而欲決千載之是非，祓眾人之所信，其牴牾而莫從也。宜哉！噫，吾何汲汲以求乎。　今世將存其說以俟夫後世之君子也焉知不有同子說　者焉今曹君爲是書於六經所有許氏張氏所遺悉考證　而殫集焉觀其論辯鮮不符吾說庸是同予者固無待於　後世而有也曹君與予未嘗相求而吻合如此，則千歲之後，如曹君宜不一二而已也。夫同予說至於再，至於三，則眾人之所膠者，將不待辯而自釋然矣。斯吾所以有望於後世之君子者也。予喜曹君不相求而合也，於是書爲《續復古編》序。至正二十二年龍集壬寅夏四月八日，江左外史鄱陽克新仲銘序。」〔註30〕

張紳後序：「向見子學隸古能不背《說文》，今睹是書，知其用功篆籀深矣。子學平生負氣，有志事功，竟抑鬱下僚以死。爲是書蓋其餘力也。紳與子學姻親，知其人而惜之，獨幸是書之僅見於好事也。嗚呼，世之不得行其所學，而僅以一藝聞者，豈獨吾子學哉。張紳後序。」〔註31〕

阮元《續復古編四卷提要》：「元曹本撰。本，字子學，大名人。嘗爲都昌丞，後出外佐信州幕。與太僕危素相友善，素撰《三皇饗禮樂章》，本爲之書，詔藏秘閣。本好古篆，年十七八時，輒喜作石鼓嶧山篆。師籀斯而主《說文》，故下筆深穩圓動。平生志事功，而不究其用。是書著錄家絕不收采。蓋補宋吳興張有《復古編》而作。張氏之書舊分類爲六：一曰《聯綿》，二曰《形聲相類》，三曰《聲相類》，四曰《形相類》，五曰《筆跡小異》，六曰《上正下訛》。本因其類而加二焉，曰《字同音異》，曰《音同字異》。自序云：『題曰《續復古編》，非敢增多以爲功，亦以發隱君之志，備拾遺耳。姑存篋笥，尚俟博雅君子是正之。是稿也，四卷一十三類，六千四十九字。起於至順三年秋八月，成於至正十二年閏三月。』蓋其一生精力所萃，歷十九年之久而後成，亦可謂勤矣。此從吳江潘耒家所藏舊鈔過錄。前有危素、宇文公諒、楊翮、蔣景武、及楊桓諸人之序。惟尚缺『上正下訛』一類，無從補掇爲可惜也。」〔註32〕

〔註30〕　《續復古編》卷首，見《續修四庫全書》第 0237 冊第 594 頁上。

〔註31〕　《續復古編》卷尾，見《續修四庫全書》第 0237 冊第 725 頁上。

〔註32〕　阮元《四庫未收書提要》，見《四庫總目提要》（中華書局，1965）附錄，第 1847 頁上。

　　瞿鏞《鐵琴銅劍樓藏書目錄》：「《續復古編》四卷，舊鈔本。元曹本撰並序。本，字子學，大名人。官都昌丞，又佐信州幕府，困下僚卒。張氏《復古編》凡二千七百六十一字，子學因其舊文，裒集匯次。增『音同字異』一類多至四千餘字。其字每取《說文》注中所載，而諸部不見者。又經典所有，而說文不載者。討正辯俗，皆有依據。其拾遺訂墜之功，較張氏益深。又謂二徐之校《說文》皆各據所見，不宗古義。如鼎臣以『吅』爲『喧』；楚金以『嚻』爲『喧』，實與叔重義不合。叔重明云：『吅，驚呼也。』『嚻，呼也，讙嘩也。』是『讙』即『喧』本字。又《尉繚子》『讙嘩者有誅』，《史記》『諸將盡讙』，《叔孫通傳》『無敢歡嘩』，《霍光傳》『民間讙言』，皆『讙』即爲『喧』之證。不當以『吅』、『嚻』爲『喧』也。鼎臣於『紞』字下注云『作髧』，『髧』乃髮垂。《詩》『髧彼兩髦』是也。若『紞』乃冕冠塞耳，不當同『髧』字，其辯甚覈。書成，有危素、楊桓、楊翮、宇文公諒、蔣景武、克新仲銘、張紳等爲之序，皆推重之。書中《上平聲類》『彫』字下重列東韻下等字。注明『逢』字下七十六字，盧熊公武所增。又《聯綿類》中『敖部』別作『磝碻』下有『熊案，亦可用嶅嶠　二字』一條。盧，崑山人。當與子學同時，友善，經其校訂故也。卷末有貴池吳銘道《跋》云：『碧巢先半得寫本於人，已殘敝，命人鈔其音訓，而屬余爲之篆其文焉。』案，諸家書目皆不載，惟見汪仲鈖《桐石草堂集論篆詩》曰：『尉律於今課不修，形聲斷簡孰深求。洹陽功與吳興埒，經籍虛聞志弱侯。自注：余家藏有元曹本《續復古編》，焦竑《經籍志》不載。本自號洹陽生』。」〔註33〕

　　陸心源《皕宋樓藏書志》：「《掔經室外集》：《續復古編四卷》元曹本撰。本，字子學，大名人。嘗爲都昌丞，後出外佐信州幕。與太僕危素相友善，素撰《三皇饗禮樂章》，本爲之書，詔藏秘閣。本好古篆，年十七八時，輒喜作石鼓嶧山篆。師籀斯而主《說文》，故下筆深穩圓勁。平生志事功，而不究其用。是書著錄家絕不收採。蓋補宋吳興張有《復古編》而作。」〔註34〕

　　陸心源《儀顧堂集》：「《續復古編跋》，《續復古編》四卷，前有魏郡曹本自序，及至正十二年臨川危素序，至正十五年中山李桓序，至正十一年上元楊翮序，至正十八年京兆宇文公諒序，至正十年四明蔣景武序，至正二十二年鄱陽

〔註33〕瞿鏞《鐵琴銅劍樓藏書目錄》（上海：上海古籍出版社，2000年），第182頁。

〔註34〕（清）陸心源《皕宋樓藏書記》卷十五第十一葉，光緒八年十萬卷樓版。

克新序，後有張紳跋及本自爲後序。本仕履別無可考，自題魏郡，則大名人也。危素稱其由都昌丞調官京師，出佐信州幕府。素嘗代撰《三皇享祀樂章》，本爲書之，藏於秘閣。蔣景武序稱其『天姿穎悟絕人，年十七八時輒喜作石鼓嶧山篆，法籀斯而主《說文》，徐李而下不數也。』張紳跋稱『平生負氣，有志事功，竟鬱抑下僚以死』。案，是書大略已詳《揅經室外集》，惟阮氏所見本少『上正下訛』一類，深以無從補掇爲惜。此本首尾無缺，蓋全帙也。」〔註35〕

姚觀元跋：「右《續復古編》四卷，元曹本撰。蓋補宋吳興張有《復古編》而作，自來藏書家未見著錄。仁廟時，阮文達始從吳江潘氏鈔獲，進呈內府。中闕『上下下訛』一類。今底本在湖州凌塵餘處，吳門葉孝廉鞠裳嘗錄其副以貽繆編修。筱珊編修以歸觀元，將校刊而未遑也。旋自粵東罷歸。歲乙酉，復從吾友陸子剛甫段得景元鈔本，則『上正下訛』具在，竟完書也。與阮本對勘，各有訛闕，亦互有短長。因手自景模，勘酌於兩本之間，擇善而從。其兩本訛闕並同，無宋元以前舊籍可稽者，悉姑仍之。雖明知爲某字，不敢輒更焉。篆文圓湛茂美，爲子學手書與否未可知。要是元人舊籍，亦依樣景模，不敢參以己之筆，所以存廬山眞面也。閒居無事，日課一紙，即付穆生子美鐫之，期月而工始畢。又因大病束之高閣，頃間，病起稍親几席，遂理而董之。墨本流播而記其端委如此。時光緒十有三年中秋節，歸安姚觀元書於咫進齋。」〔註36〕

丁丙《善本書室藏書志》：「元曹本撰。錢大昕《元史藝文志補》載戚崇僧《後復古編》一卷，劉致《復古糾謬編》，泰不華《重類復古編》十卷，而不及此。目此爲曹本續吳興張隱君所作也。本，字子學，大名人。嘗爲都昌丞，後出佐信州幕。少好周鼓秦石，而主《說文》。以張氏約聲分韻，凡十二類，二千七百六十一字。用補其遺，分一十三類，六千四十九字，將俾後人識古今文字之變，而不墮於訛謬之域，洵有功於字學者。本自有序跋。更有危素、宇文公諒、楊翮、蔣景式、楊桓、張紳諸序。惜中缺『上正下訛』一類，吳江潘氏未藏影元鈔本，世之傳錄者皆從其出耳。儀徵阮氏元錄以進御，見《揅經室外集》提要。」〔註37〕

〔註35〕（清）陸心源《儀顧堂集》卷十二第十四葉，同治十三年福州重刊本。

〔註36〕《續復古編》卷尾，見《續修四庫全書》第 0237 冊第 725 頁下。

〔註37〕丁丙《善本書室藏書志》，《續修四庫全書》第 927 冊第 222 頁上。

◎（隋）顔愍楚《證俗音略》

《舊唐書·經籍志》二卷

佚

今按，是書史志記載頗有異同。《隋志》有「《訓俗文字略》一卷，顏之推。《證俗音字略》六卷。」《舊唐書·經籍志》有「顏愍楚《證俗音略》二卷」，《日本國見在書目》有「《證俗音字略》一卷。顏敏楚撰。」《新唐書·藝文志》有「顏愍楚《證俗音略》一卷」《崇文總目》有「《正俗音字》四卷，齊黃門郎顏之推撰。」《通志·藝文略》有「《證俗音略》一卷，顏愍楚。」《宋史·藝文志》有「《證俗音字》，四卷。」《文獻通考·經籍考》：「《證俗音字》四卷。」顏真卿《顏氏家廟碑記》亦云顏之推撰有《證俗字音》五卷。從以上這些紛紜的記載中，或云「顏之推《訓俗文字略》」，或云「顏愍楚《證俗音略》」，可以推測，顏之推著有《證俗音字》五卷，顏愍楚當著有《證俗音（字）略》一（二）卷。

興膳宏《隋書經籍志詳考》在「《證俗音字略》六卷」條下云：「撰者未詳。但是，他書多以顏之推或其次子顏愍楚所撰。」﹝註38﹞姚振宗《隋書經籍志考證》「《證俗音字略》六卷」條下云：「按，是書諸史記載不一，考顏魯公家廟碑『之推撰《證俗音字》五卷』則其書實五卷。此六卷，又《訓俗文字略》一卷，大抵有敘錄及愍楚所撰節略本在其中。其後或亦刪存入《家訓》。《家訓》中《書證》、《音辭》兩篇似即此書之大略。」﹝註39﹞則興膳宏與姚振宗皆認為「《證俗音字略》六卷」為顏氏所作，興膳氏認為或之推，或愍楚，姚氏則認為此為顏之推所作，則其子愍楚有節略之本。或許是，顏之推所撰為五卷之《證俗音字》，其子愍楚節略其書為《證俗音字略》一卷。顏真卿作為顏氏後人，且在《家廟碑記》中所書，當不會輕率致誤，應該是可信的。《文獻通考》引《崇文總目》云：「《證俗音字》四卷，齊黃門侍郎顏之推，正時俗文字之謬，援諸書為據，凡三十五目。」則顏之推之書宋時尚存，而顏愍楚之《證俗音字略》則也當亡於宋。「敏楚」，即「愍楚」，當為唐代避諱改為「敏楚」。

﹝註38﹞ （日）興膳宏、（日）川合康三著：《隋書經籍志詳考》（東京：汲古書院，1995年），第227面。

﹝註39﹞ （清）姚振宗《隋書經籍志考證》卷十，師石山房叢書本。

◎（隋）顏愍楚《俗書證誤》

一卷，見《鄭堂讀書記》

存（《說郛》本、《同文考證》本、《青照樓叢書》本等）

周中孚《鄭堂讀書記》：「唐顏愍楚撰。（愍楚，之推長子，官直內史省。）新、舊《唐志》俱作《證俗音略》，宋人書目不載，則久無單行本矣。陶氏此本（《說郛》本）不知從何書收入，而題今名也。（今本《說郛》又題爲宋人者，誤。）考《崇文總目》載顏之推《證俗音字》四卷，云『正時俗文字之謬，援諸書爲據，凡三十五目』（見《通考》引。）則所謂《正俗音略》，疑即此四卷之略，今其書久佚，不可考矣。是編凡一百三條，附訛習諸字五十一條。條各一字，而注其當從某，不當從某，其訛習諸字則注其原某今某，雖甚簡略，頗得六書之旨。顏元孫爲愍楚諸孫行，嘗著《干祿字書》，其淵源蓋有自也。」

按，是書罕見著錄。最早出現於元代日用類書《居家必備事類全集》（明隆慶二年（1568）飛來山人刊本）或者元明之際羅宗儀《說郛》之中。清代被收入多種叢書，如嘉慶十九《同文考證》、嘉慶二十四年華亭張氏刊《書三味樓叢書》、同治十三年德清傅氏味腴山館刊《字學三種》、道光十五年朝邑劉際清等刊《青照樓叢書》第三編（今《續修四庫全書》據此影印）。單行本有清章震福訂，光緒二十年娛來軒刻本。各本皆作一卷，署名「顏愍楚」撰。或出依託，抑或即顏氏《證俗音略》之殘本。又按，顏元孫係顏愍楚曾孫行，周氏所言不確。

◎（唐）僧贊寧《斥顏師古正俗》

陳鱣《續唐書經籍志》七篇

佚

◎（五代）張昭遠《九經文字》

顧櫰三《補五代史藝文志》一卷

佚

◎（西夏）李元昊《四言雜字》

黃任恒《補遼史藝文志》

佚

◎（金）邢準《新修絫音引證群籍玉篇》

三十卷

存（《續修四庫全書》影印國家圖書館藏金刻本）

◎（元）無名氏《大定重校類篇》

《文淵閣書目》十五冊

佚

◎（清）黃生《字詁》

《四庫全書總目》一卷

存（《字詁義府合按》本）

《四庫全書總目》曰：「國朝黃生撰。生字扶孟，歙縣人。前明諸生。是編取魏張揖《字詁》以名其書，於六書多所發明。每字皆有新義，而根據博奧，與穿鑿者有殊。間有數字未安者，如謂『靃』《說文》『呼郭切，飛聲也』，而諸書用『靃靡』處又音髓。今書地名、人姓之類多用霍，獨《樊噲傳》之『霍人』《正義》注『先絫』、『蘇果』、『山寡』三反。先絫反即髓音也。《韻會》諸家紙、藥二韻兼收靃，而霍則止一音。蓋霍從佳，其音當爲髓。靃本飛鳥聲，借爲地名，因又借爲人姓，後省便作霍。既爲借義所奪，其本音本訓遂失。而於字之當用霍音髓者反作靃，此霍之所以轉爲『呼郭切』，而靃之所以轉爲『先絫反』也。據其所說，則霍但有『先絫反』之本音，靃但有『呼郭反』之本音矣。今考音切之古，莫過《玉篇》、《廣韻》。《玉篇》『靃』字下注云：『息委切，露也。呼郭切，飛聲。』《廣韻》於四紙『靃』字下注云：『靃麻草。』於十九鐸『靃』字下注云：『地名。《說文》：飛聲也。』則是『靃』本有髓之一讀，並不因省借爲霍始音髓也。又《玉篇》『霍』字下注云：『呼郭切，揮霍。』《廣韻》『霍』字下注云：『虛郭切，揮霍。《爾雅》：霍山爲南嶽。又姓。』則是『霍』之一字，在《玉篇》、《廣韻》原止有『呼郭反』一音，並無髓音。惟《史記正義》注有『息絫反』，而要不得爲止有『息絫反』一音也。況《白虎通》曰：『南方霍山者，霍之爲言護也』『護』乃『呼郭反』之轉音，非『先絫反』之轉音。然則班固讀『霍』已爲『呼郭反』矣，豈漢音猶不足據乎？生又謂『打』字始於六朝。今考後漢王延壽《夢賦》曰：『捎魍魎，拂諸渠，撞縱目，打三顱。』又《易林曰》：「口饞打手。」則打字不始於六朝明矣。此類殊爲失考。其他若謂『大冪

七個』之冪當從冂諧聲，與從宀者不同。似蛇之鱓既借『徒何切』之『鼉』，又借『張演切』之『鱔』，而皆轉爲『常演切』，《漢書注》誤以『張連切』之『鱣』爲釋。又謂《周禮・玉人》注『瓚讀爲餐屬之餐』，《說文》『饡，以羹澆飯』，《釋文》『膏屬』作『膏饡』，故《篇海》『屬』即『饡』字。《內則》釋文：『酏讀爲餐，之然反。本又作餐，並之然反。』此蓋明酏當並讀爲餐，非謂『屬』即『餐』字。若以『諸延』切『屬』，何以處《玉人》注之『餐』乎？又謂干、乾字通，引《後漢書・獨行傳》云『明堂之奠干飯寒水』，又在晉帖所云『淡悶干嘔』之前。此類則最爲精覈。其他條似此者不可枚舉。蓋生致力漢學，而於六書訓詁尤爲專長，故不同明人之剿說也。」

◎（清）惠棟《惠氏讀說文記》

周中孚《鄭堂讀書記》十五卷

存（借月山房匯鈔本）

周中孚《鄭堂讀書記》：「國朝惠棟撰。（履貫見易類）虞山黃琴六（廷鑒）作《席氏讀說文記序》有云：『古書之湮晦，未有若《說文》之甚者也。紅豆惠氏始以提唱後學，謂不第形聲點畫足考製字之原，其所訓詁實佐毛、鄭諸家之所未備，其所徵引又皆魏晉以前眞古文。一句一義，在今日皆爲瑰寶。故於此書丹黃校勘，旁記側注，一生不輟。世所傳惠校《說文》本，前此未有也。』按定宇評校《說文》本，向祇傳錄，長洲江叔澐（聲）始輯爲此編，先條列本文於前，而以評疏於後，如蔣（維均）輯《義門讀書記》之例，張若雲（海鵬）刊爲此本云。」

◎（清）吳玉搢《說文引經考》

二卷，《補遺》一卷

存（《續修四庫全書》影印復旦大學圖書館藏清刻本）

◎（清）曹仁虎撰《轉注古義考》

一卷

存（《續修四庫全書》影印復旦大學圖書館藏清光緒四年宏達堂刻本）

◎（清）李書雲《問奇一覽》

二卷

存（清初香芸閣重刊本、乾隆三十一年刻本）

今按：此書分上下卷，上卷辨析字形，下卷分別字音。以張位《問奇集》為基礎增補而成。上卷共分6類，各有凡例，摘錄如下：

（1）分毫字辨。字畫之辨，在毫釐之間，少不詳認，謬以千里，因首揭點畫近似者，比體並列，彼此相形。俾奮藻之士一目了然，無魯魚亥豕之誤，其張本所載，不甚疑貳，及易於辨識，如函亟肆肄之類，茲不具載。

（2）同音異用。字有形同音同，而義有不同者。最宜辨析，今操觚家狃於習俗，信筆直書，漫云相通。不知相在已甚矣。因為揭出，俾免琵琶結果之誚。

（3）誤讀諸字。誤讀者，斯字本無他音，可疑而不識者，信口訛傳，習矣不察。今據所聞，特錄出以免伏獵杖杜金銀之譏，當與駢字參看，但張本羅列無序，使人難於檢查，今依吳興沈韻次第載入，學者按韻翻繹，一檢便得。後仿此。

（4）異音駢字。古今載籍，每多僻奧駢字，亦有尋常認識反須借讀別音者，未經考析，茫然莫辨。茲以張本所錄奇字更為搜廣，詳明音注，使無剩義。仍次沈韻，以便後人檢尋。其雩宗、孟陬、邯鄲等字，刪之無可疑貳。無庸假借也。

（5）誤寫諸字。古人六書各有取義，遞傳於後，漸失其真，故於世俗誤書點畫襲謬已久者，亟為改正。張本僅得八十餘字，茲更增入，共得二百六十餘字，如左。

（6）通用諸字。字有筆劃互異，音義相同者，博雅之士好古，功名之士趨時，既可通用，各隨其便，其奧僻罕用者不錄。

卷下分「一字二音」、「一字三音」至「一字八音」和「一字十音」共八類，共辨析了1132個漢字的一字多音情況，較之張位《問奇集》中的37字，增幅是巨大的。其「一字二音」下有凡例云：

鄭夾漈曰：「六書明則六經如指諸掌，假借明則六書如指諸掌。」故六書之中，惟假借諸字，最易混淆。古人字多借用，常有一字二音以至數音者，音注不同，施用亦異。苟不細加體認，罔不文義乖舛，因將經史中切要諸字，具列於後，仍次沈韻，以便檢閱。其轉音義同，及奧僻罕用者，概置不錄。（字有叶韻，原非正音，不可執一。如蘭臺之臺，叶佗；好仇之仇叶其等類，亦概不及。）

李書雲《問奇一覽》一書被同時代稍晚的王正祥襲用，改名為《新定重較問奇一覽》，有康熙二十五年（1686）停雲室刻本。同時刊刻的還有《新定

十二律京腔譜》《新定宗北歸音》《新定考正音韻大全》，今俱收入《續修四庫全書》集部曲類。〔註40〕

◎（清）李書雲《音韻須知》

二卷

存（清初香芸閣刊本、乾隆三十一年刻本）

◎（清）王正祥《新定重較問奇一覽》

二卷

存（康熙停雲室刻本）

今按：卷上為李書《問字一覽》卷下的全部內容。卷上凡例云：「古人著書，字多借用，每有一字二音、三音以至數音者。音既不同，義亦有別，若不細加體認，遂有毫釐千里之謬。故六書之中，惟假借諸字最易混淆，今特將經史中切要字，具列於後，並為注明其義。正所謂假借明，則六書如指諸掌，六書明則六經如指諸掌也。他若字義險僻，人所罕用者，概置不錄，又有強為叶韻，原非正音，不可以執一論者，亦概不及。是即昔人詳所當詳，略所當略意也。」這一段凡例也是基本上照搬了李書的凡例。卷下為「誤讀諸字」和「異音駢字」，也是從李書《問奇一覽》六種中挑出了兩種。李書按韻編排，而此書則排列無序。下卷凡例曰：「古人載籍間，字凡屬不可借者，原無他音。可疑而不識者，每失於訛傳，如『伏臘』之誤呼『伏獵』也。亦有反須借讀，不可與尋常同視，而不知者，莫辨其異用。如『女紅』之當呼如『女工』也。習焉不察則昧夫字之有正，而不審字之有變矣。余因搜羅經史百家，虛衷較訂，將一切誤讀諸字，與異音駢字分晰精詳，加以音注，世有博雅君子，亦可引為參考之一助云。」

◎（清）唐英《問奇典注》

周中孚《鄭堂讀書記》六卷

存（原刊本）

周中孚《鄭堂讀書記》：「國朝唐英撰。（英，字俊公，瀋陽人。官九江關監督。）俊公以明張氏人（位）《問奇集》、李氏（書雲）《問奇一覽》所列駢字略

〔註40〕見《續修四庫全書》第1753冊第345頁至605頁。

而未詳，且多訛誤無稽，使讀者明於禮而不達於用，因搜輯群書，於駢字之下備註出典，並載出處，刪訛補闕，又以己見折衷，而成是書。卷五以下，爲分毫字辨、誤寫諸字、通用諸字、同音異用諸字、一字二音以迄十音，又爲六書大義、反切音韻、切韻捷法、各地鄉音諸篇，亦皆就原本增益，又附以古干支及歲時摘錄，總期於字音典故，事事無遺，以俾學者考檢。雖其署部行款未能盡合體例，較之張、李原書，固過之矣。前有乾隆丙寅自序、凡例，又有顧（錫鬯）、秦（勇均）、韓（江開）、鄭（之僑）、納（敏）五序。」

◎（日）釋空海《篆隸萬象名義》

楊守敬《日本訪書志》三十卷

楊守敬《日本訪書志》：「《篆隸萬象名義》三十卷（舊鈔本），日本東大寺沙門大僧都空海撰。空海入唐求法，兼善詞翰，歸後遂爲日本聞人之冠。今世彼國所傳假字，即空海所創造也。此書蓋據顧野王《玉篇》爲本，而以一篆、一隸配之。（隸即今之眞書。）其注文則如《大廣益本玉篇》，但舉訓詁，不載所引經典。唯所載篆書，每部中或有或無，當是鈔胥省之。又自卷首至面部分析爲十二卷，而總目則仍顧氏原卷，此不可解。今古鈔原卷子本尚在高山寺，余曾於紙幣局見之，原卷雖古，亦非空海親筆。此又狩谷棭齋所藏，其簽題尚是棭齋親筆。據跋，則源弘賢不忍文庫中物也。按野王《玉篇》一亂於孫強，再亂於陳彭年，其原本遂不可尋。今得古鈔卷子本五卷，刻入《古逸叢書》中，可以窺見顧氏眞面目，然亦只存十之一、二。今以此書與五殘卷校，則每部所隸之字，一一相合，絕無增損凌亂之弊；且全部無一殘闕，余以爲其可寶當出《玉篇》五殘卷之上。蓋《廣益》本雖刪顧氏所引經典原文，而經典義訓大抵尚存。唯顧氏上承《說文》，其所增入之字皆有根據，而其隸字次第，亦多與《說文》相合；其有不合者，正足與今本《說文》互相證驗，則此中之原流升降，有關於小學者匪淺。況空海所存義訓，較《廣益》本亦爲稍詳，（顧氏原書於常用之字，往往列四五義，《廣益》本概存二、三義而已。）若據此書校刻餉世，非唯出《廣益玉篇》上，直當一部顧氏原本《玉篇》可矣。唯鈔此書者草率之極，奪誤滿紙，此則不能不有待深於小學者理董焉。

弘賢嘗讀弘法大師作書目錄，有《篆隸萬象名義》卅卷，而不知其存亡。余固勤於小學，求之有年於茲矣。享和元年冬，稻山、秋月二公，以寫本見寄，

云：「原本藏山城國高山寺，其部首始『一』終『亥』，一依《說文》、《玉篇》，至於音訓與二書互有出入，不知當時據何書。」數十年聞其名而不得見者，一旦獲之，吾不忍文庫之榮莫加焉，什襲以藏。源弘賢踊躍歡喜識。（按弘賢謂與《玉篇》有出入者，蓋據所見《廣益》本而言。）

◎（日）釋昌住《新撰字鏡》

楊守敬《日本訪書志》十二卷

存（東京臨川書店 1967 年影印天治本）

昌住自序：「詳夫太極元氣之初，三光尙匿；木皇火帝之後，八卦爰興。是知仁義漸開，假龍圖而起文；道德云廢，因鳥跡以成字焉。然則暨如倉頡見鳥跡以作字、史遷綴《史記》之文、從英雄高士、耆舊逸民。文字傳來，其興尙矣。如今愚僧生蓬艾門，難遇明師；長荊蕀廬，弗識教誨。於是書疏閉於胷臆，文字闇諸心神也。況取筆思字，蒙然如居雲霧中；向咅認文，芒然如日月盆窺天。搔首之間，歎懣之，頃僅求獲也。《一切經音義》（一帙廿五卷），雖每論字音訓頗覺得，而於他文書搜覓音訓，勿勿易迷，茫茫叵悟也。所以然者，多卷之上，不錄顯篇部。批閱之中，徒然晚日。曰爲俾易，覺於管見，頗所鳩纂。諸字音訓粗収撰錄，群文倭漢，文文弁部，字字搜篇。以寬平四年夏，草案已畢。號曰《新撰字鏡》，勒成一部，頗察泰然，分爲三軸。從此之外，連字並重點字等不載於數。如是二章之內字者，依煩不明音反音（反者各見片部耳）。亦於字之中或有東倭音訓，是諸書私記之字也；或有西漢音訓，是數疏字書之文也；或有著平上去入字，或有專不著等之字。大槩此趣者，以數字書及『私記』等文集混雜造者也。凡《孝經》云「文字多誤，博士頗以教授」者，且云「諸儒各任意」，或以正文字論俗作，或以通之字論正作，加以字有三體之作至讀有四音及巨多訓。或字有異形同字，『崧嵩』、『流沇』、『〈〈坤』、『憐憐』、『三三』、『予余』、『姦奸』、『呢嗳』、『飜翻』，（如是巨多，見《正名要錄》）是等字雖異形，而至讀作及讀皆同也。或字有形相似音訓各別也，『專專』、『傳傳』、『崇崈』、『孟盂』、『輕輊』（如是巨多，見《正名要錄》），如是等字形相似，而音訓各別也。或有字之片同相見作別字也，忄、巾；王、玉、壬；月、肉；丹、舟；角、甬，如是等字，片者雖相似，而皆別也。或有字點相似，而亦別也。馬魚爲等字從四點，爲鳥與此等字從一點，觀舊等字從少，大暑如是。至書人而文作者皆謬錯也。至內悉見悟

耳，雖然，部文之內，精不搜認，若有等閒用也，後達者，普加諧糺，流佈於後代，聊隨管神。所撰集字書敢爲若學之輩述亂簡，以序引耳。」

楊守敬《日本訪書志》：「《新撰字鏡》十二卷影（古鈔本），日本僧昌住撰。（原序中不出昌住之名，然日本別有刪削注文之本，及《群書一覽》皆題爲「昌住撰」，當別有著錄之書可據。）序稱昌泰中撰成此書，實中土唐昭宗光化元年也。其書自《天部》至《連部》凡一百六十部，共二萬九百四十餘字。分部不依《說文》、《玉篇》次第，而亦各以類從。其有偏旁上、下、左、右之不同者，亦爲分之，如《火部》居左者爲第八，居下者爲第九。《人部》居上者爲第十，居左者爲第十一。蓋特以便尋檢，無他義例也。其注收羅義訓，最爲廣博。據其自序，大抵本釋玄應《一切經音義》及《玉篇》、《切韻》爲主，而又旁採諸字書以增益之。其有東倭義訓，亦間爲附入。今爲勘之，其正、俗等字有出於《集韻》、《龍龕手鑒》之外者。所列古文，亦有出於《說文》、《玉篇》之外者。蓋昌住當日本右文之時，多見古小學書，觀《見在書目》可證。（不第《玉篇》、《切韻》皆顧、陸原本也。餘初從書肆得影鈔本五卷，一、四、五、六、七。）驚喜無似，惜其不全，偏訪諸藏書家，亦絕無傳鈔本，詢之森立之，乃知原本在博物館中，因局長町田久成使鈔胥就其館影寫之。町田云：第二、第四兩冊，原爲鈴鹿氏所藏，餘十冊爲浪速井上氏所藏，兩家皆欲合併爲全書，而皆不肯割。町田爲局長時，勸兩家均納博物館，於是始爲全書，每卷有「法隆寺印」，蓋此寺爲日本古時名刹，多藏古書。余所得古鈔本多有此印。首卷末有「天治元年甲辰五月下旬書寫之畢」題記，當宋宣和六年。餘卷或有或無。又云：『法隆寺一切經書寫之次，爲字決諸人各一卷。書寫之中，此卷是五師靜因之分，以□筆所寫了。』蓋十二卷爲十二人所書。余嘗赴博物館親見原書，用單紙，堅滑異常，兩面書寫。（日本古寫佛經多兩面書寫。）筆法各自奇古，惜鈔者尙未能似之，乃別摹第一冊第一葉，以存原書眞面目焉。」

（三）聲韻類

◎（東漢）佚名《婆羅門書》

姚振宗《後漢書藝文志》一卷

佚

◎（金）韓道昭《五音增定並類聚四聲篇》

龔顯曾《金藝文志補錄》十五卷

佚

◎（金）韓孝彥《五音篇》

龔顯曾《金藝文志補錄》十五卷

佚

◎（金）鄭昌時《韻類節事》

龔顯曾《金藝文志補錄》

佚

◎（南唐）徐鍇《通輯五音》

汪之昌《補南唐藝文志》一千卷

佚

◎（五代）智邦《指玄論》

佚

◎（金）□髓《解釋歌義》

見《黑水城出土音韻學文獻研究》

存

◎無名氏《真言鑒誡》

《隋志》一卷

佚

◎（宋）盧宗邁《切韻法》

一卷，見魯國堯《盧宗邁切韻法述評》〔註41〕

存（古鈔本，藏日本國會圖書館）

◎（宋）無名氏《韻鏡》一卷

見《日本訪書志》

〔註41〕 魯國堯：《〈盧宗邁切韻法〉述評》，見《著名中年語言學家自選集：魯國堯卷》（鄭州：河南教育出版社，1994年），第81～130面。

存（《古逸叢書》影印永祿本，寬永本，松雪堂翻寬永本，北京大學翻松雪堂本）

張麟之序：「讀書難字過，不知音切之病也，誠能依切以求音，即音而知字，故無載酒問人之勞。學者何以是爲緩而不急歟。余嘗有志斯學，獨恨無師承，既而得友人授《指微韻鏡》一編（微字，避聖祖名上一字）〔註42〕，且教以大略曰：『反切之要，莫妙於此，不出四十三轉，而天下無遺音。其制以韻書自一東以各集四聲，列爲定位，實以《廣韻》《玉篇》之字配以五音清濁之屬，其端又在於橫呼。雖未能立談以竟，若按字求音，如鏡映物，隨在現形，久久精熟，自然有得。』於是蚤夜留心，未嘗雲手，忽一夕頓悟，喜而曰，信如是哉。遂知每翻一字，用切母及助紐歸納，凡三折，總歸一律。即是以推千聲萬音不離乎是，自是日有資益，深欲與眾知，而或苦其難，因撰字母括要圖，復解數倒以爲沿流求源者之端，庶幾一遇知音。不惟此編得已不泯，余之有望於後來者亦非淺鮮。聊用鋟木，以廣其傳。紹興辛巳（1161）七月朔。三山張麟之子儀謹識。」（慶元丁巳（1197）重刊）〔註43〕

張麟之又序：「《韻鏡》之作，其妙矣！夫餘年二十，始得此學。字音往昔相傳，類曰《洪韻》，釋子之所撰也。有沙門神珙（恭拱二音）號知音韻，嘗著《切韻圖》，載《玉篇》卷末。竊意是書作於此僧。世俗訛呼『珙』爲『洪』爾。然又無所據。自是研究，今五十載，竟莫知原於誰。近得故樞密楊侯倓淳熙間所撰《韻譜》，其自序云：『竭來當塗得歷陽所刊《切韻心鑒》，因以舊書手加校定，刊之郡齋。徐而諦之，即所謂《洪韻》，特小有不同。舊體以一紙列二十三字母爲行，以緯行於上，其下間附一十三字母，盡於三十六。一目無遺。楊變三十六分二紙，肩行而繩引，至橫調則淆亂不協。不知因之，則是變之非也。既而又得莆陽夫子

〔註42〕《指微韻鏡》疑原作《指玄韻鏡》，趙公明，名玄朗，宋眞宗大中祥符五年（1012年）追封其爲「上靈高道九天司命保生天尊大帝」，廟號「聖祖」。故避諱「玄朗」二字極其同音字。但李新魁《韻鏡校證》認爲只有避「玄朗」二字極其同音字者，未見有避「微」字者，實則玄、微義同。此處是避諱改字，所避者正是玄字，而非微字。而且，此前已有最早的等韻學著作，釋智邦《指玄論》產生，所以，此書名《指玄音韻鏡》是合符情理的。

〔註43〕見《韻鏡》卷首，《古逸叢書》第34冊。又見李新魁《韻鏡校證》（中華書局，1983年），第11，12頁。

鄭公樵進卷先朝，中有《七音序略》，其要語曰：『七音之作，起自西域，流入諸夏。梵僧欲以此教傳天下，故爲此書。雖重百譯之遠，一字不通之處，而音義可傳。華僧從而定三十六爲之母。輕重清濁，不失其倫。天地萬物之情，備於此矣。雖鶴唳風聲，雞鳴狗吠，雷霆經耳，蚊虻過目，皆可譯也。況於人言乎？』又云：『臣初得《七音韻鑒》，一唱三歎。胡僧有此妙義，而儒者未之聞』。是知此書其用也博，其來也遠，不可得指名其人。故鄭先生但言梵僧傳之，華僧續之而已。學者惟即夫非天籟『通乎造化者，不能造其閫而觀之』。庶有會於心（自天籟以下十三字又鄭先生之語）。嘉泰三年（1203）二月朔。東浦張麟之序。」〔註44〕

清原宣賢跋：「韻鏡之書，行於本邦，久而未有刊者，故轉寫之訛：烏而焉、焉而馬，覽者多困，彼此不一。泉南宗仲論師，偶定諸本，善不善者，且從且改，因命工鏤板，期其歸一，以便於覽者，且曰『非敢擴之天下，聊備家訓而已』。於戲！今日家書乃天下書也。學者思旃。享祿戊子（1528）孟多初一日。正三位行侍從臣清原朝臣宣賢。（頃間求得宋慶元丁巳（1197）張氏所刊之的本，而重校正焉一。永祿第七歲舍甲子王春壬子。）」〔註45〕

森立之《經籍訪古志》：「《韻鏡》一卷。享祿戊子（1528）覆宋本。首有紹興辛巳三山張麟之子儀識語，其略云：『反切之要，莫妙於此，不出四十三轉而天下無遺音，因撰字母括要圖，復解數例，以爲沿流求源者之端』。又有嘉泰三年麟之序云：《『韻鏡》之作其妙矣，余年二十始得此字。字音往昔相傳，類曰洪韻，釋子之所撰也，有沙門神珙，號知音韻，嘗著《切韻圖》，載《玉篇》卷末。竊以是書著於僧，世俗譌呼珙爲洪爾』。次調韻指微，次三十六字母、歸納助紐字以歸字例，次橫呼韻、五音清濁、四聲定位列圍，末題韻鑒序例終，次本文，自內轉第一至第四十三，識語後有慶元丁巳（1197）重刊木記，卷末有享祿戊子清原朝臣宣賢跋，謂泉南宗仲論鏤梓始末，聞又有永祿刊本，未見。按享祿戊子，明世宗嘉靖七年（1528）。」〔註46〕

〔註44〕見《韻鏡》卷首，《古逸叢書》第 34 冊。又見李新魁《韻鏡校證》（中華書局，1982年），第 13，14 頁。

〔註45〕見《韻鏡》卷尾，《古逸叢書》第 34 冊。又見李新魁《韻鏡校證》（中華書局，1982年），第 114 頁。

〔註46〕見《韻鏡》卷尾，《古逸叢書》第 34 冊。又見李新魁《韻鏡校證》（中華書局，1982年），第 115 頁。

楊守敬《日本訪書志》：「其書不著撰人名氏，紹興辛巳，張麟之得其本，別爲之《序例》刊之，初名《指微韻鏡》。逮嘉泰三年麟之又重爲之序，蓋即鄭夾漈《七音序略》所云《七音韻鑒》者也。是宋代已經三刊，不知何故元、明以來遂無傳本，著錄皆不之及。日本享祿戊子清原宣賢合諸傳鈔本重刊之，頗有更改。永祿七年云：『又得慶元丁巳所刊原本重校之，始還其舊』。其書直列十六平、上、去、入各四等，大致與《切韻指掌》、《四聲等子》略同，簡而不漏，詳而不雜，等韻書中稱最善本。唯內轉第一本，撮口、合口之音而云『開第二』。不撮口音而云「合開」。又第四、第五支攝內「坡」，《切韻指南》、《五音集韻》唯「陂」、「麾」、「彼」、「玻」、「被」、「靡」六字屬「合」，餘七音皆屬「開」，今此六字在第五轉，則第四轉當云「開」，而云「開合」。又第十一轉，當云「合」，而云「開」。第十二當云「合」，而云「開合」，亦撮口合口音。第二十六與第二十五同，當云「開」而云「合」。凡此差互，不無疑竇，或又校改傳刻之誤。今悉依原本，俟識者定之。又圖後所列韻字「東」、「多」以下，余所見日本別刻本皆作陽文，此本陰、陽文錯出，似無義例，亦不校改以存其真焉。」〔註47〕

◎（宋）鄭樵《七音略》

見《通志》

鄭樵《七音序》：「天地之大，其用在坎離；人之爲靈，其用在耳目。人與禽獸，視聽一也。聖人製律，所以導耳之聰；製字，所以擴目之明。耳目根於心，聰明發於外，上智下愚，自此分矣。雖曰皇頡製字，伶倫製律，歷代相承，未聞其書。漢人課籀隸，始爲字書，以通文字之學；江左競風騷，始爲韻書，以通聲音之學。然漢儒識文字而不識子母，則失製字之旨；江左之儒識四聲，而不識七音，則失立韻之源。獨體爲文，合體爲字，漢儒知以說文解字，而不知文有子母。生字爲母，從母爲子，子母不分，所以失製字之旨。四聲爲經，七音爲緯，江左之儒知縱有平、上、去、入爲四聲，而不知衡有宮、商、角、徵、羽、半徵、半商爲七音。縱成經，衡成緯，經緯不交，所以失立韻之源。七音之韻起自西域，流入諸夏，梵僧欲以其教傳之天下，故爲此書。雖重百譯之遠，一字不通之處，

〔註47〕楊守敬：《日本訪書志》，見《日本藏漢籍善本書志書目集成》第 9 冊第 231 至 233 頁。

而音義可傳。華僧從而定之，以三十六爲之母，重輕清濁不失其倫，天地萬物之音備於此矣。雖鶴唳風聲、雞鳴狗吠、雷霆驚天、蚊蝱過耳，皆可譯也，況於人言乎。所以日月照處，甘傳梵書者，爲有七音之圖，以通百譯之義也。今宣尼之書，自中國而東則朝鮮，西則涼夏，南則交址，北則朔易，皆吾故封也，故封之外其書不通。何瞿曇之書能入諸夏，而宣尼之書不能至跋提河。聲音之道有障閡耳，此後學之罪也。舟車可通則文義可及，今舟車所通而文義所不及者，何哉？臣今取七音編而爲志，庶使學者盡傳其學，然後能周宣宣尼之書。以及人面之域，所謂用夏變夷，當自此始。臣謹按，開皇二年，詔求知音之士，參定音樂。時有柱國沛公鄭譯，獨得其義，而爲議曰：『考尋樂府，鍾石律呂，皆有宮、商、角、徵、羽、變宮、變徵之名，七聲之內，三聲乖應，每加詢訪，終莫能通。先是周武帝之時，有龜茲人曰蘇祇婆，從突厥皇后入國，善胡琵琶，聽其所奏，一均之中，間有七聲。問之則曰：父在西域，號爲知音，世相傳習，調有七種，以其七調校之，七聲冥若合符。一曰娑陀力，華言平聲，即宮聲也；二曰雞識，華言長聲，即南呂聲也；三曰沙識，華言質直聲，即角聲也；四曰沙侯加濫，華言應聲，即變徵聲也；五曰沙臘，華言應和聲，即徵聲也；六曰般贍，華言五聲，即羽聲也；七曰俟利箑，華言斛牛聲，即變宮也。』譯因習而彈之，始得七聲之正。然其就此七調，又有五旦之名。旦作七調。以華譯之，旦即均也。譯遂因琵琶，更立七均，合成十二，應十二律。律有七音，音立一調，故成七調十二律，合八十四調，旋轉相交，盡皆和合。仍以其聲考校太樂鍾律，乖戾不可勝數。譯爲是著書二十餘篇，太子洗馬蘇夔駁之，以五音所從來久矣，不言有變宮變徵，七調之作實所未聞。譯又引古以爲據，周有七音之律，漢有七始之志，時何妥以舊學，牛弘以巨儒，不能精通，同加沮抑，遂使隋人之耳不聞七調之音。臣又按，唐楊收與安涚論琴，五弦之外復益二弦，因言七聲之義。西京諸儒惑圜鍾函鍾之說，故其郊廟樂，惟用黃鍾一均。章帝時太常丞鮑業，始旋十二宮。夫旋宮以七聲爲均，均言韻也，古無韻字，猶言一韻聲也。宮、商、角、徵、羽爲五聲、加少宮、少徵爲七聲，始得相旋爲宮之意。琴者樂之宗也，韻者聲之本也，皆主於七，名之曰韻者，蓋取均聲也。臣初得《七音韻鑒》，一唱而三歎，胡僧有此妙義，而儒者未之聞。及乎研究製字，考證諧聲，然後知皇頡、史籀之書，已具七音之作，先儒不得其傳耳。今作《諧聲圖》，所以明古人製字通七音之妙。又述內外轉圖，所以明胡僧立韻得經緯之全。釋氏以參禪爲大悟，通音爲小悟。雖七音一呼而聚，

四聲不召自來，此其粗淺者耳。至於紐攝杳冥，盤旋寥廓，非心樂洞融天籟，通乎造化者，不能造其閫。字書主於母，必母權子而行，然後能別形中之聲；韻書主於子，必子權母而行，然後能別聲中之形。所以臣更作字書以母爲主，亦更作韻書以子爲主。今茲內外轉圖，用以別音聲，而非所以主子母也。」〔註48〕

◎（宋）祝泌《聲音韻語》

周中孚《鄭堂讀書記》無卷數

存（長溪精舍寫本）

周中孚《鄭堂讀書記》：「宋祝泌撰。（泌，字子涇，鄣人。）官提領所幹公事。《讀書志》《通考》《宋志》《宋志補》及謝氏《小學考》俱不載。前有淳祐辛丑自序，稱『余學《皇極》起物數，皆祖於聲音，二百六十四字母，雖得其旨，而未及發揚，因取德清縣丞方淑《韻譜》、當塗刺史楊俊《韻譜》（凡三卷，見《宋志補》）、金人《總明譜》，相參考較，四十八音，冠以二百六十四母，以定康節聲音之學。若辨《心鑑》合輕重於一致，紊喉音之先後，誠得其當，添入《韻譜》之所無，分出牙喉之音，添增半音之字，合而成書』云云，蓋本《皇極經世書》，以爲等韻之書也。其書每板第一行題開發收閉四者之綱，第二行別諸韻之首字，其同音而分清濁，既分爲兩板，又有清濁同韻，又有分兩板者，四韻並在一韻者也。又有一韻皆清字則無濁聲版，皆濁字則無清聲版，每面第三行以後則是同韻，而隸於二十四母者則橫觀之，最上層是字母，其下分平上去入四聲，每聲又別四等者，古韻字與母同位而字不同者多，故平則四等各四眼者，分全清半清半濁全濁之等也。蓋以開口內轉爲開音，開口外轉爲發音，合口外轉爲收音，合口內轉爲閉聲，甚易明而易別也。於司馬氏《切韻指掌圖》、無名氏《四聲等子》、劉士明《切韻指南》外，又別有此一家之學矣。前有《聲音說》《起音聲卦草》《切字母開指》《辨摘物及磬咳之音法》暨《韻例》五篇，又有《二十四音上掌式》。」

◎（明）朱祐檳《重編廣韻》

王重民《中國善本書提要》五卷

存（明嘉慶二十八年益王藩府刻本）

〔註48〕《通志二十略》，（宋）鄭樵撰，王樹民點校，北京：中華書局，1995 年，第 353 至 355 頁。

　　朱厚燁《重編廣韻序》：「我太祖高皇帝以天縱之聖，稽古右文。混一之初，詔詞臣編定《洪武正韻》。會四方之極，正中原之音，或合或分，各極其妙，頓洗陋習，遠復古道，誠萬世不刊之典，同文之治，猗歟盛哉。我先考端王，體道好古，潛心典籍，尤加意於韻書，故深得其肯綮。常愛宋學士謂：江左製韻，但知縱有四聲，而不知衡有七音。誠探韻書之頤，極中沈約之失。乃於國政之暇，躬自編次，以《廣韻》附於《正韻》，復增入《玉篇》。凡切韻七音諧協而分爲二韻者，更入本韻，字各分屬於母，一本於《正韻》之成規，以遵我國家之制作。增入《玉篇》以博文字之用；又各分母而次第之，以便檢閱，可謂博而有要，渙而有統者矣。夫有要，則不苦其難；有統，則不流於泛，要二書而同歸，一貫之道備哉。不惟嘉惠來學，尤有以仰弼我太祖考文之治也。惜乎手澤尙新，編成未梓，予敢不上繼先志，以廣其傳。」〔註49〕

　　◎（明）楊慎《古音附錄》

　　周中孚《鄭堂讀書記》五卷

　　存（影抄原刊本）

　　周中孚《鄭堂讀書記》：「謝氏《小學考》衹載《古音餘》，而不及《古音附錄》，蓋失載也。……《古音附錄》所載凡五百十有二字，則又《叢目》《獵要》《古音餘》之所無者，亦以韻敘，而注釋頗極詳明。李雨村所刊本衹作一卷，後又缺十八行，所存惟三百二十字，雜採而所，不以韻敘，蓋屬升菴初稿。是當爲後定之編也。今遵《提要》之次，即並誌於《古音餘》後焉。」

　　◎（明）王應電《聲韻會通》

　　周中孚《鄭堂讀書記》一卷（《韻要粗釋》一卷）

　　存（原刊本）

　　周中孚《鄭堂讀書記》：「明王應電撰。應電，字昭明，號明齋，崑山人。《四庫全書》存目，附《同文備考》後。謝氏《小學考》於文字門內載《同文備考》，而於聲韻門內失載此二書，蓋其疏也。按明齋《同文備考》八卷，杜撰字體，臆造偏旁，名爲復古，實則鑿空，乃復取聲韻而譜之，成此二書，以附其後。其《聲韻會通》，首爲述義十二條，改定聲韻爲二十八，韻類爲四十五，次爲《四

_____

〔註49〕轉引自王重民《中國善本書提要》第 63 頁。

聲橫圖》，以推衍之，故雖僅一卷，而幾及百頁。嘉靖庚子，崑山周士淹序之。
其《韻要粗釋》，凡分平、上、去、入各一卷，則就《橫圖》所有之字而粗釋之。
前有自記云：『曰要則字或未備，曰粗則詞或未盡善。其詳與精，當考全書云。』
全書謂《同文備考》也。按明齋之學出於魏莊渠，而較其師更爲乖僻，既不考
古今異宜，南北異讀，以致分合皆不得其當，與其所撰《同文備考》同一叢雜
之書也。」

◎（明）吳元滿《隸書正訛》

二卷

存（《續修四庫全書》影印中國科學院圖書館藏明萬曆刻本）

◎（明）陳第《讀詩拙言》

周中孚《鄭堂讀書記》一卷

存（學津討原本）

周中孚《鄭堂讀書記》：「明陳第撰。季立既作《毛詩古音考》，以意有未盡，
復撰次得八條，以補其闕。張若雲刊季立書，亦以是卷附後。吾友凌覺甫（鳴
喈）得別本，以爲僅見，又取而付之梓，自署其名下曰訂誤。今按是本首一行
『說者謂自東晉以來，中原這人流入江左』云云，本無誤處，而此本則云『說
者謂自五季之衰，外夷入寇，驅中原之人，入於江左』，所謂五季者，指宋、齊、
梁、陳、隋乎，抑梁、唐、晉、漢、周乎？即或原本如是，覺甫亦不過因之不
改耳。然凌本亦止止一行乖舛，餘悉與是本同，不知其何以訂誤也。」

◎陳仁錫《海篇朝宗》

《四庫未收書輯刊》十二卷

存（奇字齋刊本）

陳仁錫《敘海篇朝宗》：「夫學問之道猶海也。吾常躋乎泰山之巔，觀乎滄
溟，下瞰於海門。見海水焉，澹乎其與太虛比瑩也，茫乎其支分派別而莫之與
極也。斯浼然，思翻然，而悟從古迄今斯文漸盛，源流浸廣。其列爲五經臚爲
四書，以至聖賢之言，散見於諸子百家者，其字之繁然浩汗不可彈究，不亦猶
海水之支分派別而莫可幾極者乎。然而考之四海，靡不同文，此奚以故。吾蓋
知天下同此文者，同此字也。字也者，其文之宗乎。羲繩啓緒，斯文之旨聿宣。
點畫告成，考字之書遂起，嗣是而後，緣有《海篇》行乎其世。而諸坊間亦多

踵襲刻者縷縷然。而缺而不全，全而不詳者有矣。甚有即五經字義而遂以窮其蘊而莫可考者，斯則何以利用而垂世也哉。余用是從蒼頡之創始以迄我《洪武正韻》，有字即採，無竂不搜，至經傳子史之廣爲收錄，又不待言矣。且也點畫端謹，音釋詳確，以至宮商角徵羽之五音無不調。與夫從古以來，所匯之韻無不正，任天下舉奧竂而稽考之，靡不足以窮其藏。即審聲而調音，與作詩而問韻，又靡不足以應其求也。豈猶乎坊刻之缺而不全，全而不詳者比哉？是編也，執一而應萬，萬殊而統一。其與水之浩浩洋洋無際無涯而罔不朝宗者何以異。老氏之言曰海善下而爲百谷王，余亦曰此編善納爲群書宗。爰顏曰朝宗。吾願海以內問字者請載酒而問諸此。古吳陳仁錫題。」〔註50〕

◎（清）戴震《聲韻考》

周中孚《鄭堂讀書記》四卷

存（戴氏遺書本）

周中孚《鄭堂讀書記》：「國朝戴震撰。是編皆其考論聲韻源流本末，條例略仿顧氏《音論》，而精博則過之。蓋東原精於六書，論轉注同意相受，得自漢以後不傳之怡，既一洗諸說之驕駁矣，乃歷考反語本原於漢魏經師，非始於釋氏字母，其言尤爲雅馴。又考今韻二百六部，宋景祐中許附近通用之十三處，以補亭林所未詳，而唐宋用韻功令之沿革具見。故以是書證諸《宋書》所存韻書，參考陳季立、顧亭林、江慎修、段茂堂之說，斯可以讀古經傳而知聖人六書之法矣。《經韻樓叢書》亦收入之，並爲之序。」

◎（清）戴震《聲韻表》

周中孚《鄭堂讀書記》九卷

存

周中孚《鄭堂讀書記》：「國朝戴震撰。東原既著《聲韻考》，復專取古音，分爲九類而爲之表：一曰歌、魚、鐸之類，二曰蒸、之、職之類，三曰東、尤、屋之類，四曰陽、蕭、藥之類，五曰庚、支、陌之類，六曰眞、脂、質之類，七曰元、寒、桓、删、山、仙、祭、泰、夬、廢、月、曷、末、黠、轄、薛之類，八曰侵、緝之類，九曰覃、合之類。每類中各詳其開口合口，內轉外轉，

重聲輕聲，呼等之綿瑣，今音古音之轉移。綱領既張，纖悉畢舉，彼此相配，四聲一貫，所以補前人所未爲而釐之就緒者也。按東原師愼修之論亭林也，曰：『考古之功多，審音之功少。』而愼修與東原則考古、審音，均詣其極。東原極精心神解，更集諸家之成。其書甫成而歿，未及爲例言，孔補伯（廣栻）刻之，取東原與段茂堂箚弁其首，而東原作書之意大著矣。」

◎（清）吳任臣《正韻字體辨微》

一卷

◎（清）朴隱子《詩詞通韻》

五卷。首一卷《反切定譜》一卷。

存（《續修四庫全書》影印浙江省圖書館藏清康熙二十四年刻本）

◎（清）賈存仁《等韻精要》

一卷

存（《續修四庫全書》影印國家圖書館分館藏清乾隆四十年河東賈氏家塾刻本）

◎（清）李鄰《切韻考》

四卷

存（《續修四庫全書》影印上海圖書館藏清刻本）

（四）音義類

◎（唐）釋慧琳《一切經音義》

一百卷

存（《續修四庫全書》影印日本元文三年至延亨三年獅谷蓮社刻本）

顧齊之《新收一切藏經音義序》：「慧琳法師，俗姓裴氏，疏勒國人也。夙蘊儒術，弱冠歸於釋氏。師不空三藏至於經論，尤精字學。建中末，乃著《經音義》一百卷，約六十萬言。始於《大般若經》，終於小乘記傳。國初有沙門玄應及太原郭處士並著音釋，例多漏略。有西明寺玄暢上人，克紹前烈，晦明不倦，志奪秋霜之淨，心涵止水之鑒，乃尋其遺逸，蘊而藏諸，焚之以栴檀，飾之以綺繡。光前絕後，駭目驚心，福祉生焉。弘利博矣。齊之不敏，欲窺藏經。

乃詢於暢公，蒙示音義。齊之以爲。文字之有音義，猶迷方而得路，慧燈而破暗，潛雖伏矣。默而識之。於是審其聲。而辯其音。有喉齶齗齒唇吻等，有宮商角徵羽等音。曉之以重輕，別之以清濁。而四聲遞發，五音迭用。其間雙聲疊韻循環反覆，互爲首尾，參差勿失，而義理昭然。得其音則義通，義通則理圓，理圓則文無滯，文無滯則千經萬論如指諸掌而已矣。朝凡暮聖豈假終日，所以不離文字而得解脫。無師之智肇自心源。拆疑滯之胸襟，燭昏蒙於倏忽。眞詮俗諦於此區分，梵語唐言自茲明白。又音雖南北義無差別，秦人去聲似上。吳人上聲似去，其間失於輕剽，傷於重濁，罕分魚魯之謬，多傳豕亥之誤。至如四十二字母及十二字音，從毗盧遮那佛心生，則鳥跡蟲文之所不逮。然源流有異，音義無殊。披沙揀金，從理證性。性得而言可遣，言可遣而文字亦忘。同歸一眞如，則筌蹄棄矣。上座明秀寺主契元都維那玄測，皆精愨眞乘，護持聖典，文華璀璨，經論弘贍。或道情深遠，獨得玄珠。或律行清高，孤標戒月。上以愜聖賢之意，下以旌勤懇之心。因命匪才，敬而爲序。時開成五年九月十日。」〔註51〕

　　景審《一切經音義序》：「昔者素王設教，著十翼而通陰陽；玄帝談經，演二篇而明道德。豈若能仁出代，獨步迦維。會三乘於鷲峰，轉四輪於鹿苑。繇是有半滿之字，敷貫散之花。因緇客而西至，驅白馬以東邁。是知不無不有，掩蔽邪徒；即色即空，甄明正道。於是慧雲蓄潤，垂靉靆而蔭群氓；法雨含滋，散空蒙而沾眾草。斯之功利不可勝言。大矣哉！覺皇之爲教也。若乃書之貝葉，編諸海藏。結集由飲光之心，文義宣慶喜之口，流傳此土七百餘年。至於文字或難，偏傍有誤，書籍之所不載，聲韻之所未聞，或俗體無憑，或梵言存本，不有音義，誠難究諸。欲使坐得明師，立聞精誼，就學無勞於負笈，請益詎假於摳衣。所以一十二音宣於涅槃奧典，四十二字載乎《花嚴眞經》（十二音是翻梵字之聲勢也，舊云十四音誤也，又有三十四字名爲字母，每字以十二音翻之，遂成四百八字，共相乘轉成一十八章，名曰悉談，如《新涅槃經音義》中廣明矣），故曰無離文字解脫也。暨國朝初有沙門玄應，孤標生知，獨運先覺，明唐梵異語，識古今奇字，撰《一切經音義》一部，凡二十五卷。可以貽諸後進，光彼先賢。作彼岸之津梁，涉法門之鍵鑰。次有沙門慧苑，撰《新譯花嚴音義》二卷，並編於《開元

〔註51〕標點參考徐時儀校注《一切經音義三種校本合刊》（上海：上海古籍出版社，2012年），第518頁。

釋教錄》。然以後譯經論及先所未音者，至於披讀講解，文謬誼乖，得失疑滯。寡聞孤陋，莫有微通；多見強識，罕能盡究。然而自慊之輩，恥下問而不求；匿好之流，吝深知而不答。則聖言有阻，能無悲焉。有大興善寺慧琳法師者，姓裴氏，疏勒國人也，則大廣智不空三藏之弟子矣。內精密教，入於總持之門；外究墨流，研乎文字之粹。印度聲明之妙，支那音韻之精，既瓶受於先師，亦泉瀉於後學。鞮譯回綴，參於上首。師掇其闕遺，歎其病惑。覽茲群經，纂彼詁訓。然則古來音反多以傍紐而為雙聲，始自服虔，元無定旨。吳音與秦音莫辯，清韻與濁韻難明。至如武與綿為雙聲，企以智為疊韻。若斯之類，蓋所不取。近有元庭堅《韻英》，及張戩《考聲切韻》，今之所音取則於此。大略以七家字書釋誼（七書謂《玉篇》《說文》《字林》《字統》《古今正字》《文字典說》《開元文字音義》）七書不該百氏咸討。又訓解之末，兼辯六書。庶因此而識彼，聞一以知十。師二十餘載，傍求典籍，備討經論，孜孜不倦，修緝為務。以建中末年創製，至元和二祀方就。凡一百軸，具釋眾經。始於《大般若》，終於《護命法》，總一千三百部，五千七百餘卷。舊兩家音義合而次之，標名為異（兩家謂玄應、慧苑等）。浩然如海吞眾流以成深，皎兮若鏡照群物以無倦。元和十二年二月三十日，絕筆於西明寺焉。審以頗好文字，擇善從之。許為不請之師，自愧未成之器，因啓其卷，乃告厥功，謬以微才。敘之云爾。」〔註52〕

◎（五代）郭忠恕《古今尚書釋文》

宋祖駿《補五代史藝文志》一卷

佚

◎（五代）張昭遠《經典釋文》

顧櫰三《補五代史藝文志》十卷

佚

◎（遼）釋希麟《續一切經音義》

十卷

存（《續修四庫全書》影印日本元文三年至延亨三年獅谷蓮社刻本）

〔註52〕標點參考徐時儀校注《一切經音義三種校本合刊》（上海：上海古籍出版社，2012
年），第519頁。

　　釋希麟《續一切經音義序》：「蓋聞殘純樸而薄道德，仁義漸開；廢結繩而定蓍龜，文字乃作。仰觀玄象，俯視成形。蒼頡始製於古文，史籀纂成乎大篆。相沿歷世，更變隨時。篆與古文，用之小異，逮《周禮》保氏掌國子學，以道教之六書，謂象形指事，會意，形聲，轉注，假借，六者造字之本，雖蟲篆變體，古今異文，離此六書，竝爲謬惑。春秋之末，保氏教廢。秦並海內，丞相李斯，考較籀文，別爲小篆，吏趨省易，變體稍訛，程邈改文，謂之隸本。漢興書學，揚雄作《訓纂》八十九章，班固加十三章，羣書用字略備，後漢許愼，集古文籀篆諸家之學，出目錄五百四十篇，就隸爲訓注，作《說文解字》，時蔡伯喈，亦以滅學之後，請刊定五經備體，刻石立於太學之門，謂之石經。仍有呂忱，作《字林》五篇，以補許、蔡之漏略。洎有唐立《說文》、石經、《字林》之學，至大曆中，命孝廉生顏傳經，國子司業張參等，刊定五經文字正體，復有《字統》，《字鏡》，陸氏《釋文》，張戩《考聲》、《韻譜》、《韻英》、《韻集》、《韻略》。述作既眾，增損互存，竝乃傍通三史，證據九經。若斯文而有旨，即彼義以無差，音義之興，其來有自，況乎釋尊之教也。四含妙典，談有相於權門；八部眞宗，顯無爲於實際。眞俗雙舉，唐梵兩該。藉以聲名句文爲能詮，表以菩提涅槃爲所證。演從印度，譯布支那。前後翻傳，古今抄寫。論梵聲則有一文兩用，誤上去於十二音中。數字同歸，疑體業向八轉聲內。考畫點，乃秖如棪（以冉）掞（舒贍）亂於手木，帳（知亮）悵（丑仗）雜於心巾，㳙（都奚）㳔（直尼）著彳著人，裸（古玩）祼（胡瓦）從衣從示，謟（吐刀）諂（丑冉）不分，舀（以小）臽（音陷）壯（側亮）牡（莫後）罔辨，牛（語求）爿（疾良）。少斫昧於戌哉，無點虧於寫富。如斯之類，謬誤寔繁，若不討詳，漸乖大義。故唐初有沙門玄應者，獨運先覺，天縱生知，明唐梵異言，識古今奇字，首興厥志，切務披詳，始於古《花嚴經》，終於《順正理論》，撰成《經音義》二十五卷。次有沙門慧苑，撰《新花嚴音義》二卷。復有沙門雲公撰《涅槃音義》二卷。復有大慈恩寺基法師撰《法花音訓》一卷。或即未周三藏，或即偏局一經。尋撿闕如，編錄不次。至唐建中末，有沙門慧琳，內精密教，入於總持之門；外究墨流，研乎文字之粹。印度聲明之妙，支那音韻之玄，既餅受於先師，亦泉瀉於後學。棲心二十載，披讀一切經，撰成《音義》總一百卷。依《開元釋教錄》，始從《大般若》，終於《護命法》，所音眾經，都五千四十八卷，四百八十帙。自《開元錄》後，相繼翻傳經論，及拾遺律傳等。從《大乘

理趣六波羅蜜多經》，盡讀《開元釋教錄》，總二百六十六卷，二十五帙。前音未載，今續者是也。伏以抄主無礙大師，天生睿智，神授英聰，總講羣經，徧糅章抄，傳燈在念，利物爲心，見音義以未全，慮撿文而有闕。因貽華翰，見命菲才。遣對曦光，輒揚螢燭。然或有解字廣略，釋義淺深，唐梵對翻，古今同異，雖依憑據，更俟來英，冀再披詳，庶無惑爾。」〔註53〕

〔註53〕標點參考徐時儀校注《一切經音義三種校本合刊》（上海：上海古籍出版社，2012年），第2208頁。

附錄二　謝啓昆大事年表

謝啟昆，字蘊山，號蘇潭。一說，字良璧，號蘊山。

　　姚鼐《廣西巡撫謝公墓誌銘（並序）》：「公諱啓昆，字蘊山。世居江西南康之蘇步。公後徙居南昌南郭，乃以蘇潭為自號云。」〔註1〕

　　朱汝珍《詞林輯略》卷四乾隆二十六年辛巳恩科王杰榜：「謝啓昆，字良璧，號蘊山，又號蘇潭，江西南康人。散館授編修，室至廣西巡撫，著有《樹經堂集》。」〔註2〕法式善《清秘述聞》卷七、卷十六：「編修謝啓昆，字良璧，江西南康人。辛巳進士。」〔註3〕

　　〔備考〕謝啓昆三弟名啓勛，字儆逸，號砥山。長兄名啓晨（晟），按兄弟名字號規律，則謝啓昆當以「字良璧，號蘊山，又號蘇潭」為是。

始祖謝勝興，明嘉靖年始遷南康。

　　程同文《廣西巡撫謝公神道碑》：「謝於南康，肇明中葉。」〔註4〕

〔註1〕　（清）姚鼐著：《惜抱軒全集》，北京：中國書店，1991 年版，第 259 頁。以下簡稱《墓誌銘》。

〔註2〕　見周駿富輯：《清代傳記叢刊》（臺北：明文書局，1986 年），第 16 冊 194 頁。

〔註3〕　（清）法式善等撰，張偉點校：《清秘述聞三種》，北京：中華書局，1982 年，第 232 頁，487 頁。

〔註4〕　轉引自（清）繆全孫編《續碑傳集補》，《北京大學圖書館館藏稿本叢書》第二十二冊，天津：天津古籍出版社，1991 年，第 85 至 92 頁。以下簡稱《神道碑》。

《謝質卿朱卷》：「始祖謝勝興，明嘉靖年始遷南康。」〔註5〕

曾祖謝茂偉，誥贈資政大夫。曾祖妣黎氏，誥贈夫人。

《（同治）南康縣志》：「謝茂偉，以曾孫啓昆贈通奉大夫，晉資政大夫，廣西巡撫兼提督軍門。」〔註6〕

祖謝希安（1650～？），歲貢生，靖安縣訓導。祖妣郭氏，葉氏，俱誥贈夫人。

謝啓昆《拜四世遺像敬題十六韻》：「我之高曾祖，兩世皆不仕。人欽通德門，宅近芙蓉沚。大父生昌期（順治七年庚寅生），嘉行紀惇史。儒術用起家，文章追正始。廣文拜一官，東山病不起。是時吾父幼，問年逾一紀。詩書念手澤，好音接泮水。秋闈戰不售，初服守內美。吾母古孟光，椎髻相夫子。不及事姑嫜，孝思播鄰里。昆也沐餘蔭，策名成進士。中外官廿年，瞻望陟岵屺。兩代荷鸞書，三度承恩旨。祖顏既未親，親容復逝矣。范喬哀有餘，皋魚痛何已。展像日焚香，揮淚濕賸紙。」（《樹經堂詩初集》3/11A）〔註7〕

《（乾隆）南康縣志》：「康熙四十七年春季：謝希安，歲貢。後選南昌府靖安縣學訓。」〔註8〕

《（同治）南康縣志》：「謝希安，歲貢。以孫啓昆貤增奉政大夫，朝議大夫，通奉大夫，晉資政大夫，兼振威將軍，廣西巡撫兼提督軍門。」（P674）

《（同治）南康縣志》：「謝希安，字次仲，在城人。幼有至性。康熙甲寅兵燹，空城出避，希安獨以父病困，不忍去。及父歿，猶成殯殮成服，不以干戈廢禮。愛諸弟侄甚摯。邑令申毓來，留心風化，極重希安有大節，舉行

〔註5〕謝啓昆遠祖，曾祖（妣），祖（妣），父母基本信息，據謝質卿（謝啓昆孫）朱卷材料，見顧廷龍主編：《清代朱卷集成》（臺北：成文出版社有限公司，1992年），第100冊。

〔註6〕（清）沈恩華等修：《（同治）南康縣志》，臺北：成文出版社影印同治十一年刊本。第674頁。

〔註7〕謝啓昆《樹經堂詩初集》見《續修四庫全書》第1458冊第61頁上。

〔註8〕（清）鄧蘭等修，陳之蘭等纂：《（乾隆）南康縣志》，臺北：成文出版社影印乾隆十八年刊本。第690頁。

鄉飲酒之禮，延爲賓首者再。殫心經學，五經皆手錄成帙。晚以歲貢選靖安訓導，未及任而卒。以孫啓昆貴，累贈，皆如其官。」（P911）

父謝恩薦，增貢生，鄉飲正賓，誥封通奉大夫，例增資政大夫。母王氏，誥封恭人，例增夫人。

《（同治）南康縣志》：「謝恩薦，增貢。以子啓昆增儒林郎、翰林院編修，加奉直大夫，朝議大夫，通奉大夫，晉資政大夫兼振威將軍，廣西巡撫兼提督軍門，都察院都御史。」（P674）

《（同治）南康縣志》：「謝恩薦，字樸齋，庠生，在城人。希安子。樸學力行。子啓昆守揚州日，戚族欲爲恩薦稱觴者，適黔中某令運銅舟覆，羈滯邗上。亟令啓昆罷燕會之費以拯之。生平尤篤孝友，先世遺產，皆積以贍家族云。」（P915）

謝啓昆有兄弟三人，伯兄名啟晨，一作啟晟，字穎園，廩膳生。弟名啟勗，字儆逸，號砥山，例貢。

謝啓昆《哭砥山弟四首》云：「哀樂中年迫，殘傷手足親。三荊悲兩折，百世感吾身。噩夢蕉溪側，西風淅水濱。江雲消息斷，鴻雁不來賓（予兄弟三人，伯兄先去世）。」（《詩初集》12/5A）（P145）

謝啓昆《亡弟砥山墓誌銘（丙辰）》云：「弟諱啓勗，字儆逸，號砥山。先封公通奉大夫之三子也。伯兄啓晨，府學生。余居次。」（《樹經堂文集》2/17A）（P297上）

謝啓昆有詩《哭伯兄穎園二首》，又《瑞露軒》詩序云：「昔啓昆與伯兄穎園，同受知於縣尹秀水葛懷古先生」云云。

〔備考〕謝啓昆兄弟三人，卻稱謝啓勗爲「四弟」，謝啓昆之父稱之爲「阿三」，存疑待考。〔註9〕又，清康熙間有俞兆晟，字叔穎。則或許，謝啓昆伯兄當名啓晟，字穎園。若稱號，則當爲「某山」。

謝啓昆有詩，《題四弟砥山課孫圖》（《詩初集》4/4A）（P65），又《蘭亭

〔註9〕《翁氏家事略記》載：「二十六年辛巳，正月十日子時，第三男樹端生。（因小名大姐，是以家人皆稱大相公，其後遂自此排敘：大、二、三、四以爲稱呼之次矣。其實是第三也。」則謝啓昆行二，小名阿三，則或與此同。

二首》注云「余壬寅家居，繪家圍修禊圖，弟侄子女俱在。今四弟砥山、大侄丹鳳、三侄綏亭、女玉華，相繼去世，思之惘然。」（《詩初集》13/19B-20A）（P165上）又《哀慕詩五首》（其二）云「憶昔褓襁時，阿三呼我名。」（《詩初集》3/1B）（P56）

謝啟昆娶某縣李氏，繼娶為劉氏，皆誥贈夫人。側室四人，盧氏誥封太恭人，管衛高氏封宜人。另有一妾姚姬，名雲卿，字秀英，無子，有詩名。謝啟昆有四子，六女。謝啟昆又有十孫，九孫女。其中謝質卿等七孫為次子學崇所出，九孫女亦為次子學崇所出，皆適官宦之家。

據《謝質卿珠卷》：長子學增，候補主事，年二十卒。次子學崇，嘉慶庚申恩科舉人，壬戌進士，翰林院編修。戊辰會試同考官。歷官河南歸德府、開封府知府，河南開、歸、陳、許兵備道，署河南按察使司，按察使候補郎中。誥授中憲大夫，著有《小蘇潭詞》，《亦園詩剩》。三子學坰，刑部山西司員外郎，浙江司郎中，廣東潮州府知府，河南糧儲道。四子學培，候選同知。

姚鼐《墓誌銘》云：「公娶某縣李夫人，生女。繼娶某縣劉夫人，生子學增，候補主事，先公卒。側室四。盧孺人生子二：學崇，嘉慶壬戌科進士，庶吉士。學坰，候選府同知。女一。衛孺人生子學培，候選府同知。管孺人生女三。高孺人生女一人。」（P260）

《（同治）南康縣志》：「謝學增，廕生，以子振晉贈承德郎，山西汾州府通判」（P676）

《（同治）南康縣志》：「嘉慶七年壬戌吳廷琛榜：謝學崇，翰林院編修，河南歸德、開封知府。升河南開歸陳許道，兼署河南按察使。」（P695）

《（同治）南康縣志》：「謝學坰，監生，任潮州府知府，誥封朝議大夫。」（P677）

《（同治）南康縣志》：「謝振晉，啓昆孫，廕生，官山西汾州府通判。」（P677）

《謝質卿珠卷》載：謝質卿，字蔚青，號穉蘭。行四。嘉慶己巳年四月十三日吉時生江西南康府南康縣。

《（同治）南康縣志》：「道光二十六年丙午鄉試，謝質卿（學崇之子），順天榜。陝西朝邑、長安知縣，升乾州、直隸州知州、興安府知府，署陝西鹽法

道，長潼商兵餉巡道。」（P724）

《清人文集總目》：謝學崇，南康人。有《亦園詩剩》五卷、《小蘇潭詞》六卷存世。（P2300）

《清人詩文集總目提要》：謝學崇，字椒石，一字仲蘭，號亦園，江西南康人。嘉慶七年進士，授編修。十三年充會試同考官，官至歸德府知府。有《亦園詩剩》五卷。〔註10〕（P1076）

《清人文集總目》：謝質卿，字蔚青，號九日山人，學崇子。有《轉慧軒詩草》一卷、《轉慧軒詩存》四卷（八卷）、《轉慧軒駢文稿》一卷存世。（P2299）

【1737】乾隆二年（丁巳）謝啓昆一歲

〔大事〕是年八月初十，謝啓昆生。

謝啓昆《題馮鷺庭所藏田漪亭〈秋槎觴詠圖〉兼簡星石》詩中有云：「題爲康熙丁巳年，我生六十載之前，人往境過空雲煙。」自注云：「余生乾隆丁巳，距此圖之作今百廿年矣。」（《樹經堂詩初集》14/8B-9A）（P169～170）

翁方綱《擬秋闈課試，適值仲通初度之辰，是日仲通恰得予篋中殘紙，乃謝蘊山所寄詩，「同是醉翁門下士」云云，是錢裴山手錄者。予門人惟謝蘊山、馮魚山二生皆八月初十生日，今日八月十一日也。賦此贈仲通》（《復初齋集外詩》24/15B）〔註11〕

〔其他〕是年袁枚二十二歲，王昶十三歲，趙翼十一歲，錢大昕十歲，周春九歲，姚鼐七歲，翁方綱五歲，吳克諧三歲。

【1740】乾隆五年（庚申）謝啓昆四歲

〔大事〕是年，三月二十五日，謝啓昆三弟啓勛生。

謝啓昆《亡弟砥山墓誌銘（丙辰）》云：「弟諱啓勛，字傲逸，號砥山。先封公通奉大夫之三子也。伯兄啓晨，府學生。余居次。……君生於乾隆五年三月二十五日，卒於乾隆六十年六月三十日，年五十有六。……」（《文集》2/17A）（P297上）

〔註10〕柯愈春著：《清人詩文集總目提要》，北京：北京古籍出版社，2001年。

〔註11〕翁方綱：《復初齋集外詩》，民國六年（1917）吳興劉氏嘉業堂刊本。

【1741】乾隆六年（辛酉）謝啟昆五歲

〔其他〕萬經（1659～1741）、王懋竑（1668～1741）、惠士奇（1671～1741）卒。有文字獄「謝濟世著書案」。

【1744】乾隆九年（甲子）謝啟昆八歲

〔其他〕是年，錢大昭生。《天祿琳琅書目》編成。

【1745】乾隆十年（乙丑）謝啟昆九歲

【1746】乾隆十一年（丙寅）謝啟昆十歲

〔大事〕是年，謝啟昆始從師讀書。謝啟昆幼年多年病。

謝啓昆《哀慕詩五首》（其二）云：「憶昔襁褓時，阿三呼我名。繞膝索棗栗，瘦瘠恒心驚。瘍瘰及頭項，憐我軀且清。十歲就外傅，誦讀寬課程。」（《詩初集》3/1B）（P56）

【1749】乾隆十四年（己巳）謝啟昆十三歲

〔其他〕是年，方苞（1668～1749）卒。

【1750】乾隆十五年（庚午）謝啟昆十四歲

〔大事〕是年謝啟昆娶李淡初之女為妻。

〔備考〕謝啓昆成婚之年並沒有明確的材料。謝啓昆《李大外姑王孺人遺像贊（壬寅）》云：「啓昆初婚御輪之日，拜大外姑於庭。鶴髮飄然，目光炯炯如盛年。時年已八十，距大外舅之歿垂三十年矣。……己卯冬，余隨伯丈鏡亭先生計偕入都，述大外姑懿行益詳。……先生汲汲以違色養為憂，及不第，歸為母稱九十觴，未達里門而訃聞。」謝啓昆會試中式在乾隆二十五年，準備「稱九十觴」時當在八十九歲，由此推知，當在是年。

【1750】乾隆十六年（辛未）謝啟昆十五歲。

〔其他〕是年，有文字獄「偽孫嘉淦稿案」和「王肇基獻詩案」。

【1753】乾隆十八年（癸酉）謝啟昆十七歲

〔大事〕是年，謝啟昆就學於瑞露軒，師從葛懷古先生。

謝啓昆《瑞露軒》：「（在南康署。昔啓昆與伯兄穎園，同受知於縣尹秀水葛懷古先生。忽忽三十年，偶過軒頭懷人感舊，情見乎詞。）曾此傳經列坐隅，王喬跡已化飛鳧。當年名士推諸葛，少日文章愧二蘇。秋露空庭懷舊澤，春風帶草沒晴蕪。平生剩有西州淚，不待驅車過范湖（懷古先生所居）。（《詩初集》3/5B）（P58 上）

〔備考〕《瑞露軒》寫作時間不詳，僅據前後時作時間，推定爲乾隆四十六年，即謝啓昆四十五歲時。然，吳中勝《謝啓昆生平、著述略考》一文認爲謝啓昆師從葛懷古在乾隆十八年，未詳何據，姑從之。

〔其他〕是年，胡虔（1753～1804）、陳鱣（1753～1817）、孫星衍（1753～1818）生。

【1755】乾隆二十年（乙亥）謝啟昆十九歲

〔其他〕《欽定詩義折中》、《御纂周易述義》成書。張廷玉（1672～1755）、全祖望（1704～1755）卒

【1756】乾隆二十一年（丙子）謝啟昆二十歲

〔其他〕是年，邵志純生。

【1757】乾隆二十二年（丁丑）謝啟昆二十一歲

〔其他〕是年，凌廷堪生。

【1758】乾隆二十三年（戊寅）謝啟昆二十二歲

〔大事〕是年，謝啟昆與程變同肄業於豫章書院。

謝啓昆《新建縣訓導程君墓誌銘（丁巳）》云：「戊寅己卯間，君與余同肄業豫章書院。及余卜居南昌，君已官於此。兩人過從尤密。」（《文集》3/5）（P307 下）

〔其他〕是年，惠棟（1697～1758）卒。

【1759】乾隆二十四年（己卯）謝啟昆二十三歲

〔大事〕是年，謝啟昆中舉。時編修翁方綱爲江西鄉試副考官。

《謝質卿朱卷》：謝啓昆，乾隆己卯科舉人……。〔註12〕

〔註12〕顧廷龍主編：《清代朱卷集成》（臺北：成文出版社有限公司，1992 年），第 100 冊。第 4 頁。

是年冬，謝啓昆入都。

謝啓昆《李大外姑王孺人遺像贊（壬寅）》云：「己卯冬，余隨伯丈鏡亭先生計偕入都，述大外姑懿行益詳。」（《文集》1/21A）

〔其他〕是年，顧棟高（1679～1759）卒。

【1760】乾隆二十五年（庚辰）謝啓昆二十四歲

〔大事〕是年，**謝啓昆會試中式**。

姚鼐《墓誌銘》：「公於乾隆二十五年庚辰科，會試中式。次年殿試，以朝考第一名選庶吉士，年二十五。」（《惜抱軒全集》）（P259）

謝啓昆《講筵四世詩鈔序（丁巳）》云：「余庚辰通籍，出大興翁覃溪學士之門。」（《文集》3/14A）（P312 上）

【1761】乾隆二十六年（辛巳）謝啓昆二十五歲

〔大事〕是年謝啓昆中進士。五月十八日，**謝啓昆以新科進士授庶吉士，習國書（滿語）**。

謝啓昆《初習國書》詩云：「齒序分班左右居，鴻文一卷發蒙初（《清文啓蒙》一書為入門之始）。漸為上國無雙士（是科，朝考第一），來讀西清未見書。……」（《詩初集》1/2B-3A）（P34）

《清實錄·高宗純皇帝實錄》乾隆二十六年五月：「丙辰，內閣、翰林院帶領新科進士引見。得旨：新科進士一甲三名王杰、胡高望、趙翼已經授職。蔣雍植、……謝啓昆、……鄧大林，俱著改為庶吉士。」〔註13〕

姚鼐《墓誌銘》：「公於乾隆二十五年庚辰科，會試中式。次年殿試，以朝考第一名選庶吉士，年二十五。」（《惜抱軒全集》）（P259）

程同文《神道碑》：「公乾隆二十六年進士，以庶吉士習國書。」（《續碑傳集補》P85）

〔其他〕是年文字獄多發。江蘇沛縣監生閻大鏞（1705～1761）著《俁俁集》，「或譏刺官吏、或憤激不平，甚至不避廟諱」，乾隆令「當引呂留良之例嚴辦」。江西李雍和潛遞呈詞，被認為有「怨天、怨孔子、指斥乘輿」處，乾隆下

〔註13〕《高宗實錄》（九）（《清實錄》（第一七冊）），北京：中華書局，1986 年，第 111 頁下。

旨「著即凌遲處死仍梟示」。甘肅王寂元暗投逆書，亦被凌遲處死。〔註14〕

《清實錄・高宗純皇帝實錄》乾隆二十六年六月：「署兩江總督高晉奏：沛縣抗糧監生閻大鏞。現在搜查伊家，及該犯親友處。有從前刊刻，續經燒毀之《俣俣集》。詩文中有譏刺官吏，憤激不平，甚至不避廟諱，更有狂悖語句。謹黏簽呈覽。得旨：如此可惡。當引呂留良之例嚴辦矣。」〔註15〕

〔詩文〕是年有詩：《初習國書》。

【1762】乾隆二十七年（壬午）謝啓昆二十六歲

〔其他〕是年，江永（1681～1762）卒。

【1763】乾隆二十八年（癸未）謝啓昆二十七歲

〔交遊〕是年，謝啓昆與翁方綱遊覺生寺〔註16〕。

翁方綱《柳泉旅舍，予己卯十月題壁云「此處佳處題難盡，留與珠江二使星」，謂同年秦序堂編修、景介之學士，時同典廣東鄉試也。今十四年，而予自廣東旋役宿此。復次前韻》詩後自注云：「癸未夏，與謝蘊山觀明學士沈度書《法華經》陽識大鐘於城北覺生寺，寺僧謂蘊山當官外任，且屬以「慈祥愷惠」。予有『晚涼新偈子，同聽一樓鐘』之句。」（《復初齋詩集》9/17B）〔註17〕

【1764】乾隆二十九年（甲申）謝啓昆二十八歲

〔交遊〕正月十七日，謝啓昆與翁方綱遊北京天寧寺、北京善果寺。

翁方綱《同蘊山郊遊三首》（正月十七日）：

未踐城中約，翻期郭外尋。渾將看畫意，並作踏青心。白紙坊迤邐，伽藍記鬱森。西郊路不遠，已復一雲林。（本約遊北城諸寺，不果。）

紺塔十三級，風鈴一片音。浮雲圓自罩，碧殿影逾深。卻說江南寺，君為北望心。爾時未得我，同上上頭吟。（天寧寺塔高二十七丈五尺，凡十三層。蘊山因說前年登南京報恩寺塔。）

〔註14〕參見《清代文字獄檔》。

〔註15〕《高宗實錄》（九）（《清實錄》（第一七冊）），北京：中華書局，1986 年，第 143 頁下。

〔註16〕即今北京大鐘寺。

〔註17〕翁方綱：《復初齋詩集》，見《續修四庫全書》第 1454 冊第 443 頁上。

緇流能作記，重勒益都文。善果今因號，南梁漢孰云。年來思訪舊，日下續前聞。不獨逢燕九，尋眞叩白雲。（善果寺馮益都撰碑，後有僧超宗記。）（《復初齋集外詩》1/3B-4A）

三月十三日，**謝啟昆與翁方綱遊城西。**

翁方綱《同蘊山遊城西二首》（三月十三日）（《復初齋集外詩》1/8A）

三月二十二日，**謝啟昆與翁方綱同遊法源寺看海棠**

翁方綱《同蘊山法源寺看海棠》（三月二十二日）（《復初齋集外詩》1/8B）

四月，謝啟昆與翁方綱、積善（字宗韓，號粹齋）、錢載（字坤一，號籜石）泛舟二閘。

謝啓昆《陪翁覃溪師、積粹齋、錢籜石兩先生遊二閘》（《樹經堂詩初集》1/6B-7B）（P36）

翁方綱《曹定軒招同蓼堂時帆蓮府泛舟二閘二首》首後自注：「甲申四月，與粹齋、籜石、蘊山泛舟於此。」（《復初齋詩集》51/19A）〔註 18〕

六月十四日，**謝啟昆與翁方綱於城南看荷。**

翁方綱《同蘊山城南看荷》（《復初齋集外詩》1/12A）〔註 19〕

七月七日，**翁方綱作詩二首贈謝啟昆。後，翁方綱將奉使粵東，用蘇軾《別子由》韻，作詩贈別謝啟昆。七月二十五日再次聯句話別。**

翁方綱《七夕寄蘊山二首》、《奉使粵東，留別蘊山，用蘇詩別子由韻》、《七月二十五日話別聯句》（《復初齋集外詩》1/11B-12A）

〔其他〕是年，秦蕙田（1702～1764）卒。

【1766】乾隆三十一年（丙戌）謝啟昆三十歲

〔大事〕是年五月初二，謝啟昆以庶吉士授編修，入國史館。

《清實錄‧高宗純皇帝實錄》乾隆三十一年五月：「庚午，內閣翰林院帶領癸未科散館修撰、編修、庶吉士引見，得旨：……其清書庶吉士謝啟昆，祝德麟，董誥，孟生蕙，俱授爲編修。……」〔註 20〕

〔註 18〕翁方綱：《復初齋詩集》，見《續修四庫全書》1455 冊第 141 頁下。

〔註 19〕翁方綱：《復初齋集外詩》，民國六年（1917）吳興劉氏嘉業堂刊本。

〔註 20〕《高宗實錄》（十）（《清實錄》（第一八冊）），北京：中華書局，1986 年，第 363 頁上。

　　謝啓昆《內院校書》云：「國書習罷鸚鵡語，史籍分編鳳引朋。芸閣晨星披毳氅，蓬壺夜雨擁青綾。紫薇花發春初暖，金雀風微月欲升。上相掄才感知己（謂劉諸城相國〔註21〕），玉壺澄徹一條冰。」

　　姚鼐《墓誌銘》：「乾隆三十一年，授編修，既而充國史纂修官、日講起居注官。」（（《惜抱軒全集》）（P259）

　　程同文《神道碑》：「散館授翰林院編修，與修國史。」（《續碑傳集補》P85）

　　〔詩文〕是年有詩：《初入國史館作》、《內院校書》。

【1767】乾隆三十二年（丁亥）謝啟昆三十一歲

　　〔其他〕程廷祚（1691～1767）卒。華亭（今上海市松江區）舉人蔡顯（1697～1767）著《閑漁閑閑錄》，內有「怨望誹謗」語，被處斬，門人、刻工、書匠亦分別治罪。〔註22〕浙江天台生員齊周華（1698～1767）著作因查有《爲呂留良事獨抒意見奏稿》等，被凌遲處死。堂弟齊召南（1703～1768）因曾爲其《天台山遊記》作跋，被革職抄家，次年五月病故。〔註23〕

【1768】乾隆三十三年（戊子）謝啟昆三十二歲

　　〔大事〕是年四月十四，謝啟昆於正大光明殿參加翰詹考試。

　　《清實錄・高宗純皇帝實錄》乾隆三十三年四月：「壬申，……昨於正大光明殿，考試翰詹等官。朕親加詳閱，按其文字優劣，分別等次。一等吳省欽、褚廷璋、張曾敞三員。二等宋銳、胡高望、彭冠、……謝啓昆、紀昀、張燾、饒學曙十八員。……」〔註24〕

【1769】乾隆三十四年（己丑）謝啟昆三十三歲

【1770】乾隆三十五年（庚寅）謝啟昆三十四歲

　　〔大事〕是年，謝啟昆以編修任河南鄉試正考官。

〔註21〕時劉統勳（1698～1773）任國史館總裁。

〔註22〕見上海書店出版社編《清代文字獄檔》之「蔡顯《閑漁閑閑錄》案」。

〔註23〕見上海書店出版社編《清代文字獄檔》之「齊召南跋齊周華《天台山遊記》案」。

〔註24〕《高宗實錄》（十）（《清實錄》（第一八冊）），北京：中華書局，1986年，第925頁下。

《清實錄‧高宗純皇帝實錄》乾隆三十五年七月：「（庚戌）以編修謝啓昆爲河南鄉試正考官，刑部員外郎曹錫寶爲副考官。……」〔註25〕

【1771】乾隆三十六年（辛卯）謝啟昆三十五歲

〔大事〕是年四月十八日，謝啟昆京察一等，升一等翰林院編修，為會試同考官。

《清實錄‧高宗純皇帝實錄》乾隆三十六年四月：「（丁亥）吏部帶領京察保送一等之翰林院編修曹仁虎等五十一員……引見。得旨：曹仁虎、沈士駿、嵇承謙、謝啓昆、陸費墀、……瑞敏俱准其一等，加一級。」〔註26〕

《清史列傳‧大臣傳‧謝啓昆》：「京察一等，充會試同考官。」〔註27〕

是年十月十八日，謝啟昆為日講起居注官。

程同文《神道碑》：「明年會試爲同考官，分教習庶吉士，充日講起居注官。」（《續碑傳集補》P85）

《清實錄‧高宗純皇帝實錄》乾隆三十六年十月：「（乙酉）以右庶子那穆齊禮，侍講吳省欽，俱充日講起居注官。侍講學士博通阿，侍講王大鶴，左中允鄒奕孝，右贊善王燕緒，編修沈士駿、謝啓昆，俱署日講起居注官。」〔註28〕

〔詩文〕是年有詩：《恭祝皇上六旬萬壽詩（九首。謹序。恭集《文選》句）》。

【1772】乾隆三十七年（壬辰）謝啟昆三十六歲

是年二月，謝啟昆離都，赴鎮江任。

謝啓昆《重修鎮江府署記（癸巳）》云：「壬辰歲，予以翰林奉命來守鎮江。」（《文集》1/1A）〔註29〕

〔註25〕《高宗實錄》（一一）（《清實錄》（第一九冊）），北京：中華書局，1986年，第593頁上。

〔註26〕《高宗實錄》（一一）（《清實錄》（第一九冊）），北京：中華書局，1986年，第828頁。

〔註27〕王鍾翰點校：《清史列傳》，北京：中華書局，1987年，第2431面。

〔註28〕《高宗實錄》（一一）（《清實錄》（第一九冊）），北京：中華書局，1986年，第1025頁下。

〔註29〕謝啓昆《樹經堂文集》見《續修四庫全書》第1458冊第277頁上。

翁方綱《寶晉齋研山考》云：「壬辰歲，門人謝蘊山出守鎮江，託其訪此石。並覓好手與海嶽庵共寫爲圖，訖未得。……」（《復初齋文集》15/6A）〔註30〕

《清史稿》列傳一百四十六《謝啓昆傳》：「三十七年，出爲江蘇鎮江知府，調揚州。」〔註31〕

翁方綱《二月八日西苑夜宿，蘊山明日出都》（《復初齋詩集》9/17B-18A）

是年冬，吳克諧入謝啟昆幕。

尚小明《清代士人遊幕表》：吳克諧（1735～1812），字夔庵，號南泉。1772年至1778年佐謝啓昆鎮江、揚州府幕。1780年至1787年佐謝啓昆等三任寧國太守幕。1790年秋復佐謝啓昆江南河庫道幕。〔註32〕

謝啓昆《南泉遊幕記（庚戌）》〔註33〕云：

> 吾友吳夔庵，名克諧，浙之石門人，南泉其號也。生而穎異，性倜儻慷慨，重意氣。少習舉子業，喟然歎曰：章句之學，不足爲也。年二十三，遊海鹽署，見朱出墨入程式，若宿知者，心頗嗜焉。幕中諸友秘不以示，從記室某竊觀文案，指駁一二，悉中窾窾，一幕盡驚。執筆爲之，老吏無出其右者。……時乾隆二十五年，君年二十有六矣。是年始有室，明年復入都。今大司寇胡雲坡先生，時爲副郎總，辦秋錄，與君爲莫逆交，有疑獄就君商。……余適奉命來守鎮江，訪幕友於胡雲坡先生，先生曰，非吳夔庵不可。冬月抵署，見其貌瀟灑不羈，聆其言和易近人。與商古今利弊，時務緩急，片言居要，決策無遺。余心折服，遂訂金石交。逾二年調揚州，維揚四方輻輳之地，鹽漕關河諸務揉雜，賓從來往無虛日。余絕不爲關防，君亦無纖毫物議，八邑案牘，半日可了。每佳辰月夕，掉舟訪歐蘇治跡，相羊平山、虹橋間。事無留滯，人有餘閒。四十三年君丁內艱，旋里。余以「東臺書案」逮入京師質讀訊。君聞之奔赴，偕至京，艱難扶持，有踰骨肉。事

〔註30〕翁方綱：《復初齋詩集》，見《續修四庫全書》1455冊第491頁下。
〔註31〕趙爾巽等撰：《清史稿》，北京：中華書局，1977年，第1136頁。
〔註32〕尚小明：《清代士人遊幕表》，北京：中華書局，2006年，第108頁。
〔註33〕謝啓昆《樹經堂文集》見《續修四庫全書》第1458冊第289～291頁上。

釋，蒙恩發往軍臺效力，准以鍰贖。余留江南勾當差務，君返石門居南泉書屋。鍵戶卻掃，蒔花木。興至則揮毫染翰，不以示人。課子姪有法。兄弟無分產，待君舉炊者百餘口。囊無餘錢，澹如也。有來聘者，輒拒之曰，余與謝公約，勿他往。蓋君之意不在幕也。四十五年，余奉命守寧國，遣价延君。君發函狂喜，引觴浮白，大醉竟夕。晨即登舟，偕至。寧國各屬縣，倉庫虧空至數萬，陳案有十餘年不結者。君不憚煩勞，佐余整理。未匝歲，倉廩實，百務興。……明年，予以憂去。其後蕭、孫二太守俱挽留之。寧之吏民，無賢不肖，皆知吳先生凜然不可犯。六邑有疑獄，僉曰非吳先生不治。以是在寧國者七年。孫太守病假歸。和州牧宋君思仁，新授泰安守，慕君名敦請至署。泰安之清苦過於宣州，而繁劇不減揚鎮。君劻勤不遺餘力。居三年，余入都赴部引見，道出泰安，復與君踐十年息壤之盟。時為五十五年四月也。六月奉旨仍發江南，以原官補用。八月自京南來至濟寧，邀召同行。九月抵清江，十月勘災至睢陽，宿書院，挑燈談往事，忽忽如夢寐。君今年五十有六，余少君二歲。未知將來事業作何，究竟後死者誰，是不可以無記也。君居幕中，活人無數。子廷鏞，賢而能文，異日光大其閭，閭鋪張畢，屬作為家傳，即以余言備採擇可也。立冬後二日，謝啓昆記。(《文集》2/1A-5A)(P289～291)

〔交遊〕正月，**謝啟昆與馮敏昌在翁方綱家中論詩。**

翁方綱《齋中與友人論詩五首》(其五)自注云：「壬辰正月，蘊山、漁山於吾齋對榻論詩。二子止此一聚，最關賞析，不可復得。」(《復初齋詩集》62/11A)〔註34〕

〔詩文〕是年有詩：《覃溪師寓齋話別聯句》(《詩初集》1/21A)、《覃溪師甫入都，啓昆出守鎮江，話別聯句三首》(《詩初集》1/22A)〔註35〕

〔其他〕**是年正月初四，乾隆下令徵集天下遺書。**

〔註34〕翁方綱：《復初齋詩集》，見《續修四庫全書》1455 冊第 251 頁下。

〔註35〕謝啓昆《樹經堂詩初集》見《續修四庫全書》第 1458 冊第 43～44 頁。

【1773】乾隆三十八年（癸巳）謝啟昆三十七歲

〔大事〕是年，沈德鴻入謝啟昆幕。前後追隨近三十年。

尚小明《清代士人遊幕表》：沈德鴻（？～1802），字盤谷，號秋渚。1773年揚州知府謝啟昆聘之，自此久客謝幕。1795年客謝啟昆浙江按察使幕，旋秦瀛代署臬事，遂轉就秦幕。1797年至1799年秋就謝啟昆浙江布政使幕。1799年多至1802年就謝啟昆廣西巡撫幕。（P112～114）

秦瀛《沈君德鴻墓表》：「沈君秋渚，以嘉慶七年九月十九日卒於家，先是南康謝公蘊山巡撫廣西，君參其幕，無何君歸。謝公歿，而君亦歿。……時謝公自翰林出守揚州，延爲書記。而君於刀筆筐篋之學，無所不通。……乾隆六十年，公司臬浙江，尋權布政使，而余代其事，君始來余幕。……是年，謝公遷晉藩去。余亦謝臬事。越歲，公復來，君又在公幕。凡三年，公始奉撫粵之命。君以道遠，不欲行，公固要之，乃行。……」（見《碑傳集》12冊附存文）〔註36〕

〔詩文〕是年有文：《重修鎮江府署記（癸巳）》（《文集》1/1A-2B）

【1774】乾隆三十九年（甲午）謝啟昆三十八歲

是年，謝啟昆知揚州府。

謝啟昆《禪智倡和詩跋》：「乾隆甲午，余從京江移守揚州。」〔註37〕

〔詩文〕是年有文：《揚州府知府題名碑記（甲午）》、《邗江錄別詩小引（甲午）》。

【1775】乾隆四十年（乙未）謝啟昆三十九歲

〔大事〕是年謝啟昆修葺史可法墓祠，並題聯「一代興亡歸氣數，千秋廟貌傍江山」。

袁枚《子不語》卷十九《史閣部降乩》：「揚州謝啟昆太守扶乩，灰盤書《正氣歌》數句。太守疑爲文山先生，整冠肅拜，問神姓名，曰：『亡國庸臣史可法。』時太守正修葺史公祠墓，環植梅松。因問：『爲公修祠墓，公知之

〔註36〕（清）錢儀吉纂，靳斯標點：《碑傳集》，北京：中華書局，1993年，第4667至4669頁。

〔註37〕謝啟昆《樹經堂文集》見《續修四庫全書》第1458冊第280頁下。

乎？』曰：『知之，此守土者之責也，然亦非俗吏所能爲。』問自己官階，批曰：『不患無位，患所以立。』謝無子，問：『將來得有子否？』批曰：『與其有子而名滅，不如無子而名存。太守勉旃！』問：『先生近已成神乎？』曰：『成神。』問何神，曰：『天曹稽察大使。』書畢，索長紙一幅，問何用，曰：『吾欲自題對聯。』與之紙，題曰：『一代興亡歸氣數，千秋廟貌傍江山。』筆力蒼勁。謝公爲雙勾之，懸於廟中。」〔註38〕

〔備考〕「史閣部降乩」之類的怪力亂神的故事當然不可信，但袁枚與謝啓昆時有過從，故祠堂對聯當爲謝啓昆所書，則是可信的。

〔詩文〕是年有文：《明閣部史公墓祠記（乙未）》。

〔其他〕是年，詔開四庫館。

【1776】乾隆四十一年（丙申）謝啟昆四十歲

〔詩文〕是年有文《禪智倡和詩跋（丙申）》（《文集》1/8A）。

是年有詩《夏日招同人遊禪智寺，訪東坡送李孝博詩，石刻寄懷覃溪師，用東坡二韻》、《覃溪師新充文淵閣校理刻章寄呈繫以詩》。

翁方綱《續禪智唱和集跋》：「王文簡既去揚之百有十年〔註39〕，吾蘊山來爲守，越二年，乃以暇日訪蘇詩石刻於禪智。拓本寄予京師，予爲和作並跋以寄蘊山，蘊山合諸和作爲卷，而以運使朱公詩並予詩同勒於石，爲《續禪智唱和集》。」（《復初齋文集》18/14B-15A）〔註40〕

【1777】乾隆四十二年（丁酉）謝啟昆四十一歲

【1778】乾隆四十三年（戊戌）謝啟昆四十二歲

〔大事〕是年九月，謝啟昆因「《一柱樓詩》案」被革職。

《清實錄·高宗純皇帝實錄》乾隆四十三年九月：「壬寅……又諭曰：薩載等參奏「查辦徐述夔悖逆詩詞一案，請將東臺縣知縣涂躍龍、藩司陶易、揚州

〔註38〕 見《袁枚全集》（江蘇古籍出版社，1993 年），第 4 冊第 364 頁。

〔註39〕 王士禎（1634～1711），字子眞，一字貽上，號阮亭，晚號漁洋山人，諡「文簡」。
　　　　於 1659～1664 任揚州推官。

〔註40〕 翁方綱：《復初齋文集》，見《續四庫》1455 冊第 531 頁。

府知府謝啓昆革職訊究」等語。徐述夔身係舉人，乃敢編造詩詞，肆其狂悖，實爲罪大惡極，雖已伏冥誅，亦當按律嚴懲，以彰國法。其孫徐食田、久匿伊祖逆詞，且有賄囑縣書，捏控自首情節，其罪不止於大逆緣坐。昨已傳諭，將徐食田解京審訊。涂躍龍接據呈控逆詞，不即通詳嚴究，又不查明是否自首，抑係被人呈控，分別究辦。陶易接據縣稟悖逆詩文，並不立時嚴究，就近稟知督臣奏辦，均出情理之外，顯有袒護消弭情節。知府謝啓昆接奉司批，不即通詳審究，其罪亦無可逭。陶易、謝啓昆、涂躍龍，俱著革職。著該督等派委妥員，隔別押解來京，交大學士九卿、會同該部嚴審，定擬具奏。」〔註41〕

《清史稿》列傳一百四十六《謝啓昆傳》：「治東臺徐述夔詩詞悖逆獄遲緩，褫職戍軍臺。尋捐復原官，留江南。」〔註42〕

《清史列傳·大臣傳·謝啓昆傳》：「四十三年，東臺縣民徐述夔詩詞悖逆，事發，以啓昆查辦遲延，論軍臺効力贖罪。尋復原官，經兩江總督薩載奏留江南。」（P2431）

《謝啓昆供狀》：謝啓昆供：我於本年五月初二，自京俸滿引見，回到揚州府任。二十六日，接到東臺縣稟報，徐食田呈繳伊祖徐述夔書籍一案。內稱：各書已解交江寧總局，並未送我衙門。我當批「仰再悉心搜查，務期淨盡」等語。並行牌令查繳其板片。後來總局內將原書徑發回縣裏，叫他簽出，亦未行知府裏。到了六月二十一日，我接到陶易批發蔡嘉樹具控一案，內有「書本已繳在縣，自當呈局。與爾何干？明係挾嫌傾陷。飭府查報」等語，亦未將原書一同發府。我看陶易的批，似未平允，所以於行縣弔取書籍人卷文內，將陶易所批「挾嫌傾陷」之語刪去，現有府卷可查。我又催過四次，隨奉總督委赴江寧，會審丁大業叩閽案。七月初五日回到揚州，又專差守提徐食田等。十五日東臺縣把人卷解到，那時我已赴各屬查勘旱災去了。二十二日回署，才看見解到徐述夔各種的書，逐一檢閱俱有違礙之處，內《一柱樓詩》更爲悖逆不法。隨於八月初十簽出語句，開折通稟各上司核辦。我又把校書的徐首髮、沈成濯兩人拿獲。隨奉巡撫行文提起案犯，我就帶犯到蘇州會審。未經審竣，又因高

〔註41〕　《高宗實錄》（一四）（《清實錄》（第二二冊）），北京：中華書局，1986 年，第 268
　　　　　至 269。

〔註42〕　趙爾巽等撰：《清史稿》，北京：中華書局，1977 年，第 11356 頁。

寶一帶洪澤湖水漲，巡撫就叫我前往查看了。我所供的這前後日期，都有案卷可查的。〔註43〕

【1779】乾隆四十四年（己亥）謝啟昆四十三歲

〔大事〕是年，長子學增生。

《寶研圖自識（戊午）》云：「往得永平磚八，命工製爲研，既以名齋，復作此圖，曰『寶研』。頹然箕踞乎上者老夫也，執余手者長孫晉，奉研者第三子學坰，試研者二子學崇，視研者則長子學增也。二子各有所事，故侍坐於側也。余性寡嗜，惟與研相守最久。今老矣未嘗一日捨去，將以此貽子孫。雖然，磚八也，數傳之後或不能保其常聚，況他物乎？然則所寶者固不獨在研邪。時嘉慶三年八月二十六日，余年六十有二。學增二十，學崇十六，學坰十二，晉才五齡。蘇潭老人記。」（《文集》3/24A）〔註44〕

是年，謝啟昆丁外憂。揚州民為其立生祠。

謝啓昆《哀奠文（己亥）》云：「維大人之捐館舍，隔千里以阻長。逾三旬有六日，訃始達於維揚。」（《文集》1/1A）（P281上）

《清史列傳・大臣傳・謝啓昆傳》：「逾年，以憂去。其民思之，爲生祠以祀焉。」（P2431）

〔詩文〕是年有詩：《己亥九月二十三日舟次淮浦寄懷吳四夔庵宋大瑞屏兼示家伭綏庭二首》、《題姚姬秀英小影六首》。是年有文：《哀奠文（己亥）》

【1780】乾隆四十五年（庚子）謝啟昆四十四歲

〔大事〕是年，謝啟昆出守寧國。

謝啓昆《南泉遊幕記（庚戌）》云：「四十五年，余奉命守寧國。」（《文集》2/4A）（P290）

【1781】乾隆四十六年（辛丑）謝啟昆四十五歲

〔大事〕七月六日，謝啟昆丁內憂。

謝啓昆《哀慕詩五首》云：「淒風西北來，庭樹撼鳴葉。上有夜烏啼，下有

〔註43〕《清代文字獄檔》，上海書店出版社，2011年，第640至641頁。
〔註44〕《樹經堂文集》卷三，見《續修四庫全書》1458冊第317頁上。

露蛩泣。前年喪我父，今年喪我母。麻衣淚未乾，繭足奔恐後。怙恃奪何速，百身已莫贖。」（《詩初集》3/1B）（P56）

謝啓昆《南泉遊幕記（庚戌）》云：「四十五年，余奉命守寧國。……明年，予以憂去。」（《文集》2/4A）（P290）

謝啓昆《哭蔡氏女一首（辛丑七月二日，以產難亡，先吾母四日）》：「廿四韶光一霎吹，三千里外夢魂飛。隨余北轍牽衣慣，贅壻南馳會面稀。抱送麒麟虛吉夢，摧殘蘭蕙委春暉。相從大母應憐汝，九地迢迢路豈違。」（《詩初集》3/2B）〔註45〕

〔備考〕蔡氏女，當爲謝啓昆同父異母妹，以其庶出，故稱謝啓昆母爲「大母」，非祖母之謂也。

〔詩文〕是年有詩：《哭蔡氏女一首（辛丑七月二日，以產難亡，先吾母四日）》、《哀慕詩五首》。是年有文：《重修北樓記（辛丑）》、〈書宣城詩石刻後（辛丑）〉

【1782】乾隆四十七年（壬寅）謝啟昆四十六歲

〔詩文〕是年有文：《蛇坑新塋記（壬寅）》、《訓子姪文（壬寅）》、《家廟條規序（壬寅）》、《品如字說（壬寅）》、《李懷止字說（壬寅）》、《夫字迭韻詩跋（首句用夫字末句用鱸字。壬寅）》、《李大外姑王孺人遺像贊（壬寅）》、《外舅李淡初先生暨外姑王太孺人像贊（壬寅）》。

〔其他〕是年，文淵閣、文溯閣《四庫全書》編成。

【1783】乾隆四十八年（癸卯）謝啟昆四十七歲

〔大事〕是年，次子學崇生。

《寶研圖自識（戊午）》云：「……時嘉慶三年八月二十六日，……學崇十六……」（《文集》3/24A）

〔其他〕是年，杭州文瀾閣建成。

【1784】乾隆四十九年（甲辰）謝啟昆四十八歲

〔詩文〕是年有文：《以牡丹酥餉友人啓（甲辰）》

〔註45〕《樹經堂詩初集》卷三，見《續修四庫全書》1458冊第56頁下。

【1785】乾隆五十年（乙巳）謝啟昆四十九歲

【1786】乾隆五十一年（丙午）謝啟昆五十歲

〔大事〕是年結識胡虔，並形成編寫《西魏書》的構想。

〔詩文〕是年有詩：《奉和覃溪師對床聽雨圖元韻六首》、《秋日閒居雜詠八首》、《寄和翁覃溪師蘇潭歌》。

【1787】乾隆五十二年（丁未）謝啟昆五十一歲

〔大事〕是年，三子學坰生。

《寶研圖自識（戊午）》云：「……時嘉慶三年八月二十六日，……學坰十二……」（《文集》3/24A）

〔交遊〕是年，謝啟昆結識凌廷堪於揚州，後在南昌多與過從。

凌廷堪《祭廣西巡撫謝蘇潭先生文》云：「昔我從師，負笈擔簦。羞澀空囊，失路廣陵。感公邂逅，引作友月。（乾隆丁未，翁覃溪師招廷堪往南昌，始遇公於揚州。）」〔註46〕

凌廷堪《題謝蘊山觀察種梅圖》：「昔遊洪州歲丁未，襆被十日留蘇潭。是時日躔鶉尾次，梅信已過無由探。潭上芙蕖一千柄，覆錦繡段晴霞涵。主人好客忘勢分，把臂入座容狂談。人生從古重知己，期許過望心懷慚。」〔註47〕

凌廷堪《書校正汲古閣本儀禮注疏後》云：「丁未夏，客南昌，從謝蘊山太守家假得正德本，……詳加校對鄭注一過。」〔註48〕

七月十一日，是日處暑，謝啟昆與翁方綱、林泰交（號蘊齋）遊。

翁方綱《發沙井（七月十一日，是日處暑。）》：「雨後取新涼，江風透葛裳。樹陰依北轍，雲氣起南康。吏有三賢送（邑令送於江干，蔡、何、鄭三生與焉），詩添二蘊章（林蘊齋、謝蘊山時皆同行）。匡廬已迎客，濃翠疊前岡。」（《復初齋詩集》34/4A）〔註49〕

〔註46〕（清）凌廷堪著，王文錦點校：《校禮堂文集》，北京：中華書局，1998年，第325頁。

〔註47〕（清）凌廷堪著，紀健生校點：《凌廷堪全集》，合肥：黃山書社，2009年，第92頁。

〔註48〕（清）凌廷堪著，王文錦點校：《校禮堂文集》，北京：中華書局，1998年，第270頁。

〔註49〕翁方綱：《復初齋詩集》卷三十四，見《續修四庫全書》第1454冊第673頁下。

【1788】乾隆五十三年（戊申）謝啓昆五十二歲

〔大事〕是年，謝啓昆主講江西白鹿洞書院。主修陳蘭孫《南昌府志》（參見《胡虔生平繫年》）

翁方綱《蘊山應聘主鹿洞講席賦寄》:「寤寐嵐漪信有神，瓣香容易說前因。來尋鹿洞申條約，果與匡君作主人。經義師承毋泥古，文章家數莫翻新。開先玉峽看飛瀑，處處源頭可問津（書院壁間有王文成書《古本大學》，愚去年來此，有詩力言近人輕談復古，好駁宋儒之弊，故此詩及之）。」（《復初齋詩集》36/13A-13B）（P7）

【1789】乾隆五十四年（己酉）謝啓昆五十三歲

〔交遊〕是年九月九日，翁方綱飯於謝啓昆家，論學、唱和。陳蘭孫《南昌府志》修成

謝啓昆《九日陪覃溪師偕門下諸生遊北蘭寺，午飯蘇潭，同賦二首，是時師將北上》:「龍沙亭北香嚴界，今日登臨意惘然。三十年求門下士，羣仙隊裏菊花天。西風雁鶩回江上，夜雨魚龍動檻前（明日放秋試榜）。此地簪裾誰作合，不須絃管聒離筵。潭上題詩已三載（丙午師作蘇潭歌見寄），園林日日望公來。鷺鷗似狎高軒至，桃李親承兩世栽。對影能還眞面目，齋心爲洗舊風埃（是日茹素）。明春奉杖蘇齋側，浦樹江雲首重回。」（《詩初集》6/16B-17A）（P90）

翁方綱《諸生同餞於北蘭寺，晚飯蘇潭，次蘊山韻二首》:「有美東南詩弟子，至今髯也思飄然。留題古佛初桄閣，收盡橫江萬頃天。秋渚夢圓三載後，蘇門話又百年前。端從王宋參禪偈，不爲諸君賦別筵（康熙辛未，潛江朱悔人題曰『綿津詩屋』以比魚洋也。『秋渚』唐權載之語）。檻思綿綿上綠苔，似尋蘇步石坊來。古歡舊約憑心印，老幹新英愧手栽。對榻籤廚增感慨，廿年衣袖積塵埃。臨分贈處期同學，力挽層瀾大海回。」（復初齋詩集》38/12B）
〔註50〕

翁方綱《書別次語留示西江諸生》:「九月九日，諸生餞予於北蘭寺，歸飯於蘊山蘇潭之鴻雪軒，與習之論諸經漢學、宋學之不同。愚意專守宋學者

〔註50〕翁方綱:《復初齋詩集》卷三十八，見《續四庫》1455冊第24頁上。

固非矣，專驚漢學者亦未爲得也，至於通漢宋之郵者，又須細商之。蓋漢宋之學有可通者，有不可通者。以名物器數爲案，而以義理斷之，此漢宋之可通者也。彼此各一是非，吾從而執其兩用其一，則愼之又愼矣。且一經之義，與某經相經緯者，此經之義與他經相出入者，執此以爲安之，彼而又不安也，則不能不強古人以從我者有矣。是日語未既，輒即席次蘊山韻爲詩。明日辛敬堂來，予與言諸經，如某家傳人所時肄者，然猶或不備。敬堂因舉資州李氏《易集解》並及於《書傳會選》，愚亦舉眉州杜氏《春秋會義》以質之，然於墨守之處，析義之方，非一語所能賅也。諸生既各爲文以贈，予因書此爲諸生別。」《復初齋文集》15/17B）〔註51〕

〔詩文〕是年有詩《己酉，主鹿洞講席，翁賈溪師賦詩寄贈，次韻奉答，兼示諸生二首》（《詩初集》（6/1A）

【1790】乾隆五十五年（庚戌）謝啟昆五十四歲

〔大事〕是年，謝啟昆升江南河庫道。

《清史稿》列一百四六十《謝啟昆傳》：「五十五年，特擢江南河庫道。」
〔註52〕

謝啟昆《江南河庫道題名碑記（辛亥）》云:」乾隆五十五年，啓昆奉命來蒞斯任。」（《文集》2/7A）

〔詩文〕是年有文，《南泉遊幕記（庚戌）》

〔其他〕是年，乾隆下令開放南三閣《四庫全書》，供士人閱覽。

【1791】乾隆五十六年（辛亥）謝啟昆五十五歲

〔大事〕是年，凌廷堪入謝啟昆幕。

尙小明《清代士人遊幕表》：凌廷堪（1757～1809），字仲子，一字次仲。安徽歙縣人。1791 年夏秋客江南河庫道謝啓昆幕。1792 年春夏再客謝啓昆江南河庫道幕。（P130～131）

〔詩文〕是年有文：《江南河庫道題名碑記（辛亥）》

〔註51〕 翁方綱：《復初齋文集》卷十五，見《續四庫》1455 冊第 497 頁上。

〔註52〕 趙爾巽等撰：《清史稿》，北京：中華書局，1977 年，第 11356 頁。

【1792】乾隆五十七年（壬子）謝啟昆五十六歲

〔大事〕是年，胡虔始入謝啟昆幕，追隨其近十年，續纂《西魏書》、《史籍考》，助纂《小學考》、《廣西通志》等書。

尚小明《清代士人遊幕表》：胡虔（1753～1804），字雛君，安徽桐城人。1792 年至 1795 年，先後客謝啟昆江南河庫道幕、謝啟昆浙江按察使幕。1795 年下半年至 1796 年十一月，謝啟昆調離浙江，任職山西，胡虔客秦瀛幕。1797 至 1802，先後謝啟昆浙江布政使幕、廣西巡撫幕。（P124）

《清儒學案・惜抱學案》：胡虔，字雛君，桐城人。嘉慶元年舉孝廉方正，未就徵，賜六品頂戴。早孤，事母孝。師事惜抱，學成，客遊爲養。歷主翁學士方綱、秦侍郎瀛，而從謝巡撫啟昆最久。謝所纂《西魏書》、《小學考》、《廣西通志》，皆出其手。又助畢制軍沅分纂《兩湖通志》、《史籍考》等書。（P3545）

是年，《西魏書》初稿成。

〔備考〕《西魏書》有乾隆五十六年姚鼐序，乾隆五十七年十一月錢大昕序，錢序稱「既蕆事，介翁公屬序於余」，後有凌廷堪乾隆五十七年跋稱「南康謝蘊山先生撰西魏書二十四卷，凡紀一，考五，傳十三，載記一。既成，以示廷堪，命爲後序。」〔註53〕則此書成稿，至晚當在乾隆五十七年。

〔交遊〕是年，謝啟昆以長子學增與次子學崇的畫像示凌廷堪，廷堪有詩《蘊山觀察以公子益之崇之昆季常棣圖見示漫書四首》。是年，謝啟昆賀翁方綱六十大壽。

謝啟昆《覃溪師六十壽詩》：「北平吾夫子，秘文紬石室。簪筆四十年，著書一千帙。雕鐫金石富，製詞手腕疾。集古歐趙遺，翰墨褚虞匹。精力貫百家，尚友若膠漆。嗜好從人殊，聞道我先怵。邇來盛浮華，風騷失正律。士不務樸學，論或鄙經術。溯河已斷港，揣籥烏知日。公獨秉醇意，爲文必己出。鄭賈義分剖，程朱理則一。直以心性言，而貫注疏質。考證入歌詠，前賢所未悉。漢廷尊老吏，矩範不可軼。（師嘗云：詩到蘇黃盡，唯虞伯生以道學入詩，能獨開生面，數百年以來無繼者，蓋未嘗不以斯道者自任也）以此荷主知，鸞臺晉高秩。三吹鹿鳴

〔註53〕（清）凌廷堪著，王文錦點校：《校禮堂文集》，北京：中華書局，1998 年，第2475 頁。

笙，屢持學使節。漢陰擷蘭芷，冀北空驪騵。珠江無匿光，豫章有再實。近復臨齊魯，珊網收散逸。韻事續漁洋，著錄訪高密。雄才泰岱齊，清氣東海溢。公文壽萬世，賤子吟秋蟀。樗材傷老大，藥籠忝芝術。學業百無成，政事古難必。日與蒭蕘親，邈焉函丈夫。回憶東湖時，坡仙薦芬苾。（師舊居京邸，地名東湖柳村，每歲祀東坡生日）更懷蓬鶴軒，山谷祀有餗。（己酉歲，山谷生日，於江西使院之蓬鶴軒薦脯筍，啓昆亦與焉）蘇黃今再見，視履定逢吉。甲子紀從頭，申生賴輔弼。翹瞻歷亭雲，敢炫孔門瑟。」（《詩初集》7/16B）（P101）

【1793】乾隆五十八年（癸丑）謝啟昆五十七歲

〔詩文〕是年有詩：《七月六日夜夢同覃溪師登岱與蘭雪論詩覺而紀之，即書岱雲會合圖後》、《嘆咭唎貢使歌（乾隆五十八年六月，嘆咭唎國納貢，情詞極爲恭順。貢物十九件：一西洋布蠟尼大和翁 〔註 54〕 大架一座，二坐鍾一架，三天球全圖，四地球全圖，五雜樣器具，六試探氣候架一座，七銅炮，八奇巧椅子，九自然火，十圖畫國王全家像，十一玻璃影燈，十二金線氈，十三大絨氈，十四馬鞍，十五涼暖車，十六軍器，十七益力架子，十八大小金銀船，十九雜貨。天津太守李程蓮郵書言甚悉，因爲詩以紀之）》

〔其他〕是年，英使馬葛爾尼（George Macartney，1737～1806）率團訪問中國。

【1794】乾隆五十九年（甲寅）謝啟昆五十八歲

〔大事〕是年五月，謝啟昆出任浙江按察使。

《清實錄・高宗純皇帝實錄》乾隆五十九年五月：「（戊戌）以浙江按察使田鳳儀爲布政使。江南河庫道謝啓昆爲浙江按察使。」〔註55〕

是年，長孫振晉生。

《寶研圖自識（戊午）》云：「……時嘉慶三年八月二十六日，……晉才五齡……」（《文集》3/24A）

是年，始纂《小學考》，一度因離浙而中斷。

〔註54〕按，「布蠟尼大和翁」，當爲「布蠟尼大利翁」，即 Planetarium （天象儀）的音譯。

〔註55〕《高宗實錄》（一九）（《清實錄》（第二七冊）），北京：中華書局，1986 年，第 360 頁上。

　　謝啓昆《新作廣經義考齋既成賦詩紀事》：「經義補吾師（覃溪先生作補經義考齋），竹垞所未備。我今更廣之，未成卷帙匯。小學通於道，爾雅統厥類。六書愼詁訓，五經正文字。邇來遵漢學，專門各樹幟。卮言陋宋儒，高論吾所忌。說經要貫弗，體用無二致。占畢求偏旁，買櫝珠反棄。匪不求甚解，忘言貴得意。裒輯始甲寅，我初來此地。嘉肺有餘清，筆研多同契。朱輴忽西行，一載疎編記。量移喜再臨，故人重把臂。淥水泛紅蓮，眾美翩聯至。朝夕惠討論，朱墨較同異。但使羅篇目，不教聚訟議。築室拓十弓，脫腕鈔羣吏。官書用符調，匠石捐俸置。翻風帶草碧，浥雨新桐翠。鑱貯宋湖波，磚搨晉書媚。一一助校勘同，時時披腹笥。夜語當飲醇，日長可破睡。齋成無丹艧，客來忘齒位。昔者胡安定，經義兼治事。我職任旬宣，理財思上計。詎敢泥周官，要各因時勢。政學本相資，同文天下治。補史既有亭，廣經焉可廢。浙水盛人文，酉山培士氣。落成繫以詩，聊附張老義。」（《詩初集》14/4A-5A）（P167）

　　謝啓昆《小學考序》云：「乾隆乙卯，啓昆官浙江按察使，得觀文瀾閣中秘之書，經始採輯爲《小學考》，後復由山西布政使移任浙江，從政之暇，更理前業，成書五十卷。」（《小學考》序/7B）（P5）

　　〔備考〕《小學考》編纂經始之時，一云甲寅，一云乙卯。而謝啓昆任浙江按察使爲甲寅年，而非乙卯。《小學考序》述其由浙江察使而山西布政使，再浙江布政使的從宦經歷，《新作廣經義考齋既成賦詩紀事》也說「朱輴忽西行，一載疎編記。量移喜再臨，故人重把臂」顯然也指謝啓昆一度離開浙江西去，又再度歸來。則《小學考》之編纂，顯然始於其浙江按察使任上，故繫之此年。

　　〔交遊〕是年九月三十，謝啓昆與凌廷堪遊天竺寺等杭州名勝。秋，又與凌廷堪看紅葉。

　　凌廷堪有詩《次廉使謝蘊山先生九月晦日行香天竺，遂至龍井，由瑪瑙寺放舟而回四首元韻》、《次謝蘊山先生湖上看紅葉二首》（見《校禮堂詩集》卷九）（P128、129）

　　〔詩文〕是年有文：《禁止殷戶充當保長檄（甲寅）》

【1795】乾隆六十年（乙卯）謝啟昆五十九歲

〔大事〕是年，《西魏書》刻板。

胡虔《西魏書跋》云：「先生創稿於丁未秋，時虔主蘇潭。今來武林，復樂見其書之成也。輒敍顛末於後。虔侍先生久，故知之爲切近云。乾隆六十年正月，桐城胡虔雒君謹跋。」〔註56〕

六月三十日，謝啟昆三弟謝啟勖卒。

謝啓昆《亡弟砥山墓誌銘（丙辰）》：

> 予弟砥山之亡也，既哭之以詩矣。踰年猶子學任以書來乞銘。嗚呼，晉水章江相隔數千里，不獲執紼視窆，更何忍銘予弟。雖然弗爲銘，則予弟之潛德曷彰。弟諱啓勖，字儆逸，號砥山。先封公通奉大夫之三子也。伯兄啓晨，府學生。余居次。君奉封大夫命，後伯父聖著公。幼穎慧，兄弟同家塾，互相切劘。君爲文獨敏捷，弱冠應縣府院試，三冠童子軍。旋食廩餼，屢躓於鄉舉，以例貢成均，遂絕意科舉，日以讀書課子孫爲樂。作《藝蘭圖》以見志。先伯父母早殁，仍依所生，□□侍養無間。待朋友以信，處宗族以和，有緩急未嘗不周。封大夫與王太夫人相繼去世，伯兄亦捐館，余仕宦奔走南北，弟獨力持門戶，視諸猶子如己子。余官於鎮江、於揚州、於清江，皆嘗一至署視余，然不樂華膴，居數月輒返。及余按察浙江，手書要其來，冀一相見。會君已疾，不果。嗚呼已矣，君性恬淡，不歆慕外物，居恒有夷然自得之趣。豈非古所謂聞道者乎，嘗規余以老子知足之旨。聞屬纊之夕，惟眷眷以不及與余訣爲恨。豈君昔嘗語余者，猶欲及其未死之辰一再言哉。昔蘇東坡與子由以兄弟爲朋友，東坡長子由三歲，先子由卒，而子由銘其墓。今余弟亦少余三歲，先卒而余爲之銘。嗚呼，其可痛也已。君生於乾隆五年三月二十五日，卒於乾隆六十年六月三十日，年五十有六。娶賴氏，子一，學任，附貢生。孫三，振鸞、振鵬、振鷺。曾孫一，世亨。將以嘉慶元年十一月二日，葬於東山之甲岡孜嶺。乃涕泣而爲之銘曰：

〔註56〕《西魏書》跋，見《續四庫全書》第304冊第175頁。

修德者報，不於其身。爾昌爾熾，卜我後人。（《文集》2/17A-18A）
（P297）

是年，浙本《四庫全書總目》刻成。

阮元《四庫全書總目附記》：「……乾隆五十九年，浙江布政使司臣謝啓昆、署按察使司臣秦瀛、都轉鹽運使司臣阿林保等，請於巡撫兼署鹽政臣吉慶發文瀾閣藏本，校刊以惠士人。……六十年，工竣。」〔註57〕

〔備考〕此處，《附記》中職名恐有誤。乾隆五十九年浙江布政使爲田鳳儀，而謝啓昆當時爲按察使。

是年，謝啟昆出任山西布政使。

《清實錄·高宗純皇帝實錄》乾隆六十年七月：「（戊寅）以浙江按察使謝啓昆爲山西布政使。」〔註58〕

《清史稿》列一百四十六《謝啓昆傳》：「六十年，遷山西布政使。」〔註59〕

〔交遊〕爲錢泳（1759～1844）《金塗銅塔考》作序。爲袁枚（1716～1797）《隨園雅集圖》作跋。

〔詩文〕是年有文：《金塗銅塔考敍（乙卯）》、《隨園雅集圖跋（乙卯）》。

【1796】嘉慶元年（丙辰）謝啟昆六十歲

〔大事〕是年十一月，謝啟昆被授浙江布政使。是年，《樹經堂詠史詩》八卷編成。

《清實錄·仁宗睿皇帝實錄》嘉慶元年十一月：「癸丑……。調山西布政使謝啓昆爲浙江布政使。」〔註60〕

謝啓昆《上翁覃溪師（丙辰）》：「昨者附呈啓昆所作《詠史詩》八卷，求訓誨而賜之序。」（《文集》2/15A-16A）（P296）

趙翼《樹經堂詠史詩序》：「去歲赴山右時出此編見示，不過數十首，今自

〔註57〕（清）永瑢等撰：《四庫全書總目》（北京：中華書局，1965年），第1387面上。

〔註58〕《高宗實錄》（一九）（《清實錄》（第二七冊）），北京：中華書局，1986年，第826頁上。

〔註59〕趙爾巽等撰：《清史稿》，北京：中華書局，1977年，第11357頁。

〔註60〕《仁宗實錄》（一）（《清實錄》（第二八冊）），北京：中華書局，1986年，第170頁上。

晉移浙僅閱一歲，已遍詠二千年史事，裒然成集，益歎先生經濟文學兼數十百人之長，眞不可及也。治年弟趙翼。」〔註61〕

〔交遊〕是年八月，凌廷堪有詩《寄祝山西方伯謝蘊山先生六十壽二十四韻》。謝啓昆致函翁方綱爲其《樹經堂詠史詩》作序，初不獲允，又作《上翁覃師》復求之。次年，翁氏終賜序。是年與孫星衍書，論商湯陵是在山東曹縣或山西榮河縣（今萬榮縣）。

翁方綱《與謝蘊山論詠史詩》云：「賢友示我新刻詠史七律一部，欲爲作序。此《詠史詩》昨歲已於莫韻亭几上論之。以愚意，原可不必作也。既作矣，則存之亦可，不必即刻也。既刻矣，已有吳穀人序，則愚序可以不作。蓋愚之序非穀人可比，不可涉一字華飾也。愚與吾賢，非外間泛常之交也。……《詠史詩》一函既已裝潢，愚雖不序，而兒輩已把愛登於架矣，蓋渠欲作《事類賦》看耳。」（《復初齋集外文》2/4B-5A）

謝啓昆《上翁覃溪師（丙辰）》云：「昨者附呈啓昆所作《詠史詩》八卷求訓誨，而賜之序。辱夫子垂教以謂『古人已往各有應指應摘處，非身當史局不必作爲論斷』，且以啓昆所作『視唐胡曾更精工矣，愈精工則所指愈甚，凡以明詠史詩可以無作』云爾。夫子之愛我也厚矣。然啓昆竊謂有所未盡者。……啓昆才力淺薄，平日所爲詩平平無奇，語輒復自病。因思託於詠史詩，以稍變其面目。此不過掇拾詞藻以作詩料而已，吾夫子顧病其指謫古人，是則夫子所以愛我者過厚，故期之過深，而實非啓昆所敢居也。夫夫子於讀史不作史論史斷，於詩不作詠史詩，蓋夫子力量大，於詩無所不有，偶不肯作此可耳。啓昆才力萬不及夫子，惟幸夫子不肯爲，故得閒而爲之。若並此禁之，則啓昆所能爲者，亦僅矣。惟夫子察焉。……」（《文集》2/15A-16A）（P296）

〔詩文〕是年有文：《揚州晉太傅謝文靖公祠記（丙辰）》、《上翁覃溪師（丙辰）》、《亡弟砥山墓誌銘（丙辰）》、《移署山東按察司孫牘（丙辰）》。

【1797】嘉慶二年（丁巳）謝啟昆六十一歲

〔大事〕二月初十，謝啟昆到任浙江布政使。續纂《小學考》。同月，移宋

〔註61〕《樹經堂詠史詩》序，見《四庫未收書輯刊》第四輯第 20 冊第 493 頁。

淳祐鐵鑊至藩署蓬巒軒中。

謝啓昆《嘉慶二年正月十日抵浙藩之任紀恩二首》：

> 三晉雲山觸手新，西來不染太行塵。地繁敢詡資輕駕，天語難忘要
> 認眞。（嘉慶元年十一月，奉上諭：浙江爲財賦之區，藩司員缺緊要。
> 謝啓昆曾任浙江臬司署理藩篆，聞伊在山西辦事頗屬認眞，著調補
> 浙江布政使，以資駕輕就熟。欽此。）

> 膏雨黍苗今日願，春風楊柳去年津。曾斟一勺泉難老（晉祠泉名），
> 鬢未全斑識吏民。東風吹夢到西泠，秘省重尋後樂亭。越燕依巢如
> 有約，吳山爲我特開屛（署面吳山）。司南路熟兼司北（浙人呼藩爲
> 南司，臬爲北司），補史人來更補經（余任臬司時輯《西魏書》作補
> 史亭，復補朱竹垞《經義考》未就，今將續成之）。似客還家欣執手，
> 同官相見眼尤靑。（《詩初集》14/1A-1B）（P166）

謝啓昆《宋淳祐鐵鑊歌》云：「我守潤州憩廿露，蕭梁古鑊空團團。我藩武
林訪遺器，南宋鐵鑊文斑斑。其徑六尺圍丈八，蓋稍殺之旁無環。四十石水量
不足，橐氏煎金深以寬。不鐫銘詞示樸質，但有年號無支干。……（……嘉慶
二年三月，余始移於庭旣爲作歌。因附誌於後。）」（《詩初集》14/5A-6A）（P168）

七月，往台州勘風災。

謝啓昆《台州勘災紀事》：「嘉慶二載秋七月，耿耿銀河出覆沒。牛女之
次臺階旁，有風鼓自土囊穴。初從大塊發噫氣，旋翻圓嶠鬱蓬勃。舸艦如山
浸黑洋，魚龍奮鬣驕白日。飛廉布陳鳴喧豗，天瓢覆雨灑倉猝。排山萬馬驅
潮來，嘉禾盡偃木斯拔。保抱攜持遺老稚，鬼哭啾啾及枯骨。豈惟茅茨卷三
重，但見屋瓦飄百室。牢盆失利空白波，灶戶無炊剩黔突。日臨日黃太與寧，
沿海居民遭蕩析。怒聲幸逢孤嶼止，猛勢不向溫溪折。（是日大汛，而溫州潮
不到，因上游泛溢勢阻也。）太守飛諜告大吏，敷奏於帝語皆實。我職旬宣
亟命駕，星言不辭道路蹟。周巡迴浦歷章安，甌國風光一覽畢。……」（《詩
初集》13/13B-14B）（P161～162）

七月，得晉磚八塊，並以名舫。

凌廷堪《晉磚歌（並序）》：「浙江布政使謝蘇潭先生，葺衙齋得古磚八枚。
磚側有『永平』字者七，『永興』字者一。胡雒君徵君定爲晉惠帝時物。丁巳七

月拓以見寄，為賦此詩。」〔註62〕謝啟昆《後樂園記（丁巳）》：「浙江布政司署之西，舊有園曰『後樂』明右使莫子良，嘗作詩刻石於中。園既久廢，而署東有屋十餘楹，蓋昔人公暇燕息之地，今亦頹然將傾圮矣。余乃為集工修葺之事，既竣遂以『後樂』名此園。園之北曰『蓬巒軒』，宋淳祐鐵鑊在焉。南為『廣經義考齋』。其東曰『八磚書舫』。西為小亭移置莫詩於亭壁。……」（《文集》3/12A-13A）（P311）

〔備考〕此磚或許並非晉磚。錢泳《履園叢話》卷二《晉永平磚》：「嘉慶丁巳歲，南康謝蘊山先生為浙江布政使，闢東園屋得永平磚八塊，先生大喜，定為晉惠帝時物。遂名之曰『八磚書舫』，賦詩紀之。一時和者至數十家，或以為明永平廠所造，非晉磚也。先生怒曰：『爾輩嗜古家每以穿鑿附會為長，區區瓦礫何足深究耶！』」〔註63〕

八月十日，**謝啟昆六十一歲生辰**。有詩《桐廬舟次口占四絕，是日為余六十開一生辰兼柬沈盤谷》（《詩初集》13/1A）。

〔交遊〕是年謝啟昆與孫星衍反覆討論湯陵故址之所在。與趙翼論《西魏書》有關問題〔註64〕。與張穆庵、秦瀛、田碧坡往於雲棲看桃花。與袁鈞、袁景昭（字春圃）、錢泳（號梅溪）、謝振定（號薌泉）、馮集梧（號鷺庭）、阮元（號芸臺）、周春（號松靄）等有詩交。為畢沅、阿桂作挽詩。

〔詩文〕是年有詩：《嘉慶二年正月十日抵浙藩之任紀恩二首》、《張都轉穆庵邀同人半山看桃花即席口占八絕》、《題袁鞠村先生布衣歌卷後為袁秀才鈞作》、《永平磚歌》、《新作廣經義考齋既成賦詩紀事》、《宋淳祐鐵鑊歌》、《題袁春圃鴛湖茶舫圖四首》、《題竹垞圖後四首》、《錢梅溪以吳山唐開成題名搨本見示因題其後》、《題謝薌泉金焦玩月圖》、《汪石蘭將之崇明學官之任握別於武林口占二絕》、《嘉慶二年閏六月十一日禱天竺得雨誌喜越五日立秋》、《題馮鷺庭所藏田漪亭秋槎觴詠圖兼簡星石》、《有感四首》、《題趙文敏登飛英塔詩墨刻後即用其韻為陳學博無軒作》、《定香亭二首為阮芸臺學使賦》、《題宋荔裳遺像錢

〔註62〕（清）凌廷堪著，紀健生校點：《凌廷堪全集》，合肥：黃山書社，2009年，第143頁。

〔註63〕（清）錢泳撰，張偉點校：《履園叢話》，北京：中華書局，1979年，第48頁。

〔註64〕趙翼關於《西魏書》的主要觀點凡二則，見《廿二史箚記》卷二十三（中華書局，2007）P265～269。

唐戴蒼葭湄畫》、《荔支桃核二石歌爲陳太守桂堂賦》、《題鄭勉齋先生遺像》、《挽畢秋帆制府二首》、《挽阿廣庭公相二首》、《凌仲子之母王孺人八十壽》、《題蔣蔣山嚴灘濯足圖二首》、《祝鮑綠飲七十壽》、《岳祠銅爵歌爲金雲莊賦》、《書五代詩話後三十首》、《書周松靄遼詩話後二十四首》。是年有文：《復孫淵如觀察（丁巳）》、《移署山東按察司孫牘（丁巳）》、《殷湯陵考（丁巳）》、《再答孫淵如觀察（丁巳）》、《新建縣訓導程君墓誌銘（丁巳）》、《答趙雲松觀察（丁巳）》、《再答趙雲松觀察（丁巳）》、《後樂園記（丁巳）》、《硯銘（丁巳）》、《講筵四世詩鈔序（丁巳）》。

〔其他〕是年，畢沅、阿桂卒。

【1798】嘉慶三年（戊午）謝啟昆六十二歲

〔大事〕是年，章學誠、錢大昭、陳鱣、邵志純入謝啟昆幕。

《章實齋先生年譜》：「此年，在杭州，借謝啓昆（蘊山，蘇潭）之力，補修《史籍考》。助手有袁鈞，胡虔等。」〔註65〕

謝啓昆《懷人詩二十首（章實齋）》云：「登第不求官，空齋耐歲寒。耳聾揮牘易，鼻堊運斤難。晚境貧愈甚，芳情老未刊。近來稽水側，誰授故人餐。」（《詩續集》8/5B）（P265）

尚小明《清代士人遊幕表》：錢大昭（1744～1813），字晦之，號可廬，1798 至 1799 客浙江布政使謝啓昆幕，與胡虔、袁鈞等纂《史籍考》。（P116～117）

尚小明《清代士人遊幕表》：陳鱣（1753～1817），字仲魚，號簡莊。助謝啓昆纂《小學考》、《史籍考》。（P124～125）

尚小明《清代士人遊幕表》：邵志純（1756～1799），字懷悴，號右庵。1798年客浙江布政使謝啓昆幕。與胡虔、錢大昭、陳鱣、袁鈞等纂《史籍考》。（P128～129）

謝啓昆《懷人詩二十首（陳仲魚）》：「燈分兒麗軒（浙藩署軒名），一笑紫髯掀。尚友青雲上，讀書松樹根（仲魚有《尚友》及《歲寒讀書》二圖）。議談

〔註65〕胡適著，姚名達訂補：《清章實齋先生學誠年譜》，臺北：臺灣商務印書館，1980年，第 132 頁。

驚上座，訓詁證方言。埤雅農師繼，於今小學尊（仲魚著《說文正義》）。

謝啓昆《小學考》之《說文解字》條按語云：「按，說文解字之學，今日爲盛。就所知者有三人焉。一爲金壇段玉裁若膺《說文解字讀》三十卷；一爲嘉定錢大昭晦之著《說文統釋》六十卷；一爲海寧陳鱣仲魚著《說文解字正義》三十卷、《說文解字聲系》十五卷。皆積數十年精力爲之。」（《小學考》10/20B-21A）（P147～148）

謝啓昆《思蘭曲爲邵右庵作》：「樹蘭香蓓蕾，採蘭顏色改。枝有本兮花有心，願言思之背與襟。和風長養玉荄發，不見南陔雙白髮。安樂窩中春意足，寸草年年長幽屋。五十孺慕恒若此，錢塘孝廉眞孝子。此物本是吾家種，蓼莪同觸廿年痛。」（《詩續集》1/14A）（P196）

《清儒學案·潛研學案》：錢大昭字晦之，一字宏嗣，竹汀弟也。國子生，博通經史。……先生所著，有《詩古訓》十卷、《爾雅釋文補》三卷、《廣雅疏義》二十卷。又著《說文統釋》六十卷，書未刊，但《自序》及《徐氏新補新附考證》行世。（P3285）

《清儒學案·耕崖學案》：陳鱣字仲魚，號簡莊，一號河莊，海寧人。嘉慶元年舉孝廉方正，學使阮文達元稱其經學在浙西諸生中爲最深，特手摹漢隸「孝廉」二字以顏其居。戊午中式舉人。博學好古，強於記誦，尤專心訓詁之學。嘗以其父璘素治《說文》而著書未就，因繼父志，取《說文》九千言，以聲爲經，偏旁爲緯，竭數十年心力，成《說文正義》一書。惜存稿遭亂散失。（P3436）

是年，《小學考》成。又續纂《史籍考》。

謝啓昆《小學考序》云：「乾隆乙卯，啓昆官浙江按察使，得觀文瀾閣中秘之書，經始採輯爲《小學考》，後復由山西布政使移任浙江，從政之暇，更理前業，成書五十卷。……助爲輯錄者，桐城胡虔君虔，及海寧陳鱣。鱣，余所舉士也。時嘉慶戊午季夏。越五年壬戌，重加釐定，乃付板削焉。」（《小學考》序/7B-8A）（P5～6）

謝啓昆《兑麗軒集（自序）》云：「竹垞《經義考》之闕，予既作《小學考》以補之，成五十卷矣。又擴史部之書爲《史籍考》以匹經義。因葺官廨西偏屋數十楹，聚書以居。……」（《詩續集》1//A）（P190上）

謝啓昆《與錢竹汀少詹（戊午）》：「《小學考》已匆匆卒業，朱氏經義固不及小學。……近世著書，精審無過閣下，敢以拙撰敬求是正，更乞寵以序文。」

是年，謝啟昆將八枚晉磚，改為八方硯臺，並作《寶研圖自識》。

〔交遊〕是年，謝啓昆與馮集梧（號鷺庭）、姚鼐（字姬傳，又字夢谷）、錢大昕（號竹汀）、陳奉茲（號東浦）有書信往來。爲汪輝祖（字煥曾）《二十四史同姓名錄》作序。

〔詩文〕是年有詩，集爲《兌麗軒集》。是年有文：《禁止地棍阻葬檄（戊午）》，《答馮鷺庭編修（戊午）》，《宋遼金元別史序（戊午）》，《汪煥章（曾）廿四史同名錄（戊午）》，《吳越錢氏志序（戊午）》，《寶研圖自識（戊午）》，《與姚夢谷比部（戊午）》，《與錢竹汀少詹（戊午）》，《與陳東浦方伯（戊午）》，《答東浦方伯（戊午）》（二通）。

【1799】嘉慶四年（己未）謝啟昆六十三歲

〔大事〕是年，長子學增卒。

謝啓昆《自遣四首爲亡兒學增作》（其一）：「江水蛟龍眞狡怪，奪我癡兒割我愛。遊戲人間二十年，便欲超然謝塵海。是日江豚吹石尤，嗤汝性命輕浮鷗。舟中縱有跂男子，未必天神拯溺流。」

是年八月，謝啟昆出任廣西巡撫。是年九月三十，皇帝下旨勉勵。

《清實錄・仁宗睿皇帝實錄》嘉慶四年八月：「（壬子）調廣西巡撫臺布爲陝西巡撫。以浙江布政使謝啓昆爲廣西巡撫。」〔註66〕

《清實錄・仁宗睿皇帝實錄》嘉慶四年九月：「（乙酉）新授廣西巡撫謝啓昆奏謝。得旨：勉爲好官，以副委任。廣西地接外夷，民猺雜處，頗不易治。持以鎮靜，加以撫綏。無事必應德化，有事必使畏威。切勿姑息養奸，亦勿輕挑邊釁。總宜持正潔己，爲通省表率。勉之。」〔註67〕

〔註66〕《仁宗實錄》（一）（《清實錄》（第二八冊）），北京：中華書局，1986 年，第 639 頁下。

〔註67〕《仁宗實錄》（一）（《清實錄》（第二八冊）），北京：中華書局，1986 年，第 675 頁下。

〔交遊〕是年，謝啓昆與孫星衍、翁方綱有書信往來。與陳鱣、胡虔有詩相贈。爲張穆庵作《題張穆庵倚松靠石圖》。與翁方綱飯於莫瞻菉（號韻亭）三花樹齋。

〔詩文〕是年有詩，集爲《就瞻草》和《驂鸞草》。是年有文：《復孫淵如觀察（己未）》、《上覃溪師（己未）》、《重修晉太傅謝文靖公祠墓碑（己未）》、《批答柳州守宋本敬送黃芽菜（己未）》、《送沈秋渚黃芽菜啓（己未）》。

【1800】嘉慶五年（庚申）謝啟昆六十四歲

〔大事〕是年謝啟昆奏彌補虧空之法。謝氏此前的政績中，尤以擅理財見長。

《清實錄‧仁宗睿皇帝實錄》嘉慶五年三月：「（壬午）廣西巡撫謝啓昆奏彌補虧空之法，稱各省倉庫，大局約有三變。……」〔註68〕

《清史稿》列傳一百四十六《謝啓昆傳》：「六十年，遷山西布政使。州縣倉庫積虧八十餘萬，不一歲悉補完。高宗異其才，以浙江財賦地虧尤多，特調任。歷三歲，亦彌補十之五。」〔註69〕

秋，謝啟昆次子學崇鄉試中舉。

凌廷堪有詩《辛酉春聞謝崇之公子去秋鄉試捷音兼寄中丞蘇潭先生》（見《校禮堂詩集》卷十二）（P164）

〔詩文〕是年有詩，集爲《銅鼓亭草》。

【1801】嘉慶六年（辛酉）謝啟昆六十五歲

〔大事〕是年《廣西通志》成書。

十月，謝啓昆上《恭進廣西通志表》。

〔交遊〕與胡虔、陳鱣等七人，有吳山雅集。

〔詩文〕是年有詩，集爲《清風堂草上)》、《清風堂草中》。

【1802】嘉慶七年（壬戌）謝啟昆六十六歲

〔大事〕是年二月，《樹經堂文集》編成。

〔註68〕《仁宗實錄》（一）（《清實錄》（第二八冊）），北京：中華書局，1986 年，第 839～840 頁。

〔註69〕趙爾巽等撰：《清史稿》，北京：中華書局，1977 年，第 11357 頁。

是年五月，謝啓昆次子，謝學崇中進士。

《清實錄・仁宗睿皇帝實錄》嘉慶七年五月：「（庚午朔）見新科進士。得旨：一甲三名吳廷琛、李宗昉、朱士彥業經授職外。李仲昭、……謝學崇、謝蘭生、……夏修恕、常山，著改爲翰林院庶吉士。」〔註70〕

是年六月二十六日，謝啓昆因祈雨中暑，卒於任上。繼任者為孫玉庭。

姚鼐《墓誌銘》云：「嘉慶七年六月乙丑終於位，年六十六……其後廣西士民，呈於大府，請以公入祀名宦之祠。」（《惜抱軒全集・文後集》卷七）（P259）

程同文《神道碑》：「直夏旱，公爲步禱於壇，中暍，數日卒。上聞軫悼，爲下詔褒美其政績。給其家治喪銀三千兩，諭祭葬。」（《續碑傳集補》P90）

凌廷堪《祭廣西巡撫謝蘇潭先生文》：「嘉慶七年，六月乙丑。公薨於位，吏民奔走。天子震悼，褒功獨厚。賜金三千，俾返江右。嗚呼哀哉！……」〔註71〕

是年，七月皇帝賞銀三千兩治喪。

《清實錄・仁宗睿皇帝實錄》嘉慶七年七月：「己卯，以湖北布政使孫玉庭爲廣西巡撫，賞還二品頂帶。候補布政使同興署湖北布政使。予故廣西巡撫謝啓昆祭葬，並賞銀三千兩治喪。以其在藩司任內認眞辦事，擢任巡撫操守廉潔也。」〔註72〕

〔詩文〕是年有詩，集爲《清風堂草下》。其中《懷人詩二十首》回憶了一生中的二十位師友，即翁方綱、姚鼐、李秉禮、吳克諧、沈德鴻、胡虔、秦瀛、章學誠、陳鱣等。而《六月十四日步禱得雨誌喜二首》，恐爲謝啓昆絕筆。

〔註70〕《仁宗實錄》（二）（《清實錄》（第二九冊）），北京：中華書局，1986年，第306頁。

〔註71〕（清）凌廷堪著，王文錦點校：《校禮堂文集》，北京：中華書局，1998年，第325頁。

〔註72〕《仁宗實錄》（二）（《清實錄》（第二九冊）），北京：中華書局，1986年，第343頁下。

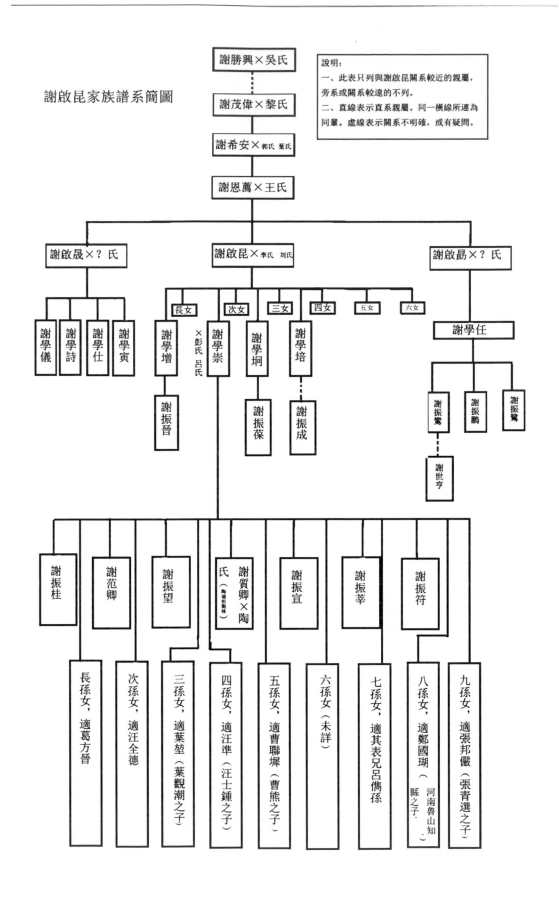

謝啟昆家族譜系簡圖

附錄三 《小學考》出處文獻簡表

編號	出 處 文 獻	引用頻次	文 獻 類 別
0001	《千頃堂書目》	159	目錄（私家目錄）
0002	《隋書經籍志》	146	目錄（史志目錄）
0003	《四庫全書總目》	106	目錄（官修目錄）
0004	《新唐書藝文志》	70	目錄（史志目錄）
0005	《七錄》	68	目錄（私家目錄）
0006	《通志》	52	目錄（私家目錄）
0007	《明史藝文志》	41	目錄（史志目錄）
0008	《經義考》	32	目錄（私家目錄）
0009	《宋史藝文志》	29	目錄（史志目錄）
0010	《郡齋讀書志》	23	目錄（私家目錄）
0011	《直齋書錄解題》	20	目錄（私家目錄）
0012	《浙江通志書目》	16	目錄（史志目錄）
0013	《漢書藝文志》	15	目錄（史志目錄）
0014	《江南通志書目》	14	目錄（史志目錄）
0015	《經典釋文敘錄》	13	目錄（私家目錄）
0016	《焦氏經籍志》	12	目錄（私家目錄）
0017	《崇文總目》	11	目錄（官修目錄）
0018	《北史》	11	史傳
0019	《玉海・藝文志》	9	目錄（私家目錄）
0020	《福建續志書目》	8	目錄（史志日錄）

0021	《桐城藝文志》	8	目錄（私家目錄）
0022	《江西通志》	8	史傳
0023	《文獻通考·經籍考》	7	目錄（私家目錄）
0024	《浙江通志》	6	史傳
0025	《舊唐志》	6	目錄（史志目錄）
0026	《山西通志目》	6	目錄（史志目錄）
0027	吳澄《文正集》	6	別集
0028	《魏書》	5	史傳
0029	《江南通志》	5	史傳
0030	《福建通志書目》	4	目錄（史志目錄）
0031	《陝西通志書目》	4	目錄（史志目錄）
0032	戴表元《剡源文集》	4	別集
0033	《澹生堂書目》	3	目錄（私家目錄）
0034	《南史》	3	史傳
0035	《史記索隱》	3	史傳
0036	《宋史》	3	史傳
0037	孫覿《鴻慶居士集》	3	別集
0038	《元史》	3	史傳
0039	《雲南通志》	3	史傳
0040	《述古堂書目》	3	目錄（私家目錄）
0041	《續文獻通考》	3	目錄（官修目錄）
0042	《玉海》	3	類書
0043	錢維城《茶山文鈔》	2	別集
0044	杭世駿《道古堂集》	2	別集
0045	《河南通志》	2	目錄（史志目錄）
0046	洪适《盤洲集》	2	別集
0047	《後漢書》	2	史傳
0048	黃溍《文獻集》	2	別集
0049	《金史》	2	史傳
0050	《晉書》	2	史傳
0051	蘇軾《東坡集》	2	別集
0052	《隋書》	2	史傳
0053	鮑鉁《亞谷叢書》	2	別集
0054	張儁《七音準·敘》	2	序跋
0055	《山東通志》	2	史傳

0056	《山西通志書目》	2	目錄（史志目錄）
0057	《隋書》	2	史傳
0058	《天祿琳琅書目》	2	目錄（官修目錄）
0059	《常熟縣志》	2	史傳
0060	程敏政《新安文獻志》	2	總集
0061	李光地《榕村集》	2	別集
0062	楊慎《全蜀藝文志》	2	總集
0063	施閏章《學餘堂詩集》	2	別集
0064	宋濂《文憲集》	2	別集
0065	魏了翁《鶴山集》	2	別集
0066	《北齊書》	1	史傳
0067	歐陽修《歐陽文忠公集)》	1	別集
0068	《大藏經》	1	佛典
0069	《大藏經目錄》	1	佛典
0070	《讀書敏求記》	1	目錄（私家目錄）
0071	《福建通志》	1	史傳
0072	陳藎謨《元音統韻》	1	附見小學文獻
0073	畢自嚴《石隱園藏稿》	1	別集
0074	曾鞏《南豐集》	1	別集
0075	陳旅《安雅堂集》	1	別集
0076	陳耆卿《陳耆卿集》	1	別集
0077	王士禎《池北偶談》	1	筆記
0078	《戴東原集》	1	別集
0079	《東觀餘論》	1	筆記
0080	董南一《切韻指掌序》	1	序跋
0081	《福建通志列傳》	1	史傳
0082	郝經《陵川集》	1	別集
0083	何鏜《括蒼匯紀》	1	史傳
0084	洪邁《容齋隨筆》	1	筆記
0085	胡祇遹《紫山大全集》	1	別集
0086	《湖廣通志》	1	史傳
0087	黃仲元《四如集》	1	別集
0088	《嘉善縣志》	1	史傳
0089	揭傒斯《揭文安集》	1	別集
0090	《舊唐書》	1	史傳

0091	《梁書・蕭子範傳》	1	史傳
0092	劉辰翁《須溪集》	1	別集
0093	劉因《靜修集》	1	別集
0094	《柳河東集附錄》	1	別集
0095	陸法言《切韻序》	1	序跋
0096	馬祖常《石田集》	1	別集
0097	《明文海》	1	總集
0098	秦松齡《蒼峴集》	1	別集
0099	《山西通志》	1	史傳
0100	邵寶容《春堂集》	1	別集
0101	楊慎《升菴文集》	1	別集
0102	李舜臣《愚谷集》	1	別集
0103	司馬貞《史記索引》	1	史傳
0104	《宋書》	1	史傳
0105	蘇伯衡《蘇平仲文集》	1	別集
0106	《太倉州志》	1	史傳
0107	《唐書》	1	史傳
0108	田雯《古歡堂集》	1	別集
0109	王柏《魯齋集》	1	別集
0110	王世貞《弇州四部稿》	1	別集
0111	王義山《稼村類槁》	1	別集
0112	王欽若《冊府元龜》	1	類書
0113	王禹偁《小畜集》	1	別集
0114	文徵明《甫田集》	1	別集
0115	吳師道《敬鄉錄》	1	別集
0116	吳師道《禮部集》	1	別集
0117	蕭斞《勤齋集》	1	別集
0118	徐蕆《詩補音敍》	1	序跋
0119	顏師古《漢書敍例》	1	序跋
0120	顏師古《漢書注》	1	史傳
0121	顏元孫《干祿字書序》	1	序跋
0122	楊萬里《誠齋集》	1	別集
0123	《夷門廣牘》	1	叢書
0124	《鄞縣志》	1	史傳
0125	虞集《道園學古錄》	1	別集

0126	《張雋七音敍》	1	序跋
0127	趙孟頫《松雪集》	1	別集
0128	《浙江通志列傳》	1	史傳
0129	《周書》	1	史傳
0130	《梁書》	1	史傳
0131	劉基《誠意伯文集》	1	別集
0132	《南史》	1	史傳
0133	歐陽守道《巽齋文集》	1	別集
0134	《山東通志列傳》	1	史傳
0135	《經典釋文》	1	小學文獻
0136	《宋史》	1	史傳
0137	《天一閣書目》	1	目錄（私家目錄）
0138	《魏書》	1	史傳
0139	《訂訛雜錄》	1	筆記
0140	楊時《龜山集》	1	別集
0141	《金史》	1	史傳
0142	《孔叢子》	1	子部儒家類
0143	徐渭《徐文長集》	1	別集
0144	《玉篇》	1	小學文獻
0145	張萱《疑耀》	1	子部雜家類
0146	《中興書目》	1	目錄（官修目錄）
0147	王禕《王忠文公集》	1	別集

附錄四　《小學考》所引《四庫全書總目》統計表

序號	作　者	書　　名	《四庫總目》 頁碼〔註1〕	《四庫總目》類屬
001		康熙字典	P355 上	小學類文字之屬
002		欽定西域同文志	P356 中	小學類文字之屬
003		御定清文鑒	P355 下	小學類文字之屬
004		御定滿洲蒙古漢字三合切音 清文鑒	P356 上	小學類文字之屬
005		欽定音韻闡微	P365 下	小學類韻書之屬
006		欽定同文韻統	P366 上	小學類韻書之屬
007		欽定叶韻匯輯	P366 下	小學類韻書之屬
008		欽定音韻述微	P367 上	小學類韻書之屬
009		爾雅	P338 下	小學類訓詁之屬
010	郭璞	爾雅注	P338 下	小學類訓詁之屬
011	鄭樵	爾雅注	P339 中	小學類訓詁之屬
012	羅願	爾雅翼	P342 中	小學類訓詁之屬
013	邢昺	爾雅疏	P338 下	小學類訓詁之屬
014	姜兆錫	爾雅補注	P370 中	小學類存目一

〔註1〕此處頁碼以中華書局 1965 年版《四庫全書總》為準。

015	孔鮒	小爾雅	P370 中	小學類存目一
016	崔銑	小爾雅	P370 下	小學類存目一
017	張揖	廣雅	P341 上	小學類訓詁之屬
018	陸佃	埤雅	P342 上	小學類訓詁之屬
019	朱謀㙔	駢雅	P342 下	小學類訓詁之屬
020	張萱	匯雅後編	P370 下	小學類存目一
021	方以智	通雅	P1028 上	雜家類
022	王言	連文釋義	P371 中	小學類存目一
023	吳玉搢	別雅	P343 下	小學類訓詁之屬
024	郭璞	方言注	P339 下	小學類訓詁之屬
025	陳與郊	方言類聚	P371 上	小學類存目一
026	魏濬	方言據	P371 上	小學類存目一
027	杭世駿	續方言	P343 上	小學類訓詁之屬
028	劉熙	釋名	P340 下	小學類訓詁之屬
029	顏師古	匡謬正俗	P341 中	小學類訓詁之屬
030	無名氏	蒙古譯語	P372 中	小學類存目一
031	火原潔	華夷譯語	P372 下	小學類存目一
032	毛奇齡	越語肎綮錄	P371 上	小學類存目一
033	王應麟	急就章注	P344 中	小學類文字之屬
034	許慎	說文解字	P344 下	小學類文字之屬
035	徐鍇	說文繫傳	P345 下	小學類文字之屬
036	汪憲	說文繫傳考異	P346 中	小學類文字之屬
037	徐鍇	說文韻譜	P346 下	小學類文字之屬
038	李燾	說文解字五音韻譜	P371 中	小學類存目一
039	趙宧光	說文長箋	P377 下	小學類存目一
040	趙宧光	六書長箋	P378 上	小學類存目一
041	程德洽	說文廣義	P380 中	小學類存目一
042	侍其瑋	續千字文	P371 下	小學類存目一
043	陳彭年等	重修大廣益玉篇	P347 上	小學類文字之屬
044	顏元孫	干祿字書	P347 中	小學類文字之屬
045	魏裔介	重刊干祿字書	P371 中	小學類存目一
046	張參	五經文字	P347 下	小學類文字之屬
047	唐元度	九經字樣	P348 上	小學類文字之屬
048	郭忠恕	汗簡	P348 中	小學類文字之屬
049	郭忠恕	佩觿	P348 下	小學類文字之屬

050	司馬光等	類篇	P349 下	小學類文字之屬
051	夏竦	古文四聲韻	P349 上	小學類文字之屬
052	薛尚功	鍾鼎款識	P350 上	小學類文字之屬
053	洪适	隸釋	P734 下	目錄類金石
054	洪适	隸續	P735 中	目錄類金石
055	無名氏	漢隸分韻	P353 中	小學類文字之屬
056	翟耆年	籀史	P734 中	目錄類金石
057	婁機	漢隸字原	P350 下	小學類文字之屬
058	婁機	班馬字類	P351 上	小學類文字之屬
059	李從周	字通	P351 上	小學類文字之屬
060	僧行均	龍龕手鑒	P351 下	小學類文字之屬
061	張有	復古編	P350 中	小學類文字之屬
062	吳均	增修復古編	P372 中	小學類存目一
063	戴侗	六書故	P351 中	小學類文字之屬
064	吾邱衍	周秦刻石釋音	P352 中	小學類文字之屬
065	吾邱衍	學古編	P971 上	藝術類篆刻
066	鄭均	衍極	P962 上	藝術類書畫
067	楊桓	六書統	P352 上	小學類文字之屬
068	楊桓	六書統溯源	P372 上	小學類存目一
069	李文仲	字鑒	P352 下	小學類文字之屬
070	周伯琦	說文字原	P353 上	小學類文字之屬
071	周伯琦	六書正訛	P353 上	小學類文字之屬
072	趙撝謙	六書本義	P353 下	小學類文字之屬
073	舒天民	六藝綱目	P369 下	小學類附錄
074	趙撝謙	童蒙習句	P373 上	小學類存目一
075	黃諫	從古正文	P373 上	小學類存目一
076	魏校	六書精蘊	P373 上	小學類存目一
077	方仕	集古隸韻	P373 中	小學類存目一
078	王應電	同文備考	P374 上	小學類存目一
079	楊愼	六書索隱	P373 下	小學類存目一
080	楊愼	古音駢字	P354 中	小學類文字之屬
081	楊愼	奇字韻	P353 下	小學類文字之屬
082	楊愼	經子難字	P373 下	小學類存目一
083	楊愼	石鼓文音釋	P373 中	小學類存目一
084	陶滋	石鼓文正誤	P374 上	小學類存目一

085	豐道生	金石遺文	P374 上	小學類存目一
086	陳士元	古俗字略	P374 中	小學類存目一
087	周宇	字考啓蒙	P374 下	小學類存目一
088	張士佩	六書賦音義	P374 下	小學類存目一
089	卞衷	古器名釋	P375 上	小學類存目一
090	顏充	字義總略	P375 上	小學類存目一
091	張位	問奇集	P375 中	小學類存目一
092	田藝衡	大明同文集	P375 下	小學類存目一
093	李登	摭古遺文	P376 上	小學類存目一
094	李登	六書指南	P376 上	小學類存目一
095	林茂槐	諸書字考	P376 上	小學類存目一
096	湯顯祖	五侯鯖字海	P376 中	小學類存目一
097	朱光家	字學指南	P376 中	小學類存目一
098	李當泰	字學訂訛	P376 下	小學類存目一
099	徐孝	合併字學集篇集韻	P376 下	小學類存目一
100	夏弘	字考	P374 下	小學類存目一
101	都俞	類纂古文字考	P377 上	小學類存目一
102	吳元滿	六書正義	P377 上	小學類存目一
103	吳元滿	六書總要	P377 中	小學類存目一
104	吳元滿	六書溯源直音	P377 中	小學類存目一
105	吳元滿	諧聲指南	P377 下	小學類存目一
106	焦竑	俗書刊誤	P354 下	小學類文字之屬
107	葉秉敬	字變	P355 上	小學類文字之屬
108	釋道泰	集鍾鼎古文韻選	P378 中	小學類存目一
109	無名氏	篆韻	P378 中	小學類存目一
110	無名氏	字韻合璧	P378 下	小學類存目一
111	林尚葵，李根	廣金石韻府	P378 下	小學類存目一
112	張自烈	正字通	P378 下	小學類存目一
113	閔齊伋	六書通	P379 上	小學類存目一
114	錢邦芑	他山字海	P378 下	小學類存目一
115	馮調鼎	六書準	P379 上	小學類存目一
116	周靖	篆隸考異	P356 下	小學類文字之屬
117	劉凝	韻原表	P379 上	小學類存目一
118	劉凝	石鼓文定本	P379 上	小學類存目一

119	顧景星	黃公字說〔說字〕	P379 中	小學類存目一
120	熊文登	字辨	P380 上	小學類存目一
121	傅世垚	六書分類	P380 中	小學類存目一
122	陳策	篆文纂要	P380 上	小學類存目一
123	佟世男	纂字彙〔篆字匯〕	P380 中	小學類存目一
124	汪立名	鍾鼎字原	P380 中	小學類存目一
125	姜日章	天然窮原	P380 下	小學類存目一
126	楊錫觀	六書辨通	P381 上	小學類存目一
127	楊錫觀	六書例解	P381 上	小學類存目一
128	成端人	五經字學考	P381 中	小學類存目一
129	劉臣敬	六經字便	P381 中	小學類存目一
130	衛執谷	字學同文	P382 上	小學類存目一
131	李京	字學正本	P381 下	小學類存目一
132	無名氏	文字審	P382 上	小學類存目一
133	顧藹吉	隸辨	P357 上	小學類文字之屬
134	萬經	分隸偶存	P742 中	目錄類金石
135		宋重刊廣韻	P358 中	小學類韻書之屬
136	張士濬	重刊廣韻	P358 下	小學類韻書之屬
137	丁度等	集韻	P359 上	小學類韻書之屬
138	司馬光	切韻指掌圖	P359 中	小學類韻書之屬
139		附釋文附注禮部韻略	P360 下	小學類韻書之屬
140	毛晃	增修互注禮部韻略	P361 上	小學類韻書之屬
141	吳棫	韻補	P360 上	小學類韻書之屬
142	楊伯岩	九經補韻	P361 上	小學類韻書之屬
143	歐陽德隆	增修校正押韻釋疑	P361 中	小學類韻書之屬
144	韓孝彥	四聲篇海	P371 下	小學類存目一
145	宋濂	篇海類編	P372 下	小學類存目一
146	韓道昭	五音集韻	P362 上	小學類韻書之屬
147	熊忠	古今韻會舉要	P362 中	小學類韻書之屬
148	方日升	韻會小補	P386 下	小學類存目二
149	劉鑒	經史正音切韻指南	P363 上	小學類韻書之屬
150	無名氏	四聲等子	P362 下	小學類韻書之屬
151	朱宗文	蒙古字韻	P383 中	小學類存目二
152	楊恒	書學正韻	P383 中	小學類存目二
153	周德清	中原音韻	P1828 下	詞曲類

154	樂韶鳳等	洪武正韻	P363 中	小學類韻書之屬
155	周嘉棟	正韻彙編	P375 下	小學類存目一
156	楊時偉	正韻箋	P383 下	小學類存目二
157	趙撝謙	聲音文字通	P384 上	小學類存目二
158	章黼	韻學集成	P384 上	小學類存目二
159	楊慎	轉注古音略	P365 上	小學類韻書之屬
160	楊慎	古音叢目	P364 上	小學類韻書之屬
161	楊慎	古音獵要	P364 上	小學類韻書之屬
162	楊慎	古音餘	P364 上	小學類韻書之屬
163	楊慎	古音略例	P364 中	小學類韻書之屬
164	郭正域	韻經	P382 下	小學類存目二
165	陳第	毛詩古音考	P365 上	小學類韻書之屬
166	陳第	屈宋古音義	P365 中	小學類韻書之屬
167	蘭廷秀	韻略易通	P384 中	小學類存目二
168	濮陽淶	韻學大成	P384 中	小學類存目二
169	張獻翼	讀易韻考	P384 中	小學類存目二
170	甘雨	古今韻分注撮要	P384 下	小學類存目二
171	李登	書文音義便考私編	P384 下	小學類存目二
172	無名氏	並音連聲字學集要	P385 上	小學類存目二
173	呂坤	交泰韻	P385 上	小學類存目二
174	吳繼仕	音韻紀元	P385 中	小學類存目二
175	袁子讓	字學元元	P385 下	小學類存目二
176	葉秉敬	韻表	P385 下	小學類存目二
177	程元初	律古詞曲賦叶韻	P386 中	小學類存目二
178	茅溱	韻譜本義	P386 中	小學類存目二
179	朱簡	韻總持	P386 中	小學類存目二
180	喬中和	元韻譜	P387 中	小學類存目二
181	陳藎謨	皇極圖韻	P387 下	小學類存目二
182	陳藎謨	元音統韻	P387 下	小學類存目二
183	呂維祺	音韻日月燈	P386 上	小學類存目二
184	桑紹良	聲韻雜注（一作青郊雜著）	P388 上	小學類存目二
185	桑紹良	文韻考衷六聲會編	P388 上	小學類存目二
186	龔黃	古音叶讀	P388 上	小學類存目二
187	陽貞一	詩韻辨略	P388 上	小學類存目二
188	馬自援	等音	P388 上	小學類存目二

189	釋眞空	篇韻貫珠	P386 下	小學類存目二
190	金尼閣	西儒耳目資	P387 上	小學類存目二
191	顧炎武	音論	P367 上	小學類韻書之屬
192	顧炎武	詩本音	P367 下	小學類韻書之屬
193	顧炎武	易音	P367 下	小學類韻書之屬
194	顧炎武	唐韻正	P368 上	小學類韻書之屬
195	顧炎武	古音表	P368 上	小學類韻書之屬
196	顧炎武	韻補正	P368 中	小學類韻書之屬
197	楊慶	古韻叶音	P388 下	小學類存目二
198	楊慶	佐同錄	P388 下	小學類存目二
199	吳國縉	詩韻更定	P390 上	小學類存目二
200	柴紹炳	古韻通	P388 中	小學類存目二
201	毛先舒	聲韻叢說	P389 上	小學類存目二
202	毛先舒	韻問	P389 上	小學類存目二
203	毛先舒	韻學通指	P389 上	小學類存目二
204	毛先舒	韻白	P389 中	小學類存目二
205	毛奇齡	古今通韻	P368 中	小學類韻書之屬
206	毛奇齡	韻學要指（一名古今通韻括略）	P391 上	小學類存目二
207	毛奇齡	易韻	P368 下	小學類韻書之屬
208	萬斯同	聲韻源流考	P390 中	小學類存目二
209	耿人龍	韻統圖說	P389 下	小學類存目二
210	徐世溥	韻叢	P390 上	小學類存目二
211	虞德升	諧聲品字箋	P390 下	小學類存目二
212	潘耒	類音	P390 下	小學類存目二
213	吳震方	讀書正音	P379 下	小學類存目一
214	施何牧	韻雅	P391 上	小學類存目二
215	熊士伯	古音正義	P391 上	小學類存目二
216	熊士伯	等切元韻	P392 上	小學類存目二
217	仇廷模	古今韻表新編	P392 中	小學類存目二
218	紀容舒	唐韻考	P369 上	小學類韻書之屬
219	顧陳垿	八矢注字圖說	P392 中	小學類存目二
220	錢人麟	聲韻圖譜	P392 下	小學類存目二
221	莫宏勳	類字本意	P392 下	小學類存目二
222	王植	韻學臆說	P392 下	小學類存目二

223	王植	韻學	P392 下	小學類存目二
224	樊騰鳳	五方元音	P393 上	小學類存目二
225	史起元	詩傳叶音考	P393 中	小學類存目二
226	劉維謙	詩經叶音辨訛	P393 上	小學類存目二
227	龍爲霖	本韻一得	P393 下	小學類存目二
228	潘咸	音韻原流	P394 中	小學類存目二
229	江昱	韻岐	P394 下	小學類存目二
230	毛祚禎	音韻清濁鑒	P394 下	小學類存目二
231	江永	四聲切韻表	P393 中	小學類存目二
232	江永	古韻標準	P369 中	小學類韻書之屬
233	潘逢先	聲音發原圖解	P394 下	小學類存目二
234	陸德明	經典釋文	P270 上	五經總義類
235	賈昌朝	群經音辨	P341 下	小學類訓詁之屬
236	無名氏	九經直音	P272 中	五經總義類
237	馮保	經書音釋	P282 下	五經總義類
238	何超	晉書音義	P405 上	正史類
239	胡三省	資治通鑒音注	P420 下	編年類
240	胡三省	資治通鑒釋文辨誤	P421 上	編年類

參考文獻

1. 《小學考》，（清）謝啓昆撰，嘉慶二十一年（1816）樹經堂刊本，北京大學圖書館藏。

2. 《小學考》，（清）謝啓昆撰，《續修四庫全書》922 冊影印咸豐二年（1852）謝質卿刊本，上海古籍出版社，2002 年。

3. 《小學考》，（清）謝啓昆撰，光緒十四年（1888）浙江書局刊本，漢語大詞典出版社，1997 年影印。

4. 《小學考》，（清）謝啓昆撰，光緒十五年（1889）鴻文書局石印本，臺北：藝文印書館，1974 年影印。

一、古籍文獻（按書名音序排列）

〔B〕

1. 《碑傳集》，（清）錢儀吉纂，靳斯標點，北京：中華書局，1993 年。

2. 《北江詩話》，（清）江亮吉著；陳邇東校點，北京：人民文學出版社，1998 年。

〔C〕

1. 《藏園訂補郘亭知見傳本書目》，（清）莫友芝撰，傅增湘訂補，傅熹年整理，北京：中華書局，2009 年。

2. 《藏書紀事詩（附補正）：辛亥以來藏書紀事詩（附校補）》，葉昌熾著；倫明著，上海：上海古籍出版社，1999 年。

3. 《茶香室叢鈔》，（清）俞樾撰，貞凡、顧馨、徐敏霞點校，北京：中華書局，1995 年。

4. 《陳澧集》，（清）陳澧著，黃國聲編，上海：上海古籍出版社，2008 年。

〔D〕

1. 《大廣益會玉篇》，（梁）顧野王編，北京：中華書局，1987 年

2. 《戴震集》，（清）戴震撰，上海：上海古籍出版社，2009 年。

3. 《澹生堂書目》，（明）祁承㸁撰，光緒二十（1894）年《紹興先正遺書》本。

4. 《訂訛類編‧續補》，（清）杭世駿撰，陳抗點校，北京：中華書局，1997 年。

5. 《東觀漢記校注》，（東漢）劉珍等撰，吳樹平校注，北京：中華書局，2008 年。

6. 《東齋記事》；《春明退朝錄》，（宋）范鎮撰，汝沛點校；（宋）宋敏求撰，誠剛點校，北京：中華書局，1980 年。

7. 《讀書雜志》，（清）王念孫撰，南京：江蘇古籍出版社，2000 年。

〔E〕

1. 《爾雅校箋》，周祖謨校箋，昆明：雲南人民出版社，2004 年。

2. 《二十五史藝文經籍志考補萃編》，王承略、劉心明主編，北京：清華大學出版社，2011 至 2013 年。下列文獻均據此本：

第二卷：《漢書藝文志疏證》，（清）沈欽韓撰；《漢書藝文志拾補》，（清）姚振宗撰。

第三卷：《漢書藝文志條理》，（清）姚振宗撰。

第四卷：《漢書藝文志講疏》，顧實撰；《漢書藝文志注解》，姚明輝撰。

第五卷：《前漢書藝文志注》，（清）劉光蕡撰；《漢書藝文志約說》，陳朝爵撰；《漢志藝文略》，孫德謙撰；《漢書藝文志校補存遺》，沈㞗民撰；《漢書藝文志箋》，許本裕撰；《漢書藝文志諸子略考釋》，梁啓超撰；《漢書藝文志方技補注》，張驥撰。

第六卷：《補續漢書藝文志》，（清）錢大昭撰；《補後漢書藝文志》，（清）顧櫰三撰；《補後漢書藝文志》，（清）侯康撰；《侯康補後漢書藝文志補》，（清）陶憲曾撰。

第七卷：《後漢書藝文志》，（清）姚振宗撰。

第八卷：《補後漢書藝文志並考》，（清）曾樸撰。

第九卷：《補三國藝文志》，（清）侯康撰；《侯康補三國藝文志補》，（清）陶憲曾撰；《三國藝文志》，（清）姚振宗撰。

第十卷：《補晉書藝文志》，（清）丁國均撰；《補晉書藝文志》，（清）文廷式撰。

第十一卷：《補晉書藝文志》，（清）秦榮光撰；《補晉書藝文志》，（清）黃逢元撰；《補晉書經籍志》，吳士鑒撰。

第十二卷：《補宋書藝文志》，（清）王仁俊撰；《補宋書藝文志》，聶崇岐撰；《補南齊書經籍志》，高桂華等撰；《補南齊書藝文志》，陳述撰；《補梁書藝文志》，（清）王仁俊撰；《補陳書藝文志》，徐仁甫撰；《補魏書藝文志》，李正奮撰；《補北齊書藝文志》，徐仁甫撰；《補周書藝文志》，徐仁甫撰；《補南北史藝文志》，徐崇撰。

第十三卷：《隋書經籍志》，（唐）魏徵等撰；《隋書經籍志補》，張鵬一撰；隋書經籍志校補，（清）汪之昌撰；《隋代藝文志輯證》，李正奮撰；《隋代藝文志》，李正奮撰。

第十四卷：《隋書經籍志考證》，（清）章宗源撰。

第十七卷：《舊唐書經籍志》，（後晉）劉昫等撰；《新唐書藝文志》，（宋）歐陽修等撰。

第十八卷：《新唐書藝文志注》，佚名撰。

第十九卷：《續唐書經籍志》，（清）陳鱣撰；《補五代史藝文志》，（清）顧櫰三撰；《五代史記補考藝文考》，（清）徐炯撰；《補五代史藝文志》，（清）宋祖駿撰；《補南唐藝文志》，（清）汪之昌撰。

第二十一卷：《西夏藝文志》，（清）王仁俊撰；《補遼史經籍志》，（清）厲鶚撰；《補遼史經籍志》，（清）楊復吉；《遼史藝文志補證》，（清）王仁俊撰；《補遼史藝文志》，（清）黃任恒撰；《遼藝文志》，（清）繆荃孫撰；《金藝文志補錄》，（清）龔顯曾撰；《金史補藝文志》，鄭文焯撰；《金史藝文略（殘稿本)》，孫德謙撰；《金史藝文略（初稿本)》，孫德謙撰。

〔F〕

1.《方言校箋》，周祖謨校箋，北京：中華書局，1993年。

〔G〕

1.《陔餘叢考》，（清）趙翼著，欒保群、呂宗力校點，石家莊：河北人民出版社，2007年。

2.《古文四聲韻》，（宋）夏竦編；《汗簡》，（宋）郭忠恕編，北京：中華書局，1983年

3.《顧千里集》，（清）顧廣圻撰，王欣夫輯，北京：中華書局，2007年。

4.《顧亭林詩文集》，（清）顧炎武撰，華忱之點校，北京：中華書局，1959年。

5.《廣雅疏證》，（清）王念孫撰，北京：中華書局，1983年。

6.《廣韻校本》，周祖謨，北京：中華書局，1960年。

7.《國史經籍志》，（明）焦竑撰，《叢書集成初編》據《粵雅堂叢書》本排印。

〔H〕

1.《漢書》，（漢）班固撰，（唐）顏師古注，北京：中華書局，1962年。

2.《漢書藝文志講疏》，（漢）班固編撰，顧實講疏，上海：上海古籍出版社，2009年。

3.《漢學師承記箋釋》，（清）江藩著，漆永祥箋釋，上海：上海古籍出版社，2006年。

4.《漢志考　漢書藝文志考證》，（宋）王應麟著，張三夕、楊毅點校，北京：中華書局，2011年

5.《後漢書》，（南朝宋）范曄撰，（唐）李賢等注，北京：中華書局，1965年。

〔J〕

1.《集韻》，（宋）丁度等編，北京：中華書局，1989年。

2.《經典釋文》，（唐）陸德明撰，上海：上海古籍出版社，1985年。

3. 《經典釋文序錄疏證（附經籍舊音二種)》，吳承仕著、張力偉點校，北京：中華書局，2008 年。

4. 《汲古閣珍藏秘本書目》，（清）毛扆撰，《續修四庫全書》920 冊影印嘉慶黃氏士禮居版。

5. 《經義考補正　通志堂經解目錄》，（清）翁方綱撰，臺北：廣文書局，1968 年。

6. 《經義考新校》，（清）朱彝尊撰，林慶彰等編，上海：上海古籍出版社，2010 年。

7. 《經韻樓集》，（清）段玉裁撰，鍾敬華校點，上海：上海古籍出版社，2008 年。

8. 《九經字樣》，（唐）唐玄度撰，《中華漢語工具書書庫》第十二冊，合肥：安徽教育出版社，2002 年。

9. 《舊唐書》，（後晉）劉昫等撰，北京：中華書局，1975 年。

10. 《郡齋讀書志校證》，（宋）晁公武撰，孫猛校證，上海：上海古籍出版社，1990 年。

〔K〕

1. 《可廬著述十種敍例》，（清）錢大昭撰，見國家圖書館編：《國家圖書館藏古籍題跋叢刊》第 4 冊，北京：北京圖書館出版社，2002 年。

2. 《困學紀聞》，（宋）王應麟撰，（清）翁元圻等注，欒保群、田松青、呂宗力校點，上海：上海古籍出版社，2008 年。

〔L〕

1. 《龍龕手鏡》（高麗本），（遼）釋行均，北京：中華書局，1985 年。

〔N〕

2. 《（同治）南康縣志》，（清）沈恩華等修，臺北：成文出版社影印同治十一年（1873）刊本。

3. 《廿二史劄記校證》，（清）趙翼著，王樹民校證，北京：中華書局，2007 年。

4. 《廿二史考異》，（清）錢大昕著，方詩銘、周殿傑校點，上海：上海古籍出版社，2004 年。

〔Q〕

1. 《七略別錄佚文、七略佚文》，（漢）劉向、劉歆撰，（清）姚振宗輯錄，鄧駿捷校補，上海：上海古籍出版社，2008 年。

2. 《千頃堂書目》，（清）黃虞稷撰，瞿鳳起、潘景鄭整理，上海：上海古籍出版社，2001 年。

3. 《潛研堂集》，（清）錢大昕撰，呂友仁校點，上海：上海古籍出版社，2009 年。

4. 《清代文字獄檔》，上海書店出版社編，上海：上海書店出版社，2011 年。

5. 《清儒學案》，徐世昌等編纂；沈芝盈，梁運華點校，北京：中華書局，2008 年。

6. 《清實錄》，北京：中華書局，1986 年

7. 《清史稿》，趙爾巽等撰，北京：中華書局，1977 年。

8.《清史列傳》，王鍾翰點校，北京：中華書局，1987年。

9.《全祖望集匯校集注》，（清）全祖望撰，朱鑄禹匯校集注，上海：上海古籍出版社，2000年。

〔R〕

1.《日本國見在書目》，（日）藤原佐世，《古逸叢書》（之十九），南京：江蘇古籍出版社，2002年。

2.《日知錄集釋》，（清）顧炎武撰，（清）黃汝成集釋，欒保群、呂宗力校點，上海：上海古籍出版社，2006年。

〔S〕

1.《三國志》，（晉）陳壽撰，（南朝宋）裴松之注，北京：中華書局，1982年。

2.《十駕齋養新錄》，（清）錢大昕著，楊勇軍整理，上海：上海書店出版社，2011年。

3.《十七史商榷》，（清）王鳴盛撰，黃曙輝點校，上海：上海書店，2005年。

4.《十三經注疏》，（清）阮元校刻，北京：中華書局，1980年。

5.《史記》，（漢）司馬遷撰，北京：中華書局，1982年，第2版。

6.《釋名疏證補》，（東漢）劉熙撰，（清）畢沅疏證，（清）王先謙補，孫玉文等整理，北京：中華書局，2008年。

7.《書目答問匯補》，來新夏、韋力、李國慶匯補，北京：中華書局，2011年。

8.《樹經堂詩初集》《樹經堂詩續集》《樹經堂文集》，（清）謝啓昆撰，《續修四庫全書》第1458冊影印嘉慶樹經堂刻本，上海：上海古籍出版社，2002年。

9.《樹經堂詠史詩》，（清）謝啓昆撰，《四庫未收書輯刊》第四輯第20冊影印道光五年吳下刻本，北京出版社，2000年。

10.《說文解字句讀》，（清）王筠撰，北京：中華書局：1987年。

11.《說文解字義證》，（清）桂馥撰，北京：中華書局，1987年。

12.《說文解字注》，（清）段玉裁注，上海：上海古籍出版社，1988年。

13.《說文釋例》，（清）王筠撰，北京：中華書局，1987年。

14.《說文通訓定聲》，（清）朱駿聲撰，北京：中華書局，1984年。

15.《四庫全書簡明目錄》，（清）永瑢等撰，上海：華東師範大學出版社，2012年。

16.《四庫全書總目》，（清）永瑢等撰，北京：中華書局，1965年。

17.《四庫提要分纂稿》，（清）翁方綱等著，吳格、樂怡標校，上海：上海書店，2006年。

18.《隋書》，（唐）魏徵等撰，北京：中華書局，1973年。

19.《隨園詩話》，（清）袁枚著，顧學頡校點，北京：人民文學出版社，1982年第2版。

20.《遂初堂書目》，（宋）尤袤編，《海山仙館叢書》本，道光己酉（1849）年。

〔T〕

1. 《鐵琴銅琴樓藏書目錄》，瞿鏞編，上海：上海古籍出版社，2000 年。

2. 《通俗編：附〈直語補正〉》，（清）翟灝撰，顏春峰點校，北京：中華書局，2013 年。

3. 《通志二十略》，（宋）鄭樵撰，王樹民點校，北京：中華書局，1995 年。

4. 《唐五代韻書集存》，周祖謨編，北京：中華書局，1983 年。

5. 《唐寫全本王仁煦刊謬補缺切韻校箋》，龍宇純著，香港：香港中文大學，1968 年。

〔W〕

1. 《萬卷精華樓藏書記》，（清）耿文光，北京：北京圖書館圖書館出版社，1997 年。

2. 《王安石〈字說〉輯》，張宗祥輯錄，曹錦炎點校，福州：福建人民出版社，2005 年。

3. 《文津閣四庫全書提要彙編》，《四庫全書》出版工作委員會編，北京：商務印書館，2006 年。

4. 《文史通義校注》，（清）章學誠著，葉瑛校注，北京：中華書局，1985 年。

5. 《文獻通考・經籍考》，（元）馬端臨著，華東師大古籍所標校，上海：華東師範大學出版社，1985 年。

6. 《翁氏家事略記》，（清）翁方綱撰，（清）英和校訂，見四川大學古籍所編《儒藏》史部第九十一冊《儒林年譜（第四十一）》，四川大學出處社，2007 年。

7. 《五經文字》，（唐）張參撰，《中華漢語工具書書庫》第十二冊，合肥：安徽教育出版社，2002 年。

〔X〕

1. 《西魏書》，（清）謝啓昆撰，《續修四庫全書》304 冊影印乾隆六十年樹經堂刻本，上海：上海古籍出版社，2002 年。

2. 《惜抱軒全集》，（清）姚鼐撰，北京：中國書店，1991 年。

3. 《小倉山房詩文集》，（清）袁枚著，周本淳標校，上海：上海古籍出版社，1988 年。

4. 《小爾雅集釋》，遲鐸集釋，北京：中華書局，2008 年。

5. 《校讎通義通解》，（清）章學誠著，王重民通解，上海：上海古籍出版社，1987 年。

6. 《校禮堂文集》，（清）凌廷堪撰，王文錦點校，北京：中華書局，1998 年

7. 《新唐書》，（宋）歐陽修、宋祁撰，北京：中華書局，1975 年。

〔Y〕

1. 《揅經室集》，（清）阮元撰，鄧經元點校，北京：中華書局，1993 年。

2. 《一切經音義三種校本合刊》，徐時儀校注，上海：上海古籍出版社，2012 年。

3. 《蛾術編》，（清）王鳴盛撰，顧美華標校，上海：上海書店出版社，2012 年。

4. 《原本玉篇殘卷》，（梁）顧野王編，北京：中華書局，1985 年。

5. 《越縵堂讀書記》，（清）李慈銘著，上海：上海書店出版社，2000 年。

〔Z〕

1. 《增訂書目答問補正》，（清）張之洞編撰，范希曾補正，孫文泱增訂，北京：中華書局，2011 年。

2. 《增訂四庫簡明目錄標注》，（清）邵懿辰撰，邵章續錄，上海：上海古籍出版社，1979 年。

3. 《章實齋先生年譜》，趙譽船編撰，見四川大學古籍所編《儒藏》史部第 91 冊《儒林年譜（第四十一）》，成都：四川大學出版社，2007 年。

4. 《章學誠遺書》，（清）章學誠撰，北京：文物出版社，1985 年。

5. 《趙翼全集》，（清）趙翼撰，曹光甫校點，南京：鳳凰出版社，2009 年。

6. 《鄭堂讀書記》，（清）周中孚撰，黃曙輝、印曉峰標校，上海：上海書店，2009 年。

7. 《直齋書錄解題》，（宋）陳振孫著，徐小蠻、顧美華點校，上海：上海古籍出版社，1987 年。

8. 《中興館閣書目輯考》，（宋）陳騤等撰，趙士煒輯，見許逸民、常振國主編《中國歷代書目輯刊》（第一輯），北京：現代出版社，1987 年。

9. 《籀廎遺著輯存》，（清）孫詒讓著，雪克輯點，北京：中華書局，2010 年。

二、現代著作（先分專著、論文兩大類，再按作者音序）

（一）專 著

1. 曹金發著：《輯錄體目錄史論》，合肥：黃山書社，2012 年。

2. 昌彼得、潘美月著：《中國目錄學》，臺北：文史哲出版社，1986 年。

3. 陳登原著：《古今典籍聚散考》，上海：華東師範大學出版社，2010 年。

4. 陳垣著，陳智超編：《陳垣四庫學論著》，北京：商務印書館，2012 年。

5. 陳祖武、朱彤窗著：《乾嘉學派研究》，石家莊：河北人民出版社，2005 年。

6. （日）長澤規矩也編著，梅憲華、郭寶林譯：《中國版本目錄學書籍解題》，北京：書目文獻出版社，1990 年。

7. 程千帆、徐有富著：《校讎廣義：目錄編》，濟南：齊魯書社，1998 年，第 2 版。

8. 程千帆、徐有富著：《校讎廣義：版本編》，濟南：齊魯書社，1998 年，第 2 版。

9. 程千帆、徐有富著：《校讎廣義：校勘編》，濟南：齊魯書社，1998 年。

10. 程千帆、徐有富著：《校讎廣義：典藏編》，濟南：齊魯書社，1998 年。

11. 董洪利主編：《古典文獻學基礎》，北京：北京大學出版社，2008 年。

12. 竇秀豔著：《中國雅學史》，濟南：齊魯書社，2004 年。

13. 杜澤遜撰：《四庫存目標注（附索引）》，上海：上海古籍出版社，2007 年。

14. 范鳳書著：《中國私家藏書史》，鄭州：大象出版社，2001 年。

15. 傅璇琮、謝灼華主編：《中國藏書通史》，寧波：寧波出版社，2001 年。

16. 傅增湘撰：《藏園群書經眼錄》，北京：中華書局，2009 年。

17. 傅增湘撰：《藏園群書題記》，上海：上海古籍出版社，1989 年。

18. 高路明著：《古籍目錄與中國古代學術研究》，南京：江蘇古籍出版社，1997 年。

19. 高小方編著：《中國漢語言文字學史料學》，南京：南京大學出版社，2005 年。

20. 郝潤華、侯富芳著：《二十世紀以來中國古籍目錄提要》，上海：華東師範大學出版社，2011 年。

21. 何九盈著：《中國古代語言學史》，廣州：廣東教育出版社，1995 年。

22. 胡奇光著：《中國小學史》，上海：上海人民出版社，2005 年。

23. 胡適著、姚名達訂補：《章實齋先生年譜》，《萬有文庫》本，上海：商務印書館，1929 年；

24. 江慶柏編著：《清代人物生卒年表》，北京：人民文學出版社，2005 年。

25. 江慶柏著：《清朝進士題名錄》，北京：中華書局，2007 年。

26. 姜聿華著：《中國傳統語言學要籍述論》，北京：書目文獻出版社，1992 年。

27. 蔣伯潛著：《校讎目錄學纂要》，北京：北京大學出版社，1990 年。

28. 來新夏著：《古典目錄學》，北京：中華書局，1991 年。

29. 來新夏著：《古典目錄學淺說》，北京：中華書局，1981 年。

30. 來新夏主編：《清代目錄提要》，濟南：齊魯書社，1997 年。

31. 來新夏著：《近三百年人物年譜知見錄》（增訂版），北京：中華書局，2010 年。

32. 李零著：《簡帛古書與學術源流》，北京：生活‧讀書‧新知三聯書店，2004 年

33. 李靈年，楊忠主編：《清人別集總目》，合肥：安徽教育出版社，2000 年。

34. 李新魁著：《韻鏡校證》，北京：中華書局，1982 年。

35. 林明波著：《清代許學考》，嘉新水泥公司文化基金會出版，1964 年。

36. 林申清編著：《明清著名藏書家藏書印》，北京：北京圖書館出版社，2000 年。

37. 劉葉秋著：《中國字典史略》，北京：中華書局，1983 年。

38. 劉仲華著：《漢宋之間：翁方綱學術思想研究》，北京：中國人民大學出版社，2010 年。

39. 劉志成著：《文字學書目考錄》，成都：巴蜀書社，1997 年。

40. 盧國屏著：《清代爾雅學》，《古典文獻研究輯刊》第九編第十四冊，臺北：花木蘭文化出版社，2009 年。

41. 羅孟楨著：《中國古代目錄學簡編》，臺北：木鐸出版社，1986 年。

42. 呂紹虞著：《中國目錄學史稿》，武漢：武漢大學出版社，2012 年。

43. （美）倪德衛著，楊立華譯：《章學誠的生平及其思想》，南京：江蘇人民出版社，

2007 年。

44. 彭斐章等編：《目錄學研究文獻彙編》，武漢：武漢大學出版社，1996 年。

45. 漆永祥著：《乾嘉考據學研究》，北京：中國社會科學出版社，1998 年。

46. 漆永祥著：《江藩與〈漢學師承記〉研究》，上海：上海古籍出版社，2006 年。

47. 任莉莉著：《七錄輯證》，上海：上海古籍出版社，2011 年。

48. 尚小明著：《清代士人遊幕表》，北京：中華書局，2006 年。

49. 尚小明著：《學人遊幕與清代學術》，北京：社會科學出版社，1999 年。

50. 沈兼士著：《沈兼士學術論文集》，北京：中華書局，1986 年。

51. 孫殿起錄：《販書偶記》，北京：中華書局，1959 年。

52. 孫殿起錄：《販書偶記續編》，上海：上海古籍出版社，1980 年。

53. 孫欽善著：《中國古文獻學史》，北京：中華書局，1994 年。

54. 孫玉文著：《漢語變調構詞研究》，北京：商務印書館，2007 年。

55. 唐作藩著：《音韻學教程》，北京：北京大學出版社，2002 年。

56. 王欣夫著，鮑正鵠、徐鵬標點整理：《蛾術軒篋存善本書錄》，上海：上海古籍出版社，2002 年。

57. 王力著：《漢語語音史》，《王力文集》（第十卷），濟南：山東教育出版社，1987 年。

58. 王力著：《清代古音學》，北京：中華書局，2013 年。

59. 王力著：《中國語言學史》，北京：中華書局，2013 年。

60. 王紹曾主編：《清史稿藝文志拾遺》，北京：中華書局，2000 年。

61. 王重民著：《敦煌古籍敘錄》，北京：中華書局，1961 年。

62. 王重民著：《中國目錄學史論叢》，北京：中華書局，1984 年。

63. 許建平著：《敦煌經籍敘錄》，北京：中華書局，2006 年。

64. 許世瑛編著：《中國目錄學史》，臺北：中國文化大學出版部，1982 年。

65. 許逸民著：《古籍整理釋例》，北京：中華書局，2011 年。

66. 陽海清、褚佩瑜、蘭秀英編：《文字音韻訓詁知見書目》，武漢：湖北人民出版社，2002 年。

67. 姚名達著：《中國目錄學史》，上海：上海古籍出版社，2002 年。

68. 于亭著：《玄應〈一切經音義〉研究》，北京：中國社會科學出版社，2009 年。

69. 余嘉錫著：《目錄學發微；古書通例》，北京：中華書局，2007 年。

70. 余慶蓉、王晉卿著：《中國目錄學思想史》，長沙：湖南教育出版社，1998 年。

71. 余英時著：《論戴震與章學誠：清代中期學術思想史研究》，北京：生活•讀書•新知三聯書店，2000 年。

72. 張民權著：《清代前期古音學研究》，北京：北京廣播學院出版社，2002 年。

73. 張其昀著：《「說文學」源流考略》，貴陽：貴州人民出版社，1998 年。

74. 張湧泉主編：《敦煌經部文獻合集》，北京：中華書局，2008 年。

75. 中國古籍善本書目編輯委員會編：《中國古籍善本書目（經部）》，上海：上海古籍出版社，1989 年。

76. 中國古籍總目編纂委員會編：《中國古籍總目（經部）》，北京：中華書局；上海：上海古籍出版社，2012 年。

77. 中國科學院圖書館整理：《續修四庫全書總目提要（經部）》，北京：中華書局，1993 年。

78. 吳格、眭駿整理：《續修四庫全書總目提要（叢書部）》，北京：中華書局，2010 年。

79. 周少川著：《古籍目錄學》，鄭州：中州古籍出版社，1996 年。

80. 周彥文著：《中國目錄學理論》，臺北：學生書局，1995 年。

81. 周祖謨著：《問學集》，北京：中華書局，1966 年。

82. 朱祖延主編：《爾雅詁林敘錄》，武漢：湖北教育出版社，1998 年。

（二）論　文

1. 陳鴻森：《陳鱣事蹟辯證》，《傳統中國研究集刊》（第一輯），2005 年，第 1 至 9 頁。

2. 陳然：《小學考研究》，湖北大學碩士學位論文，2007 年。

3. 顧圍：《錢大昭著作考》，《古文獻研究集刊》（第二輯），2008 年，第 379 至 391 頁。

4. 何明棟：《謝啓昆及其著作》，《贛南通訊》，1987 年第 3 期，第 113 至 115 頁。

5. 簡碩：《謝啓昆與小學考》，《古漢語研究》，1997 年第 3 期，第 87 至 88 頁。

6. 李新魁：《韻鏡研究》，《語言研究》，1981 年第 00 期（創刊號），第 125 至 166 頁。

7. 林存陽：《〈史籍考〉編纂史末辨析》，《故宮博物院院刊》，2006 年第 1 期（總第 123 期），第 135 至 150 頁。

8. 劉海琴：《〈四庫全書總目提要〉經部「小學類」小序注析》，《古籍整理與研究學刊》，2003 年第 5 期，第 1 至 12 頁。

9. 劉仁霞：《錢大昭研究》，西北師範大學碩士學位論文，2009 年。

10. 喬治忠：《〈史籍考〉編纂問題的幾點考析》，《史學史研究》，2009 年第 2 期，第 38 至 45 頁。

11. 尚小明：《胡虔生平繫年》，《中國典籍與文化》，2005 年第 4 期，第 63 至 68 頁。

12. 吳中勝：《謝啓昆生平、著述考略》，《贛南師範學院學報》，2004 年第 2 期，第 96 至 99 頁。

13. 夏侯軒：《樹經堂文集校注》，廣西大學碩士學位論文，2006 年。

14. 楊軍：《北大本〈韻鏡〉的版本問題》，《貴州大學學報（社會科學版）》，2001 年 7 月第 19 卷第四期，第 63 至 68 頁。

15. 于亭：《「音義體」及其流變》，《中國典籍與文化》，2009 年第 3 期，第 13 至 22

頁。

16. 曾志東：《謝啓昆〈樹經堂詠史詩〉校注》，廣西大學碩士學位論文，2005 年。

17. 趙愛學：《新發現的王重民佚稿〈增修小學考〉初探》，見國家圖書館古籍館編：《文津學誌》第四輯，北京：國家圖書館出版社，2011 年 10 月，第 105 至 112 頁。

18. 趙麗明：《〈小學考〉的編撰及其學術史價值──第一部目錄式中國語言學史著作研究》，見姚小平主編：《〈馬氏文通〉與中國語言學史首屆中國語言學史研討會文集》，北京：外語教學與研究出版社，2003 年，第 65 至 93 頁。

19. 周祖謨：《敦煌唐本字書敘錄》，見中國敦煌吐魯番學會語言文學分會編纂：《敦煌語言文學研究》，北京：北京大學出版社，1988 年，第 40 頁至 55 頁。

（三）工具書

1. 曹先擢、陳秉才主編：《八千種中文辭書類編提要》，北京：北京大學出版社，1992 年。

2. 吉林省圖書館學會編：《中國語言學論文索引（1981～1985）》，長春：吉林省圖書館學會，1986 年。

3. 國家圖書館編：《國家圖書館藏古籍題跋叢刊》，北京：北京圖書館出版社，2002 年。

4. 洪誠選注：《中國歷代語言文字學文選》，南京：江蘇人民出版社，1982 年。

5. 賈貴榮輯：《日本藏漢籍善本書志書目集成》，北京：北京圖書館出版社，2003 年。

6. 李玉安、陳傳藝編著：《中國藏書家辭典》，武漢：湖北教育出版社，1989 年。

7. 李玉安、黃正雨編著：《中國藏書家通典》，香港：中國國際文化出版社，2005 年。

8. 李學勤、呂文郁主編：《四庫大辭典》，長春：吉林大學出版社，1996 年。

9. 馬文熙、張歸璧等編著：《古漢語知識辭典》，北京：中華書局，2004 年。

10. 錢曾怡、劉聿鑫主編：《中國語言學要籍解題》，濟南：齊魯書社，1991 年。

11. 申暢等編：《中國目錄學家辭典》，鄭州：河南人民出版社，1988 年。

12. 王重民、楊殿珣等編：《清代文集篇目分類索引》，北京：中華書局，1965 年。

13. 吳文祺、張世祿主編：《中國歷代語言學論文選注》，上海：上海教育出版社，1988 年。

14. 許嘉璐主編：《傳統語言學辭典》，石家莊：河北教育出版社，1990 年。

15. 中國科學院語言研究所編：《中國語言學論文索引（甲編）》，北京：商務印書館，1978 年。

16. 中國社會科學院語言研究所編：《中國語言學論文索引（1991～1995）》，北京：商務印書館，2003 年。

17. 中國社會科學院語言研究所編：《中國語言學論文索引（乙編）》，北京：商務印書館，1983 年，第 2 版。

後　記

　　歌裏唱「未名湖是個海洋」，五年前，我帶著無比的嚮往一頭紮進其中，然後發現自己還沒學會游泳。水中漂來一本《月亮與六便士》，裏面赫然寫著，「一個人要是跌進水裏，他游泳游得好不好是無關緊要的，反正他得掙扎出去，不然就得淹死。」承蒙各位老師和同學的幫助，我沒有淹死，而且游得很開心，以我笨拙的狗刨式一游就是五年。此時，坐在暢春新園斗室的書堆之中，回想自己的求學生涯，感慨萬端。這些感慨可以用一個詞來歸納，那就是「感謝」。這些年，我有太多太多要感謝的人。

　　首先，必須要感謝的是我的導師，高路明教授。高老師在我剛入校門的時候就領我參觀了北大圖書館。從一到四樓各主要的閱覽室，一一指明其功用，告訴我一定要充分利用北大豐富的學術資源，特別是北大圖書館裏海量的圖書。在接下來的學習中，從指導我選課到指導中期考試，從論文選題到論文預答辯，再到匿名評審，再到組織答辯，一路走來，耗費了高老師大量的心血。特別是當我論文在 2013 年初遇挫之後，高老師更是時時打來電話，備加關切，對論文進一步細緻指導。這些年中，或電話、或電子郵件、或面談，讓我從一個懵懂無知的青年一步步成長為一名粗知學術門徑的博士生。但由於我自己的懶惰拖沓，一再讓導師失望。每念及此，汗淬然如雨。

　　其次，我要感謝我的碩士導師，于亭教授。是他將我送進了他的母校，北

京大學。並且在我碩士畢業後的這些年，時時關心我的學習和生活情況。但我這些年在他的母校的表現實在乏善可陳。時至今日，我的愧疚實在無以言表。

第三，我要感謝這些年在方方面面給我教導和幫助的其他老師。感謝孫欽善老師、楊忠老師、曹亦冰老師、董洪利老師、吳鷗老師、廖可斌老師、劉玉才老師、漆永祥老師、楊海崢老師、顧永新老師、吳國武老師。他們或在課堂為我授業解惑，或在課外給我鼓勵，或在綜合考試、開題報告、預答辯和正式答辯的各個環節中，一路陪伴，就像手扶著蹣跚學步的幼兒一樣，一點點的耐心指導著我的論文寫作。還要感謝參加我論文匿名評閱的各位老師，及參加我論文答辯的兩位校外專家，中華書局駢宇騫老師和河北大學汪聖鐸老師。感謝孫玉文老師在學業上指點和在找工作過程中多次鼎力推薦；感謝楊逢彬老師一直以來的大力提攜、指導和鼓勵；感謝郭銳老師為我們延期博士生爭取到了寶貴的權益；感謝宋亞雲老師對我的多次幫助；感謝魏赤老師這些年為我們辛勤的付出。

第四，我要感謝這些年給我幫助的師兄師姐逯銘昕、徐奉先、劉洪濤和鄭妞。感謝師弟趙昱多次為我們充當秘書。感謝我四年的室友楊宇楓，這些年他手不釋卷刻苦攻讀，給我樹立了良好榜樣，特別要感謝他幾次慷慨地施以援手助我渡過難關。感謝最後一年的室友及同專業好友王耐剛，他嚴謹嗜學，熱心助人。這些年我在他的影響下買了很多好書，更為關鍵的是，他對我的論文也提出了很多有益的建議。特別感謝同門師弟樊長遠、中文系學妹董岑仕二人不辭勞，幫我拍攝論文所需資料。感謝我的同學吳向廷，最近一年對我學習的有力督促和生活上的多方幫助。感謝本專業的同窗陳恒舒、徐麗麗、金玲。感謝班長陳恒舒（大寶）對我的幫助與鼓勵。感謝徐麗麗和金玲兩位女同學，我們在延期後相互鼓勵和打氣，這將是最美好的回憶。感謝畢紅霞同學這些年對我的關照和幫助。感謝姜仁濤師兄這些年的多方關照和指點。感謝這些年給我幫助的中文系才子們，如葛亮亮、馬徵、陳帥鋒、车利鋒、黃育聰、曾南逸和車順等好兄弟。感謝古代文學和漢語言文字學專業的諸位才女，如蔡丹君、林靜、管琴、高笑可、張文、齊曉燕和劉紫雲等美女。

第五，我要特別感謝我在北京重會和認識的鶴峰老鄉們。他們在北京打拼多年，事業有成，對我這個書呆子小老鄉關懷備至。記不清多少次和他們一起大杯喝酒，大塊吃肉，回憶家鄉，縱論理想。感謝陳永學大哥這些年給我的關

照引薦，通過他我認識了越來越多的優秀的老鄉。感謝在段文超和向輝兩位大哥這些年的幫助和鼓勵。

最後，我要感謝我的終年辛勤勞作還要爲我擔心的父母，感謝我的姐姐和姐夫對我的幫助。感謝外甥帶給我的歡樂。

我一直被三種頑固而又無比劇烈的病症所困擾：深入骨髓的懶病所引起的拖延症，缺少恒心與毅力而引起的多動症和天天懊悔及檢討但從不見改正的食言症。這些病症就像靜園的爬山虎，爬滿我的全身，束住我的手腳，幾使我瀕臨絕望的邊緣。未來，我希望我能治癒這些頑疾，努力工作，回報社會以萬一。

2014 年 5 月 20 日於北京大學暢春新園

出版後記

　　本書是在我的同名博士學位論文基礎上修改而成，屬於湖北民族大學博士科研啓動基金項目「《小學考》校補」成果。2014 年 7 月，在我博士畢業後，即進入湖北民族學院（今爲湖北民族大學）文學與傳媒學院工作，主要從事中國古典文獻學、訓詁學、漢字學等課程的教學工作。感謝各位可親可敬的同事這些年對我各方面的幫助，感謝楊光宗教授、羅翔宇教授、徐定輝教授對我的包容與指導；感謝何榮譽博士、丁志軍博士、楊洪林博士、宋俊宏博士、范生彪博士、熊碧博士、羅曼博士、張洪友博士、崔凱華博士等青年教師對我的幫助。感謝語言學教研室張振羽教授、江佳慧副教授、向亮副教授、趙修博士、金小棟博士等同行前輩對我在教學與科研方面的幫助。感謝我的老鄉兼校友向輝博士和我的師弟李福言博士，這些年對我的督促鼓勵與幫助。

　　感謝我的導師高路明教授在百忙中爲我寫推薦函，感謝她在我畢業後仍然對我悉心指導與盡力幫助。感謝花木蘭文化事業有限公司的楊嘉樂老師和責任編輯許郁翎老師的精心工作，他們爲本書的出版付出了大量的艱辛，提出了很多專業性的意見。

　　感謝我妻子尹晶晶這些年的辛苦付出，感謝她對我的書呆子氣的寬容，感謝她在我最困難的時候不離不棄。感謝我女兒陳伊暘帶給我歡樂與幸福。感謝我的岳父母和父母、姐姐姐夫多年來爲我們的無私付出。

本書主體部分完成於五年前，所以近五年新出的材料與時賢的相關研究成果未能及時參考。加之本人資質駑鈍、生性懶散，對某些問題的研究還不深入，書中存在的紕漏，一律由本人負責。

2019 年 5 月 4 日於湖北恩施市黄家峁一得齋